Sarah Morgan

Das Haus der Sommerfreundinnen

Roman

Aus dem Englischen von
Judith Heisig

HarperCollins

Die Originalausgabe erschien 2022 unter dem Titel
Beach House Summer bei HQ Books, London.

1. Auflage 2023
© 2022 by Sarah Morgan
Deutsche Erstausgabe
© 2023 für die deutschsprachige Ausgabe
by HarperCollins in der
Verlagsgruppe HarperCollins Deutschland GmbH, Hamburg
Published by arrangement with
HarperCollins *Publishers* Ltd., London
Gesetzt aus der Stempel Garamond
von GGP Media GmbH, Pößneck
Druck und Bindung von CPI books GmbH, Leck
Printed in Germany
ISBN 978-3-365-00257-5
www.harpercollins.de

Für Britt, in Liebe

1. KAPITEL

ASHLEY

Sie stieg in seinen Wagen und hoffte, dass es kein Fehler war. Eigentlich hatte sie das so nicht vorgehabt, doch ihre anderen Pläne waren nicht aufgegangen, und sie war verzweifelt.

Er lächelte sie an, und in diesem Lächeln lag so viel Charme, dass sie alles um sich herum vergaß. Sein Blick gab ihr das Gefühl, die einzige Frau auf der Welt zu sein.

Abgesehen von seinem Charme besaß er diesen Wagen, ein schickes Cabrio, tiefergelegt, schnittig und teuer. Falls all die anderen Indizien für Reichtum und Macht noch keine Aufmerksamkeit erregt hatten – dieses Auto tat es.

Ihre Mutter hätte sie davor gewarnt, zu ihm in den Wagen zu steigen, doch ihre Mutter war tot. Ohne einen Menschen, der ihr nahe war, der ihr mit Rat und Tat zur Seite stand, musste sie ihre eigenen Entscheidungen treffen, so gut sie eben konnte. Sie erinnerte sich, wie sie zum ersten Mal allein Fahrrad gefahren war: unsicher, wackelig und mit schwitzenden Händen den Lenker umklammernd, während ihre Mutter rief: *Immer weitertreten!* Oder ihre erste Schwimmstunde, in der sie untergegangen war und so viel Wasser geschluckt hatte, dass sie schon glaubte, der Pool müsse gleich leer sein. Sie war sicher gewesen, gleich zu ertrinken, doch dann wurde sie an die Oberfläche gezogen – und eine Stimme drang an ihre vom Wasser verstopften Ohren: *Immer weitertreten!*

Nun war sie auf sich gestellt. Niemand würde sie an die Oberfläche ziehen, wenn sie ertrank. Niemand würde das Fahrrad festhalten, wenn sie schwankte. Ihre Mutter war ihr Sicherheitsnetz im Leben gewesen, nach dem Tod ihres Vaters waren sie noch enger zusammengerückt. Wenn sie jetzt fiel, gab es niemanden mehr, der ihren Aufprall abfederte.

Er bog auf den Mulholland Drive ein und trat aufs Gas. Der Motor röhrte, und der Fahrtwind spielte mit ihrem Haar, während sie durch die Hollywood Hills fuhren. Sie hatte noch nie in einem solchen Wagen gesessen. Hatte nie einen Mann wie ihn kennengelernt.

Sie fuhren die Berge weiter hinauf, vorbei an Luxusanwesen, die ihr Einblicke in einen Lebensstil erlaubten, der jenseits ihrer Vorstellung lag. Neid erfasste sie. Verschwanden Probleme einfach, wenn man so viel besaß? Hatten die Menschen, die hier lebten, die gleichen Sorgen wie normale Menschen, oder schützten die hohen Mauern und Sicherheitskameras sie vor dem Leben? War Glück käuflich?

Nein, aber Geld machte das Leben leichter, und deshalb war sie hier.

Unter ihnen lag das Panorama von Downtown, von Hollywood und dem San Fernando Valley.

Konzentrier dich.

»Ich kenne den perfekten Ort, um den Sonnenuntergang zu genießen.« Seine warme, tiefe Stimme hatte ihn von einem x-beliebigen Fernseh-Promi zu einem Megastar werden lassen. »Den wirst du nie vergessen.«

Dessen war sie sicher. Dieser Moment war aus so vielen Gründen entscheidend.

Was würde aus seiner Zuversicht werden, wenn sie ihm sagte, was sie zu sagen hatte?

Übelkeit stieg in ihr auf, doch zum Glück hatte sie weder zum Frühstück noch zu Mittag etwas hinuntergebracht.

»Du bist so still.« Er steuerte mit nur einer Hand am Lenkrad, entspannt und selbstbewusst. Seinen Blick hielt er die meiste Zeit auf sie gerichtet. Sie hätte ihn gern gebeten, sich auf die Straße zu konzentrieren.

»Ich bin ein bisschen nervös.«

»Bist du eingeschüchtert? Dazu besteht kein Grund. Ich bin nur ein normaler, durchschnittlicher Kerl.«

Ja, klar doch.

Er fuhr jetzt schnell, genoss den Wagen, den Moment, sein Leben. Das würde sich gleich ändern. Sie hatte eine Rede vorbereitet. Hatte sie hundertmal vor dem Spiegel geübt.

Ich muss dir was sagen.

»Könnten Sie bitte langsamer fahren?«

»Du magst es lieber langsamer?« Seine Hand liebkoste das Lenkrad. »Wenn ich muss, kann ich auch langsam fahren. Wie war noch mal dein Name?«

Er erkannte sie nicht. Er hatte keine Ahnung, wer sie war. Wie konnte er das nicht wissen?

Sie saß starr auf dem Beifahrersitz. War sie wirklich so unwichtig und leicht zu vergessen?

In diesem Teil der Stadt, wo jeder etwas darstellte, war sie ein Niemand.

Sie kämpfte gegen die Enttäuschung und die Kränkung an.

»Ich bin Mandy. Ich bin aus Connecticut.«

Sie hieß nicht Mandy. Sie war nie in Connecticut gewesen.

Er sollte das wissen. *Sie wollte, dass er es wusste.* Sie wollte ihn sagen hören: Ich weiß, dass du nicht Mandy bist. Doch er sagte es nicht, natürlich nicht. Frauen kamen und gingen in seinem Leben, und er war immer auf dem Sprung zur nächsten.

»Bist du sicher, dass wir uns schon mal begegnet sind? Ein so hübsches Mädchen wie dich würde ich nicht vergessen.«

Sie hatte von ihm geträumt. Sich diesen Moment ausgemalt. Seit sie ihn vor zwei Monaten zum ersten Mal gesehen hatte, hatte sie Tag und Nacht an ihn gedacht.

Doch er erinnerte sich nicht an sie. Da war kein einziges Zeichen des Wiedererkennens.

Ihre Augen brannten. Sie sagte sich, dass es am Fahrtwind lag. Ihre Mutter hatte ihr eingebläut, dass das Leben zu kurz war, um wegen eines Mannes zu weinen. Doch sie wäre nicht hier, wenn sie sich nicht allein und verängstigt gefühlt hätte und Hilfe bräuchte. Sie würde das allein nicht durchstehen, und er musste doch Verantwortung übernehmen, oder? Er sollte nicht einfach abhauen dürfen. Das war nicht richtig. Ob sie es wollten oder nicht, sie waren miteinander verbunden.

»Wir sind uns bereits begegnet.« Sie legte sich die Hand auf den Bauch. Blinzelte die Tränen fort. Der Moment, in dem sie sich gewünscht hatte, vorsichtiger gewesen zu sein, war lange vorbei. Sie musste nach vorn sehen. Musste das Richtige tun, auch wenn es nicht einfach war.

Ihr Körper war der einer Erwachsenen, doch innerlich fühlte sie sich wie das kleine Mädchen, das mit wippendem Pferdeschwanz schwankend auf dem Fahrrad saß.

Neugierig sah er sie wieder an. »Wenn ich so darüber nachdenke, irgendwas klingelt da bei mir. Ich weiß nur nicht, wo ich dich hinstecken soll. Nimm's mir nicht übel.« Er zeigte ihr noch einmal seine blendend weißen Zähne. »Ich treffe viele Frauen.«

Das wusste sie, sie kannte seinen Ruf. Und dennoch war sie hier. Was sagte das über sie aus? Sie sollte mehr Stolz haben. Leider passten Stolz und Verzweiflung nicht zusammen.

»Ich nehme es Ihnen nicht übel.« Unter ihrer Angst lag Wut. Und eiserne Entschlossenheit.

Dieser Typ hatte schon genug Verantwortungslosigkeit an den Tag gelegt. Das musste ein Ende haben.

Sie fuhren jetzt bergauf. Immer höher und höher wand sich die Straße durch die Berge, während die Stadt wie ein glitzernder Teppich unter ihnen lag. Sie fühlte sich wie Peter Pan, wenn er über die Dächer flog.

Sollte sie es ihm jetzt sagen? War dies ein guter Zeitpunkt?

Ihr Herz schlug bis zum Hals, als wolle es sie warnen. Sie hatte nicht geglaubt, dass er mit ihr so weit fortfahren würde. Sie hätte nicht in seinen Wagen steigen sollen. Noch eine schlechte Entscheidung, zusätzlich zu all denen, die sie bereits getroffen hatte. Je länger sie damit wartete, es ihm zu sagen, desto weiter wären sie von der Zivilisation und von anderen Menschen entfernt. Menschen, die ihr helfen könnten. Doch wer würde helfen? Wer war da?

Sie hatte niemanden. Nur sich selbst. Genau deshalb war sie jetzt hier und tat, was ungeachtet der Folgen getan werden musste.

Bei dem Gedanken an die Konsequenzen wurden ihre Handflächen feucht. Sie könnte es jetzt tun, während seine Aufmerksamkeit hauptsächlich der Straße galt.

Sie wartete, bis er den Wagen um eine Kurve und in die folgende Gerade gesteuert hatte. Die nächste Biegung vor ihnen war schon zu erkennen.

»Mr. Whitman? Cliff? Da gibt es etwas, das ich Ihnen sagen muss.«

2. KAPITEL

JOANNA

Joanna Whitman erfuhr beim Frühstück vom Tod ihres Ex-Mannes. Genauer gesagt, trank sie gerade ihren zweiten Espresso, als sein Gesicht auf ihrem Fernsehbildschirm auftauchte. Sie griff nach der Fernbedienung, um das zu tun, was sie inzwischen immer tat, wenn er in ihrem Leben auftauchte – ihn wegdrücken. Doch dann begriff sie, dass das Bild hinter dem Standardporträt von ihm keine jubelnden Fans oder eines seiner exklusiven Restaurants zeigte, sondern das demolierte Wrack eines Wagens in einer Schlucht.

Sie sah das Wort Eilmeldung und stellte rechtzeitig den Ton an. Hörte, wie der Nachrichtensprecher der Welt verkündete, dass der Promi-Koch Cliff Whitman bei einem Autounfall ums Leben gekommen sei – und dass man später mehr Details berichten würde. Im Moment wusste man nur, dass der Wagen von der Straße abgekommen war. Cliff war noch am Unfallort für tot erklärt worden. Seine Beifahrerin, eine junge, noch namenlose Frau, hatte man ins Krankenhaus geflogen, über ihren Zustand war bislang nichts bekannt.

Eine junge Frau.

Joanna umklammerte die Fernbedienung. Natürlich war sie jung. Cliff hatte ein Muster, und das hatte sich mit den Jahren nicht verändert. Sie war nie jemandem begegnet, der so konkurrenzorientiert war wie er, angetrieben von einer tief sitzenden Unsicherheit. Er wollte die besten Einschaltquoten, die größten Menschenmengen bei öffentlichen Auftritten und die längsten

Wartelisten für seine Restaurants. Was Frauen anging, mochte er sie jung und dünn, und er suchte sie ebenso sorgfältig aus wie die Zutaten in seiner Küche. *Frisch und saisonal.*

An den meisten Tagen fühlte sich Joanna, als sei ihr Haltbarkeitsdatum abgelaufen. Sie war vierzig. Sollte man sich mit vierzig so fühlen? Die Hälfte ihres Lebens hatte sie an einen Mann verschwendet, der sie immer wieder enttäuscht hatte.

Sie starrte auf den Fernseher und betrachtete das qualmende Autowrack. Hatte sie nicht immer gesagt, seine Libido würde ihn noch umbringen?

Ihr Telefon klingelte, und sie sah aufs Display.

Kein Freund (hatte sie überhaupt richtige Freunde?), sondern Rita, Cliffs persönliche Assistentin und seit sechs Monaten seine Geliebte.

Joanna wollte nicht mit Rita sprechen. Sie wollte mit niemandem sprechen. Alles, was sie sagte, würde seinen Weg in die Medien finden und benutzt werden, um sie als jämmerliche, mitleiderregende Gestalt darzustellen, das wusste sie aus schmerzvoller Erfahrung. Was auch immer Cliff tat, irgendwie wurde sie zur Story. Und wie sehr sie sich auch einredete, dass es keine Rolle spielte – weil die Medien keine Rolle spielten und weil die Frau, über die sie berichteten, nicht wirklich sie war –, sie fand es quälend. Nicht nur den Übergriff und die Unwahrheiten – davon gab es viele –, sondern die ständige Erinnerung an ihren größten Fehler: ihn nicht früher verlassen zu haben.

Sie war zwei Jahrzehnte lang geradezu lächerlich loyal bei ihm geblieben, und ja, das bereute sie heute. Er hatte ihr das Blaue vom Himmel versprochen, gesagt, dass sie das Beste in seinem Leben sei, dass diesmal wirklich alles anders werden würde, und sie hatte ihm geglaubt, naiv, wie sie war. Und das nicht nur einmal. Sie hatte ihm immer wieder geglaubt. Diesmal meint er es ernst, hatte sie sich eingeredet, und alles wird anders – was natürlich nie geschah.

13

Sie kam sich so dumm vor, dass sie jemals tatsächlich gedacht hatte, er würde sich ändern, dass alles, was er sagte, etwas anderes sein könnte als leere Worte, nur gesprochen, um sie zum Bleiben zu bewegen. Allerdings hatte sie ihm auch unbedingt glauben wollen. Denn sonst hätte sie sich eingestehen müssen, dass sich hinter dem Charme und der Warmherzigkeit von Cliff Whitman ein Betrüger und Lügner verbarg.

Schließlich hatte sie ihn verlassen, doch die Klatschpresse vergaß sie nicht, sodass sie auch nach der Scheidung manchmal das Gefühl hatte, als wären sie noch zusammen. Ihr Fehler, nicht beizeiten gegangen zu sein, war wie ein mächtiger Klotz am Bein – was auch immer sie zukünftig tat, ihre Vergangenheit mit Cliff würde sie mit sich herumschleppen.

Sie drückte den Anruf weg, stellte den Ton des Fernsehers aus, starrte aber weiter auf das Laufband mit Meldungen, das unten über den Bildschirm lief.

Starkoch Cliff Whitman bei Autounfall umgekommen.

Tot am Unfallort.

Verdammt.

Das ganze letzte Jahr hätte sie ihn am liebsten umgebracht, und nun wusste sie nicht, ob sie sich befriedigt oder betrogen fühlen sollte. Nach allem, was er ihr angetan hatte, was er sie hatte durchmachen lassen, fand sie es unfair vom Universum, dass sie bei seinem Ableben nicht einmal eine kleine Rolle spielen durfte.

Sie begann, hysterisch zu lachen, und schlug sich bestürzt mit der Hand auf den Mund. Hatte sie das eben wirklich gedacht? Sie war doch ein mitfühlender Mensch, der Freundlichkeit höher als alles andere schätzte, vermutlich weil ihr nicht viel davon widerfahren war. Und dennoch hätte sie ihm vermutlich einen letzten Stoß versetzt, wenn sie seinen Wagen an einer Klippe hätte hängen sehen.

Was sagte das über sie aus?

Ihre Beine zitterten. Warum zitterten ihre Beine? Sie ließ sich auf den nächsten Stuhl fallen. Tot. Ihre Zeit mit Cliff war holprig gewesen, doch sie hatte ihn ihr halbes Leben lang gekannt. Sie sollte traurig sein, oder nicht? Ja, Cliff Whitman war ein Lügner und Betrüger gewesen, der sie fast gebrochen hatte, doch er war immerhin ein Mensch. Und sie hatten sich mal geliebt, auch wenn diese Liebe kompliziert gewesen war. Es hatte auch gute Zeiten gegeben. Am Anfang ihrer Ehe hatte er ihr sonntagmorgens Frühstück ans Bett gebracht, mit knusprigen selbst gebackenen Buttercroissants und frisch gepresstem Orangensaft von den Orangen in ihrem Garten. Er hörte ihr zu, brachte sie zum Lachen. Sie hatte sein chaotisches Leben organisiert, damit er die Rolle spielen konnte, die ihm am meisten Spaß machte – Cliff zu sein. Sie seien ein perfektes Team, hatte er gesagt.

Abrupt stand sie auf, holte sich ein Glas Eiswasser und trank es schnell, als wollte sie die auflodernden Gefühle abkühlen.

Was auch zwischen ihnen gewesen war – der Tod war immer eine Tragödie. *War er das? War sie eine Heuchlerin?* Vermutlich sollte sie weinen. Wenn schon nicht um ihn, dann um die Frau, die sich unglücklicherweise zu ihm ins Auto gesetzt hatte. Joanna fühlte mit ihr. Sie urteilte nie über die schlechten Entscheidungen anderer, schließlich hatte sie selbst in ihrem Leben so viele schlechte Entscheidungen getroffen, dass sie sie kaum zählen konnte.

Sie dachte an Rita. Würde sie überrascht sein, wenn sie erfuhr, dass sie nicht die einzige Frau in Cliffs Leben gewesen war? Warum glaubten Frauen immer, dass ein notorischer Weiberheld nur andere, aber nie sie selbst betrog? Sie dachten alle, sie wären anders, besonders. Sie könnten ihn zähmen. Wenn er zu ihnen sagte: Du bist die eine, dann glaubten sie ihm.

Wie Joanna. Sie hatte sich daran geklammert. Als sie Cliff kennenlernte, war sie todunglücklich und verletzt gewesen. Sie hatte sich so sehr gewünscht, jemandem etwas zu bedeuten, jemanden zu haben, auf dessen Liebe sie sich verlassen konnte. Sie hatte Liebe mit Sicherheit gleichgesetzt und erst nach langer – zu langer – Zeit begriffen, dass dies unterschiedliche Dinge waren.

Sie setzte das leere Glas ab, atmete tief durch und zwang sich zur Konzentration. Sie und Cliff waren geschieden, aber noch immer Geschäftspartner. Cliff's war eine Marke, und nun war das Aushängeschild tot. Was bedeutete das für das Unternehmen, das sie zusammen aufgebaut hatten? Mehr als zwanzig Jahre ihres Lebens hatte sie in das Wachstum und den Erfolg der Firma investiert und sie aus genau diesem Grund nicht aufgegeben, als ihre Ehe vorbei war. Cliff's war die einzige Konstante und Sicherheit, die ihr geblieben war. Außerdem gab ihr das Unternehmen eine Aufgabe, und die brauchte sie. Die Medien verstanden das natürlich nicht. Man begriff nicht, wie sie mit einem Mann zusammenarbeiten konnte, der sie immer wieder gedemütigt hatte.

Sie schloss die Augen. *Vergiss das. Denk nicht daran.*

Im Moment stand ihr erst mal die Beerdigung bevor. Sie hasste Beerdigungen. Egal wer beerdigt wurde, für sie war es immer die Beerdigung ihres Vaters. Immer und immer wieder, wie in einer grausamen Zeitschleife. Und immer war sie zehn Jahre alt und stand zitternd im kalten kalifornischen Regen, der sich mit ihren Tränen vermischte. Natürlich war dies jetzt etwas anderes. Ihr Vater und sie hatten einander vergöttert. Er war der einzige Mann, dessen Liebe sie sich sicher gewesen war. Doch selbst das hatte nicht Sicherheit bedeutet, denn er hatte sie verlassen. Mitten im Wohnzimmer war er mit einem Herzinfarkt zusammengebrochen, sie war dabei gewesen. Sie konnte sich noch immer an das furchtbare Geräusch erinnern, als sein Körper auf dem Boden aufgeprallt war.

Und nun würde Cliff beerdigt werden. Musste sie hingehen? Der Gedanke daran weckte in ihr den Wunsch nach einem Drink, auch wenn sie selten trank.

Ja, sie musste hingehen. Scheidung hin oder her, es war eine Frage des Respekts. Die Leute würden darauf achten. Jeder würde wissen wollen, wie es ihr mit seinem Tod ging. Nicht, dass sie mit irgendwelchen Reportern darüber sprechen würde. Das tat sie nie.

Und wie ging es ihr mit seinem Tod?

Aus der Ferne hörte sie Geräusche und dann das penetrante Klingeln ihrer Gegensprechanlage. Gedankenverloren ging sie zum Fenster und sah die Auffahrt hinunter zu dem großen Eisentor, das sie vor der Welt da draußen schützte.

Das Blitzlicht einer Kamera ließ sie zurückschrecken, und sie schloss rasch die Jalousien.

Nein!

Im Gegensatz zu Cliff hatte sie nie die Öffentlichkeit und den Ruhm gesucht, landete an seiner Seite aber dennoch im Rampenlicht. Nach der Scheidung war sie deshalb sofort in eine andere Gegend gezogen, in der Hoffnung, dem gleißenden Scheinwerferlicht und der Aufmerksamkeit, die Cliff so liebte, entkommen zu können. Ihre Wahl war auf eine überschaubare, diskrete Nachbarschaft gefallen, ganz anders als die protzigen Villen von Bel Air, wo Cliff seine Gäste auf der begrünten Terrasse mit Blick auf die Berge und das Meer großzügig unterhielt.

Sie hatte gehofft, nun endlich uninteressant für die Medien zu sein, indem sie ein ruhiges, unauffälliges, Cliff-freies Leben führte. Doch natürlich hatte man sie aufgespürt, denn die Medien fanden jeden. Sie schrieben weiter über sie, enthüllten all ihre privatesten Geheimnisse, damit sich die Öffentlichkeit daran ergötzen konnte. Sie wussten vom Tod ihres Vaters. Sie wussten vom schlechten Verhältnis zu ihrer Stiefmutter Denise. Auch sie hatten die Reporter ausfindig gemacht, und Denise hatte natürlich nur zu gern ihre Sicht der Dinge dargelegt.

Sie ist nicht meine Tochter. Sie war schon immer ein schwieriges Kind.

Das Klingeln ihres Handys riss sie aus ihren Grübeleien. Diesmal war es ihre Assistentin Nessa. Dankbar für die Ablenkung nahm Joanna den Anruf an. »Hallo.«

»Können Sie mich reinlassen, Boss? Ich bin draußen am Wintergarten. Ich bin hinten rumgekommen.«

»Man kann nicht hinten rumkommen.«

»Es gibt einen Geheimweg.«

Verwirrt und beunruhigt ging Joanna in den hinteren Teil des Hauses.

Sie hatte das Haus ausgesucht, weil es ihr sicher erschien. Bei der ersten Besichtigung hatte sie nicht etwa die Deckenhöhe und die Küchenausstattung bewundert, sondern kontrolliert, welche Möglichkeiten es gab, in das Haus oder auf das Grundstück zu gelangen. Der dichte Wald hinter dem Haus war ein Plus. Die Gegend war nicht gerade angesagt, und es gab keine Straße und keine Wanderwege. Ihr Grundstück wurde von einer hohen Mauer und großen Bäumen umschlossen, die das Haus vor Blicken schützten.

Sie hatte den Kauf wohlüberlegt, doch es war eine rein rationale Entscheidung gewesen, sie dachte nie: Ich liebe dieses Haus, oder: Ich bin zu Hause. Für sie war es kein Zuhause. In einem Zuhause fühlte man sich sicher und konnte sich entspannen. Nichts davon war möglich, wenn man ein Objekt des öffentlichen Interesses darstellte.

Sie ging durch den Wintergarten und erblickte auf der Terrasse Nessa, die sich verstohlen umsah. Sie, die normalerweise tadellos gepflegt war, hatte jetzt Zweige in den Haaren, und ihre Schuhe waren zerschrammt und matschverschmiert.

Erschüttert von der Tatsache, dass ihr Haus offenbar doch nicht so sicher war, wie sie gedacht hatte, öffnete Joanna die Tür, und Nessa stolperte buchstäblich herein.

»Was ist denn hier los? Ich habe es am Vordereingang versucht, wie jeder normale Mensch. Aber da stehen zig Leute mit Kameras und zwei TV-Übertragungswagen, was ich überhaupt nicht kapiere, denn warum sollten Sie für Schlagzeilen sorgen? Sie haben schließlich nicht versucht, während der Autofahrt Sex zu haben. Ich finde Multitasking wirklich toll, aber es kommt auf die Tätigkeiten an, oder? Sex und Autofahren – nennen Sie mich langweilig, aber das passt nicht zusammen.«

»Nessa, atmen Sie.«

»Ja, so denke ich darüber.« Nessa schüttelte ihren Rucksack ab und zog sich die Schuhe aus. »Die sind ruiniert. Vielleicht können wir sie Cliff in Rechnung stellen, denn das ist alles seine Schuld. Haben Sie etwas zur Wunddesinfektion? Ich habe mir im Wald ein paar Kratzer geholt. Ich möchte nicht an irgendeiner fiesen Krankheit sterben, weil Sie mich gerade brauchen.«

In Joannas Kopf drehte sich alles. »Sie sind durch den Wald hinter dem Haus gekommen?«

»Ja. Mir war eingefallen, dass Sie mal erwähnt hatten, dass das Waldgebiet der Grund für den Hauskauf gewesen sei. Die Reporter könnten sie hier nur von vorne, nicht aber von der Rückseite aus beobachten. Das sagten Sie damals. Dass Sie nur eine Richtung im Auge behalten müssten. Also dachte ich: Gut, ich versuch es mal von hinten. Aber es ist alles andere als fußgängerfreundlich. Habe ich Schmutz an der Wange? Ich wette, dass es so ist.« Sie rieb sich im Gesicht herum und richtete dann ihre Brille, die ihr schief auf der Nase saß. »Ich bin nicht gemacht für Wildnis-Abenteuer. Geben Sie mir die kalifornische Sonne und einen Strand, und ich bin begeistert, aber ein dunkler Wald voller Insekten, Schlangen, Bären und Kojoten? Da bin ich raus. Können Sie mich auf Spinnen absuchen?« Sie drehte sich mit dem Rücken zu Joanna, die ihn pflichtschuldig nach Spinnen absuchte.

»Sie sind spinnenfrei. Aber auch wenn Sie es durch den Wald geschafft haben – wie sind Sie über die Mauer gekommen?«

»Ich bin rübergeklettert. Fragen Sie nicht nach Einzelheiten.« Nessa zog an einem Zweig, der sich in ihren Locken verfangen hatte. »Ich bin mit drei Brüdern aufgewachsen. Ich kann Dinge, bei denen Ihnen die Augen rausfallen würden. Und keine Sorge, mir ist niemand gefolgt. So dämlich ist keiner. Auch im Wald waren keine Menschen. Zumindest keine lebenden. Ich würde allerdings drauf wetten, dass es ein paar Tote dort gibt. Unentdeckte Leichen.« Sie grinste. »Unheimlich.«

»Nessa …« Joanna strich ihr ein Blatt von der Schulter. »Was tun Sie hier?«

»Ich bin Ihre Assistentin und nahm an, dass sie Hilfe brauchen.«

»Ich – ich denke im Moment eigentlich nicht an die Arbeit.«

»Natürlich nicht. Wegen der Arbeit bin ich auch nicht hier. Ich bin Ihre rechte Hand, der Drache, der Sie bewacht.« Nessa putzte Schlammspritzer von ihrer Brille. »Als Sie mich einstellten, sagten Sie, dass ich in Ruhe- und in Krisenzeiten für Sie da sein sollte, also bin ich hier. Ich nehme an, jetzt ist Krisenzeit. Wir stehen das gemeinsam durch. Wie in ›Girls United‹.«

Gemeinsam.

Joanna spürte einen Druck in der Brust. Jemand hatte an sie gedacht. Wollte ihr helfen. Ja, sie bezahlte Nessa, doch den Teil würde sie ignorieren. »Sie wollen sich diesem ganzen Zirkus nicht aussetzen.«

Nessa sah sie forschend an. »Sie tun es.«

»Ich habe keine Wahl. Sie schon.«

»Und ich will hier bei Ihnen sein, also ist das entschieden.«

Das merkwürdige Gefühl in ihrer Brust stieg in den Hals hoch. Normalerweise hielten sich Menschen von ihr fern, weil sie Angst hatten, mit ihr in Verbindung gebracht zu werden. Sie wollten sich nicht im Scheinwerferlicht wiederfinden. »Haben Sie das wirklich durchdacht?«

»Was gibt es da zu durchdenken? Wir sind ein Team. In meinem Vorstellungsgespräch sagten Sie, ich müsse flexibel sein. Ich hoffe, Sie erinnern sich an diese Mauerkletter-Geschichte, wenn Sie mir ein Zeugnis schreiben. Nicht dass ich etwa vorhätte, Sie in nächster Zukunft zu verlassen. Das hier ist mein Traumjob, und Sie sind ein inspirierender Boss. Also was kann ich tun? Wir könnten eine Stellungnahme abgeben.«

»Ich gebe nie eine Stellungnahme ab. Ich sage nie irgendwas.«

»In dem Fall kann ich die Polizei rufen, dass sie den Mob mit den Kameras aus Ihrer Einfahrt vertreiben sollen.«

Joanna sah ihrer Assistentin in das ernste, gerötete Gesicht und fühlte sich plötzlich nicht mehr so allein.

Sie war nicht allein. Sie hatte Nessa.

Nessa vor zwei Jahren als ihre Assistentin einzustellen, gehörte zu den besseren Entscheidungen in ihrem Leben. Ihr Team hatte ihr eine Auswahl erfahrener Kandidaten für die Vorstellungsgespräche zusammengestellt, doch dann war Nessa ins Zimmer geplatzt, frisch vom College, sprühend vor Energie und Begeisterung und voller Ideen. Der Missbilligung ihres Teams zum Trotz hatte Joanna ihr den Job gegeben und diese Entscheidung nie bereut. Nessa hatte sich als verlässlich, diskret und durchsetzungsfähig erwiesen.

Nicht all meine Entscheidungen sind schlecht, dachte Joanna, während sie die Tür zum Wintergarten verschloss.

»Ich bin froh, dass Sie hier sind, aber unternehmen Sie nichts wegen der Kameras. Lassen Sie sie einfach.«

»Nichts?« Nessa sah sie erst erstaunt und dann schuldbewusst an. »Ich bin so gedankenlos. Ich mache mir hier Sorgen wegen Spinnen und Stellungnahmen für die Presse, und Sie haben gerade den Mann verloren, mit dem Sie zwei Jahrzehnte verheiratet waren. Ich weiß, dass Sie geschieden sind und dass er nicht gerade …« Ihre Stimme erstarb, als sie Joannas Gesicht sah. »Ich meine, zwanzig Jahre ist eine lange Zeit, auch wenn er ein …« Sie zuckte hilflos die Achseln. »Geben Sie mir einen Hinweis. Ich möchte das Richtige sagen, weiß aber nicht, was das ist. Wie geht es Ihnen? Sind Sie traurig oder wütend? Soll ich Ihnen Taschentücher oder einen Punchingball besorgen?«

»Ich weiß nicht, wie es mir geht.« Joanna beschloss, nichts von ihren weniger freundlichen Gedanken zu erwähnen. »Ich fühle mich … merkwürdig.«

»Ja, merkwürdig trifft es wohl. Kann ich mir ein Glas Wasser holen? Verdeckte Operationen im dichten Waldgebiet machen durstig, wie sich zeigt. Danach kämme ich meine Haare und richte mich her, damit ich nicht mehr wie zu Halloween aussehe. Und dann mache ich mich an die Arbeit.«

»Gehen Sie in die Küche. Bedienen Sie sich. Ich komme in einer Minute nach.«

Joanna ging durch sämtliche vorderen Räume im Erdgeschoss, um sich zu vergewissern, dass alle Jalousien geschlossen waren, bevor sie Nessa in die Küche folgte. Sollten sie doch mit ihren Kameras dort draußen herumlungern, sie würde ihnen keine Bilder liefern. Und falls einer von ihnen so dreist war, das Tor aufzubrechen, gäbe es Saures.

Nessa hatte es sich an der Kücheninsel bequem gemacht. In der einen Hand hielt sie ein Glas Wasser, in der anderen ihr Handy. Sie scrollte sich durch die Social-Media-Meldungen. »Wir trenden, was ja nicht überraschen kann. Interessante Hashtags. Jede Menge Spekulationen, was die beiden wohl taten, als der Wagen von der Straße abkam …« Sie warf Joanna einen Seitenblick zu. »Tut mir leid. Das ist … peinlich.«

»Schon in Ordnung.«

»Manche finden es schade, weil sein Zitronenlachsrezept sie hat begreifen lassen, dass gutes Essen nicht nur für Restaurants gedacht ist.«

Das Rezept hat er für mich kreiert, dachte Joanna. Er wollte mir das Kochen beibringen. Ich habe den Lachs ruiniert, und er hat gelacht und gesagt, dass manche Menschen es einfach nie hinkriegen. An dem Tag hatte sie das Kochen aufgegeben.

»Andere sagen, er war ein Widerling, auf Nimmerwiedersehen und so weiter.« Nessa scrollte weiter. »Sie haben Kommentare von zwei der Frauen ergattert, mit denen er – was? Auf keinen Fall.« Sie starrte auf das Display.

»Was?«

»Das wollen Sie nicht wissen. Wenn Sie mich fragen: Löschen Sie all Ihre persönlichen Social-Media-Accounts.«

»Ich habe keine Social-Media-Accounts.«

»Gute Entscheidung.« Nessa scrollte weiter, wobei ihr Gesichtsausdruck zwischen Ekel und Überraschung hin- und herwechselte.

Joanna seufzte. »So schlimm?«

Nessa zögerte. »Es gibt ein paar anständige Menschen da draußen. Einige sagen, dass der Tod immer traurig ist. Andere Kommentare sind relativ neutral, wieder andere fragen sich, wer die Frau war …« Sie blickte kurz zu Joanna.

»Ich weiß es nicht.«

»Natürlich nicht. Warum sollten Sie das wissen. Sie sind von ihm geschieden. Wer auch immer sie ist, ich wette, sie wünscht sich, sie wäre zu einem anderen Typen ins Auto gestiegen. Ich meine, wir hatten alle schon schlechte Dates, aber das …« Nessa schauderte, nahm einen großen Schluck Wasser und scrollte weiter. »Einige Menschen fragen sich, ob dies das Ende der Firma sein wird. Wird es das?« Sie blickte auf. »Das Unternehmen heißt Cliff's. Und Cliff ist …« Sie brach ab.

Joanna setzte sich ihr gegenüber.

»Tot. Sie können es ruhig aussprechen.«

Und Nessa hatte recht. Natürlich würde sein Tod Einfluss auf die Firma haben. Das Unternehmen, das sie zusammen aufgebaut hatten. Ihre Ehe hatte sie aufgegeben, aber nicht das Unternehmen. Sie hatte sich die letzten zwanzig Jahre darum gekümmert, dafür gesorgt, dass es wuchs und gedieh. Es war ihr Baby.

Sie verspürte einen Stich, als sie an das Baby dachte, das sie verloren hatte. Eben noch war sie in der elften Woche schwanger gewesen und hatte sich auf die Zukunft als Mutter gefreut, und im nächsten Moment saß sie schluchzend im Badezimmer. Ihr Sohn. Sie hatte den Schmerz tief in sich vergraben, doch er war immer da. Manchmal wachte sie nachts auf und dachte: Mein Junge wäre heute zehn Jahre alt. Und dann stellte sie sich vor, was sie ihm geschenkt hätte, welche Abenteuer sie miteinander erlebt hätten und wie sehr sie ihn geliebt hätte. Lägen ihre

Prioritäten anders, wenn sie ein Kind gehabt hätte? Wäre sie womöglich noch verheiratet?

Wieder klingelte ihr Handy.

Nessa sah sie an. »Soll ich für Sie rangehen?«

»Nein.«

»Es könnte ein Freund oder eine Freundin sein.«

Wenn sie sagte: Ich habe keine echten Freunde, würde Nessa sie bemitleiden, und Joanna wollte kein Mitleid. Sie wollte das Wenige, was von ihrem Stolz noch übrig geblieben war, schützen.

»In dem Fall kann ich zurückrufen.«

Von den vielen schlechten Dingen an der Ehe mit Cliff war die Aufmerksamkeit der Medien das Schlimmste gewesen. Cliff hatte ihre Abneigung dagegen nie verstanden. Er hatte sich nach dem Scheinwerferlicht verzehrt, und das nicht nur, weil er es für den Aufbau seiner Marke brauchte. Wenn Aufmerksamkeit ein großer Kuchen wäre, hätte er sich gierig darüber hergemacht, ohne ihr auch nur einen Krümel abzugeben. An ihm prallte auch alles Negative, was berichtet wurde, einfach ab. Egal, wessen er beschuldigt wurde, er hatte immer gelacht, gewinkt und der Meute ein »Kein Kommentar« oder ein »Konzentrieren wir uns auf meine Küche, nicht auf mein Schlafzimmer« hingeworfen. Joanna hatte nie begriffen, warum sein mieses Verhalten ihn für das Publikum noch anziehender machte. Er war abstoßend, allerdings höchst sehenswert. Seine TV-Quoten waren traumhaft, egal was er tat. Er zeigte keinerlei Reue über sein schillerndes Privatleben und war überzeugt, dass man ihm wegen seines Charmes alles verzieh. Ihm war nichts peinlich und sein Verhalten oft mehr als schamlos.

Wie sehr sie diesen ganzen Zirkus verabscheute. Doch man ließ sie nicht in Ruhe. Wie ging es ihr mit seiner letzten Affäre? Warum verließ sie ihn nicht? Hatte sie keine Selbstachtung? Sie wurde zu einem Musterbeispiel der erniedrigten Frau, auch wenn sie nie verstand, warum man ihr die Schuld gab, wenn er sie betrog. Sie fotografierten sie aus jedem erdenklichen Winkel, kommentierten jeden Gewichtsverlust, wie verhärmt sie aussah, stellten gemeine und sehr persönliche Spekulationen an. *Wenn er sie betrügt, muss sie selbst der Grund dafür sein.* Man hatte darüber spekuliert, ob sie durch die Ehe mit einem vierzehn Jahre älteren Mann ihren Vater hatte ersetzen wollen. Diese Unterstellung hatte sie mehr gekränkt als alles andere. Cliff ähnelte ihrem Vater kein bisschen. Allein dass sie beide in einem Atemzug genannt wurden, machte sie schon wütend.

Warum hasste man sie so sehr? Diese Frage hatte sie lange beschäftigt, und die einzig sinnvolle Erklärung war Neid. Man beneidete sie, dass sie mit Cliff ins Bett ging, neben Cliff aufwachte, seinen Ring an ihrem Finger trug. Und der einzige Weg, mit diesem Neid fertigzuwerden, bestand darin, sich selbst davon zu überzeugen, dass sie ein unglückliches Leben führte.

Vielleicht hätten sie sich besser gefühlt, wenn sie gewusst hätten, dass das die meiste Zeit der Fall war.

Wieder klingelte es an der Tür, und Nessa blickte wütend nach draußen. »Sie sind wie Hyänen, die sich über das Aas hermachen wollen.«

»Ja.« Angesichts der Tatsache, dass sie das Aas darstellte, kein angenehmer Vergleich.

»Was die über Sie sagen, ist totaler Blödsinn. Sind Sie nie versucht, Ihre Sicht der Dinge zu schildern?«

Welchen Sinn hätte das? *Er sagte, sie sagte…* »Die wollen keine Wahrheit.«

»Seltsam, dass die nicht aufgeben. Sie geben Ihnen ja nie eine Antwort. Ich schätze, dass sie die Story immer weitermelken und darauf hoffen, dass Sie vielleicht doch irgendwann etwas sagen, wenn sie nur hartnäckig genug sind. Cliff ist tot, also wird von ihm nichts mehr kommen. Das Mädchen ist im Krankenhaus. Bleiben Sie übrig. Sie wollen eine Reaktion von Ihnen.«

Und wie war ihre Reaktion? Was fühlte sie?

»Tot.« Sie sagte es laut, versuchte, das Wort real werden zu lassen. Sich zu testen. Auszuloten, ob es wehtat.

Nessa beobachtete sie. »Soll ich Ihnen einen Drink einschenken? Einen richtigen Drink?«

»Nein danke.« Ihre Gedankengänge waren kompliziert genug, auch ohne dass Alkohol sie benommen machte. Ihre Gefühle zu entwirren war schwierig. Fühlte sie sich gedemütigt? Cliffs Verhalten war ihr immer peinlich gewesen, auch nach der Scheidung. Oder war sie überwältigt von Trauer? Wütend wegen der Konsequenzen, die sein Verhalten auf das Geschäft und ihre Angestellten haben könnte?

Joanna trank ihren Kaffee aus. Er war inzwischen kalt, doch das machte ihr nichts. Sie war merkwürdig abgeschnitten von allem. Ja, sie empfand Trauer. Doch trauerte sie um Cliff oder um das Leben, das sie sich gewünscht und nie gehabt hatte?

Und dann war da noch etwas. Erleichterung konnte es nicht sein, denn das hieße, dass sie hartherzig war. *Hieß es das wirklich? Oder wäre es einfach nur menschlich?*

Wieder ging die Türklingel. Penetrant. Nervig.

Nessa stand auf und füllte ihr Wasserglas nach. »Ich sage den Angestellten im Büro, dass Sie ein paar Tage nicht kommen werden. Warten Sie, bis sich das Ganze beruhigt. Bald werden die sich auf etwas anderes stürzen.« Sie gab Eis in ihr Glas, wobei ein paar Tropfen Wasser auf die glatten italienischen Fliesen spritzten. »Wie auch immer, falls Sie nicht in Tarnkleidung über die Mauer klettern wollen wie ich, ist Ihr einziger Weg nach draußen der durch die Vordertür. Sie können die Fotografen überfahren, aber dann landen Sie im Gefängnis, und ich habe nicht genug Geld, um Sie gegen Kaution herauszuholen. Ich schätze, dass die mit der Zeit abhauen werden.«

»Die hauen nicht ab.«

Sie wusste, wie das Ganze funktionierte. Es würde endlosen Klatsch und Gerüchte geben. Sie war sogar mal das Thema einer

Nachmittags-Talkshow gewesen. *Erfolgreiche Frauen, die sich von ihren Männern betrügen lassen.*

Joanna hatte die Sendung gesehen und war gleichermaßen abgestoßen und fasziniert gewesen von dieser externen Analyse ihres Lebens. Glaubten sie das wirklich von ihr? Dass sie ein Putzlumpen, ein Feigling, eine Schande für ihr Geschlecht war? Wo war ihre Stärke? Ihre Würde?

Für die Medien war sie keine Person, sondern eine Story. Sie bedeutete Quoten, Verkäufe, eine kommerzielle Chance, ein Gesprächsthema. Die Wahrheit interessierte nicht.

Sie wussten nichts über ihre Beziehung. Nichts über ihr Leben vor Cliff. Sie versuchten nie, zu ergründen, wer sie war oder wie es ihr ging. Sie wussten nicht einmal, dass Cliff zwar das Aushängeschild des Unternehmens war, er seinen Erfolg aber ihrer harten Arbeit verdankte. Es gab eine bekannte TV-Show, eine Kette teurer Restaurants, Marken-Küchenartikel, Kochbücher – das Franchise war immer weiter gewachsen.

Bitte, Joanna, ohne dich kann ich das alles nicht.

Wenn er das Gesicht des Unternehmens war, war sie der Motor. Sie hielt alles am Laufen, und das wusste er.

Er hat es gewusst, rief sie sich in Erinnerung. Das alles lag jetzt in der Vergangenheit. Es gab keinen Cliff mehr.

Warum hattest du den Unfall, Cliff? Bist du zu schnell gefahren?

Nessa stellte ihr ein Glas Wasser hin. »Das ist eine beschissene Situation, Boss, daran besteht kein Zweifel. Doch wie meine Mutter sagt: Egal wie schlimm die Dinge stehen, es gibt immer jemanden, der noch schlechter dran ist. Ich hasse es, wenn sie das sagt. Es ist echt nervig, aber ich muss zugeben, dass sie meistens recht hat. Auch wenn ich tatsächlich gerade nicht in Ihren Schuhen stecken möchte ...«

»Danke, Nessa.«

»Wissen Sie, wer ich auf keinen Fall sein wollte?« Sie schob die Brille zurecht und warf Joanna einen bedeutungsvollen

Blick zu. »Das Mädchen in dem Wagen. Ich weiß nicht, wer sie ist oder was sie tut, aber ihr Leben würde ich keinesfalls haben wollen.«

Das Mädchen in dem Wagen. Joanna wusste ebenfalls nicht, wer sie war oder was sie tat.

3. KAPITEL

ASHLEY

Ashley lag in ihrem Krankhausbett und lauschte dem Piepen der Maschinen. Jeder Teil ihres Körpers schmerzte. Als hätte ihr jemand ein Messer in die Seite gerammt. Ihr war etwas schwummerig, doch ihre Gedanken waren klar. Sie erinnerte sich an alles – und wünschte, sie täte es nicht.

»Sie sind wach. Das ist gut.« Eine Frau in einem weißen Kittel trat näher. »Ich bin Dr. Ramirez. Wie fühlen Sie sich?«

Wie ein totgefahrenes Tier. Was sie ja auch fast gewesen wäre. Sie durchlebte den Moment wieder und wieder. Die Flashbacks waren fast so beängstigend wie die reale Erfahrung.

Sie versuchte zu sprechen, doch ihr Mund war trocken. Eine Krankenpflegerin trat vor und gab ihr einen Schluck Wasser.

»Sie hatten einen Unfall.« Die Ärztin sprach langsam. »Sie saßen auf dem Beifahrersitz. Der Wagen kam von der Straße ab. Erinnern Sie sich, was passiert ist?«

Ein schwereloser Moment puren Horrors. Ein Schrei. Ihrer? Seiner? Wie sie sich wieder und wieder überschlugen, sie nicht wusste, wo unten und oben war. Eine Explosion von Schmerzen. *Ich werde hier sterben. Wir werden hier beide sterben.*

Sie konnten die Wahrheit nicht herausfinden, oder? Sie konnten nicht herausfinden, was sie zu Cliff gesagt hatte, bevor sie von der Straße abkamen, oder? Nun, da er tot war, wollte sie die ganze Sache nur noch hinter sich bringen. Wollte nicht mehr daran denken, dass sie überhaupt hergekommen war. Vergessen, dass sie je in das Auto gestiegen war.

»Ashley? Erinnern Sie sich an irgendwas?«

»Nein.« Sie erinnerte sich daran, eine schlechte Entscheidung getroffen zu haben. Eine Reihe schlechter Entscheidungen. Ihre Mutter hatte sie dazu erzogen, nicht zu lügen, doch ihr Instinkt sagte ihr, dass sie in dieser Situation die Wahrheit lieber zurückhielt, zumindest bis sie die Dinge ordentlich durchdacht hatte. Aber so, wie sie sich fühlte, würde sie nicht so bald die Gelegenheit dazu bekommen. »Meine Seite tut weh.«

Ashley schaltete mental irgendwann ab, als die Ärztin ihre Verletzungen aufzählte. Es waren ziemlich viele. Dazu die Sache, von der sie nichts wussten.

Angst überkam sie. Würde es okay sein? Würde alles in Ordnung kommen?

»Mir tut alles weh.«

»Wir können Ihnen stärkere Schmerzmittel geben. Sie haben ein paar gebrochene Rippen und schwere Prellungen. Wir werden Sie in den nächsten Tagen sorgfältig im Auge behalten. Sie haben unglaubliches Glück, dass Sie am Leben sind.« Die Ärztin zögerte. »Gibt es jemanden, den wir benachrichtigen können? Familie? Freunde? Wir fanden keine Angaben zum Notfallkontakt, als sie eingeliefert wurden.«

Kein Notfallkontakt. Das sagte alles über ihr Leben aus, oder? Es gab niemanden, den sie anrufen konnte.

Abgesehen von dem medizinischen Team, dessen Job es war, sich um sie zu kümmern, war sie allein auf der Welt.

Sie spürte eine große Leere und dann Panik. *Immer weitertreten, Ashley! Weitertreten.* Sie musste sich die nächsten Schritte überlegen, doch sie war benommen von dem Schmerz und den Nachwirkungen der Narkose. Sie wollte nicht hier sein, aber welche Wahl hatte sie schon? Ohne Hilfe konnte sie sich nicht einmal aufsetzen. Und selbst wenn sie es könnte, wohin sollte sie gehen? Diese Situation hatte sie nicht vorhersehen können. Und sie hatte keinen Plan B, nicht einmal einen schlechten.

Die Ärztin wechselte einen Blick mit der Krankenschwester.

»Der Mann, der bei Ihnen war …«

»Cliff.« Es gab keinen Grund, so zu tun, als hätte sie ihn nicht gekannt. »Er ist tot. Ich weiß.« Sie wusste, dass er tot war, und dennoch musste sie weniger an den Moment des Unfalls denken als an den Ausdruck in seinen Augen, kurz bevor er die Kontrolle über den Wagen verlor.

Überraschung. Ungläubigkeit. Wut.

Sie schauderte. Es war nicht so gelaufen, wie sie gehofft hatte. Nichts davon. Selbst wenn er noch leben würde, hätte es schlecht geendet.

Die Ärztin sah sie irritiert an. »Sie wissen, dass er tot ist? Ich dachte, Sie erinnern sich an nichts?«

Ashley deutete auf das TV-Gerät draußen im Wartebereich, das man durch die Glasscheibe des Krankenzimmers sehen konnte. Es war stumm gestellt, doch das Nachrichtenband unten auf dem Bildschirm bestätigte, dass der berühmte Promi-Koch Cliff Whitman bei einem Unfall auf dem Mulholland Drive umgekommen war. Man hatte eine unbekannte Frau aus dem Wrack geborgen und ins Krankenhaus gebracht.

Das war sie. Eine unbekannte Frau.

Die Ironie entging ihr nicht. Trotz ihrer gemeinsamen Geschichte war sie auch für Cliff eine Unbekannte gewesen.

Im Moment war sie jedoch erleichtert, eine Unbekannte zu sein, hoffentlich blieb das so. Sie wollte die Uhr zurückstellen, in ihr altes Leben zurückkehren und diesen schrecklichen Irrtum irgendwie vergessen.

Ein anderes Bild tauchte auf dem Monitor auf. Eine schlanke Frau in Jeans und einem einfachen weißen Shirt, die mit vorgestreckter Hand die Fotografen abwehrte. Ihre riesige Sonnenbrille verbarg fast ihr ganzes Gesicht. Sie wirkte gequält. Gehetzt.

Joanna Whitman.

Ashleys Magen rebellierte. »Mir wird schlecht.«

Die Pflegerin reichte ihr eine Schüssel, und sie würgte elend, obwohl sie nichts im Magen hatte.

Es tut mir leid, es tut mir leid.

War sie ein schlechter Mensch? Sie wagte nicht, darüber nachzudenken.

»Schließen Sie die Jalousien und stellen Sie den Fernseher aus.« Die Ärztin sah die Pflegerin finster an, und Ashley lag erschöpft da. Sie hätte ihnen sagen können, dass sie sich die Mühe nicht zu machen brauchten, weil die Bilder in den Nachrichten nichts zeigten, was sie nicht bereits persönlich aus der Nähe gesehen hätte. Als der Wagen endlich zum Stehen gekommen war, hatte sie zwei Dinge bemerkt. Zum einen, dass sie irgendwie noch lebte und ihre Gliedmaßen offenbar vollzählig vorhanden waren. Und zum anderen, dass Cliff Whitman nicht so viel Glück gehabt hatte.

Sie hatte nie zuvor einen Toten gesehen, doch keine Sekunde gezweifelt, dass sie gerade einen sah.

Und alles war ihre Schuld.

Wäre es anders ausgegangen, wenn sie einen anderen Zeitpunkt gewählt hätte, um ihm zu sagen, was sie ihm sagen musste?

Sie hörte noch immer seine Stimme: Was willst du von mir? Und ihre schrille Erwiderung: Ich will, dass du dich deiner Verantwortung stellst!

In diesem Augenblick hatte sie seine volle Aufmerksamkeit gehabt, weshalb er von der Straße abgekommen war.

Machte sie das zu einer Mörderin?

Du steckst tief in Schwierigkeiten, Ashley.

Sie wollte wegrennen, doch sie konnte sich nicht einmal allein aufsetzen, geschweige denn das Bett verlassen.

Die Ärztin stellte den Tropf an ihrem Arm neu ein. »Erinnern Sie sich überhaupt an irgendwas?«

»Ich erinnere mich, wie ich in seinen Wagen stieg.« Sie konnte sich vorstellen, wofür sie sie hielten. Was sie von ihr dachten.

Doch was auch immer sie sich ausmalten, die Wahrheit war vermutlich viel pikanter.

Ihr wurde heiß und dann kalt. Sie dachte an Joanna Whitman und krümmte sich innerlich. Die Frau hatte furchtbar ausgesehen.

»Die Polizei möchte mit Ihnen sprechen, wenn Sie sich stark genug dafür fühlen. Man wird Sie fragen, ob Sie wissen, was den Unfall verursacht hat. Es hat nicht geregnet, und die Sicht war gut.«

»Ich weiß nicht. Ich erinnere mich nicht an viel. In der einen Sekunde fuhren wir, und in der nächsten flogen wir über die Klippe.« Sie wollte nicht mit der Polizei reden. Sie wollte keine Fragen beantworten.

Wie viel konnten sie herausfinden?

Konnte man dafür eingesperrt werden, dass man jemandem etwas sagte, das die Person nicht hören wollte?

Sie bemerkte, wie die Pflegerin die Anzeigen der medizinischen Geräte kontrollierte. Hoffentlich hatten sie nicht auch noch einen Lügendetektor.

Die Ärztin lächelte ihr ermutigend zu. »Machen Sie sich keine Sorgen. Eine vorübergehende Amnesie ist nicht ungewöhnlich nach einem Unfall wie dem Ihren. Sie hatten Glück. Aber Sie können sich entspannen, denn wir werden Sie so schnell nicht entlassen. Die gute Nachricht: Mit ihrem Baby ist alles in Ordnung.«

Ashley starrte sie an: »Baby?«

»Ja. Ihr Baby. Sie sind schwanger. Etwa in der zehnten Woche.« Dr. Ramirez hielt inne. »Wussten Sie das nicht?«

Doch, sie wusste es. Natürlich wusste sie es. Deshalb hatte sie mit Cliff im Wagen gesessen.

Doch sie hatte nicht gewollt, dass jemand anders davon erfuhr. Nicht, bis sie sich die nächsten Schritte überlegt hatte.

Ach, Ashley.

Sie steckte noch tiefer in Schwierigkeiten, als sie gedacht hatte.

4. KAPITEL

MELANIE

Melanie Miller biss in ihren Toast, statt ihrer Tochter zu widersprechen. Früher hätte sie ihrem Temperament vielleicht nachgegeben, doch inzwischen war sie Mutter und hatte gelernt, sich zurückzuhalten. Aber es war nicht einfach. Und es war nicht hilfreich, dass sie kein Morgenmensch war. Wenn Greg ihr nicht die Decke weggezogen hätte, würde sie noch schlafen.

»Du hörst mir nie zu!« Eden stand mit verschränkten Armen und trotziger Miene da. »Ich gehe nicht aufs College. Niemals. Wozu?«

Nicht darauf antworten.

Melanie biss noch ein Stück ab. Wegen dieses Zusammenstoßes würde sie einen Extra-Strandlauf einlegen müssen, um die Kalorien abzutrainieren, doch das war besser als ein Streit mit Eden, der tagelang schwelen konnte.

»Mom! Warum sagst du nichts? Ich habe das Lernen satt. Es ist eine Verschwendung von Lebenszeit. Und was hat man schon vom College außer jede Menge Schulden? Ich will keine ›Karriere‹. Ich will etwas mit Kunst oder Fotografie machen. Irgendwas Kreatives, das mir Spaß macht und mir Zeit zum Surfen lässt. Und vielleicht verdiene ich nicht viel Geld, aber ich will mehr vom Leben als einen Gehaltsscheck. Ich möchte mir selbst treu bleiben. Ich möchte meinen Träumen folgen. Ich möchte mich nicht einrichten so wie du.«

Mel verschluckte sich fast an ihrem Toast. Am liebsten hätte sie ihrer Tochter mal ordentlich die Meinung gesagt.

Man sieht die Welt als Teenager anders, ermahnte sie sich. Man sah lauter Möglichkeiten, unbefleckt von jeder Realität. Eine Straße ohne Hindernisse. Einfache Entscheidungen. *Ich möchte mich nicht einrichten so wie du.*

Die Worte berührten einen Teil in ihr, den sie meist ignorierte. Sie versuchte, ihn auch jetzt wieder zu unterdrücken, indem sie sich daran erinnerte, dass es mehr als einen Grund gab, einen Job zu erledigen, und dass alle diese Gründe ihre Berechtigung hatten. Manchen Menschen ging es ums Geld, und daran war nichts Falsches. Andere wollten etwas Wertvolles tun, das sie mit Sinn erfüllte. Mel war der Tradition gefolgt und ins Familienunternehmen eingestiegen. Das Surf Café lag oberhalb des Strandes und war von ihren Großeltern gegründet worden als ein Ort, wo sich die Einheimischen zum Essen und Trinken treffen konnten. Heute waren doppelt so viele Touristen wie Einheimische zu Gast, doch noch immer war das Café ein beliebter Treffpunkt für die Einwohner von Silver Point, die Mel nahezu alle gut kannte. Als sie noch ein Kind gewesen war, hatten ihre Eltern immer gesagt: Eines Tages wird dieser Ort dir und Nate gehören. Und gelegentlich hatte Mel gedacht: Was, wenn ich ihn gar nicht will?

Sie schob den Gedanken beiseite. Das Café war Teil ihres Lebens. Seit sie laufen konnte, hatte sie dort ausgeholfen. Lange hatte sie vom Kellnern bis zur Buchhaltung alles gemacht, doch inzwischen konzentrierte sie sich auf die administrative Seite des Geschäfts, was ehrlich gesagt nicht sonderlich aufregend war. Doch das Unternehmen war der ganze Stolz ihrer Familie, und sie und ihr Zwillingsbruder Nate hatten die Pflicht, es am Laufen zu halten.

Wenn sie in Stoßzeiten besonders viel zu tun hatten, half sie beim Kellnern aus, aber nur, wenn es unbedingt sein musste. Sie hatte nicht den Charme und die Freundlichkeit von Nate. Sie war zu ungeduldig. Stände sie im Café, wären sie vermutlich schon pleite. Sie zog es vor, sich um die Bücher zu kümmern.

Zahlen konnten sich nicht beschweren, dass man ihnen das falsche Essen gebracht hatte oder dass der Hamburger nicht so war, wie die Gäste ihn mochten, obwohl sie ihn genau so bestellt hatten.

Als Mutter war sie dankbar für die Flexibilität, die ihr der Job ermöglichte, und sie arbeitete gern mit ihrem Bruder zusammen, auch wenn sie das ihm gegenüber niemals zugeben würde. Und der Job hatte noch weitere Vorteile. Es gab keine Woche, in der Mel nicht zumindest einen von Nates Pekannuss-Schokoladen-Brownies verputzte. Eden war süchtig nach seinen Macadamia-Cookies mit weißer Schokolade, und sogar Greg, der Zucker möglichst vermied, streckte die Waffen, wenn er sich einem Stück Apfel-Zimt-Kuchen gegenübersah. Für Tugendhafte gab es den Salat mit Shrimps, und wer Zeit hatte, setzte sich auf die von Zypressen geschützte Terrasse und sah zu, wie sich die Pazifikwellen an dem weißen Sandstrand brachen.

Eden sah sie genervt an. »Mom?«

»Ja, ich habe dir zugehört.« Sie konnte das jetzt nicht. Sie brauchte Verstärkung. »Greg! Der Kaffee ist fertig.«

»Hier bin ich.« Greg kam herein, und Edens Streitlust verwandelte sich sofort in Fröhlichkeit.

»Hallo, Dad.«

»Selber hallo.« Er begrüßte seine Tochter mit einem flüchtigen Kuss aufs Haar, den Eden tolerierte, wenn niemand anders es sah. »Wie geht es meiner Familie heute Morgen?«

Müde, dachte Mel, während sie aufstand und ihm die Thermosflasche mit dem Kaffee gab. Eden war ein eigenwilliges Kind gewesen, das von der Kleidung bis zum Essen feste Vorstellungen gehabt hatte. Mel hatte sich gesagt, dass die Dinge leichter würden, wenn sie groß war. Sie hatte sich geirrt. Vielleicht sollte sie aufhören, sich mit ihr zu streiten. Sollte den Versuch aufgeben, ihre Entscheidungen in eine vernünftigere Richtung zu lenken. An welchem Punkt sollte man zurücktreten und sie ihr Leben leben lassen, mit Fehlern und allem?

Die Frage beschäftigte sie, und sie war erleichtert, als Eden und Greg das Haus verließen – die eine zur Schule, der andere zur Arbeit.

Mel wurde erst in ein paar Stunden im Café gebraucht, sodass sie sich entschied, ein neues Buch zu kaufen, da sie ihr altes gestern Abend in der Badewanne ausgelesen hatte.

Sie griff nach ihrer Handtasche und den Schlüsseln und verließ das Haus. Bis zur Main Street war es nur ein Fünf-Minuten-Spaziergang, und sie hob das Gesicht der Sonne entgegen, um ihren Stresslevel zu senken.

Es war noch früh, doch auf den Straßen tummelten sich schon die Sommertouristen.

Mel öffnete die Tür zur Strand-Buchhandlung, und die Glocke ertönte mit jenem angenehmen, vertrauten Ton, der sie daran erinnerte, warum sie sich dafür entschieden hatte, im Familienunternehmen und in ihrer Heimatstadt Silver Point zu bleiben.

Silver Point mit seinen kopfsteingepflasterten Straßen und den herrlichen Stränden gehörte zu den meistfotografierten Orten an der kalifornischen Küste. Sehr zum Ärger der Polizei, die es satthatte, dass die Leute sich beim Posieren für das perfekte Selfie oft genug fast umbrachten. Der kleine Küstenort lag idyllisch zwischen dem Pazifik und den Santa Lucia Mountains. In der Hochsaison im Sommer fuhren viele Touristen auf ihrem Weg zu den Hotspots Carmel und Monterey durch die Stadt.

Mel passte das gut. Sie liebte ihre Heimat, wo sich Berge und Meer trafen, und hätte das alles gern für sich allein gehabt. Dies war ihre Stadt, und hier gehörte sie hin, zu all diesen Menschen, die sie schon ihr ganzes Leben kannte. Sie wanderte in den Bergen durch Wälder mit Monterey-Kiefern, Zypressen und Zedern. Sie ging surfen und schwamm im Meer unter einem Himmel, der fast unwirklich blau war.

Und trotzdem nagten Edens Worte an ihr. Es war, als hätte sie einen Stein im Schuh.

Ich möchte mich nicht einrichten so wie du.

Vor ihrem geistigen Auge erschien eine kurze Vision von High Heels und Großstadtleben, von überfüllten Straßen und der Sonne, die sich in gläsernen Wolkenkratzern spiegelte.

Sie hatte sich nicht eingerichtet. Sie hatte sich ganz und gar nicht eingerichtet. Gerade weil sie diesen Teil der kalifornischen Küste so liebte, verstand sie Edens Widerwillen, ihn zu verlassen. Doch Spaß zu haben war kein Job. Warum lehnte sie das College ab, wenn sie Spaß wollte? Mel hatte das College geliebt. Sie hatte dort ihren ersten Alkohol getrunken, Marihuana geraucht und jede Menge Dinge getan, die man tun sollte, solange man jung war. Sie hatte getanzt, bis ihr die Füße wehtaten, und geredet, bis ihr die Kiefer wehtaten, sie hatte jede Menge Sex mit Greg gehabt (auch wenn sie ehrlicherweise zugeben musste, dass sie den schon seit ihrem sechzehnten Lebensjahr hatten, sodass dies also mehr vom Alten, aber vom guten Alten gewesen war). Und dann hatte sie ihre Ausbildung zur Wirtschaftsprüferin absolviert und war in das Café eingestiegen. Vielleicht machte das nicht unbedingt Spaß, aber es war ein solider Job, und dafür konnte man dankbar sein. Spaß zu haben bezahlte keine Miete. Spaß zu haben garantierte keine sichere Zukunft, und dass sie die für ihr Kind anstrebte, machte sie doch nicht zu einer schlechten Mutter, oder?

Vielleicht sollte sie statt eines Romans einen Erziehungsratgeber kaufen.

»Habt ihr was, wie man mit schwierigen Teenagern umgeht?« Sie lugte hinter den Tresen, wo Mary-Lou gerade Bücher aus einer Kiste auspackte.

»Mel!« Mary-Lou stand mit vor Anstrengung rotem Gesicht auf. »Wieder einmal Eden?«

»Wenn die Erde hier in der Gegend bebt, nennen die Leute es ein Erdbeben. Bei uns zu Hause nennen wir es ein Eden-Beben. Ich musste die Polizei rufen.«

»So schlimm?« Mary-Lou grinste. »Und hat der diensthabende Officer jemanden verhaftet?«

»Zum Glück ist Greg in Krisensituationen ein Meister der Deeskalation, weshalb wir alle noch am Leben sind und keine der Geiseln verletzt wurde. Ich habe ihn wegen seiner Verhandlungskünste geheiratet. Er ist der vernünftigste, geduldigste Mann, den ich kenne.«

Mary-Lou strich ihr Kleid glatt. »Wer waren die Geiseln?«

»Kommt drauf an, wen du fragst.« Mel nahm einen Flyer vom Tresen und legte ihn dann zurück. »Ich habe den Thriller zu Ende gelesen, den du empfohlen hast. Er war gut, auch wenn Greg meint, dass man von einer so alten Leiche nicht so viele Dinge ablesen kann.«

»Darüber redet ihr beim Essen? Über Leichen? Romantisch. Offenbar sind euch nach all diesen Jahren die Themen ausgegangen.«

»Wir bleiben in der Realität.« Mel grinste. »Und wir können nicht flirten oder Dirty Talk machen, wenn Eden dabei ist. Wobei, wenn ich darüber nachdenke – das wäre der perfekte Weg, sie zu vertreiben.« Sie musste den Gedanken unbedingt im Hinterkopf behalten. Mary-Lou schüttelte den Kopf.

»Er ist auf jeden Fall ein Pfundskerl. Die Gemeinde kann sich freuen, dass er auf uns aufpasst. Und du ebenfalls.«

»Ich weiß.« Mel blickte zu den Regalen. »Also, was soll ich als Nächstes lesen? Was hast du für mich?«

»Etwas, das besser ist als Fiktion.« Mary-Lou beugte sich vor – ein verlässliches Zeichen, dass sie ihr gleich kostbarsten Klatsch erzählen würde.

Da sie in der nächsten Stunde nirgendwo sein musste, beugte sich Melanie ebenfalls vor. Sie hatte keine Ahnung, warum sie flüsterten. Es durchstöberten nur drei andere Menschen die Regale, alles Touristen, die sich vermutlich kein bisschen für die Eskapaden der Einheimischen interessierten.

»Geht es um Mrs. Highgates Pudel? Darüber habe ich schon

alles gehört.« Der verwöhnte Köter war am Tag zuvor abgehauen und hatte die frisch gepflanzten Begonien der Nachbarin ausgebuddelt. Da es sich bei der Nachbarin um Edna Casey
handelte, endete das kleine Abenteuer mit einem Besuch von
der Polizei. Greg, der den Anruf vor dem Frühstück bekam,
hatte Mel davon erzählt.

»Das hier ist größer als Mrs. Highgates Pudel. Siehst du keine
Nachrichten?« Mary-Lou strahlte die Touristin an, die hinter
Melanie auftauchte. »Wie kann ich Ihnen helfen?«

»Ich nehme diese beiden.« Die Frau reichte ihr zwei Taschen-
bücher.

Nachrichten?

Melanie wartete, während Mary-Lou die Kasse bediente,
über das Wetter und die Sehenswürdigkeiten der Stadt plau-
derte – und ob die Frau denn schon die nächsten drei Bände der
Serie kenne, die sie da kaufte?

Im Ergebnis verließ die Frau den Laden mit fünf Büchern
statt der zwei, die sie ursprünglich hatte kaufen wollen, und
Mel sah ihre Freundin bewundernd an.

»Nimm zwei und lass dir drei weitere verkaufen?«

»Das ist eine solide Verkaufsstrategie und ein sicherer Weg,
um im Geschäft zu bleiben.« Mary-Lou beugte sich wieder vor.
»Hast du heute Morgen wirklich keine Nachrichten gesehen?«

»Ich sagte doch, dass ich einen häuslichen Notfall regeln
musste.« Mel griff nach einem Thriller vom nächstgelegenen
Regal. »Wie ist es damit? Taugt der was?«

»Ja. Siehst du denn kein Fernsehen?«

»Die Nachrichten stressen mich. Ich habe Mozart gehört.
Soll gut sein gegen Stress. Ich bin Mutter eines Teenagers. Mein
Stresslevel ist immer hoch, auch ohne dass andere Dinge alles
noch schlimmer machen. Ich bezweifle, dass Mozart mich entspannen wird, doch ich bin bereit, es zu versuchen. Wenn das
nicht funktioniert, wende ich mich vermutlich dem Alkohol
zu.« Mel drehte das Buch um und las den Klappentext. Sie ließ

sich Zeit dabei, denn sie wusste, dass Mary-Lou darauf brannte, ihre Neuigkeiten loszuwerden, und warum sollte Mel nicht auch mal Spaß haben? »Also, was ist passiert?«

»Cliff Whitman?«

Mels gute Laune war wie weggeblasen. Sie ließ das Buch auf den Tresen fallen. »Was ist mit Cliff Whitman?«

Mary-Lou fuhr sich mit dem Finger über den Hals, und Mel runzelte verwirrt die Stirn.

»Er hatte einen Unfall mit einem Küchenmesser? Jemand hat ihm die Kehle durchgeschnitten?« Es würde sie nicht überraschen. Wenn sie mit Cliff verheiratet gewesen wäre, hätte sie ihn schon vor dem ersten Hochzeitstag umgebracht. Sie hätte ihn ins Meer geworfen, wo seine Leiche spurlos versunken wäre, hinabgezogen von dem Gewicht seines Egos.

Greg, der unerschütterlich, vernünftig und durch nichts aus der Ruhe zu bringen war, hätte darauf hingewiesen, dass jeder Mensch verschiedene Seiten hatte, doch Mel sah Cliff Whitman am liebsten nur von hinten.

»Nicht seine Kehle …« Mary-Lou wollte zu gern die Details erzählen. »Aber er ist tot. Das passiert eben, wenn man in seinen protzigen Sportwagen steigt – so peinlich für einen Mann seines Alters – und in den Hollywood Hills angibt.«

»Tot?« Mel verspürte einen Anflug von schlechtem Gewissen. Es war ihr unangenehm, dass sie so boshaft über einen toten Mann gedacht hatte. Andererseits hatte sie in dem Moment nichts von seinem Ableben gewusst, und außerdem ging es um Cliff Whitman. Es fiel ihr schwer, großmütige Gedanken zu hegen für jemanden, der die Beziehung von zwei ihrer liebsten Menschen zerstört (sie gab Cliff die Hauptschuld) und ihre perfekte Vierer-Einheit ruiniert hatte. Und ja, sie war emotional involviert, denn einer dieser Menschen war ihre beste Freundin und der andere ihr Bruder gewesen. Und ja, zwei Jahrzehnte waren vergangen, doch Mel hatte nichts vergessen. Und dennoch … »Wie tot? Hatte er einen Unfall?«

»Der Wagen kam von der Straße ab und fiel in eine Schlucht. Aber das ist nicht alles ...« Mary-Lou senkte die Stimme, wodurch sie allerdings eher lauter klang. »Er hatte eine Frau bei sich.«

Mel wurde flau, und sie hatte das Gefühl, als stieße man sie ebenfalls in eine Schlucht. *Joanna.* »Nein.« Sie bekam keine Luft. Das Verlustgefühl überwältigte sie, und dann kamen die Gewissensbisse. Gewissensbisse, weil sie sich nicht stärker angestrengt hatte, die Kluft zwischen ihnen zu überbrücken.

»Mel? Du bist ganz weiß. Setz dich! Nicht, dass du hier ohnmächtig wirst.« Mary-Lou wurde hektisch, holte einen Stuhl. »Ist dir schlecht? Was ist los?«

»Joanna ...« Mel ließ sich auf den Stuhl fallen und brachte zumindest dieses eine Wort hervor, bis sie sich wieder ein wenig fing. »Es ist nur ein Schock, das ist alles. Ich kann nicht glauben, dass sie tot ist.«

»Tot?« Mary-Lou sah sie irritiert an. »Sie ist nicht tot. Glaubst du etwa ... Es war nicht Joanna, die im Wagen saß.«

»Du – was?« Mel umklammerte die Sitzfläche des Stuhls. »Warum hast du mir gesagt, sie wäre es?«

»Hab ich nicht. Ich sagte, er hätte eine Frau im Auto gehabt. Niemand weiß, wer sie ist, aber es ist nicht Joanna.« Mary-Lou tätschelte ihr beruhigend die Schulter. »Entschuldige, dass ich dir einen Schrecken eingejagt habe. Die Nachrichten sprachen von einer ›unbekannten Frau‹. Sie wurde ins Krankenhaus gebracht. Weitere Einzelheiten gibt es noch nicht.«

Unbekannte Frau.

Mel, die sich noch immer von dem Schock über Joannas vermeintlichen Tod erholte, strich sich das Haar aus dem Gesicht und versuchte sich vorzustellen, was sie tun würde, wenn Greg herumfuhr und unbekannte Frauen aufgabelte.

»Joanna ist kein Mädchen. Sie wird dieses Jahr vierzig.« Wie war das geschehen? War es nicht erst gestern gewesen, dass sie vierzehn Kerzen auf dem Geburtstagskuchen ausgeblasen hatte? *Ich habe mir was gewünscht.*

Mel hatte nicht gefragt, was sie sich wünschte. Das musste sie nicht. Sie waren so eng befreundet, dass sie wirklich alles voneinander wussten.

»Ich erinnere mich noch, als sie die Küche im Surf Café in Brand setzte und deinen Bruder ins Krankenhaus brachte. So ein Anblick ist schwer zu vergessen.«

Mel hatte ihn ebenfalls nicht vergessen. Blinkendes Blaulicht. Ihre weinende Mutter. Joanna, die ebenfalls weinte und deren Wangen verschmiert waren von Ruß und Tränen.

»Sie hat die Küche nicht absichtlich abgebrannt, Mary-Lou. Es war ein Unfall. Sie wollte ein romantisches Essen für Nate kochen. Sie hat die Pancakes flambiert ...«

»Und dann waren die Flammen zu hoch.« Mary-Lou schüttelte den Kopf. »Dein Bruder hatte Glück, dass nur seine Augenbrauen versengt wurden. Die beiden waren unzertrennlich. Ich konnte es kaum fassen, als sie Schluss machten und sie die Stadt so plötzlich verließ. Es tat mir leid für ihn. Ich dachte, sie bleiben ewig zusammen, weißt du?«

Mel hatte das ebenfalls gedacht. Die Lektion, dass das Leben nicht immer so lief, wie man es sich vorstellte, war ein schmerzhafter Einschnitt gewesen. »Vorbei.«

»Ich konnte nicht glauben, dass sie mit diesem Koch durchbrannte, den sie gerade mal fünf Minuten kannte. Aber vielleicht war er gar keine so schlechte Wahl, denn sie war eine wirklich lausige Köchin. Das Mädchen wäre verhungert oder hätte sich in die Luft gesprengt, wenn es sich selbst hätte ernähren müssen. Dennoch hat sie mit Cliff Whitman sicherlich mehr bekommen, als sie haben wollte.«

Das stimmte.

Wie hatte Joanna das ausgehalten? Das Mädchen, mit dem Mel aufgewachsen war, war loyal und freundlich gewesen. Ja, sie hatte Ärger angezogen wie das Licht die Motten, doch das war nicht immer Joannas Schuld gewesen. Und außerdem hatte sie neben den schlechten auch viele gute Dinge getan. Sie hatte nie einen Geburtstag vergessen, Kekse gebacken für Leute, die einen üblen Tag gehabt hatten (wobei manche sagten, dass der Tag mit Joannas Keksen garantiert noch übler wurde). In ihrer Jugend hatte sie einzig und allein Nate gewollt, wie also hatte sie bei diesem schmierigen Koch enden können?

Und was würde Nate von den neuesten Entwicklungen halten?

»Dann hast du nichts von ihr gehört?« Mary-Lou nahm das Buch, dessen Erwerb Mel erwogen hatte, und stellte es zurück ins Regal. »Ich dachte, sie hätte dich vielleicht kontaktiert.«

»Nein.« Mels Mund war trocken. »Das hat sie nicht. Warum sollte sie?«

Sie hatte gedacht, sie hätte das alles hinter sich gelassen, doch der Schock über Joannas vermeintlichen Tod hatte ihren Schutzwall durchbrochen. Der Schmerz war noch genauso stark wie damals.

Sie redete sich ein, es läge daran, dass Joanna ihrem Bruder das Herz gebrochen hatte, und natürlich machte sie das wütend, doch es war mehr.

Kurz nach der Trennung hatte Mel ihren Stolz hinuntergeschluckt und versucht, Joanna zu kontaktieren, doch die hatte nicht reagiert. Jene Joanna, die sie geliebt hatte wie eine Schwester. Sie hatten zusammen schwimmen gelernt, einander ihre Klamotten geliehen, hatten sich mit einer Nadel aus dem Nähkasten ihrer Mutter gegenseitig Ohrlöcher gestochen (das Blut!), sie hatten von Make-up bis zu Schokolade alles miteinander geteilt. Sie waren unzertrennlich gewesen, bis Joanna einfach gegangen war. Sie hatte Silver Point verlassen, ohne sich auch nur einmal umzudrehen, und sie hatte Mel und ihre Freundschaft ebenfalls verlassen.

Nate hatte sich geweigert, darüber zu sprechen. Er hatte zusammen mit Greg seinen Kummer im Alkohol ertränkt, sodass Mel allein damit fertigwerden musste.

Das nächste Mal hatte sie von Joanna in der Presse gelesen. Nach Cliff Whitmans erster Affäre sah Mel Bilder von ihr, auf denen sie abgezehrt und furchtbar aussah, die Hand vor dem Gesicht, als wolle sie die Fotografen abwehren. Das war nur wenige Jahre später gewesen. Mel hatte sie angerufen, obwohl sie das Gefühl hatte, damit Nate gegenüber illoyal zu sein. Doch sie erreichte sie nicht. Joanna hatte ihre Nummer geändert.

Zumindest habe ich es versucht, hatte Mel gedacht und aufgegeben. Und seitdem war zu viel Zeit vergangen, um diese Entscheidung zu überdenken.

Selbst wenn Mel ihren Schmerz und die Entfremdung überwinden könnte und Joanna ihren Anruf annahm – worüber sollten sie reden? Was hatten sie gemeinsam? Mel war Kleinstadt, Joanna Großstadt. Mel verbrachte ihre Zeit mit der Arbeit im Café, mit ihrer Familie und den Menschen, mit denen sie aufgewachsen war. Sie ging zu Barbecues und am Strand spazieren. Joanna besuchte Eröffnungsgalas, Preisverleihungen und stolzierte über rote Teppiche.

»Ich bin sicher, dass sie jede Menge Menschen hat, die ihr helfen.« Sie hatte die Belege dafür gesehen. Bilder von Joanna Whitman, wie sie mit Freundinnen shoppen ging, wie Joanna Whitman Tennis spielte, wie Joanna Whitman ein Theater besuchte. Fasziniert hatte sie bemerkt, dass Joanna gepflegt und gestylt aussah, obwohl ihr das früher immer egal gewesen war. Aber vielleicht lag das daran, dass die Natur sie großzügig bedacht hatte. Dichte Wimpern über grünen Augen und dunkelrote Haare von der Farbe des Herbstlaubs waren eine bemerkenswerte Kombination, auch wenn Joanna sich dessen nicht bewusst zu sein schien. Mel erinnerte sich, wie sie am Strand Räder geschlagen hatte und der Sand in ihren Haaren und auf ihren nackten Beinen kleben geblieben war. Ihr Aussehen gehörte zu ihr, ebenso wie ihre großzügige Art und ihre Unfähigkeit, etwas zu kochen, ohne es zu verkohlen.

Sie hatte sich verändert, doch vielleicht passierte das, wenn der Mann, den man geheiratet hatte, immer schon nach der nächsten Frau Ausschau hielt.

Wenn die Bilder nicht trogen, führte Joanna ein glamouröses Leben. Doch der Preis, den sie zahlte, war Cliff, und dieser Preis, dachte Mel, war zu hoch. Vermutlich war Joanna zu dem gleichen Schluss gekommen, denn vor einem Jahr hatte sie sich endlich scheiden lassen.

Und nun war er tot.

Mary-Lou legte einen frischen Stapel Lesezeichen auf den Tresen.

»Ich muss immer zweimal hinschauen, wenn ich sie bei irgendwelchen Anlässen so schick über den roten Teppich gehen sehe. Dann denke ich immer: Das ist Joanna, die immer hier reinkam und Bücher auslieh, als meine Mutter noch den Laden führte.«

Mel neigte den Kopf. »Sie liebte das Lesen, doch ihre Stiefmutter hielt Bücher für reine Geldverschwendung.«

»Erwähne bloß nicht diese Frau. Ich wette, dass Denise sich all diese teuflischen Stiefmütter, die wir als Kinder im Kino sahen, zum Vorbild genommen hat. Sie war der Grund, dass meine Mutter Joanna die Bücher lieh, auch wenn sie sie danach nicht mehr verkaufen konnte. Sie sagte immer: Das arme Mädchen braucht eine Flucht aus dem Leben mit dieser Frau. Der Gedanke, dass die kleine Joanna mit ihr allein war, ließ sie etwas Schlimmes befürchten.«

Die Erinnerung war unangenehm. Mel hatte es damals vermieden, Zeit bei Joanna zu Hause zu verbringen. Normalerweise hatten sie sich am Strand getroffen, oder Joanna war zu Mel gekommen. Wenn Mel in Otter's Nest war, hatte sie es nicht abwarten können, von dort fortzukommen. Sie hatte nicht unbedingt Angst vor Joannas Stiefmutter gehabt, doch Denise war keine angenehme Gesellschaft gewesen. Einmal hatte sie mit ihrer Freundin darüber gesprochen.

Deine Stiefmutter mag mich nicht.

Meine Stiefmutter mag niemanden.

An Joannas Vater hatte Mel nur gute Erinnerungen. Er war ein warmherziger, humorvoller Mann gewesen, der Joanna vergöttert hatte. Joannas Geburt hatte ihn zum Witwer gemacht, und als sie acht war, hatte er schließlich wieder geheiratet. »Sie erzählte Joanna immer, dass sie nie Kinder haben wollte.«

»Kannst du dir vorstellen, einem Kind so etwas zu sagen?« Mary-Lou presste die Lippen zusammen. »Wenn man keine will, gut, aber dann heiratet man nicht einen Mann mit einem Kind.«

»Ich schätze, sie hat nie für möglich gehalten, dass er sterben und sie als Alleinerziehende zurücklassen könnte. Egal, das liegt alles hinter uns.«

Sie hatte Joanna mal gefragt, was mit ihrer Stiefmutter nicht stimmte, und konnte sich noch immer an ihre Antwort erinnern. *Ihr Leben hat sich nicht so entwickelt, wie sie das erwartet hatte.*

Entwickelte sich irgendjemandes Leben so, wie er es erwartet hatte?

Mel war nicht sicher. Wenn sie jemand mit sechzehn gefragt hätte, was sie in zehn Jahren machen würde, wäre sie davon ausgegangen, dass Nate Joanna heiraten und sie damit offiziell zu einer Verwandten von Mel machen würde und nicht nur zur besten Freundin. Sie hätte sich vorgestellt, dass sie ein paar Kinder bekommen hätten, Cousinen und Cousins zu dem Haufen Kinder, den Mel mit Greg plante. Sie hätte sich lange glückselige Sommerferien mit Familien-Barbecues und trubelige Thanksgivings vorgestellt.

Was alles nur bewies, dass Pläne Zeitverschwendung waren.

Mel und Greg hatten Eden, doch die Natur hatte ihnen keine weiteren Kinder geschenkt. Joanna hatte Cliff Whitman geheiratet, und Nates engste Partnerin war derzeit sein Rettungshund Bess.

»Deine Mom war nett zu ihr. Joanna hat sie angehimmelt. Wie geht es ihr übrigens?«

»Ihre Arthritis ist schlechter geworden. Ich wäre gern mehr für sie da, doch eine Aushilfe für die Buchhandlung zu finden ist nicht einfach«, sagte Mary-Lou. »Meinst du, dein Bruder hat die Nachrichten gesehen? Ich frage mich, ob er noch immer an sie denkt. Nachdem sie abgehauen ist, hat er immerhin fünf Jahre gebraucht, um sich auf eine andere Frau einzulassen.«

»Das ist alles vorbei, Mary-Lou. Nate hat sich wieder verliebt und geheiratet.« Sie hasste es, mit anderen über ihren Bruder zu sprechen, aber sie wusste, dass er sich nicht als Opfer dargestellt wissen wollte.

»Und sich ein paar Jahre später scheiden lassen.«

»Dafür kannst du nicht Joanna die Schuld geben.« Obwohl sie selbst Joanna eine Zeit lang die Schuld für vieles gegeben hatte. Warum auch nicht? Joanna hatte Nate verlassen. Nate, von dem sie immer gesagt hatte, er sei ihr Seelenverwandter. Nate war nicht nur Mels Bruder, er war ihr Zwilling. Was ihm wehtat, tat ihr weh. Er war vier Minuten älter als sie und hatte sie immer verteidigt. Sie tat das Gleiche für ihn. Sie hatte das Recht gehabt, wütend zu sein, und das gleiche Recht, wütend zu sein, weil Joanna ihre Freundschaft so einfach hinter sich gelassen hatte.

Mary-Lou neigte den Kopf. »Wetten, dass sie zurückkommt?«

»Hierher zurück? Nein. Warum sollte sie? Sie war seit zwanzig Jahren nicht mehr hier.«

»Stimmt, aber manchmal ist es wie ein Weckruf, wenn schlimme Dinge geschehen. Man erkennt, was wichtig ist. Was man zurückgelassen hat. Man will nach Hause.«

»Silver Point ist nicht ihr Zuhause. Es ist seit zwei Jahrzehnten nicht mehr ihr Zuhause.« Und keiner von uns war wichtig, dachte Mel. Ich war nicht wichtig.

»Ihr gehört noch immer Otter's Nest.« Mary-Lou warf ihr einen bedeutungsvollen Blick zu, den Mel verstand.

Joannas Vater hatte – vielleicht aus einer Vorahnung heraus – Otter's Nest nicht seiner zweiten Frau, sondern Joanna hinterlassen.

Vielleicht hat er es gewusst, dachte Mel. Vielleicht hatte er tief in sich gewusst, wie Denise war – und dass Joanna vielleicht eines Tages einen Ort brauchen würde, der ihr gehörte.

Was hätte er davon gehalten, dass Joanna nicht mehr hier wohnte?

»Ihre Stiefmutter hat das Haus gehasst. Sie hasste seine Abgelegenheit und dass sie ins Auto steigen musste, um in die Stadt zu kommen.« Mel konnte sich noch gut an ihre Nörgelei erinnern.

»Trotzdem. Ihr Mann hinterlässt das Haus Joanna? Das muss ein Stich gewesen sein.«

Mel wusste Dinge über Joannas Leben, die andere aus der Stadt nicht wussten. Doch auch wenn sie seit zwanzig Jahren nicht mehr miteinander gesprochen hatten, bedeutete das nicht, dass sie ein Geheimnis ausplaudern würde.

»Na ja, die Frau wohnt jetzt oben an der Küste in Carmel. Ich schätze, dass sie also glücklich ist.«

»Nichts macht diese Frau jemals glücklich. Sie würde Otter's Nest nicht wiedererkennen, wenn sie zu Besuch käme. Es ist so schick.« Mary-Lou sortierte ein Buch um, das im falschen Regal gelandet war. »Es hat irgendeinen Architekturpreis gewonnen.«

»Du hast es nie gesehen. Keiner von uns hat das.«

»Ich habe Bilder gesehen. Es ist überall öko hier und nachhaltig dort. All das Geld und die Arbeit, um das alte Haus abzureißen und neu wiederaufzubauen. Warum engagiert man einen bekannten Architekten aus San Francisco, um Otter's Nest in ein Küstenparadies zu verwandeln, wenn man dort niemals wohnt?«

»Weil es ein Filetgrundstück ist? Als Investment?«

Mel erinnerte sich an die langen Sommertage, die sie an dem schmalen Sandstreifen vor Otter's Nest verbracht hatte. Das Strandhaus selbst lag genau über der Bucht, ein sandiger Weg führte zum Strand. Bei Gregs erstem Kuss hatten sie dort im Sand gesessen und den Sonnenuntergang betrachtet. Sie waren vierzehn gewesen.

Ich werde dich heiraten, Melanie.

»Das Einkommen braucht sie ja wohl nicht. Nicht, dass ich mit ihr tauschen wollte. Alles Geld der Welt könnte mich nicht dazu bringen, mit einem Mann wie Cliff Whitman zusammen zu sein«, sagte Mary-Lou. »Welche Frau mit einem Funken Selbstachtung bleibt zwanzig Jahre lang mit so einem Mann verheiratet?«

Diese Frage konnte Mel nicht beantworten, und sie wusste, dass nicht nur Mary-Lou darüber spekulierte.

»Ich schätze, niemand von uns weiß genau, was zwischen einem anderen Paar vor sich geht.«

Wie mochte es Joanna jetzt gehen? Sie hatte sich von ihrem Mann scheiden lassen, doch nichts im Leben war einfach, das wusste Mel zu genau. War ihr Herz gebrochen? Ließ sie die Champagnerkorken knallen?

Die alte Joanna, die Joanna, mit der sie gekichert hatte, mit der sie surfen gewesen war und mit der sie von Jungs geträumt hatte, hätte die Aufmerksamkeit gehasst. Die alte Joanna hatte das größte und liebenswerteste Herz der Welt. Doch die Person, zu der Joanna geworden war …

Mel kannte sie nicht.

»Mir tut sie leid«, sagte Mary-Lou. »Und auch wenn ich zu ihrem Geld nicht Nein sagen würde, ihr Leben wollte ich nicht haben. Sie kann nicht einmal in einen Laden gehen, ohne dass sie fotografiert wird. Kannst du dir das vorstellen? Heute Morgen zeigten sie Bilder von ihrem Haus. Schickes Anwesen. Journalisten und Kameraleute belagerten es von allen Seiten. Wozu hat man ein solches Haus, wenn man Angst haben muss, es zu verlassen? Könnte ebenso gut ein Gefängnis sein. In Otter's Nest hätte sie mehr Privatleben, aber du hast sicher recht.« Sie wedelte mit der Hand. »Joanna hat sich hier seit zwanzig Jahren nicht mehr blicken lassen. Warum sollte sie jetzt kommen?«

5. KAPITEL

JOANNA

Joanna lag in der Mitte ihres Bettes und hatte nicht die geringste Lust, es zu verlassen. Sie genoss diese wenigen glückseligen Sekunden, bevor sie richtig wach wurde, bevor die Benommenheit verflog und sie sich wieder daran erinnerte, dass sie das Leben lebte, das sie gewählt hatte.

Ein Leben, das aus einer Abfolge schlechter Entscheidungen bestand.

Manchmal stellte sie sich vor, wie ihr Leben aussehen würde, wenn sie andere Entscheidungen getroffen hätte. Wenn sie innegehalten hätte statt weiterzustürmen. Wenn sie die eine Abzweigung statt der anderen genommen hätte. Doch hinterher war man immer schlauer. Entscheidungen, die damals völlig klar schienen, waren in der Rückschau schwerer nachzuvollziehen. Man bog einmal falsch ab und dann noch mal und noch mal, und eh man sich's versah, hatte man sich hoffnungslos verirrt und konnte nicht mehr zurück, sondern nur noch vorwärts. Man blieb bei etwas, das man als schlecht erkannt hatte, doch zumindest war es vertraut, und man wusste sowieso nicht mehr, wie das Gute aussah, und schon mal gar nicht, wie man es finden könnte.

Sie hörte es in der Küche klappern und erstarrte. Dann fiel es ihr wieder ein. Nessa. Nicht irgendjemand von der Presse, der sich Zugang zum Haus verschafft hatte. Nessa, ihre treue Assistentin, die darauf bestanden hatte zu bleiben und sich in Joannas Gästezimmer eingerichtet hatte. *Ich kann den Spieß-*

rutenlauf durchs Vordertor nicht jeden Tag machen, und ich werde es nicht noch mal durch die Wildnis riskieren, also bin ich jetzt Ihre Mitbewohnerin.

Joanna hatte bereitwillig zugestimmt. Nessa um sich zu haben zwang sie zum Handeln und hielt sie vom Grübeln ab. Im Moment war Nessa für sie das, was einer Freundin am nächsten kam.

Was sagte das über sie aus?

Joanna schob die Decke zurück und zwang sich, in den Tag zu starten. Sie blickte sehnsüchtig zu dem Stapel Bücher auf ihrem Nachttisch und kämpfte gegen das Verlangen, die Tür zu schließen und sich für den Rest des Tages in einer anderen Welt zu verkriechen.

Stattdessen ging sie ins Badezimmer, duschte, putzte sich die Zähne und zog ihre übliche Arbeitskleidung aus Jeans und weißem Shirt an. Sie brauchte weniger als fünf Minuten für ihr Make-up, weil sie es nicht länger ertragen konnte, ihr blasses Spiegelbild zu betrachten. Sie sah toter aus als Cliff.

Warum bist du verunglückt, Cliff? Hast du getrunken?

Sie hatte die gleichen Fragen wie alle anderen.

Sie musste nicht aus dem Fenster schauen, um zu wissen, dass die Fotografen noch immer draußen vor dem Tor lauerten. Aus ihren Vans heraus beobachteten sie das Haus durch riesige Objektive.

Sie würde zwei Tage verstreichen lassen. Wenn sie dann immer noch nicht das Interesse verloren hatten, würde sie eine Security-Firma beauftragen, damit sie sicher ins Büro fahren konnte. Zwei bullige, humorlose Männer mit muskulösen Schultern und Gesichtern, die nie lächelten. Sie würden sie Mrs. Whitman nennen, was sie hasste.

Sie wollte nicht Mrs. Whitman sein. Sie wollte nicht den Rest ihrer Tage als eines von Cliffs Accessoires herumlaufen.

Das Büro würde vermutlich ebenfalls belagert werden. Sie würde dem Team aufmunternde Worte sagen, ihre Sachen packen und die Erleichterung in den Gesichtern ignorieren, wenn sie verkündete, dass sie ins Homeoffice ging. Sie wollten nicht, dass sie dort war und Aufmerksamkeit vom Unternehmen abzog. Aber die Arbeit hörte ja nicht auf, nur weil Cliff nicht mehr lebte.

Cliff hatte so wenig Zeit wie möglich im Büro verbracht. Zum einen, weil er meistens mit einem Filmprojekt beschäftigt war, eines seiner Restaurants besuchte oder eines seiner Bücher promotete und überhaupt bemüht war, in den Medien präsent zu sein. Doch ein anderer Grund bestand darin, dass Cliff Legastheniker war. Damit das niemand erfuhr, vermied er Situationen, in denen er etwas lesen oder unterschreiben sollte, ohne dass Joanna an seiner Seite war. Joanna verstand nicht, warum er es verbarg. Sie hatte ihm ein paarmal vorgeschlagen, damit an die Öffentlichkeit zu gehen, weil sein Erfolg andere Menschen mit Legasthenie inspirieren und ermutigen könnte, doch Cliff war nicht daran interessiert, andere zu inspirieren oder ihnen zu helfen. Sein Fokus lag darauf, das Bild zu erhalten, das er von sich geschaffen hatte. Er wollte daran glauben, dieser Mensch zu sein. Und die Öffentlichkeit sollte ebenfalls daran glauben.

Tatsächlich hatte Cliff wenig mit der Arbeit hinter den Kulissen zu tun gehabt. Das Unternehmen wurde von einem kompetenten Managementteam geleitet, doch Joanna war diejenige gewesen, die Cliff gemanagt hatte. Sogar nach der Scheidung hatte sich das nicht verändert. Sie verwaltete seinen Terminplan, seine Reisen, seine Pressetermine und seine Unsicherheiten.

Es war Joanna, die alle Rezepte für Cliffs Bücher in eine nachvollziehbare Form brachte, indem sie penibel all die Zutaten abwog, die Cliff intuitiv zusammenwürfelte, und auch seine Vorgehensweise notierte. Er hatte nie im Leben nach einem Rezept gekocht, doch er wusste, wie Aromen sich verbanden.

Am Anfang hatte die Arbeit Spaß gemacht. War sogar aufregend gewesen. Doch das hatte sich allmählich verändert. Je mehr die Öffentlichkeit von ihm erwartete, desto mehr fühlte

Cliff sich unter Druck und desto größer wurde seine Unsicherheit. Er wurde zum Opfer seines eigenen Images.

Warum bist du verunglückt, Cliff? Hast du angegeben?

Sie ging nach unten, wo sich Nessa in der Küche mit der Kaffeemaschine vertraut machte.

»Geht das Unternehmen den Bach runter, Boss? Es gibt Gerüchte.«

»Dem Unternehmen geht es gut.« Jedenfalls im Moment. Sie hatte kurz mit Michael telefoniert, ihrem CEO, der sämtliche Aktivitäten steuerte. Er hatte ihr versichert, dass es trotz des Verlustes ihres Aushängeschilds keinen Grund gab, warum das Unternehmen in nächster Zeit schlechter laufen sollte. »Alle Restaurants sind gut gebucht, das neueste Buch ist fertig und mit dem Verlag …« Sie wollte jetzt nicht darüber nachdenken. Ausnahmsweise wollte sie mal über sich und nicht über Cliff nachdenken.

War es falsch gewesen, im Unternehmen zu bleiben? Hätte sie sich nach der Scheidung ganz rausziehen sollen? Vielleicht. Aber damals hatte sie fast ihr ganzes Leben entrümpelt, und den Job ebenfalls aufzugeben war ihr zu groß erschienen. Cliff hatte sie erst angebettelt, sich nicht scheiden zu lassen, und danach, das Unternehmen nicht zu verlassen. Er hatte Angst gehabt, dass das Ganze ohne sie als seine rechte Hand zusammenbrechen würde. Und so war sie geblieben.

Warum bist du verunglückt, Cliff? Wer war diese Frau?

»Die Presse ist immer noch draußen. Ich habe Ihnen Frühstück gemacht. Hoffe, das ist okay.« Nessa verteilte Rührei auf Toast und stellte den Teller vor Joanna, die ihn ohne große Begeisterung ansah.

»Ich habe keinen Hunger.«

»Versuchen Sie einen Bissen. Ich bin eine gute Köchin. Natürlich nicht so gut wie Cliff, aber gut genug. Meine Mutter hat es mir beigebracht.«

Joanna verspürte einen Stich. Vielleicht wäre sie nicht so eine Katastrophe in der Küche, wenn sie eine Mutter gehabt hätte, die ihr das Kochen beigebracht hätte.

Sie griff nach der Gabel. Nicht, weil ihr der Gedanke an Essen gefiel, sondern um Nessa einen Gefallen zu tun. »Vielleicht sollten Sie diesen Fotografen ein Sandwich oder etwas zu trinken anbieten.«

»Sie machen Witze.«

Joanna schnitt ein kleines Stück Toast ab. »Sie machen nur ihren Job.«

»Ja, mag sein, aber wir müssen ihnen nicht dabei helfen, indem wir sie füttern. Haben Sie nie die Schilder im Zoo gesehen? Bitte nicht füttern? Hier gilt das Gleiche.« Nessa sah sie eindringlich an. »Sie essen nicht. Meine Mom sagt immer, dass man mit leerem Magen keine Krise bewältigen kann.«

Um sie zu beschwichtigen, aß Joanna einen Bissen. »Schmeckt gut. Und Sie haben recht, vermutlich sollten Sie Ihnen nichts zu essen bringen. Ich möchte sie nicht noch ermutigen.« Sie hatte es satt, ihnen aus dem Weg gehen zu müssen. Hatte es satt, das Haus nicht verlassen zu können, ohne dass ihr eine Kamera vors Gesicht gehalten wurde. Dass sie und Cliff nicht mehr verheiratet waren, schien die Reporter nicht zu kümmern. Ihrer Meinung nach gab es niemanden, der Cliff besser kannte als sie, und sie waren entschlossen, die Wahrheit um jeden Preis aufzudecken.

Kannten Sie die Identität der jungen Frau?

Glauben Sie, dass er am Unfallabend getrunken hatte?

Sie blieb bei ihrer üblichen Haltung und sagte nichts. Sie und Michael hatten allen Angestellten eine Mitteilung geschickt, in der sie sie beruhigten. Sie hatten sich auf das Geschäftliche konzentriert, nicht auf das Persönliche.

Doch die Meute da draußen interessierte eben das Persönliche.

»Ich habe Ihren Mail-Eingang gecheckt.« Nessa stellte eine Tasse Kaffee vor sie. »Das meiste ist der übliche Kram. Nichts

Dringendes. Und die Produzentin von *Cliff kocht* hat angerufen. Sie haben den Dreh natürlich auf Eis gelegt. Sie möchte mit Ihnen sprechen.«

»Warum? Ich kann nichts daran ändern, dass sie ihren Starpresenter verloren haben.« Die Produzentin, Cally Martin, war eine von Cliffs Affären gewesen. Joanna schob den Teller beiseite, der Appetit war ihr endgültig vergangen. »Ich rufe sie an.« Aber nicht jetzt. Erst wenn sie bereit war. Cally war vermutlich in Panik, weil ihre goldene Gans über eine Klippe gesegelt war.

Warum bist du verunglückt, Cliff? Warst du abgelenkt? Was hattest du mit dem Mädchen zu tun?

»Sie müssen mehr essen. Wenn Sie abnehmen, haben die etwas zu schreiben.« Nessa schob den Teller zu ihr zurück. »Wissen Sie, was sie brauchen? Einen Wellness-Tag oder so etwas. Sie müssen raus hier. Sie müssen sich entspannen.«

»Wenn ich dieses Haus verlasse, muss ich ständig über die Schulter schauen, wer mich verfolgt. Das ist nicht entspannend.« Natürlich war sie nicht wirklich gefangen, doch es fühlte sich so an. Sie war gefangen durch die Entscheidungen, die sie getroffen hatte. »Vielleicht sollte ich wie Sie über die Mauer klettern und einfach verschwinden.«

»Abgesehen von den Spinnen nicht die schlechteste Idee.« Nessa butterte sich einen Toast. »Es ist mir unangenehm, Ihnen etwas zu essen zu machen, wo Sie vermutlich auf Restaurantniveau kochen.«

»Tue ich nicht. Ich bin eine furchtbare Köchin.« Sie benutzte Cliffs Worte, denn sie wusste, dass sie stimmten. *Du bist eine furchtbare Köchin, Joanna.*

Nessa starrte sie ungläubig an. »Das glaube ich Ihnen nicht.«

»Warum?«

»Cliff muss es Ihnen beigebracht haben.«

Wie wenig Nessa doch über Cliff wusste. Selbst wenn Joanna Talent gehabt hätte, hätte er nicht gewollt, dass sie eine gute

Köchin war. Er musste der Beste sein. Der Berühmteste. Er wollte keine Konkurrenz. Damit konnte er nicht umgehen.

»Als wir zusammen waren, hat Cliff gekocht, und nach der Scheidung habe ich mir entweder etwas liefern lassen oder etwas Einfaches gemacht.« Obst und Käse. Salat, der einfach nur gewaschen werden musste und nicht viel mehr. »Ich bin gut darin, Packungen zu öffnen.«

Sie hätte Nessa erzählen können, dass aufwendige Gerichte sie an Cliff erinnerten und der ihre Lieblingsessen niemals angefasst hätte. Käsemakkaroni vom Delikatessenladen, die sie zu Hause erhitzte. Kalter Aufschnitt und rohes Gemüse.

Einfaches Essen wurde zu einem Akt der Rebellion, einer Art, sich von ihrem vergangenen Leben zu distanzieren. Sie hatte sich nicht nur von Cliff getrennt, sie hatte sich von einem Lebensstil getrennt, der sie Lobster-Ravioli essen ließ.

»Vielleicht sollten Sie eine Weile bei einer Freundin bleiben.« Nessa sammelte mit dem Finger ein paar Krümel auf. »Ich meine, nur bis sich die Lage beruhigt hat.«

Freundin?

Seit die Nachricht raus war, hatten zwei »Freundinnen« sich gemeldet, um einen Lunch-Termin in der nächsten Woche abzusagen.

Während ihrer Ehe mit Cliff hatte sie einen großen Bekanntenkreis gehabt. Menschen, die sie bei Anlässen traf, Menschen, mit denen sie sich zum Lunch traf und mit denen sie Wein trank und shoppen ging. Doch mit dem Ende der Ehe hatte sie sich von den meisten ferngehalten. Waren sie wirklich Freunde? Ein Freund sollte jemand sein, der sich um einen kümmerte, dem man vertraute, und sie hatte niemanden in ihrem Leben, auf den diese Beschreibung zutraf.

Vielleicht sollte sie ihre Theorie testen.

Sie griff zum Handy, scrollte durch die Kontakte und rief Heather an, die sie von allen Menschen sicher am regelmäßigsten sah. Heather leitete die Kommunikationsagentur, die Cliff für etliche Kampagnen beauftragt hatte. So hatten sie sich kennengelernt. Seitdem spielten sie und Heather dreimal die Woche Tennis miteinander. Dreimal die Woche Vorhandschläge, Rückhandschläge und höfliche Konversation. Dreimal die Woche die Frage, ob sie ihre Zeit wirklich so verbringen wollte.

Heather ging sofort ran. »Joanna! Ich habe mir solche Sorgen um dich gemacht. Wenn du irgendetwas brauchst … Ich wollte sowieso anrufen.«

Aber sie hatte nicht angerufen.

»Hallo, Heather …«

»Es tat mir leid, das von Cliff zu hören.« Ihre Stimme erstarb, als wäre sie nicht sicher, ob es ihr leidtun sollte oder nicht. »Was ist denn genau passiert, weißt du das?«

War sie etwa eine Hellseherin? »Ich habe keine Ahnung.«

»Wer ist diese junge Frau? Sie sagen, sie lebt. Sie muss doch inzwischen mit jemandem gesprochen haben. Meinst du, es war ein One-Night-Stand? Man fragt sich, ob sie …« Heather senkte die Stimme. »Glaubst du, er hat sie bezahlt?«

»Ich weiß nichts über sie oder ihre Beziehung zu Cliff. Wir sind geschieden, Heather.« Warum musste sie die Menschen immer wieder daran erinnern?

»Aber du warst zwanzig Jahre mit ihm verheiratet – wofür du eine Medaille verdienst –, und du kanntest ihn besser als jede andere. Es muss dich schwer getroffen haben.«

»Das Schwerste ist im Moment, dass die Presse mein Haus belagert und offenbar keine Eile hat, wieder abzuziehen.« Und Freundinnen, die die gleichen Fragen stellten wie die Journalisten. Freundinnen, die mit Journalisten sprachen.

Eine Quelle aus Joannas nahem Umfeld sagt …

»Überrascht dich das? Die Sache ist pikant«, sagte Heather. »Und sie lenkt von all den schlechten Nachrichten ab. Die Leute lesen lieber über Cliffs buntes Liebesleben als über etwas Ernstes. Ich natürlich nicht«, fügte sie hastig hinzu. »Ich lese kaum etwas davon.«

Joanna war sicher, dass sie jedes Wort genoss. »Ich kann nicht aus dem Haus, ohne dass sie mir folgen.«

»Ach, du Ärmste. Ich wünschte, ich könnte dir helfen.« Leere Worte.

Das wusste Joanna, und dennoch wollte sie ihre Theorie testen. »Du kannst mir helfen.« Sie starrte auf die Überreste ihres Rühreis, das auf dem Teller kalt wurde. »Kann ich ein paar Tage bei dir bleiben?«

Am anderen Ende der Leitung blieb es still. Dann: »Bleiben? Du meinst über Nacht? Bei uns?«

»Wenn die Presse weiß, dass ich nicht hier bin, verlieren sie vielleicht das Interesse und nehmen jemand anderen aufs Korn.«

»Oder sie folgen dir hierher. Es tut mir leid, Joanna, aber Bryan hat bei der Arbeit gerade viel um die Ohren und kann sich nicht den Hauch eines Skandals leisten. Außerdem ist Jilly gerade vom College zurück, sodass wir wenig Platz haben.«

Sieben Schlafzimmer, dachte Joanna. Heather hatte sieben Schlafzimmer. Wie viel Platz brauchten sie?

»Ich verstehe.« Sie verstand, dass es nicht um Platz ging, sondern ausschließlich um die Probleme, die Joanna mit sich brachte. Sie konnte noch immer genug Menschen für eine Charityveranstaltung zusammentrommeln, wenn es darauf ankam, doch sie hatte niemanden, der sie genug liebte, um sich um ihr Wohlergehen zu kümmern.

Der Druck auf ihrer Brust wurde wieder stärker. Das Ergebnis des Anrufs war keine Überraschung, warum also war sie so enttäuscht?«

»Auf Wiedersehen, Heather.« Sie beendete das Gespräch, und Nessa verzog das Gesicht.

»Ich schätze, das war ein Nein.«

»Niemand will jemanden zu Gast haben, der eine eigene Pressemeute mitbringt.«

»Nun, Sie wollen sowieso nicht bei ihr bleiben. Sie müssen raus aus der Stadt. Irgendwohin, wo es abgelegen ist.« Nessa beendete ihr Frühstück. »Vielleicht sollten Sie sich ein Hotelzimmer nehmen.«

Der Gedanke behagte ihr nicht. Sie war seit Jahren allein, in der Ehe und auch außerhalb, doch sie hatte sich nie einsamer gefühlt als im Moment. Und verletzlicher. Eine fremde Umgebung, in der sie sich nicht richtig schützen konnte, war da nicht hilfreich.

»Haben Sie heute schon die Nachrichtenseiten gecheckt? Was sagen sie?«

»Nichts.«

»Ich weiß, dass das nicht stimmt.«

Nessa seufzte. »Nichts, das Sie wissen wollen. Nichts Neues. Nichts, das Sie nicht schon gesehen haben, da bin ich sicher.«

»Geben Sie mir meinen Laptop.«

»Ich brauche ihn. Ich arbeite.«

»Nessa …«

»Feuern Sie mich, wenn ich Nein sage?« Nessa zögerte und schob Joanna dann den Laptop zu. »Sie sollten sich das wirklich nicht ansehen.«

Sie sah es sich an und erkannte, dass Nessa recht hatte. Weil es keine Neuigkeiten gab, hatten sie die alten Geschichten über Cliffs zahlreiche Verfehlungen wieder ausgegraben. Und um es noch anschaulicher zu machen, hatten sie ein altes Foto von Joanna dazugestellt, das etwa im fünften Jahr ihrer Ehe aufgenommen worden war.

Sie erinnerte sich lebhaft an jenen Abend, an dem der Besuch eines Events anstand. Eine Stunde bevor sie das Haus verlassen wollten, hatten sie sich fürchterlich gestritten. Sie wollte nicht mitkommen, weil sie sich nicht in der Lage fühlte, lächelnd auf dem roten Teppich zu stehen und nicht all ihre schmutzigen Geheimnisse der Öffentlichkeit preiszugeben. Doch Cliff bestand darauf. Sein Argument war, dass es noch mehr Aufmerksamkeit erregen würde, wenn sie zu Hause bliebe. Er sagte ihr, dass er sie liebte, dass die ganze Sache ein Fehler gewesen sei, dass in Zukunft alles anders werden würde. Die Leute hatten keine Ahnung, wie überzeugend Cliff sein konnte, so überzeugend, dass sie tatsächlich glaubte, er würde sich bessern.

Du Närrin, Joanna.

Was die Leute ebenfalls nicht wussten: Cliff war ein Schauspieler. Ein Blender. Jeder, der ihn sah oder mit ihm sprach, hatte den Eindruck, dass dieser Mann sein Leben im Griff hatte und seine Karriere glänzend verlief. Nur sie allein kannte den echten Cliff. Nur sie sah seine Unsicherheit, den verzweifelten Hunger nach Bestätigung, seine Angst.

Als Cliffs Affären zum ersten Mal an die Öffentlichkeit gelangten, hatte sie sich im Badezimmer ihres riesigen Hauses eingesperrt. Stundenlang hatte sie auf dem Boden gehockt, voller Angst, das Haus zu verlassen, gefangen von dem Ausmaß dieser Demütigung. Der Gedanke, dass alle über sie redeten, lähmte sie. Sie sezierten jedes noch so winzige Detail ihres Aussehens und ihrer Persönlichkeit, um zu erklären, warum Cliff fremdging. Und vermuteten den Fehler bei ihr. Joanna hatte sich sogar gefragt, ob sie damit richtiglagen. Sie hatte sich wie eine Versagerin gefühlt.

Nicht liebenswert.

Wenn sie Bilder aus jenen Jahren sah, erkannte sie sich kaum. Sie sah dünn und ausgemergelt aus, das Gesicht so blass, dass sie für einen Vampirfilm hätte vorsprechen können, ohne sich dafür schminken zu müssen.

Sie klappte den Laptop zu. »Sie haben recht. Ich hätte es mir nicht ansehen sollen.«

Wie lange würde das noch so gehen? Wie oft würde sie noch sagen müssen: Kein Kommentar?

Vermutlich bis die Frau, die mit Cliff im Auto gesessen hatte, aus dem Krankenhaus entlassen wurde und einige Fragen beantworten konnte.

»Ähm, Joanna …« Nessa deutete auf die Fernbedienung des Fernsehers. »Sie zeigen Bilder aus dem Krankenhaus. Vielleicht gibt es zur Abwechslung mal echte Neuigkeiten.«

Das Gesicht einer jungen Frau erschien auf dem Bildschirm. Sie war blond und sah verwirrt und erschrocken aus. Das Foto war leicht verschwommen, als wäre es in Bewegung aufgenommen worden.

Der Nachrichtensprecher verkündete mit feierlicher Stimme, dass Fotos der unbekannten Frau, die man aus dem Wagen gerettet hatte, aufgetaucht seien. Ungenannte Quellen hätten offenbart, sie sei schwanger, doch mehr wisse man nicht. Ihr Name sei nicht bekannt. Das Krankenhaus verweigere jeden Kommentar. Alle stellten sich dieselbe Frage: War das Kind von Cliff?

Joanna hatte das Gefühl, alles in Zeitlupe zu sehen.

Ein Baby?

Nessa räusperte sich. »Schwanger.«

Joanna zog einen Stuhl unter der Kücheninsel hervor und ließ sich keuchend darauf fallen.

Warum bist du verunglückt, Cliff? Hat sie dir gesagt, dass sie schwanger ist?

»Wie kann es sein, dass niemand weiß, wer sie ist? Hat sie Gedächtnisverlust oder so was?« Nessa legte die Fernbedienung zur Seite. »Selbst wenn sie ihre Handtasche verloren hat, wird sie doch irgendjemand vermissen? Ich kann keinen Tag fort sein, ohne dass jemand aus meiner Familie fragt, ob ich okay bin. Wenn es meine Mutter nicht tut, dann einer meiner Brüder. Das Foto ist ziemlich verschwommen, doch sie wirkt recht jung. Irgendjemand da draußen muss sie doch erkennen.«

Joanna nahm die Fernbedienung, hielt das Bild an und musterte es.

Ihr Puls beschleunigte sich.

Nein. Das konnte nicht sein. Oder doch?

Die Fernbedienung entglitt ihren Fingern und landete polternd auf dem Tresen, doch sie bemerkte es gar nicht.

Sie stand auf und trat näher an den Bildschirm heran, um das Gesicht eingehender zu betrachten.

Es war schwer zu sagen. Sie konnte sich irren. Sie musste sich irren, oder? Nicht möglich. Es ergab keinen Sinn. Außer …

Sie setzte sich mit zitternden Knien hin.

Es gab nur einen Weg, es herauszufinden: Sie musste die Frau persönlich sehen.

Und wenn sie recht hatte und ihr Verdacht sich bestätigte, dann war diese Frau nicht »unbekannt.« Joanna wusste genau, wer sie war.

Sie wusste alles. Sie wusste sogar, warum Cliff mit dem Wagen verunglückt war.

»Nessa …« Ihre Stimme klang heiser. »Ich muss zu dem Krankenhaus fahren.«

6. KAPITEL

ASHLEY

Wie hatten sie es geschafft, dieses Foto zu schießen? Und woher wussten sie, dass sie schwanger war?

Irgendwie war die Information weitergegeben worden.

Und das war schlecht, richtig schlecht.

Das Krankenhaus hatte seine tiefste Missbilligung ausgedrückt, sich entschuldigt und ihr versichert, dass man der Sache nachgehen würde. Man ging davon aus, dass ein Mitpatient verantwortlich war, doch es spielte keine Rolle, wie es passiert war. Entscheidend war, dass es passiert war. Das Eindringen in ihre Privatsphäre war ein Schock gewesen.

Ashley hatte immer ein ruhiges, unauffälliges Leben geführt. Ihr Vater war gestorben, als sie zwölf war, und ihre Mutter hatte in zwei Jobs geschuftet, um sie beide über Wasser zu halten. Ashley hatte sich in Mathe hervorgetan und wollte Technische Informatik studieren, doch dann hatte sich ihr Leben innerhalb eines einzigen Augenblicks von Grund auf geändert, und es gab keine Aussicht mehr auf ein Studium. Würde ihre Mutter noch leben, befände sie sich wohl kaum in der jetzigen Situation. Doch sie war gestorben, und Ashley wütend auf die Welt, wütend auf ihre Mutter, die sie zu einer Zeit im Stich gelassen hatte, als sie sie mehr gebraucht hätte als je zuvor. Gleichzeitig plagten sie Schuldgefühle wegen ihrer Wut. Vor allem aber hatte sie Angst, denn nun musste sie allein im Leben zurechtkommen. Sie wusste nicht wie, und bislang waren ihre Versuche, ihre Probleme zu lösen, spektakulär fehlgeschlagen.

Sie wollte gerne zurück in das, was von ihrem alten Leben übrig war, doch es gab kein Zurück, die Tür war verschlossen. Jeder wollte wissen, wer sie war und was sie in Cliffs Wagen gemacht hatte.

Nie hatte sich jemand um sie gekümmert, und jetzt plötzlich waren alle an ihr interessiert.

Die Ärzte, die Polizei, die Presse …

Sie spürte, wie Panik in ihr aufkam, und konzentrierte sich aufs Atmen, während sie Bilder von Joanna Whitman sah. Wie hielt sie das aus, dass ihr ständig Kameras vors Gesicht gehalten wurden? Wie überlebte sie das?

Ashley wusste alles über Cliffs Ex-Frau. Mithilfe des Internets hatte sie Informationen gesammelt, bis sie das Gefühl hatte, Joanna Whitman persönlich zu kennen. Sie wusste, dass sie in einem kleinen Ort an der kalifornischen Küste aufgewachsen war, dass ihre Mutter bei Joannas Geburt gestorben war und dass ihr Vater wieder geheiratet hatte, als Joanna acht Jahre alt war. Zwei Jahre später hatte sie ihren Vater verloren, und wenn man den Gerüchten glauben konnte, waren sie und ihre Stiefmutter zerstritten. Ashley, die bis zum Tod ihres Vaters eine glückliche, unbeschwerte Kindheit gehabt hatte, erschien das alles furchtbar traurig.

Wie war Joanna damit fertiggeworden? Ashley hatte alles über die Seitensprünge von Cliff gelesen und die Fotos der Frauen, mit denen er eine Affäre hatte, sorgfältig studiert. Sie wusste von Joannas Fehlgeburt und wie verzweifelt sie gewesen war. Sie hatte mit dem Rest der Welt die Berichte gelesen und die Bilder gesehen, auf denen sie abgemagert und angestrengt wirkte. Das Leben stieß einem einfach zu, das wusste Ashley jetzt, und oft hatte man keine Kontrolle über die schlechten Dinge. Doch Joanna Whitman war das Leben auch noch vor den Augen der Öffentlichkeit zugestoßen, was alles viel schlimmer gemacht haben musste. Ashley hätte nicht gewollt, dass irgendjemand sie nach dem Tod ihrer Mutter sah. So tiefe und unkontrollierbare Gefühle waren nicht für die Öffentlichkeit bestimmt.

Wie reagierte Joanna auf Cliffs Tod? Hatte sie die letzten Neuigkeiten in den Nachrichten gesehen? Wusste sie, dass Ashley schwanger war?

Ashleys Wangen brannten vor Scham bei dem Gedanken, dass sie Joannas ohnehin mieses Leben noch mieser machte. Joanna wäre es vermutlich am liebsten, wenn Ashley bei dem Unfall auch ums Leben gekommen wäre.

Voller Schuldgefühle schleppte sie sich ins Badezimmer und humpelte dann zurück zum Bett. Die Schmerzen in der Seite brachten sie fast um. Jeder Atemzug tat weh. Die Wunde an ihrem Kopf pochte noch immer. Erschöpft von der Anstrengung, die es sie kostete, einfach nur durch den Raum zu gehen, ließ sie sich mit zitternden Knien auf die Bettkante sinken. Sie hatten ihr den Tropf abgenommen, doch sie fühlte sich lächerlich schwach. Und sie machte sich Sorgen um das Baby, auch wenn die Ärzte ihr versichert hatten, dass alles in Ordnung sei.

Sie wollte hier raus. Sie wollte das Krankenhaus verlassen und ihr Leben in der Anonymität zurück. Sie wollte diese ganze Episode hinter sich lassen …

Doch sie durfte nicht nur an sich denken.

Ein Baby.

Sie legte die Hand auf ihren Bauch, auch wenn es da noch nichts zu fühlen gab, und stellte sich das Baby vor, wie es sich in ihr eingerollt hatte und sich völlig auf sie verließ.

Was sollte sie tun?

Wie konnte sie das Krankenhaus verlassen, wenn sie so schwach war, dass sie kaum ohne Hilfe das Zimmer durchqueren konnte? Sie konnte unmöglich reisen, zudem hatte ihr eine Pflegerin erzählt, dass eine Gruppe von Reportern und Fotografen seit Tagen vor dem Krankenhauseingang auf ihr Erscheinen wartete. Einer war erwischt worden, als er durch die Gänge schlich, und musste von der Security hinausgeworfen werden.

Die Polizei hatte sie noch einmal befragt, und sie hatte ihnen erzählt, was sie konnte. Dass sie Cliff schon einmal getroffen hatte, dass er sie auf eine Ausfahrt eingeladen hatte, dass sie Ashley Blake hieß und vor Kurzem nach L. A. gekommen war, um nach dem Tod ihrer Mutter neu anzufangen. All das entsprach der Wahrheit.

Sie hatte die Sekunden vor dem Unfall beschrieben. Die Polizisten hatten sie gebeten, ihre Unterhaltung möglichst genau wiederzugeben, und sie hatte geantwortet, sie hätten über nichts Besonderes gesprochen, was natürlich nicht stimmte. Doch die Wahrheit würde Cliff jetzt auch nicht mehr helfen. Er war tot, und sie musste sich und das Baby schützen, musste jede Aufmerksamkeit vermeiden, während sie überlegte, wie es nun weitergehen sollte. Im Moment hatte sie allerdings keine Idee.

Vorsichtig, als könnte ihr Körper jeden Moment zerbrechen, schlüpfte sie wieder unter die Decke und schloss die Augen.

Als sie sie eine Stunde später öffnete, stand eine Pflegerin vor ihr.

»Ashley? Sie haben Besuch.«

Ihr Herz schlug bis zum Hals. »Doch nicht wieder die Polizei? Ich kann ihnen nicht mehr sagen.«

»Nicht die Polizei. Eine Freundin.«

Freundin? Ihre Freunde wussten nicht einmal, wo sie war, und da sie ihr Handy bei dem Unfall verloren hatte, hatte sie sie nicht benachrichtigen können.

Ashley wollte der Pflegerin schon sagen, dass sie mit niemandem sprechen wolle, als eine Gestalt im Türrahmen erschien. Sie trug einen großen Sonnenhut, und ihr blondes Haar fiel ihr über die Schultern. Sie sah aus, als wollte sie zum Strand.

Ashley starrte sie verständnislos an. Sie kannte diese Frau nicht. War sie eine Fotografin? Nein, sie schien keine Kamera bei sich zu haben. Eine Journalistin, die sich ins Krankenhaus einschmuggelte, indem sie vorgab, Ashleys Freundin zu sein?

Sie sah genauer hin und bemerkte, dass ihr das Gesicht der Frau irgendwie bekannt vorkam.

Die Pflegerin lächelte. »Ich lasse Sie mal allein. Ich bin in der Nähe, falls Sie was brauchen.« Im Hinausgehen lächelte sie auch der Frau zu und schloss dann die Tür hinter sich.

Ashleys Herz pochte wie wild, als der Groschen fiel und sie begriff, warum ihr die Frau so bekannt vorkam.

Es war Joanna Whitman. Dass sie sie nicht auf den ersten Blick erkannt hatte, lag daran, dass sie jetzt völlig anders aussah.

Ashleys Herz schlug ihr bis zum Hals. Ihr wurde heiß. Sie wollte etwas sagen, doch ihr Mund war wie ausgedörrt.

Was machte Joanna hier? Welchen Grund konnte sie haben, hier im Krankenhaus aufzutauchen? War sie wütend, weil sie neben Cliff im Wagen gesessen hatte? Ging es um das Baby?

Diese Sache wurde schlimmer und schlimmer.

Was sollte sie sagen? *Ihr Verlust tut mir leid. Es tut mir leid, dass ich der Grund für ihren Verlust bin. Es tut mir leid, dass ich jemals in das Auto Ihres Mannes gestiegen bin.* Ex-Mannes, rief sie sich ins Gedächtnis. Joanna hatte sich scheiden lassen. Theoretisch sollte es ihr egal sein, wer in seinen Wagen stieg. Aber man konnte doch mit einem Menschen nicht zwanzig Jahre verheiratet gewesen sein und dann nichts empfinden, wenn er starb, oder?

Die Frau setzte sich auf den Stuhl neben dem Bett. »Ich bin …«

»Ich weiß, wer Sie sind.« Ashley hatte plötzlich das dringende Bedürfnis nach einem Schluck Wasser. »Sie sehen anders aus.«

»Anders auszusehen ist die einzige Möglichkeit, der Aufmerksamkeit zu entgehen. Dort draußen interessieren sich viele Menschen für dich.« Sie nahm den Hut ab, und Ashley fand, dass Joanna Whitman in Blond ebenso attraktiv war wie als Rothaarige.

Da ihr bewusst war, wie elend sie aussehen musste, zog sie die Decke höher. »Das ist nicht meine Schuld. Jemand hat mich fotografiert. Sie glauben, dass es ein Patient gewesen sein könnte. Ich weiß nicht mal, warum sie sich für mich interessieren sollten.«

Sei nicht naiv, Ashley. Natürlich weißt du das.

»Sie interessieren sich für dich, weil du mit Cliff im Wagen gesessen hast, als er starb.« Joanna sprach ruhig. »Weil du jung und hübsch bist und weil sie wissen, dass es hier eine Story geben muss. Sie werden nicht aufhören nachzuforschen, bis sie sie aufgedeckt haben.«

Sie wollte nicht, dass sie sie aufdeckten. Sie wollte nichts von alldem hier, doch sie wusste nicht, wie sie es beenden konnte.

Was sollte sie sagen? Sollte sie sich entschuldigen? Doch wofür genau?

»Ich verstehe nicht, warum Sie hier sind.« Sie zwang sich, Joanna anzusehen, und dachte an das, was sie wusste. Sie hatte Cliff mit achtzehn geheiratet. Jeder kannte die Geschichte, weil Cliff sie im Laufe der Jahre in mehreren Interviews erzählt hatte. *Ich hielt an einem kleinen Restaurant am Strand, und da war sie: meine schöne Joanna, achtzehn Jahre alt und Kellnerin. Als ich fertig gegessen hatte, bat ich um zwei Dinge. Die Rechnung und ihre Nummer.*

Bei ihm klang es wie die Liebesgeschichte des Jahrhunderts, nur dass jeder wusste, was danach geschehen war. Wer auf Romantik und ein Happy End hoffte, wurde von Cliffs und Joannas Geschichte bitter enttäuscht. Sie ähnelte eher einer Tragödie von Shakespeare.

»Ich bin gekommen«, sagte Joanna, »weil ich mit dir sprechen wollte.«

Worüber? Argwöhnisch und verunsichert musterte Ashley ihr Gesicht und suchte nach Hinweisen, doch Joannas Miene gab nichts preis. Da sie mit Cliff verheiratet gewesen war, hatte sie bestimmt jede Menge Erfahrung darin, ihre Gefühle zu verbergen.

»Ich war mit Ihrem Mann im Wagen.« Sie musste husten und griff sich an den Bauch, denn Husten tat unglaublich weh.

»Ex-Mann.« Joanna stand auf und goss ihr ein Glas Wasser ein. »Wie schlimm sind deine Verletzungen? Hat man dir gesagt, wann du das Krankenhaus verlassen kannst?«

Ashley nahm das Glas Wasser. »Danke. Ich muss noch eine Weile hierbleiben.« Und sie wusste nicht, was sie davon halten sollte. Sie war natürlich erleichtert, dass sie am Leben war, doch sie hatte auch Angst vor den Rechnungen. Wenigstens war das Krankenhaus ein sicherer Ort, draußen wäre das anders. Joanna wusste das vermutlich, wie ihr nächster Satz bestätigte.

»Was willst du machen, wenn du hier entlassen wirst? Hast du Pläne?«

Nein, sie hatte keine Pläne. Ihre Pläne lagen am Grund einer Schlucht. »Ich lasse mir etwas einfallen.«

»Hast du Familie? Kommt deine Mutter?«

»Meine Mutter ist tot.« Ashley zog es das Herz zusammen. »Ich bin allein.«

Joanna sah sie einen Moment still an. »Und es stimmt, dass du schwanger bist?«

»Ja.« Sie schlug hart auf dem Boden der Tatsachen auf. Im Moment fühlte sie sich nicht mal in der Lage, sich um sich selbst zu kümmern, geschweige denn um eine weitere Person.

»Hast du jemanden, bei dem du unterkommen kannst?«, bohrte Joanna weiter. »Irgendwas, wo du eine Weile bleiben kannst? Wo bist du zu Hause?«

»Warum kümmert Sie das?« Vermutlich befürchtete sie, dass Ashley mit einem der Reporter sprechen würde, die vor dem Krankenhaus lauerten. »Ich werde nichts sagen, falls Sie sich deswegen Sorgen machen. Ich möchte nur in Ruhe gelassen werden.«

»Viel Glück dabei.« Joanna lächelte leicht, doch es war nicht spöttisch. Freundlichkeit und auch Mitgefühl lagen in dem Lächeln.

Ashley gab ihr das Glas zurück und ließ sich in das Kissen zurücksinken. »Sie werden mich nicht in Ruhe lassen, oder? Falls Sie irgendwelche Ratschläge für mich haben, ist das jetzt wohl der richtige Zeitpunkt.« Verzweiflung triumphierte über Stolz. Wenige Menschen hatten so viel Erfahrung mit zudringlichen Journalisten wie Joanna.

»Ich habe keine Ratschläge, aber einen Vorschlag.«

Ashleys Magen zog sich zusammen.

Was konnte Joanna Whitman ihr nur vorschlagen?

Was auch immer es war, es konnte nichts Gutes sein.

7. KAPITEL

MELANIE

Mel lief am Strand entlang, vorbei an den Surfern und den Bikini-Mädchen und den Familien, die Sandburgen bauten. Sie hatte das Gleiche mit Eden getan – vor vielen Jahren, bevor ihre Beziehung so kompliziert geworden war.

Heute Morgen hatte sie gerade ihren Kaffee in der Küche getrunken, als sie Geräusche von oben hörte. Greg konnte es nicht sein, denn er hatte das Haus früh verlassen, um einer Anzeige wegen einer zu lauten Party in einem der Ferienhäuser am anderen Ende von Silver Point nachzugehen. Was bedeutete, dass Eden früh auf war.

Ihr Magen zog sich zusammen, und beklommen wartete sie darauf, dass ihre Tochter jeden Moment auftauchte. Mel hatte nicht gut geschlafen und wollte den Tag nicht mit Streiten beginnen. Sie vermisste die unbefangene Zeit, als Eden noch klein war und ins Zimmer gehüpft kam, um sie mit einer Umarmung zu begrüßen.

Wann hatte sie das letzte Mal gehört: *Hab dich lieb, Mom?*

Das war lange her.

Mel hatte ihren Kaffee weggeschüttet und auf einen Zettel geschrieben: *Bin zur Arbeit, dir einen schönen Tag.* Danach war sie leise aus dem Haus gegangen. Sie hatte sich wie die schlechteste Mutter der Welt gefühlt, weshalb sie zurückgegangen war und dem Zettel ein *Hab dich lieb* zugefügt hatte. Es entsprach der Wahrheit, sie liebte Eden, auch wenn sie sie im Moment nicht besonders mochte. Wären ihre Sorgen und

73

Ängste geringer, wenn sie mehr als ein Kind hätte? War das das Geheimnis?

In jedem Fall war es traurig, dass ein früher Arbeitsstart verlockender war, als zu Hause bei ihrer Tochter zu bleiben, und dass es beim Laufen immer weniger um Fitness als um Stressabbau ging. Doch Eden war nicht allein verantwortlich für den Knoten in ihrem Bauch und die Anspannung in ihren Muskeln. Seit Mary-Lou ihr von dem Unfall erzählt hatte, fühlte sie sich ruhelos. Sie wusste, dass Joanna nicht in dem Wagen gesessen hatte, auch dass sie nicht tot war. Doch der Gedanke daran hatte sie erschüttert und ins Grübeln gebracht.

Was, wenn sie gestorben wäre? Was, wenn man Joannas Leiche aus dem Wrack geborgen hätte? Was hätte Mel empfunden? Welche Gefühle wären hervorgebrochen?

Reue, dass sie sich nicht stärker bemüht hatte, den Kontakt wieder aufzunehmen. Dass sie so schnell aufgegeben hatte. Mel war gekränkt gewesen, tief verletzt, mehr als nur wütend. Und ihr verdammtes Temperament hatte eine hohe Mauer zwischen ihren Gefühlen und rationalen Überlegungen errichtet.

Sie hielt an, beugte sich vor und rang nach Atem.

Sie musste immer daran denken, dass Joanna in dem Wagen hätte sitzen können.

War sie ein schlechter Mensch? Musste eine Freundschaft es nicht auch mal aushalten, wenn der andere einen wegstoßen wollte? Zumindest hätte sie Joanna signalisieren sollen, dass sie da wäre, wann immer sie mit ihr sprechen wollte. Doch stattdessen hatte sie ihre verletzten Gefühle gepflegt und auf Joannas Anruf gewartet. Die Zeit war verstrichen und die Kluft zwischen ihnen immer größer geworden, bis sie unüberbrückbar schien.

Sie grüßte winkend eine paar Einheimische und machte sich dann auf den Weg zum Surf Café.

Es war noch früh, doch auf der Terrasse herrschte schon reger Betrieb. Das überraschte sie nicht, denn das Café war jedermanns Lieblingsort. Zum einen hatte es die wohl beste Lage an diesem Küstenstrich: direkt am Strand, mit Blick auf das Meer und die Surfer. Nur wenige Meter entfernt die Brandung, sodass man die Gischt fast spüren konnte. Morgens lag der Strand oft im Frühnebel, doch heute war der Himmel klar. Und wen Ausblick und Lage nicht verlocken konnten, für den gab es noch das Essen und die Atmosphäre.

Ihre Eltern und Großeltern hatten sich darauf beschränkt, Essen und Trinken anzubieten, doch Nate, von Natur aus umgänglich und gesellig, hatte das Angebot erweitert. Zweimal die Woche bot er Unterhaltungsabende an, mit denen er die örtlichen Künstler unterstützte. Es gab Mal- und Kochkurse. Anfang des Monats hatte er einen lokalen Goldschmied seine Kunst demonstrieren lassen. Am beliebtesten aber waren die Musikabende, wenn sich die Musik mit dem Rauschen des Meeres verband und die Gäste an ihren Getränken nippten, während sie den Sonnenuntergang über dem Wasser betrachteten, und unvergessliche Erinnerungen sammelten. Alle waren sich einig, dass nicht etwa die zugegebenermaßen unschlagbare Lage oder das köstliche Essen das Beste am Surf Café waren. Das Beste war die Atmosphäre, die einem das Gefühl vermittelte, sich im Urlaub zu befinden.

»Hallo, Mel.« Rhonda winkte ihr von dem Tisch am vorderen Ende der Terrasse zu und machte dann ein Foto von ihrem Kaffee. »Alles, was dein Bruder macht, ist ein Kunstwerk.«

»Hallo.« Mel verstand nicht, warum Menschen Fotos von ihrem Essen machten, statt es einfach zu genießen. Doch sie hielt an und freute sich über die Gelegenheit zum Plaudern. Sie und Rhonda waren zusammen zur Schule gegangen, was auf die meisten Bewohner von Silver Point zutraf, die in ihrem Alter waren.

Die Tür zum Café stand offen, und sie sah, wie Nate einem Mädchen in kurzen Surfhosen ein Frühstück überreichte.

Beide lachten.

Rhonda blickte zu ihm und seufzte. »Er lacht, er flirtet, aber er datet nicht.«

»Er datet oft.«

»Aber nichts Ernstes, nicht seit seiner Scheidung. Ich bin seit der Highschool in ihn verliebt, wusstest du das?«

Mel wusste es. Nate ebenso. »Rhonda, du warst zweimal verheiratet.«

Die Erwähnung der Highschool ließ sie wieder an Joanna denken. Der Unfall war jetzt über eine Woche her, und Cliff Whitmans Tod beherrschte noch immer die Nachrichten, doch Nate hatte es nicht einmal erwähnt. Sie hingegen brachte es fast um, das Thema nicht anzusprechen.

Rhonda nippte an ihrem Kaffee. »Ich hätte deinen Bruder heiraten sollen. Das war mein Fehler.«

Hatte Rhonda bemerkt, wie Mel zusammenzuckte? Hoffentlich nicht.

»Du möchtest nicht mit meinem Bruder verheiratet sein, Rhonda.« *Du möchtest mich nicht als Schwägerin haben.*

»Ach nein? Sieh ihn dir an.« Rhonda lehnte sich zurück und betrachtete Nate, der sich jetzt hinabbeugte, um mit Jack Townsends vierjähriger Tochter zu sprechen. »Er hat immer Zeit für die Menschen. Er ist ein hervorragender Zuhörer, und sein Körper – weißt du, dass ich manchmal nur auf meiner Terrasse sitze, um ihm beim Surfen zuzuschauen?«

Nein, das wusste Mel nicht. Und sie wollte es auch nicht wissen, doch Rhonda hatte offenbar beschlossen, dass Beichtstunde war. »Rhonda …«

»Diese Schultern. Wie seine Muskeln …«

»Stopp.« Mel hob die Hand. »Danke, aber ich möchte nicht auf diese Weise an meinen Bruder denken, wenn's recht ist. Und der Gedanke, dass du ihn beobachtest, ist ziemlich gruselig.«

»Ich sage ja nur, dass er so perfekt ist, wie ein Mann es eben sein kann.«

Mel ließ die Hand fallen. »Bist du betrunken? Er ist nicht

perfekt, Rhonda. Weit davon entfernt.« Ärgerlicherweise hielt sie ihren Bruder tatsächlich für beinahe perfekt, doch wenn sie das zugab, würde sie Rhonda bloß ermutigen.

Rhonda nippte erneut an ihrem Kaffee. »Nenn mir eine Sache, die an ihm nicht stimmt.«

Eine Sache? Sie hätte eine ganze Liste machen können. Das war die Aufgabe einer Schwester, oder? Ganz oben auf der Liste stünde Nates Sturheit. Wenn er sich etwas in den Kopf gesetzt hatte, hielt er daran fest, egal wie klug man in der Sache argumentierte. Und für ihren Geschmack teilte er sich zu wenig mit. Er machte alles mit sich selbst aus, wohingegen sie ihr Herz eher auf der Zunge trug und gern über das redete, was in ihr vorging. Sie waren sich nah, waren es immer gewesen, und meistens wusste sie, was er dachte, auch wenn er es nicht aussprach. Doch dass er sich ihr nicht anvertraute, brachte sie regelmäßig auf die Palme.

Er hatte nicht einmal mit ihr darüber gesprochen, was vor all diesen Jahren mit Joanna geschehen war. Dass Joanna ihn für Cliff verlassen hatte, war der schwerste Schlag ihrer ersten zwanzig Lebensjahre gewesen. Und dennoch hatte Nate kein Wort darüber fallen lassen. Er hatte viel Zeit mit Surfen verbracht und war dann aufs College gegangen und ein bisschen herumgereist, bevor er wieder nach Hause kam und das Café übernahm.

Immer wenn Mel versucht hatte, das Thema Joanna anzuschneiden, machte er dicht. So ging die Zeit dahin, und irgendwann hatte sie aufgehört, ihn darauf anzusprechen.

Doch dann war Cliff Whitman in eine Schlucht gefahren.

Und nach wie vor hatte Nate es nicht erwähnt.

»Siehst du?« Rhonda nahm ihr Schweigen als Bestätigung. »Du kennst ihn besser als jeder andere und kannst keinen Fehler an ihm finden.«

Mel beschloss, das Gespräch zu beenden. »Wenn ich mit all seinen Fehlern anfinge, würden wir heute Mittag noch hier sitzen, doch ich muss arbeiten. Ich wünsche dir einen schönen

Tag, Rhonda.« Sie lächelte ihr zu und schlängelte sich zwischen den anderen Tischen hindurch, wobei sie nach links und rechts grüßte, aber nie lange genug stehen blieb, um sich in ein Gespräch verwickeln zu lassen.

Nate sah sie kommen und hob erstaunt die Brauen. »Du bist früh. Wer bist du, und was hast du mit meiner Schwester gemacht?«

»Sie wurde durch eine bessere Version ersetzt. Meinst du, ich hätte Psychologie studieren sollen?«

»Du?« Nate lachte. »Seit wann interessierst du dich dafür, wie der menschliche Geist arbeitet?«

»Seit ich Menschen nicht mehr verstehe. Hast du Mitleid mit mir und päppelst mich mit Kaffee auf?« Mel machte eine Handbewegung zu der Kaffeemaschine, die wie eine Raumstation in Kleinformat aussah. »Ich brauche starken Kaffee, bevor ich den Computer anwerfen und nachsehen kann, wie viel Geld du hinauswirfst.«

»Mach ihn dir selbst.«

»Willst du den Rest des Tages damit verbringen, zu reparieren, was ich kaputt gemacht habe?«

Nate seufzte und ging Richtung Kaffeemaschine. »Wozu musst du Menschen verstehen? Wessen Verhalten hat dich heute verwirrt?«

Mel dachte an Eden. Und an Joanna. »Ich bin nicht gut darin, das Verhalten von Menschen zu deuten, das ist alles.« Sie sah zu, wie er einen perfekten Espresso zubereitete. »Ich bevorzuge Menschen, die sagen, was sie denken und fühlen, und mir diese Arbeit ersparen. Nimm zum Beispiel Rhonda. Sie macht kein Geheimnis daraus, dass sie dich heiraten möchte. Sie sagt es rundheraus, jeder darf es wissen.«

Nate fiel fast die Tasse aus der Hand. »Wie bitte?«

»Danke, ich nehme sie.« Sie nahm ihm die Tasse ab. »Sie hält dich für perfekt. Ich war natürlich versucht, ihr eine Liste der vielen Punkte zusammenzustellen, in denen du nicht perfekt bist, doch letztlich habe ich es nicht getan. Aber du wirst vielleicht wissen wollen, dass du der einzige Mann bist, den sie je geliebt hat.«

Nate wirkte aufgeschreckt. »Was ist mit den Typen, die sie geheiratet hat?«

»Das habe ich auch gefragt. Du willst nicht wissen, was sie geantwortet hat.«

»Ich ziehe die Frage zurück. Warum bist du so früh hier? Was ist los?«

»Warum muss etwas los sein, damit ich das Familiengeschäft aufsuche, in dem ich seit Kindertagen ein und aus gehe?« Sie blickte sehnsüchtig zu den frisch gebackenen Croissants. »Vielleicht wollte ich einfach nur meinem Bruder helfen.«

Er fing ihren Blick auf, legte ein Croissant auf einen Teller und stellte ihn vor sie. »Wieder Ärger mit Eden?«

»Warum sagst du das?«

»Weil du lieber hier bist als bei dir zu Hause.«

Sollte sie sich ärgern oder freuen, dass er sie ebenso gut kannte wie sie ihn?

»Du hast recht, wieder Ärger. Ich bin die schlechteste Mutter der Welt und verstehe sie einfach nicht.«

Nate sah sie mitfühlend an. »Denkst du deshalb, du hättest lieber Psychologie studiert?«

Sie ließ die Schultern hängen. »Sie will nicht aufs College. Sie will hierbleiben und surfen, am Strand mit ihren Freunden abhängen und sich vielleicht als Freiwillige bei der Meeresschutzstation anbieten, Fotos machen und Schmuck, Bilder malen – keine Ahnung. Und ich weiß nicht, was ich machen kann. Sie ist alt genug, um ihre eigenen Entscheidungen zu treffen, doch was, wenn ich erkenne, dass ihre Entscheidungen falsch sind? Große Fehler kann man nicht mehr korrigieren, oder? Gibt es irgendwo einen Zufluchtsort für besorgte Mütter? Denn den könnte ich jetzt gut gebrauchen. Und ich hoffe, sie haben einen großen Alkoholvorrat.«

Nate kam hinter dem Tresen hervor und zog sie in eine Umarmung. »Du bist eine tolle Mutter, Mel. Und alles wird gut werden.«

Sie wusste zwar nicht, wie das gehen sollte, doch sie war dankbar für die Umarmung und für seinen Versuch, sie zu trösten.

Er rührte sie. Er war stur und nervig, doch zugleich auch gütig und großzügig und vermutlich ein viel besserer Mensch als sie. Außerdem war er ihr Zwillingsbruder, und sie liebte ihn. Wie hatte Joanna ihm damals Cliff vorziehen können? Das gehörte zu den vielen Rätseln im Leben, die sie nie verstehen würde.

Mel hatte es persönlich genommen, wenn sie ehrlich war. Nate zurückweisen? Wie konnte sie nur!

Empört schniefte sie kurz und löste sich aus der Umarmung. »Der Mensch, auf den es ankommt, hält mich nicht für eine tolle Mutter, aber danke. Ich weiß den Vertrauensbeweis zu schätzen.« Sie riss ein Stück von dem warmen, knusprigen Croissant ab und steckte es in den Mund. »Du bist vielleicht nicht perfekt, aber dein Kaffee und deine Backkünste sind es.« Sie blickte sich um. »Wo ist Shannon? Warum bist du allein hier?«

»Shannon hat Freitag gekündigt. Sie hat einen Job in Monterey angenommen. Schickes Restaurant mit Leinenservietten und Silberbesteck. Sie glaubt, dass sie dort mehr Trinkgeld bekommt.« Nate nahm ihre leere Espressotasse. »Ich habe dir davon erzählt.«

»Hast du?« Mel erinnerte sich dunkel an das Gespräch. »Du bist der Chef, und du kannst erstaunlich überzeugend sein. Ich dachte wohl, du könntest ihr das ausreden.«

»Nun, konnte ich nicht. Und nein, bislang habe ich keinen Ersatz gefunden. Falls du also jemanden kennst, der hier nach einem Sommerjob sucht, lass es mich wissen.«

»Du hast noch Don und Nicky. Und ich kann im Service aushelfen, wenn du das willst.«

Nate hob eine Braue. »Das würdest du für mich tun?«

»Nur weil du mich umarmt hast, als ich es am meisten brauchte. Interpretier nicht zu viel hinein. Es wäre eine vorübergehende Sache.«

»Auf jeden Fall wäre es vorübergehend. Der Laden würde deine direkte Art nie überleben.«

»Ich glaube daran, dass man einen Burger einen Burger nennen sollte.«

»Du glaubst daran, dass die Kunden immer unrecht haben.«

»Nur, wenn sie nicht wissen, was sie wollen, oder ihre Meinung zu ihrer Bestellung ändern und sich dann beschweren.« Mel nahm einen weiteren Bissen von dem Croissant und zuckte die Achseln. »Aber für eine gewisse Zeit bin ich bereit, das mit einem Lächeln zu schlucken.«

Nate wirkte nicht überzeugt. »Das kannst du?«

»Wir werden es herausfinden.« Sie stellte den Teller ab. »Du wirst kaum ohne mich zurechtkommen, oder?«

»Das wird schon.« Wie üblich gab er sich cool und entspannt. Sie würde alles darum geben, nur halb so entspannt zu sein wie er.

»Was, wenn es das nicht wird?«

»Dann kümmern wir uns darum.« Er sah sie fragend an. »Gibt es noch etwas, das dich beschäftigt? Du wirkst nervös.«

»Ich weiß nicht, es ist nur …« Sie wollte ihn fragen, ob er die Neuigkeiten über Cliff Whitman gehört hatte, doch sie wusste, dass er das hatte. Die Nachricht wurde überall verbreitet, es war unmöglich, nichts davon mitzubekommen. Und doch hatte er es nicht erwähnt. Eigentlich wollte sie kein Thema anschneiden, das womöglich alte Wunden aufriss.

Beschäftigte es ihn? Dachte er an Joanna und fragte sich, was sie tat? Verdammt, er war ihr Bruder, und sie sollte mit ihm über alles sprechen können, worüber sie sprechen wollte. »Hast du die Nachrichten gesehen?«

»Nachrichten?«

War er mit Absicht so ignorant? »Cliff Whitman. Joanna.«

Er seufzte. »Ich habe mich schon gefragt, wie lange es dauert, bis du damit ankommst.«

»Wenn du wusstest, dass ich darüber sprechen will, warum hast du es dann nicht angesprochen?«

»Weil es nichts zu sprechen gibt. Ob ich die Nachrichten über Cliff Whitman gesehen habe? Ja. Ob ich die Bilder von Joanna gesehen habe? Noch mal ja. Ob ich abends im Bett an sie denke? Nein. Habe ich Herzschmerz? Nur wenn ich spätabends viel gegessen habe, aber das könnte auch Sodbrennen sein.«

»Du hast Sodbrennen?«

»Noch nicht, doch mit einer Schwester wie dir bereite ich mich darauf vor.«

»Woher wusstest du, dass ich mit dir unbedingt über Joanna sprechen wollte?«

»Weil ich dich schon mein ganzes Leben lang kenne. Du warst schon mit sechs so. Du wolltest immer wissen, was ich über die Dinge denke.«

»Wollte ich nicht.«

»Wolltest du doch. Deshalb habe ich dich Greg heiraten lassen, damit du ihm die nächsten sechzig Jahre damit in den Ohren liegst.«

»Sechzig? Warum nur sechzig?«, frotzelte Mel. »Wir haben mit zwanzig geheiratet und beide gute Gene in der Familie. Nach einem sehr komplizierten mathematischen Modell, das ich gerade erfunden habe, erwarte ich zumindest siebzig gemeinsame Jahre.« Sie war darauf gefasst, dass ihr Bruder sie verspotten würde, doch das tat er nicht.

Er sah sie liebevoll an. »Du und Greg, ihr habt Glück.«

Plötzlich schämte sie sich. War sie taktlos gewesen? Mochte er es auch noch so leugnen, sie wusste, wie sehr er Joanna geliebt hatte. Vermutlich hatte er gedacht, dass sie den Rest ihres Lebens miteinander verbringen würden.

Vielleicht musste sie ihn ein bisschen drängen. »Ich denke immer noch an Joanna. Ich vermisse sie. Als ich von dem Unfall erfuhr, dachte ich zuerst, sie hätte mit im Wagen gesessen. Ich dachte, sie wäre auch tot, und stand völlig unter Schock. Und dann spürte ich Trauer und Bedauern, dass wir nicht in Kontakt geblieben sind. Ich war so wütend, dass sie dir wehgetan hat, und wütend, dass sie auch die Beziehung zu mir beendet hat. Sie war meine beste Freundin.«

Nate wandte sich ab und widmete sich der Kaffeemaschine. »Lass es los, Mel.«

»Leicht zu sagen. Denkst du nie an sie?«

Nates Zögern bestätigte ihren Verdacht. Ja, er dachte manchmal an Joanna, aber sie wusste, dass er es nie zugeben würde, und wie zum Beweis schüttelte er den Kopf.

»Das war ein anderes Leben. Eine andere Zeit. Wir waren Kinder. Ich habe neu angefangen und sie ebenso. Sie war zwanzig Jahre mit einem anderen Mann verheiratet.«

»Und dazu habe ich eine Frage.« Es beschäftigte sie schon lange. »Warum bleibt eine Frau zwanzig Jahre bei einem Mann, erträgt den ganzen Mist und lässt sich dann plötzlich scheiden. Ich meine, wenn du zwanzig Jahre geblieben bist, warum nicht noch weitere zehn Jahre? Was hat sie plötzlich zu dieser Entscheidung gebracht?«

»Warum fragst du mich?« Er wischte die Kaffeemaschine sauber. »Ich bin kein Beziehungsexperte.«

»Aber du kannst gut mit Menschen umgehen. Du verstehst sie. Und du sagst immer, man sollte danach fragen, warum Menschen etwas tun. Also, warum hat sie sich nach zwei Jahrzehnten von ihm scheiden lassen?«

Nate stapelte saubere Tassen übereinander. »Vermutlich eine Affäre zu viel.«

»Das war meine erste Vermutung, aber dann habe ich nachgedacht. Sie hatte schon endlos Affären ertragen, also kann es das nicht gewesen sein. Es muss einen anderen Grund geben.«

Nate seufzte. »Willst du mir sagen, was du als Grund vermutest, damit wir dieses Gespräch endlich beenden können?«

»Ich weiß es nicht. Das ist es ja.« Sie runzelte die Stirn. »Ich komme nicht drauf. Ich habe mir noch mal alle Presseberichte angesehen und überlegt, was vor einem Jahr geschehen ist, aber da ist nichts.«

»Vielleicht hatte sie einfach genug.« Nate lächelte einem Kunden hinter ihr zu, und Mel wusste, dass das Gespräch vorbei war.

Es würde keine weitere Unterhaltung über Joanna geben, zumindest nicht mit Nate. Und wie üblich war es so abgelaufen, dass sie die ganze Zeit redete und er zuhörte, aber wenig erwiderte. Sie hatte wieder nicht erfahren, was er dachte.

Sie ging ins Büro, setzte sich an den Schreibtisch und klickte auf eine Nachrichtenseite. Es gab Bilder von der Pressemeute vor Joannas Haus, und man spekulierte, dass sie sich dort nicht länger aufhielt.

Niemand schien zu wissen, wo sie war.

Mel seufzte, wechselte zu ihren Tabellen, die sie am Tag zuvor bearbeitet hatte, und versuchte, das leise Bedauern in ihrem Herzen zu ignorieren.

Wo auch immer Joanna war, es ging ihr hoffentlich gut.

8. KAPITEL

JOANNA

Joanna umklammerte das Lenkrad des fremden Wagens.

Sie kehrte zurück. Obwohl sie gesagt hatte, dass sie das nie tun würde, obwohl sie die Vergangenheit hinter sich gelassen hatte, kehrte sie zurück. Es war eine logische Entscheidung. Sie besaß ein Haus in Silver Point. Es gab keinen Grund, warum sie dort nicht eine Weile bleiben sollte.

Einen kurzen Moment wurde ihr schlecht vor Angst, und sie musste sich gut zureden. Wie konnten die Erinnerungen an ihr altes Leben schlimmer sein als die Realität ihres jetzigen Lebens?

Und sie würde nicht in die Vergangenheit zurückkehren, nicht wirklich. Zum einen war ihre Stiefmutter nicht da. Ebenso wenig das alte Otter's Nest. Die verrotteten Planken und rissigen Wände des originalen Strandhauses gab es nicht mehr. Jetzt waren da nur noch die Erinnerungen, und an die würde sie nicht denken.

Nenn mich niemals Mom. Ich bin nicht deine Mom.

Joanna hatte diesen Fehler nur einmal gemacht, ganz am Anfang. Denise hatte klargestellt, dass sie trotz der Hochzeit mit Joannas Vater nicht Joannas Mutter war und dies auch niemals sein würde. Sie hatte niemals Kinder gewollt. Sie hatte Joannas Vater gewollt, und Joanna war ein ungewolltes Anhängsel.

Ihr letztes Zusammentreffen mit Denise war einer der schlimmsten Augenblicke ihres Lebens gewesen.

Joannas Hände schmerzten, und sie bemerkte, dass sie das Lenkrad so fest umklammerte, dass sie die Blutgefäße abschnürte.

Abwechselnd nahm sie eine Hand vom Lenkrad und bewegte die Finger.

Was würden die Einwohner von Silver Point von ihrer Rückkehr halten? Natürlich würde eine leichte Unruhe entstehen, doch da Joanna nicht die Absicht hatte, sich unter die Einheimischen zu mischen, spielte das keine Rolle.

Sie würde das tun, was sie am besten konnte. Unauffällig sein. Sie würde so leben, wie sie in L. A. gelebt hatte, nur dieses Mal mit einem Ausblick, einem Stück Strand unten am Grundstück und einer größeren Chance auf Privatsphäre.

Und Privatsphäre würde sie dank ihrer jüngsten Entscheidung brauchen.

Du glaubst, ich hätte in der Vergangenheit schlechte Entscheidungen getroffen, Denise? Warte, bis du siehst, was ich dieses Mal getan habe.

Das Mädchen auf dem Beifahrersitz neben ihr rührte sich. »Ich kann kaum glauben, dass Sie das tun.«

Joanna konnte es ebenfalls kaum glauben. »Nun, ich tue es aber.«

»Ich warte darauf, dass Sie mich an irgendeiner Straßenecke rauswerfen.«

»Ich werde dich nirgendwo rauswerfen, Ashley.« Dazu war es zu spät. Sie hatte sich entschieden, und nun musste sie damit leben.

»Ich weiß nicht, warum Sie so nett zu mir sind. Ich saß mit Ihrem Mann im Wagen.«

»Ex-Mann.« *Verdammt, Cliff.* Joanna unterdrückte ihren Ärger und hielt den Blick auf die Straße gerichtet.

»Aber es gibt keinen Grund, warum Sie mir helfen sollten.«

Joanna wünschte, sie würde aufhören zu reden. »Hast du jemand anderen, der dir helfen kann?«

Eine lange Stille folgte. »Nein.« Ashleys Stimme klang matt. »Ich wollte mir selbst helfen. Das tun Erwachsene doch, oder?« Es klang, als ob sie kürzlich in eine neue Rolle geschlüpft wäre und sie jetzt ausprobierte.

»Es ist nichts falsch daran, Hilfe anzunehmen, Ashley.«

»Und Sie tun dies, weil … warum?«

Ja, warum? »Ich empfinde Mitgefühl für dich und deine Situation. Ich weiß, wie es ist, wenn man in dein Privatleben eindringt. Und ich weiß, wie es ist, sich allein zu fühlen. Du sollst wissen, dass du nicht allein bist.« Joanna war nicht sicher, ob dies der wahre Grund war, doch für den Moment reichte es. Kaum hatte sie Ashleys Gesicht im Fernsehen gesehen, hatte sie gewusst, dass sie irgendwie verschwinden mussten. Auch wenn es nur vorübergehend war – sie war realistisch bezüglich der Chancen, der Presse auf längere Zeit zu entgehen –, gab es ihnen doch zumindest die Möglichkeit, durchzuatmen, nachzudenken und zu planen.

Ashley wand sich und versuchte, sich bequemer hinzusetzen. »Sie sind ganz anders, als ich dachte. Sind Sie wirklich über die Mauer hinter Ihrem Haus geklettert?«

»Ja.« Es war nach Mitternacht, und sie saß in einem fremden Auto, doch trotzdem blickte Joanna regelmäßig in den Rückspiegel. Der Verkehr stadtauswärts war dicht, sogar zu dieser Zeit, doch niemand schien ihr zu folgen. Sie erlaubte sich einen kurzen Moment des Triumphs. Diesmal hatte sie sie geschlagen. Das Wissen darum gab ihr ein Stück Kontrolle zurück.

Insgeheim dankte Joanna Nessa und ihrem Automechaniker-Bruder für ihre Großzügigkeit. Ein Mietwagen hätte eine Spur hinterlassen. Ein Auto von Nessas Bruder zu leihen schien die beste Option.

»Die Rückgabe eilt nicht«, hatte Nessa gesagt, als sie ihr die Schlüssel gab. »Aber ich möchte regelmäßig von Ihnen hören, sonst mache ich mir Sorgen.«

Joanna beabsichtigte, oft mit ihr zu sprechen. Sie hatte noch immer einen Job, doch für absehbare Zeit würde sie ihn aus der Ferne erledigen.

»Also haben Sie sich den Wagen von einer Kollegin geborgt und weit weg von Ihrem Zuhause geparkt, damit ihn niemand sah. Sie haben sich schwarz angezogen, sind über die Mauer geklettert und haben die Lichter im Haus angelassen, damit die dachten, Sie wären noch drin. Und dann sind Sie nur mit einer Taschenlampe durch den Wald hinter Ihrem Haus geschlichen. Das ist ja wie in einem Actionfilm.«

»Nicht wirklich.« Es war ihr Leben. *Ihr Leben.* Wie hatte es so weit kommen können, dass sie über Mauern kletterte und sich versteckt hielt? »Als ich im Dunkeln zwischen den Bäumen umherirrte, hätte ich mir zweimal beinahe den Knöchel gebrochen.«

»Hatten Sie keine Angst?«

»Ein bisschen.« Sollte sie zugeben, dass die Alternative, nämlich zu bleiben, ihr mehr Angst gemacht hatte?

»Aber Sie haben es getan. Das ist mutig. Das alles allein im Dunkeln. Sie sind wie … wie … eine Attentäterin oder so.«

Das klang so lächerlich, dass Joanna fast grinste. »Bist du immer so dramatisch?«

»Nein. Aber ich habe auch noch nie eine Hauptrolle in einem Fluchtdrama gespielt. Ich hatte Angst, diesen Fotografen gegenübertreten zu müssen. Ich habe es genau so gemacht, wie Sie gesagt haben. Ich sagte den Pflegerinnen, dass mein Freund mich abholt. Dann fuhr ich mit dem Fahrstuhl in den ersten Stock und habe mich in dem Badezimmer, das Sie entdeckt haben, umgezogen. Mein Herz hat die ganze Zeit wie wild gerast. Die Perücke war eine gute Idee, auch wenn ich immer darauf gewartet habe, dass mir jemand seine Hand auf die Schulter legt und sagt: Ashley, warum hast du plötzlich braune Haare?«

Joannas Herz raste ebenfalls. Wann hörte das Mädchen endlich auf zu reden?

»Es hat bestens funktioniert.«

»Dank Ihnen. Kann ich die Perücke jetzt abnehmen?«

»Ja.« Joanna wusste, dass Ashley so viel plapperte, weil sie nervös war, und konnte das gut verstehen. Sie war ebenfalls nervös. Nervös, dass sie nach Silver Point zurückkehrte. Nervös, dass es eine weitere schlechte Entscheidung in ihrem Leben sein könnte, Ashley mit auf diese Reise zu nehmen.

Doch welche Wahl hatte sie gehabt?

Sie bemerkte, dass sie wieder das Lenkrad umklammerte. Schwanger. Das Mädchen schien sich kaum um sich selbst kümmern zu können, geschweige denn um einen weiteren Menschen. Doch darüber würde sie jetzt nicht nachdenken. Ihr Kopf war so voll mit Dingen, über die sie jetzt nicht nachdenken konnte, dass es an ein Wunder grenzte, dass er nicht explodierte.

Sie blickte zu Ashley hinüber und sah blonde Locken und blaue Augen. Ach, Cliff. »Möchtest du jemanden anrufen? Ich habe dich gar nicht gefragt, ob du dein Handy bei dir hast oder ob es bei dem Unfall verloren ging.«

»Es ging verloren, aber jemand hat es gefunden, und die Polizei hat es mir zurückgegeben. Es funktioniert sogar noch. Aber ich muss niemanden anrufen.«

»Sitzt du gut? Auf dem Rücksitz ist ein Kissen, falls du dich ein bisschen ausruhen willst. Du solltest schlafen.« *Bitte schlaf.* Sie brauchte Zeit zum Nachdenken. Dies war die erste Gelegenheit, sich auf sich selbst zu konzentrieren, ohne befürchten zu müssen, dass jemand sie beobachtete.

Irgendwann würde sie natürlich auch über Ashley nachdenken müssen. Sich überlegen, was als Nächstes getan werden musste. Aber das hatte im Moment keine Priorität für sie.

»Ich bin nicht müde. Außerdem tut mir alles weh, da ist schlafen nicht so einfach.« Ashley rutschte auf dem Sitz herum, um eine bequemere Position zu finden.

Für Joanna war Schlafen auch nicht einfach. Kaum legte sie sich hin, tauchten Bilder aus ihrer Vergangenheit vor ihrem inneren Auge auf. Wie dumm sie doch gewesen war!

Die letzten Wochen waren in emotionaler Hinsicht die an-strengendste Zeit ihres Lebens gewesen. Und die einsamste. Nicht ein Mensch aus ihrem Umfeld hatte Kontakt zu ihr aufgenommen. Bekannte – nie wieder würde sie sie Freunde nennen –, Menschen, die ihre Gesellschaft in besseren Zeiten genossen hatte, mieden sie jetzt, um nicht in den Fokus der Presse gezerrt zu werden oder, noch schlimmer, sie nicht gegen das Urteil der Öffentlichkeit verteidigen zu müssen.

Sie hatte gedacht, es sei hilfreich, die Stadt zu verlassen, doch jetzt zweifelte sie an der Entscheidung. Sie konnte die Reporter hinter sich lassen, aber nicht ihre Gefühle.

Silver Point. *Wirklich, Joanna?*

Plötzlich war sie zutiefst verunsichert, und sie überkam das für sie untypische Bedürfnis, Beistand bei jemandem zu suchen. Bei irgendjemandem. Sie öffnete den Mund, sah zu ihrer Bei-fahrerin und schloss ihn dann wieder. Ashley war zu Cliff in den Wagen gestiegen, was nicht gerade für ihr Urteilsvermögen sprach.

Eigentlich sollte sie Ashley hassen. Ihre Existenz war ein weiterer Schlag ins Gesicht, eine weitere Demütigung von ih-rem Ex-Mann. Dieses Mädchen war fast noch ein Kind!

Was hast du dir dabei gedacht, Cliff?

Und was dachte sie sich? Cliffs Fehler waren nicht ihre. Selbst wenn sie noch verheiratet wären – allein bei dem Gedan-ken knirschte sie mit den Zähnen –, wären seine Fehler nicht die ihren. Sie war nicht verantwortlich für sein Handeln.

Doch das Mädchen verdiente es nicht, seinetwegen zu leiden. Und sie konnte Unterstützung anbieten. Sie konnte finanziell helfen.

Emotional?

Sie spürte, wie sich etwas in ihr öffnete. Sie dachte an das Baby, das sie verloren hatte. Sie hatte sich das Kind so sehr ge-wünscht, und der Gedanke, dass Cliff …

Stopp. Darüber würde sie jetzt nicht nachdenken. Sie

brauchte keinen weiteren Anschlag auf ihre mentalen Ressourcen. Sie musste sich zusammenreißen.

Ashley wandte sich ihr zu. »Glauben Sie, dass sie nach mir suchen? Diese Journalisten?«

»Ja.« Joanna sah keinen Anlass, zu lügen oder die Wahrheit zu beschönigen.

»Das war klug, dass ich am Eingang zur Notaufnahme warten sollte. Da waren so viele Leute, die platzte fast aus allen Nähten, da hat niemand auf mich geachtet. Und es waren keine Fotografen oder so da, das habe ich überprüft. Es war hilfreich, dass das Personal mich herumfuhr. Die meiste Zeit wusste ich selbst ja nicht mal, wo ich bin, wie sollte also jemand anders das wissen? Ich verstehe noch immer nicht, warum Sie das alles für mich tun …« Ashley sah sie an. »Aber selbst wenn Sie mich entführen – wenigstens ist es ein Ort, an dem ich bleiben kann, nicht wahr?«

In Joannas Schläfen begann es zu pochen. »Ich entführe dich nicht, Ashley.«

»Sie halten mich für hysterisch, aber aus meiner Sicht helfen Sie der Frau, die mit Ihrem Mann im Wagen saß. Und das ist irgendwie … unerwartet. Leute machen so etwas nicht.«

»Er war nicht mein Mann. Er war schon lange nicht mehr mein Mann.« Sie umfasste das Lenkrad fester und hielt den Blick geradeaus gerichtet. Den größten Teil ihres Erwachsenenlebens war sie immer nach vorne gegangen, doch jetzt kehrte sie zurück.

Wie würde es sich anfühlen, dort zu sein? Nicht wie Heimat, denn die zentralkalifornische Küste war seit zwanzig Jahren nicht mehr ihre Heimat. Auch nicht, als ob sie eine Touristin wäre, denn Touristen würden unbekümmert die Gegend erkunden. Sie würden in die Geschäfte gehen, ein Eis essen und die Einheimischen fröhlich grüßen, ohne sich ständig umzusehen.

Joanna würde nichts davon tun, obwohl ihre Familie seit mehr als drei Generationen zu Silver Point gehörte.

Otter's Nest hatte ursprünglich ihrem Großvater gehört, Walter Rafferty. Walter, ein mäßig erfolgreicher Künstler, hatte aus einer unbekannten Quelle eine kleine Summe Geld geerbt. Es ging das Gerücht, er hätte jemandem das Leben gerettet, doch Joannas Vater hielt das für unwahrscheinlich angesichts der Tatsache, dass der Mann niemals etwas für andere getan hatte. Woher auch immer das Geld gekommen war, er kaufte davon ein altes, verwittertes Strandhaus mit großartigem Ausblick auf den Pazifischen Ozean. Das Haus war von Wald umgeben, was Walter zupasskam, da er nach allgemeiner Aussage ein ungeselliger und mürrischer Mann war. Er hatte das Haus gewählt, weil es weit genug entfernt von der Stadt lag, um Besucher abzuschrecken, weil es einen herrlichen Garten mit wilden Rosen und Obstbäumen besaß und er Pflanzen lieber mochte als Menschen, und weil es einen direkten Zugang zu einem Strandabschnitt gab, der ansonsten unzugänglich war. Er verbrachte die meiste Zeit draußen und hatte nur wenig Interesse an dem Haus an sich, was den allmählichen Verfall erklärte. Joannas Vater hatte ihr mal erzählt, dass Walter Joannas Großmutter nicht aus Liebe geheiratet hätte, sondern weil er eine Frau brauchte, die Otter's Nest vor dem Verfall rettete.

Ihre Großmutter hatte angefangen, zu schrubben und zu putzen und zu reparieren und das Haus insgesamt wohnlicher zu machen. Nicht um ihrem grantigen Ehemann zu gehorchen, sondern weil sie nicht in einem Haus leben wollte, das jederzeit zusammenbrechen konnte.

Als Kind hatte Joanna keine Ahnung gehabt, wie kostbar dieses Stück Land war. Für sie war es ihr Zuhause, und dieses Zuhause war nicht modern. Ihr Vater hatte es ihr hinterlassen, eine großzügige Geste, die auch die letzte Hoffnung, je eine Beziehung zu ihrer Stiefmutter aufzubauen, zunichtemachte.

Selbst nachdem sie Silver Point verlassen hatte, hatte sie das Haus nicht verkaufen können, weil Denise noch dort wohnte. Wäre es anders gekommen, wenn sie es verkauft hätte? Vielleicht. An dem Haus hingen viele Erinnerungen. Die lange zurückliegenden waren gut, doch sie wurden überschattet von dem, was danach passiert war. Sie hatte das Problem ignoriert, bis ihre Stiefmutter vor fünf Jahren verkündete, sie habe es satt, so weit außerhalb der Stadt zu wohnen, und in ein kleines Haus bei Carmel-by-the-Sea zog. Von da an stand Otter's Nest leer.

Joanna hatte diverse Angebote erhalten von Leuten, die ganz wild auf dieses Stück Land waren, doch sie wollte nicht verkaufen. Sie dachte an Walter, wie er die Obstbäume beschnitten hatte, und an ihren Vater, der jeden Morgen im Meer schwimmen gegangen war.

Statt es zu verkaufen, engagierte sie einen Architekten. Das Bauprojekt kostete jede Menge Geld und Zeit, doch schließlich war das neue Strandhaus fertig, ein zeitgemäßes Meisterwerk, das sich in seine Umgebung einfügte und die spezielle Schönheit der Landschaft betonte. Sie war sicher, dass es ihrem Vater gefallen hätte, auch wenn von dem alten Otter's Nest nur noch der Name übrig war.

Und trotzdem hatte Joanna nie selbst in dem Haus gewohnt. Sie hatte eine Agentur beauftragt, sich darum zu kümmern und es gelegentlich zu vermieten. Eine Geschäftsentscheidung.

Dass sie jetzt zurückkehrte, war nicht geschäftlich. Das war privat.

Sie würde in dem Schlafzimmer mit den bodentiefen Fenstern schlafen, von denen aus man aufs Meer sah. Sie würde ihren Morgenkaffee auf der Terrasse trinken, geschützt vor der Außenwelt durch hohe Bäume. Sie würde barfuß auf den Steinböden mit Bodenheizung laufen, sich in der Badewanne mit Blick auf den Garten entspannen und dem kleinen sandigen Weg folgen, der zum Strand führte. Otter's Nest hatte nichts mehr mit dem heruntergekommenen und verwitterten Bungalow zu tun, der einst ihr Zuhause gewesen war. Nun war es eine Luxusimmobilie an einem Küstenstrich, der für seine

Luxusimmobilien bekannt war. Doch es war noch immer ein Strandhaus und trotz der horrenden Mietkosten heiß begehrt.

Vor ein paar Tagen hatte sie die Agentur angerufen und gebeten, alle Reservierungen abzusagen und das Haus vorzubereiten, weil sie es an eine Freundin vermieten wollte. Vermutlich dachten sie sich, dass sie es für sich selbst wollte – ein weiterer Grund, weshalb sie nicht darauf baute, dass ihr Verbleib auf längere Sicht ein Geheimnis blieb.

Cliff hätte gelacht angesichts ihrer Versuche, ein gewisses Maß an Privatsphäre zurückzugewinnen. Privatheit und Anonymität – für ihn wäre es die Hölle gewesen.

Sie war einer der wenigen Menschen, vielleicht der einzige, der die Tiefen von Cliffs Unsicherheit je verstanden hatte.

Er brauchte fünf Portionen Lob am Tag zum Überleben und gern mehr, um wirklich aufzublühen. Wenn alles gut lief, sprang er mit einem strahlenden Lächeln voller Energie zur Tür herein. Er war sein eigenes Wettersystem – in einer Minute im Hoch und in der nächsten in tiefer Depression. Wenn die Quoten seiner Sendungen zu niedrig oder seine Restaurants nicht wochenlang im Voraus ausgebucht waren, wechselte seine Stimmung innerhalb kürzester Zeit von sonnig zu explosiv. Sie hatte sich von der sonnigen Seite anziehen lassen und dann gelernt, mit der anderen zu leben. Niemand war perfekt, oder? Sie selbst war eindeutig nicht perfekt, wie ihre Stiefmutter nicht müde geworden war zu betonen.

»Dieser Ort, zu dem wir fahren …« Ashley wandte den Kopf, um sie anzusehen. »Der gehört Ihnen.«

»Ja. Ich bin dort aufgewachsen.« Warum hatte sie das gesagt? Nun würden Fragen folgen, und sie wollte keine Fragen beantworten.

»Haben Sie Familie dort?«

Denise? »Nein.« Wieder schmerzten ihre Hände, und sie lockerte den Griff ums Lenkrad etwas. »Keine Familie.«

»Dann werden nur wir dort sein?«

»Ja. Nur wir.« Wie sollte sie das schaffen? Sie würde nicht allein sein, oder? Sie hatte Ashley dabei. Ashley, die nicht aufhören konnte zu reden. Ashley, die mit Cliff im Wagen gesessen hatte. Ashley, die eine Komplikation darstellte, mit der sich Joanna noch befassen musste.

Ashley, die schwanger war.

Der scharfe Stich in ihrer Brust war zu einem dumpfen Schmerz geworden, allerdings offenbar nicht sichtbar, denn Ashley sprach weiter.

»Liegt es in der Mitte von Nirgendwo?«

»Ich würde es nicht als Nirgendwo bezeichnen. Aber wir haben keine unmittelbaren Nachbarn.« Joanna bog vom Highway ab und fuhr Richtung Küste. Bald darauf schlängelte sich die Straße am Meer entlang. In der Dunkelheit konnte sie die Umrisse zerklüfteter Felsen und das Aufblitzen weißer Gischt erkennen.

In Santa Barbara hielt sie lange genug an, um auszusteigen, die salzige Meeresluft tief einzuatmen und ihre müden Glieder zu strecken.

Als sie zum Wagen zurückging, sah sie, dass Ashley endlich schlief, den Kopf tief ins Kissen gegraben.

Erleichtert griff Joanna nach hinten und holte die Decke, die sie vorsichtshalber eingepackt hatte, vom Rücksitz. Bemüht, das Mädchen nicht zu wecken, deckte sie Ashley sorgfältig zu. Danach holte sie eine Thermosflasche aus ihrem Rucksack und schenkte sich einen Becher starken Kaffee ein.

Niemand war da. In diesem Augenblick gab es nur sie, die Dunkelheit, das Peitschen des Windes und die donnernden Wellen.

Das Geräusch ließ sie an ihren Vater denken und tröstete sie. Denise war nie gern schwimmen gegangen. Sie hatte gejammert über das Salz in ihrem Haar und den Sand auf ihrer Haut. Das Meer war der einzige Ort, wo Joanna ihren Vater für sich gehabt hatte. Es hatte nur sie beide gegeben, lachend, mit Wasser spritzend.

An dem kleinen Strand unter Otter's Nest hatte sie mehr Zeit verbracht als im Haus. *Sie* liebte das Schwimmen, das Gefühl des kalten Meerwassers auf ihrer sonnenwarmen Haut und ihre von Salz steifen Haare. Auch heute noch war der Sprung ins Wasser für sie ein Sprung ins Glück.

Joanna sah hinaus aufs Meer, während sie sich erinnerte.

Sie hatte hier einmal ein Leben gehabt. Dies war ihre Heimat gewesen, und dann war sie einfach abgehauen, ohne sich auch nur ein Mal umzuschauen. Davongelaufen. Und das Gleiche tat sie jetzt wieder, oder? Sie lief vor der Presse davon. Vor den Erinnerungen an Cliff. Vor ihrem Leben.

Würde sie jemals ein Leben führen, in dem sie nicht davonrannte?

Ihre Augen brannten vor Müdigkeit. Trotz des Kaffees fühlte sie sich benommen. Es waren lange zwei Wochen gewesen, und vor ein paar Tagen hatte die Beerdigung stattgefunden. Mehr Kameras. Mehr Fragen. Die anstrengende, endlose Aufmerksamkeit von Menschen, die sie nicht kannten und denen sie egal war.

Doch nun konnte sie das hinter sich lassen.

Bald wäre sie hinter den Toren von Otter's Nest in Sicherheit.

Wie viele Erinnerungen würden sie erwarten? Auch diesen Gedanken hatte sie sich bislang nicht erlaubt.

Mel und Greg.

Nate.

Nein. Sie durfte nicht an Nate denken, sie würde es nicht tun. Jetzt noch nicht.

Sie nahm noch einen Schluck Kaffee und stopfte die Thermosflasche zurück in ihren Rucksack.

Mit einem letzten Blick aufs Meer setzte sie sich wieder ins Auto und fuhr auf der kurvigen Straße weiter gen Norden, bis die Morgendämmerung erste Silberstreifen auf den dunklen Himmel zauberte.

Es war Jahre her, und doch kannte sie den letzten Abschnitt des Weges so gut. Jede Kurve, den Blick auf die Rotholzbäume, die dramatisch abfallenden Klippen.

Und dann war sie da, die Abzweigung nach Otter's Nest, zwischen hohen Bäumen, den Blicken entzogen. Es gab kein Schild, nichts, das auf die Existenz eines solch außergewöhnlichen Hauses hinwies. Keine Nachlässigkeit, sondern eine beabsichtigte Sicherheitsmaßnahme. Wenn man nicht genau wusste, wo man hinmusste, verpasste man die Abzweigung.

Joanna wusste es.

Sie bog auf die private Straße ein und folgte ihr bis zu einem großen Tor – ein weiterer Schutz ihrer Privatsphäre. Von hier aus war das Strandhaus noch immer nicht zu sehen.

Sie drückte auf den Knopf der Fernbedienung, und die Torflügel schwangen zur Seite. Dahinter verbarg sich eine geschwungene Auffahrt, die von kleinen Solarlampen gesäumt wurde.

Das Tor hinter ihr schloss sich, und sie parkte vor dem Haus.

Ashley schlief noch, sodass Joanna den Moment nutzte, um Otter's Nest zum ersten Mal persönlich richtig in Augenschein zu nehmen.

Von dieser Seite aus wirkte das Gebäude eher bescheiden, doch das kümmerte sie nicht. Sie wusste, dass sie auf der anderen Seite Spektakuläres erwartete. Das Haus war in den Abhang hineingebaut und machte sich den Ort, das Licht und den unglaublichen Meeresblick zunutze.

Sie öffnete die Tür, schaltete die Alarmanlage aus und zog die Schuhe aus.

Einen Moment stand sie einfach nur da, misstrauisch und auf alles gefasst. Sie wartete darauf, dass die Bilder von damals sie überfielen wie Eindringlinge, die auf der Lauer gelegen hatten. Wartete darauf, dass sich die Vergangenheit hinterrücks in ihre Gegenwart schlich.

Doch da war nichts. Sie fühlte nichts.

Erleichterung überkam sie, und sie spürte, wie sich ihre Muskeln entspannten. Vor diesem Moment hatte sie sich gefürchtet, doch nun wurde ihr klar, dass mit dem alten Haus auch die schmerzhaften Erinnerungen zerstört worden waren. Morsches Holz, zersplittertes Glas, bittere Erinnerungen. Alles war beseitigt worden. Kein Andenken mehr. Nicht die Spur von Vertrautheit, außer der Landschaft und natürlich dem Strand. Immer der Strand.

Sie ging ins Wohnzimmer, erblickte durch die große Glasfläche das schimmernde Sonnenlicht auf dem Wasser und seufzte vor Befriedigung, dass das neue Haus genauso großartig war, wie sie es sich vorgestellt hatte. Die gebogene Frontseite umspannte hundertachtzig Grad, wobei die bodentiefen Fenster einen Blick sowohl auf den Sonnenauf- als auch den -untergang gewährten. Große Glasschiebetüren öffneten sich zur Terrasse und zum Garten, und dort, direkt vor ihr, begann der Pfad, der zum Strand führte. Er lag weit genug weg, dass das Haus vor den Gezeiten geschützt war, und doch nah genug, um das Gefühl zu haben, man könnte das Wasser berühren.

Der sichelförmige Strandabschnitt von Otter's Nest wurde zu beiden Seiten von Felsen geschützt. Sie würde dort sitzen können, ohne dass man sie sah. Sie würde dort schwimmen können. Könnte Wale und Delfine beobachten. Und ja, dort gäbe es auf jeden Fall Erinnerungen. An ihren Vater. *An Nate.*

»Joanna?« Vom Eingang ertönte Ashleys Stimme. »Ich wusste nicht, wo Sie waren, da …«

»Ich wollte dich nicht aufwecken.« Genug von der Vergangenheit, sie musste an die Gegenwart denken. »Wir sollten direkt zu Bett gehen und uns ausschlafen. Wir sprechen morgen früh.«

»Aber es ist jetzt Morgen. Die Sonne ist aufgegangen.«

Joanna war die halbe Nacht gefahren und in jeder Hinsicht erschöpft. Sie brauchte Abstand von Ashley, dem Problem, das sie mit nach Hause genommen hatte. Sie brauchte Raum für sich.

»Ich zeige dir dein Zimmer. Im Bad sollte alles vorhanden sein, was du brauchst. Ich hoffe, du fühlst dich wohl.«

Auch wenn sie noch nie in diesem Haus gewesen war, kannte sie es genau und führte Ashley über die Wendeltreppe hinauf ins Gästezimmer.

»Das ist ja wie ein Fünfsternehotel«, murmelte Ashley, als sie ihr ins Zimmer folgte.

Joanna drückte auf einen Knopf neben dem Bett, um die Jalousien zu schließen, und knipste die Nachttischlampe an. »Das Badezimmer ist dort hinter der Tür, und mein Schlafzimmer befindet sich gegenüber auf dem Flur.«

»Okay. Danke.« Ashley zögerte. »Sie wirken sehr gestresst. Sind Sie in Ordnung?«

Dass Ashley es bemerkte, zeigte Joanna, dass sie ihre übliche Kontrolle allmählich verlor. »Es geht mir gut. Ich hoffe, du schläfst gut. Ruf mich, wenn du irgendwas brauchst.«

»Joanna …«

»Es geht mir gut.« Joanna trat zurück. »Ruh dich aus. Wir haben noch viel Zeit zu reden.« Sie schob das Mädchen ins Zimmer und schloss leise die Tür.

Statt in ihr Schlafzimmer ging sie nach unten in die Küche und warf einen Blick in den Kühlschrank. Er war gut gefüllt, so wie sie es gewünscht hatte. Dann überprüfte sie auch die anderen Schränke, ob alles Bestellte geliefert worden war. Es gab genug Essen, dass sie das Haus mindestens eine Woche nicht verlassen musste, vielleicht sogar länger. Und danach – nun, mit dem Problem würde sie sich später beschäftigen.

Ihr war kalt, und sie zitterte vor Erschöpfung, doch schlafen konnte sie jetzt nicht. Ihr Geist war wie eine Drohne, die über zwei Jahrzehnten ihres Lebens schwebte und ungebeten lästige Schnappschüsse lieferte.

Sie griff nach einem Pullover und trat hinaus auf die Terrasse. Das Haus mochte sich verändert haben, doch der Ausblick nicht, und auch die Gerüche waren noch die gleichen wie damals. Lavendel und Rose, das scharfe Aroma von Pinie, das sich mit der salzigen Gischt vermischte.

Sie folgte dem Pfad zum Strand, doch statt durch den Sand zum Wasser zu gehen, setzte sie sich auf einen der Felsen am Rande der Bucht und zog die Knie an die Brust. Es war noch früh. Niemand konnte sie sehen, weil niemand nach ihr suchen würde. Noch nicht.

Gedankenverloren blickte sie hinaus aufs Meer. Jenseits der Felsen machten wirbelnde Strömungen das Wasser gefährlich. Den Gästen wurde geraten, sich hier nur zu sonnen und zum Schwimmen den Pool oder den Hauptstrand in Silver Point zu benutzen, doch Joanna hatte nicht die Absicht, sich daran zu halten. Schließlich war sie hier aufgewachsen, kannte die Risiken und war eine gute Schwimmerin.

Im Sommer war die Sicht an der kalifornischen Küste frühmorgens noch oft verschwommen durch den milchigen Nebel, der vom Wasser aufstieg, doch heute war es sonnig und klar. Sie streckte die Beine aus und genoss die frühe Morgensonne. Zu dieser Tageszeit musste sie sich keine Sorgen machen, sich einen Sonnenbrand zu holen.

In der Schule hatte man sie aufgezogen wegen ihrer Sommersprossen, doch das war ihr egal gewesen, hatte ihr Vater ihr doch erzählt, dass das Feenstaub sei, den nur ganz besondere Menschen bekämen. Auf seiner Haut hatte der gleiche Staub gelegen, wie Sandsprenkel. Nach seinem Tod hatte sie sich immer vorgestellt, dass ein Teil seines Staubs auf ihr gelandet war. Mit dem Wissen, dass seine Sommersprossen nun bei ihr waren, fühlte sie sich ihm näher.

Unter ihr wirbelte das aufgewühlte Wasser mit seinen weißen Schaumkronen gegen die Felsen und sprühte Gischt in die Luft.

Sie drehte sich um und sah zum Hauptstrand, der sich den ganzen Ort entlangzog. In der Ferne joggte jemand. Mel?

Ihr Herz machte einen Satz, und sie rutschte den Felsen hinunter, wobei sie sich das Bein aufschrammte. Was hatte sie getan? Hatte sie sich gerade verraten? Nein. Niemand würde sie von so weit weg erkennen, erst recht nicht, wenn man sie hier nicht vermutete. Sie war nur eine Frau, die auf dem Felsen saß. Sie konnte jedermann sein. Joanna versuchte, die aufkeimende Panik in sich niederzukämpfen.

Nur weil sie und Mel fast jeden Morgen am Strand laufen gegangen waren, bedeutete das nicht, dass ihre alte Freundin diese Routine beibehalten hatte.

Mel war ihre beste Freundin gewesen. Der Mensch, dem sie auf der Welt am meisten vertraute. Doch Mel war Nates Zwillingsschwester, was alles unmöglich gemacht hatte. Vor einer Woche war Joanna der Versuchung erlegen und hatte sie gegoogelt.

Mel wohnte noch immer hier, was sie nicht verwunderte. Sie war jetzt mit Greg verheiratet – ebenfalls nicht überraschend –, und die beiden hatten eine Tochter, Eden. Damals hatten sie darüber gesprochen, ihre Kinder gemeinsam großzuziehen. Sie wollten in ihren Gärten gegenseitig ein und aus gehen und gemeinsame Barbecues und Strandpicknicks veranstalten. Mel und Greg. Joanna und Nate.

Nate.

Traurigkeit stieg in ihr auf, und sie ging den Weg zurück zum Haus.

Sie würde nicht an Nate denken, und sie musste keine Angst haben, ihm über den Weg zu laufen, weil sie nicht die Absicht hatte, in die Stadt zu gehen oder auf der Terrasse des Surf Café zu sitzen.

Sie würde ein ruhiges, unauffälliges Leben führen, denn die Erfahrung hatte sie gelehrt, dass es so am besten war.

Bei allem, was die Presse über sie geschrieben hatte, war ihr doch eine Sache entgangen: Höchstwahrscheinlich war sie die einsamste Frau der Welt.

9. KAPITEL

ASHLEY

Als Ashley wach wurde, hörte sie Wellen an Felsen schlagen. Eine kühle Brise zog herein. Benommen und orientierungslos lag sie da, bis ihr alles wieder einfiel. Joanna Whitmans Strandhaus. Das Bett war unglaublich gemütlich und das Kissen so weich, als würde sie auf einer Wolke schlafen. Nach dem harten Krankenhausbett mit der rauen Bettwäsche fühlte sich dieses hier wie ein Traum an. Aber der ganze Rest?

Der ähnelte eher einem Horrorfilm, und der große Twist kam noch.

Sie wollte den Moment hinausschieben. Wollte einfach hierbleiben, sich in diesem wundervollen Bett verstecken und sich vorstellen, sie wäre in den Ferien. Sie wollte nicht aufstehen und sich ihren Problemen stellen.

Sie wünschte, sie wäre nie nach L. A. gekommen, wäre Cliff niemals begegnet. Sie wünschte, sie wäre niemals zu ihm in den Wagen gestiegen und hätte niemals gesagt, was sie gesagt hatte.

Doch wie hatte ihre Mutter immer gemeint: Es hat wenig Sinn, sich etwas zu wünschen, das man nicht bekommen kann. Die Vergangenheit konnte man nun mal nicht ändern. Man musste sie einfach akzeptieren und das Beste daraus machen.

Ashleys Bestes wäre es jetzt, ihren Kopf unter die Decke zu stecken und dort zu bleiben, doch das wäre feige, oder? Und unhöflich.

Was würde ihre Mutter sagen, wenn sie sie jetzt sehen könnte? Mit Joanna Whitman?

»Du hast so tief geschlafen, dass ich dich nicht wecken wollte. Aber ich dachte, dass du wieder zu einem normalen Schlafrhythmus zurückfinden solltest.« Joanna stellte ein Tablett auf den Tisch neben der offenen Terrassentür.

Ashley begriff jetzt, warum sie das Meer gehört und den Wind gespürt hatte. Während sie schlief, hatte Joanna die Jalousien hochgezogen und die Tür geöffnet, die direkt auf eine Terrasse mit lauter bunten Blumen führte. Wie großartig musste es sein, dies alles ohne Schuldgefühle und Ängste zu genießen.

Sie musste so viele Entscheidungen treffen. So viele Informationen verarbeiten.

Ihr Plan war es gewesen, mit Cliff zu sprechen. Das war nicht so ausgegangen, wie sie es sich erhofft hatte.

Bei allen Szenarien, die sie sich ausgemalt hatte, war sie nie auf die Idee gekommen, dass sie ihn umbringen könnte. Nicht, dass sie ihm ins Lenkrad gefasst oder sie in die Schlucht gefahren hätte, doch wenn sie ihm nie begegnet oder vorsichtiger gewesen wäre, wenn sie nicht genau diesen Augenblick gewählt hätte, ihm von der Schwangerschaft zu erzählen …

Cliff Whitman war ihretwegen tot.

Bei dem Gedanken fühlte sie sich schwach und zitterig. Die Polizei hatte sie befragt und war mit ihren Antworten zufrieden gewesen. Cliff war Single. Sie war nicht minderjährig. Es gab keinen Grund, warum sie nicht in seinem Wagen hätte sitzen sollen. Ihre Entscheidungen mochten zweifelhaft sein, aber sie waren nicht illegal. Der Vorfall wurde als tragischer Unfall eingestuft.

Ashley zwang sich, sich aufzusetzen. Ihr Leben war voller tragischer Unfälle.

»Ich habe dir etwas zu essen gemacht.« Joanna nahm das Tablett und stellte es neben Ashley aufs Bett. »Du siehst blass aus. Geht es dir nicht gut?«

Joanna stopfte ihr mehrere Kissen in den Rücken, als wäre sie ein Kind, und die unerwartete Fürsorge schnürte ihr den Hals zu. So viel Großzügigkeit von dieser Frau schien ihr schrecklich unverdient.

»Warum sind Sie so nett zu mir? Sie müssen mich doch hassen.«

Joanna strich über die Bettdecke. »Ich hasse dich nicht.«

Das würde sie aber, dachte Ashley, wenn sie die Einzelheiten kannte. Sie hatte ein schlechtes Gewissen, weil sie so viel mehr über Joanna wusste als Joanna über sie.

Das Schuldgefühl nagte an ihr. Sie wollte all diese Geheimnisse nicht für sich behalten. Konnte das Baby sie spüren? Spürte es den Kummer seiner Mutter?

Ashley wollte sich entspannen, wollte zur Ruhe kommen. So gern hätte sie Joanna alles erzählt, doch wie konnte sie das?

Wenn sie gewusst hätte, wie schwer es war, erwachsen zu sein, hätte sie es nicht so eilig gehabt mit dem Älterwerden. Doch jetzt hatte sie keine Wahl mehr.

Sie legte ihre Hand auf den noch flachen Bauch und gelobte ihrem Baby, dass, auch wenn sie bislang nicht die beste Mutter gewesen war, sie sich bessern würde.

»Du solltest etwas essen. Hier sind frische Melone, Beeren und …« Joanna stellte das Tablett auf Ashleys Schoß ab. »Was ist los?«

»Nichts.« Ashley bekam kaum ein Wort heraus. Warum war sie so gefühlsduselig? Sie musste aufhören damit. Sie musste an das Baby denken.

Sie spürte, wie die Matratze nachgab, als Joanna sich neben sie setzte.

»Fühlst du dich nicht wohl? Ich kann einen Arzt rufen.«

»Nein.« Ashley wollte keinen Arzt. Sie wollte ihr Leben neu anfangen, ohne die ganzen Lügen und die Fehler. Und weil all die Schuld und Angst zu viel waren, um sie für sich zu behalten, platzte es aus ihr heraus: »Ich wünschte, ich wäre nie zu ihm in den Wagen gestiegen. Ich wünschte, ich wäre ihm nie begegnet.«

Joanna griff zum Nachttisch und zog ein Taschentuch aus der Schachtel, die dort stand. »Du bist nicht die erste Frau, die sich wegen Cliff so fühlt, das kann ich dir versichern.« Ashley nahm das Taschentuch beschämt entgegen.

»Haben Sie sich auch so gefühlt?«

»Ungefähr eine Million Mal.« Joanna lächelte trocken. »Versuch, es für den Moment zu vergessen. Ich nehme an, dass du sehr müde bist, und Müdigkeit lässt die Dinge noch schlimmer erscheinen.«

»Meine Mom sagte das auch immer. Sie sagte, dass Schlafen zu den wichtigen Dingen zählt, die man für sich selbst tun kann. Sie sagte immer, ich solle aufhören, aufs Handy zu starren und meinen Freundinnen mitten in der Nacht Nachrichten zu schreiben.« Bei dem Gedanken an ihre Mutter fühlte sich Ashley noch schlechter und versuchte, ihn zu verdrängen. Es gab so viele Dinge, an die sie nicht denken durfte, dass kaum ein Thema sicher schien.

Joanna zögerte. »Es tut mir leid, dass du sie verloren hast.«

Auch Ashley tat es leid. So vieles tat ihr leid.

»Es war hart. Nicht, dass ich mich rausreden will oder so, aber ich hatte ein echt mieses Jahr.«

Joanna sagte nichts, und Ashley schämte sich schon wieder. Joannas Jahr war auch mies gewesen. Tatsächlich war ein großer Teil ihres Lebens mies gewesen. Wie musste sie sich fühlen? Während der Fahrt hatte sie sehr gestresst gewirkt. Ashley hatte bemerkt, wie sie das Lenkrad umklammerte, bis ihre Knöchel weiß wurden, und wie sie sehr bewusst und langsam ausatmete, als ringe sie um Kontrolle.

Trauerte sie noch um Cliff? Die ganze Scheidungsgeschichte musste es kompliziert machen, oder? Und die Affären. Dennoch, zwanzig Jahre – Ashley konnte sich kaum vorstellen, wie viele widerstreitende Gefühle in Joanna miteinander kämpfen mussten.

Joanna stand auf. »Warum hörst du nicht eine Zeit lang auf

nachzudenken, isst etwas und leistest mir dann auf der Terrasse Gesellschaft.«

»Ich – ja, sicher.« Sie wollte das Richtige sagen, wenn sie nur gewusst hätte, was das war. Man konnte unmöglich wissen, was Joanna dachte.

»Liest du?«

»Lesen? Sie meinen Bücher?«

Joanna lächelte. »Ja, Bücher. Unten gibt es eine Bibliothek. Sie ist neben der Küche.«

»Sie haben Ihre eigene Bibliothek?«

»Ja, ich liebe Bücher. Ich lese gern und sehe Bücher gern an.«

Sie sprachen über Bücher, obwohl sie ganze andere Probleme hatten?

»Ich lese. Habe gelesen. In letzter Zeit nicht so viel.« Ihre Konzentration war weg. Sie bekam ein Baby. Cliff würde ihr nicht helfen. »Also sprechen wir gleich über alles?«

»Später. Ich glaube, dass wir im Moment Ruhe mehr als alles andere brauchen, meinst du nicht? Iss etwas und komm dann mit an den Pool.«

»Es gibt einen Pool? Wo das Meer nur ein paar Schritte entfernt ist?«

Joanna lächelte. »Das Meer ist kalt. Das gefällt nicht jedem.«

Bibliothek. Pool. Terrasse. Strand. Ashley hatte noch keinen Zeh ins Wasser getaucht, doch sie fühlte sich dem allen schon jetzt nicht gewachsen.

»Ich habe keine passende Kleidung.«

»Du wirst nicht viel brauchen. Wir empfangen keine Gäste. Ich habe vor, dass wir hier die nächsten paar Wochen bleiben, um durchzuatmen und zu entscheiden, was wir als Nächstes tun. Komm zu mir raus, wenn du fertig bist.«

Als Nächstes? Bei ihr klang es, als wären sie ein Team, zusammengeschweißt durch ihre Situation. Doch Ashley wusste, dass nur Cliff sie verband. Und Cliff war tot.

Joanna verließ das Zimmer, und Ashley begann ohne besonderen Appetit zu frühstücken. Sie war nicht hungrig, doch sie musste essen wegen des Babys.

Sie zwang sich einen Bissen hinein, gab dann auf und ging ins Badezimmer. Dort stand eine große Badewanne vor dem Fenster, von dem aus man in den Garten blickte. Doch Ashley entschied sich stattdessen für die Dusche. Sie brauchte ein paar Minuten, um die Armaturen zu verstehen, doch dann stand sie lange unter dem heißen Wasser und wusch alle Erinnerungen an die Zeit im Krankenhaus fort. Ihre Wunden heilten, und sie hatte jeden Tag weniger Schmerzen.

Sie wusch sich die Haare, seifte sich von Kopf bis Fuß ein und legte die Hand auf den Bauch. Fühlte sie eine kleine Bewegung, oder bildete sie sich das ein? Wie bald würde man ihr die Schwangerschaft ansehen?

Ihr Kopf war voller Fragen. Sie war verängstigt und schämte sich ihrer Unwissenheit.

»Es tut mir leid, dass ich keine Ahnung habe«, sagte sie zu dem Baby. Falls es sie hören konnte, bedeutete das allerdings, dass es auch schon andere Dinge gehört hatte und vermutlich gezeichnet war von der Welt, die außerhalb ihres Körpers wartete. »Ich verspreche, ich werde es von nun an besser machen.«

Und das meinte sie ehrlich. Sie war alles, was das Baby hatte. Sie war alles, also musste sie wirklich alles sein, und das würde sie auch. Sie würde liebevoll sein, doch auch aufrichtig, egal wie schwer das war. Sie würde dieses Baby nicht im Stich lassen.

Sie brauchte einen Plan, und der fing mit Joanna an. Warum Joanna ihr half, war ihr ein Rätsel, doch Cliff war tot, sodass von seiner Seite keine Unterstützung zu erwarten war. Und im Moment musste sie jede Hilfe annehmen, die sie bekommen konnte.

Für den Bruchteil einer Sekunde befand sie sich wieder im Wagen, in diesem kurzen Moment zwischen ihrer Eröffnung und seiner Reaktion darauf. Seinen Blick und seine Worte würde sie niemals vergessen.

Ashley drehte das Wasser ab und zwang sich, diese Erinnerung beiseitezuschieben. Dies war nicht der richtige Zeitpunkt, um das Trauma des Unfalls erneut zu durchleben. Sie musste sich auf das Jetzt konzentrieren, auf diesen Moment und auf die Zukunft.

Sie schlang eines der großen, weichen Handtücher vom gläsernen Regal um sich und föhnte sich die Haare.

In ihrer Tasche wühlte sie nach sauberer Kleidung und entdeckte dabei ihr Handy. Sie hatte es nicht angerührt, seit die Polizei es ihr übergeben hatte.

Mit pochendem Herzen schaltete sie es ein.

Zehn Sprachnachrichten.

Sie schluckte und schaltete das Telefon wieder aus. Sie war noch nicht bereit dafür. Ein Schritt nach dem anderen.

Sie vergrub das Handy unter einem Shirt und zog eine Jeans und ein sauberes Top heraus. Beides passte ihr noch, wenn auch wahrscheinlich nicht mehr allzu lange.

Unsicher verließ sie das Schlafzimmer und ging nach unten. Staunend sah sie sich um. Doch nicht das atemberaubende Design oder die luxuriösen Accessoires fielen ihr als Erstes auf, sondern die Tatsache, dass es keine persönlichen Gegenstände gab. Es war, als befände man sich in einem Hotel. Nicht, dass Ashley je in einem Hotel gewesen wäre, dafür hatten sie nie Geld gehabt. Sie hätte gern in die anderen Räume geschaut, auch in die Bücherei und Joannas Schlafzimmer, doch sie hatte das Gefühl, dass auch die nicht viel über ihre Besitzerin aussagen würden.

Wie alle Menschen, die Zeitungen und Zeitschriften lasen, hatte sie geglaubt, Joanna Whitman zu kennen, doch wie sich zeigte, steckte sie voller Geheimnisse. Ihr gehörte dieses unglaubliche Haus, und doch hatte sie nie hier gewohnt. An ihrer Stelle wäre Ashley nie von hier fortgegangen. Sie hätte jede Nacht in diesem herrlich luxuriösen Bett geschlafen und ihre Tage damit zugebracht, die Aussicht zu genießen.

Sie ging durchs Wohnzimmer und sah tiefe, gemütliche Sofas und einen großen Kamin. Auf einem niedrigen Tisch stapelten sich Kunstbücher neben einer Skulptur. Es war elegant. Erwachsen.

Ashley dachte an das Sofa zu Hause mit den vielen abgewetzten Flicken, die ihre Mutter immer wieder aufgenäht hatte, bis sie es am Ende aufgab. Sie dachte daran, wie sehr ihre Mutter sich nach dem Tod ihres Vaters bemüht hatte, alles im Griff zu behalten. Die vielen Stunden, die sie auf den Füßen war. Mahlzeiten, auf die Schnelle im Stehen gegessen. Das ständige Stirnrunzeln. Wie sie auf dem Sofa eingeschlafen war.

Können wir rausgehen und spielen, Mommy?

Nicht jetzt, ich muss arbeiten.

Mit sechzehn hatte auch Ashley zu arbeiten begonnen. In der örtlichen Pizzeria hatte sie einen Job als Kellnerin ergattert. Sie lernte, über die Beschwerden der Gäste hinwegzugehen, die nach ihrer Bestellung ihre Meinung änderten und ihr die Schuld gaben. Sie lernte, die Gäste, die zu wenig Trinkgeld gaben, und Männer, die sie anbaggerten, nicht zu beachten. Sie ignorierte auch die langen Arbeitszeiten, die Schmerzen in ihren Beinen nach einem langen Tag, die vom vielen Lächeln verkrampften Wangen. Sie arbeitete für einen einzigen Zweck, und dieser Zweck war Geld. Sie gab den Großteil ihres Verdienstes ihrer Mutter und sparte den Rest fürs College. Es war deprimierend wenig, doch es gehörte ihr, und das war etwas. Wenn sie nicht arbeitete, lernte sie. Sie besaß keinen Dollar, den sie nicht im Schweiße ihres Angesichts selbst erarbeitet hatte.

Sie dachte an Cliff, und sofort fühlte sich ihr Herz an, als stecke es in einem Schraubstock.

Eines Tages wollte sie in einem Haus wie diesem wohnen, in einem Zuhause, das ihr tatsächlich gehörte, an einem Ort, der einem nicht ständig seine Mängel vor Augen führte. Vor allem wollte sie genug Geld haben, um nicht jeden Tag und jede Stunde arbeiten zu müssen. Damit sie ihrem Kind nicht immer sagen musste, dass sie keine Zeit hatte.

Die Tür zur Terrasse stand offen, und Ashley sah, dass Joanna auf einem der beiden Sessel am Pool saß. Sie trug Shorts und eine übergroße Sonnenbrille, und ihr Haar fiel ihr wie Flammen über die Schultern. Sie sah aus wie ein seltener exotischer Vogel. Ashley wünschte, sie besäße wenigstens einen Bruchteil ihrer stillen Eleganz.

Joanna hatte ein Buch auf dem Schoß, doch sie las nicht. Sie schien auf das Meer hinauszusehen, und Ashley konnte es ihr nicht verdenken, denn sie selbst hatte noch nie solch einen Ausblick genossen. Wenn ihr dieser Ort gehörte, würde sie ihn niemals verlassen, aber vielleicht hielten reiche Menschen schicke Eigenheime und unglaubliche Ausblicke für selbstverständlich.

Oder gab es andere Gründe, warum Joanna nicht las?

Lag es daran, dass sie wieder hier war? Oder daran, dass Ashley bei ihr war?

Sie schlenderte auf die Terrasse. »Es ist umwerfend hier.« Na also. Sie klang selbstbewusst. Nicht wie ein Nervenbündel. »Danke fürs Frühstück. Haben Sie das Gebäck selbst gemacht?«

»Nein, ich kann weder kochen noch backen. Ich habe dafür gesorgt, dass genug Essen im Haus ist.«

»Es war jedenfalls köstlich.« Warum kochte Joanna nicht? Vermutlich weil Cliff immer für sie gekocht hatte.

»Hast du alles gefunden, was du brauchst? Fühlst du dich wohl in deinem Zimmer?«

»Es ist perfekt. Die Dusche war toll. Ein bisschen wie in einem heftigen Regenguss. Zu Hause kommt das Wasser immer nur tröpfchenweise.«

Es schien ihr völlig surreal, hier an einem idyllischen Pool zu stehen, umgeben von Sommerdüften und dem klaren Blau des Ozeans, mit Joanna Whitman als Gesellschaft.

Was sollte sie jetzt tun? Stehen bleiben? Sich setzen?

Schließlich ließ sie sich auf dem Sessel neben Joanna nieder. Sie hockte sich auf die Kante, sodass sie jederzeit aufspringen konnte, falls es nötig war.

Sie hatte keine Ahnung, wie dieses Gespräch verlaufen würde. Wenn sie Joanna die Wahrheit erzählte, würde sie vermutlich gleich im nächsten Bus in die Stadt sitzen. Oder sich zu Fuß aufmachen müssen.

Sie betrachtete den Pool. Es wäre großartig, schwimmen zu gehen, aber vielleicht benutzten die Leute, die hier wohnten, ihn nie. Vielleicht war der Pool ein Accessoire, etwas, das man bewunderte, während man in der kalifornischen Sonne lag, Margaritas trank und sein Haar trocken hielt.

Das Sonnenlicht glitzerte auf dem Wasser, und der Wind kräuselte die Oberfläche.

Es sah ruhig und einladend aus. Sie musste sich ermahnen, dass sie nicht im Urlaub war.

Joanna ließ ihr Buch sinken. »Du darfst gerne schwimmen, wenn du das möchtest.«

War sie so durchschaubar? »Mir geht's gut.«

»Ich bin sicher, dass ich einen Badeanzug für dich finde. Im ersten Stock ist ein Schrank voll mit neuer Kleidung und Equipment. Wenn irgendwas passt, nimm es.«

Ashley starrte sehnsüchtig aufs Wasser und schüttelte dann den Kopf. »Vielleicht später. Danke.«

Fand Joanna die Situation denn nicht merkwürdig? Sie behandelte Ashley wie einen Gast, obwohl sie sie als Feind ansehen sollte.

Joanna beobachtete sie durch die riesige Sonnenbrille, die einen großen Teil ihres Gesichts verbarg. »Du sagtest, du hättest ein mieses Jahr gehabt. Du musst deine Mutter vermissen. Wart ihr euch nah?«

»Ja.« Aber stimmte das? Vor einem Jahr noch hätte Ashley darauf beharrt, dass sie sich nah waren. Doch konnte man jemandem nah sein, der etwas vor einem verbarg? Welche anderen Bomben wären hochgegangen, wenn ihre Mutter noch leben würde? Ashley hatte jede Menge Fragen und keine Möglichkeit mehr, Antworten zu bekommen. »Mein Dad starb, als ich zwölf war, von da an gab es nur uns zwei.« Es bestand kein Grund, dies Joanna nicht zu erzählen.

»Wie war dein Dad? Was hat er gemacht?«

Ashley fand diese Frage immer merkwürdig. Als würde die Tätigkeit, mit der man Geld verdiente, einen als Person definieren. Wenn man war, was man tat, war sie im Moment niemand.

»Er hieß David. Er war Mechaniker. Er konnte so ziemlich alles reparieren.« Doch für Ashley bedeutete er viel mehr. Für sie war er der Mann, der ihr beigebracht hatte, einen Reifen zu wechseln und Tomaten im Hinterhof anzubauen. Er war gern draußen gewesen und hatte sie jedes Wochenende zum Wandern mitgenommen. Sie waren lange Strecken gelaufen, und sie hatte manchmal Mühe gehabt, mit ihm Schritt zu halten. Immer wenn sie glaubte, sie könne etwas nicht, hatte er sie stärker angetrieben. »Bleib ja nicht stehen, Ashley Blake«, hatte er gerufen, wenn sie sich am Wegrand hinsetzte, weil sie zu erschöpft war zum Weitergehen. »Gib niemals auf. Auch wenn du müde Füße hast und deine Beine wehtun, geh weiter. Einen Schritt nach dem anderen.« Hatte er wirklich das Wandern gemeint, oder wollte er ihr zeigen, wie man die schwierigen Phasen im Leben überwindet?

Einen Schritt nach dem anderen.

Er hatte sie auch ermahnt, immer die Wahrheit zu sagen und sich niemals Geld zu leihen.

Doch er hatte ihr nicht beigebracht, was sie tun sollte, wenn sie mit dem Rücken zur Wand stand. Was wurde aus der Moral, wenn man verzweifelt war? Was würde er sagen, wenn er sie jetzt sehen könnte? Wenn er gesehen hätte, wie sie zu Cliff in den Wagen gestiegen war?

Es tut mir leid, Dad.

»Hast du noch weitere Familie?«

»Nein.« Das war es also. Joanna wollte sie loswerden. »Keine Bange. Sobald ich kann, falle ich Ihnen nicht mehr zur Last.«

»Du solltest nichts überstürzen. Warte, bis das Interesse an dir nachlässt.«

Würde das je geschehen?

»Ich weiß immer noch nicht, wie diese Fotografen herausgefunden haben, dass ich schwanger bin. Glauben Sie, dass sie hierherkommen?«

Joanna legte ein Lesezeichen in das Buch und klappte es vorsichtig zu. »Da bin ich fast sicher«, sagte sie. »Doch sie werden hoffentlich noch eine Weile brauchen, um rauszukriegen, wo du bist.«

Denn als Letztes würden sie sie bei Joanna Whitman vermuten.

»Sie sind also hier aufgewachsen, und dann haben Sie dieses tolle Haus gebaut, sind aber bis jetzt nie zurückgekommen?«

»Das stimmt.«

»Wenn es meins wäre, würde ich niemals fortgehen.« Sie neigte den Kopf und spürte die heiße Sonne auf ihrem Gesicht. »Ich höre nur das Meer und die Vögel. Und es ist abgeschieden. Von der Straße aus würde man nicht einmal auf die Idee kommen, dass hier ein Strandhaus steht.«

Ashley war noch nie an einem solchen Ort gewesen. Es war, als hätte man sie in eine andere Welt katapultiert, was angesichts des Geschehenen etwas Gutes war.

Sie sollte sich entspannen, doch das konnte sie nicht. Es gab zu viele ungelöste Probleme – und ein großes Rätsel: Joanna selbst.

Sie war nicht so, wie die Medien sie hinstellten. Dass sie selten mit Journalisten sprach, ließ sie wie ein Opfer wirken, aber Ashley wusste jetzt, dass sie das nicht war. Joanna Whitman war nicht schwach, sondern zurückhaltend. Sie war stark und hatte alles im Griff, doch sie agierte auf eine ruhige Weise, sodass niemand es wirklich bemerkte. Auch jetzt zum Beispiel.

»Sie haben sie besiegt.« Ashley beobachtete, wie ein winziger Vogel herabflog und die Wasseroberfläche streifte. »All diese Fotografen und Presseleute. Leute, die Fragen stellen. Sie haben sie besiegt.«

»Ich habe Erfahrung.«

Der Gedanke, dass Joanna seit zwanzig Jahren erlebte, was sie jetzt erlebt hatte – dieses öffentliche Interesse an ihrem Leben –, ernüchterte sie.

»Sie schreiben Dinge, die nicht wahr sind. Dinge über Sie. Ich weiß nicht, wie Sie das aushalten.«

»Es war hart, vor allem am Anfang.« Joanna nahm eine Tube Sonnencreme und drückte etwas davon in ihre Hand. »Ich war ungefähr in deinem Alter. Ich war hier aufgewachsen, in einer Kleinstadt mit Menschen, die ich mein ganzes Leben lang kannte. Lustigerweise dachte ich, ich sei Klatsch gewöhnt, doch wie sich zeigte, hatte ich keine Ahnung. Ich schätze, der Unterschied bestand darin, dass mich die Menschen hier tatsächlich kannten, wohingegen die meisten Menschen da draußen nur das wissen, was sie irgendwo gelesen haben.«

Ashley hatte so viel Ehrlichkeit nicht erwartet. Sie fühlte sich ein bisschen unbehaglich, denn schließlich kannten sie einander ja gar nicht. Dennoch war sie zu fasziniert, um nicht weiter nachzufragen. Wenn sie mehr erfuhr, verstand sie vielleicht, warum Joanna sie hierhergebracht hatte.

»Hat es Ihnen am Anfang gefallen? Ich meine, der Ruhm und das alles? Manche Menschen wollen das, oder? Ein Promi zu sein?« Sie hatte Bilder im Internet gesehen. Sie genau betrachtet. Cliff und Joanna. Es hieß immer Cliff und Joanna, nie Joanna und Cliff, als wäre sie die Zweite in der Hierarchie.

Joanna zögerte. »Ich habe es gehasst.« Etwas an ihrem Ton gab Ashley das Gefühl, dass sie diese Worte noch nie zuvor laut ausgesprochen hatte.

»Weil Sie ein zurückhaltender Mensch sind?«

»Ja. Ich wollte mein Leben ohne Aufhebens leben, wollte meine Fehler im Privaten machen.«

Hielt sie Cliff für einen Fehler?

Ashley versuchte, sich ihn mit Joanna vorzustellen. Für sie passten die beiden nicht zusammen, doch was wusste sie schon?

Andererseits hatte Joanna sich von ihm scheiden lassen, vielleicht wusste sie also mehr, als sie dachte.

»Immer wenn ich ihn im Fernsehen sah, wirkte er wie jemand, der die Öffentlichkeit liebt.«

»Du hast seine Shows gesehen?« Joanna blickte sie an, und Ashleys Herz schlug höher.

War die Zeit für Geständnisse gekommen?

»Manchmal.« Sie hatte jede einzelne Show gesehen. Und nicht nur das, sie hatte ihn regelrecht studiert. »Er hatte eine Art, Leute in seinen Bann zu ziehen.«

»Ja.« Joanna sah sie lange an, als dachte sie über etwas nach.

Ashley wand sich innerlich. »Also wenn Sie hier aufgewachsen sind, müssen Sie noch Leute kennen, die hier wohnen. Sie werden sich mit ihnen treffen wollen.«

»Nein.« Joanna blickte zur Seite. »Es gibt niemanden, den ich treffen möchte.«

»Warum? Verstecken wir uns?«

»Du kannst kommen und gehen, wie du möchtest. Du bist keine Gefangene, Ashley. Aber ich ging davon aus, dass du Privatsphäre bevorzugst, während du dich regenerierst und über deine Zukunft nachdenkst.«

Das klang gut, nur hatte sie keine Ahnung, was sie als Nächstes tun sollte.

Joanna schenkte aus dem Krug neben sich ein Glas Wasser ein. »Hast du einen Job? Gehst du aufs College?«

»Ich habe einen Job, seit ich sechzehn bin.« Sie dachte an Luigi, den Besitzer der Pizzeria. Er war immer nett zu ihr gewesen. »Der Plan war, aufs College zu gehen, doch die Arztrechnungen für die Behandlung meiner Mom waren hoch. Und das hatte natürlich Priorität«, fügte sie rasch hinzu. »Ich arbeitete, wenn ich konnte, und eine Nachbarin war dann bei ihr.«

»Kam ihre Krankheit plötzlich?«

»Ja. Sie hatte eine Lungenentzündung, und die entwickelte sich zu einer Sepsis.« Noch immer verstand sie es nicht wirklich.

Wie konnte es jemandem in der einen Minute gut gehen – und in der nächsten war er tot? »Am Anfang hatten die Ärzte gedacht, sie würde sich erholen. Wir redeten über Dinge, über die wir nie zuvor geredet hatten ...« Und sie wusste, dass sie dieses eine Gespräch niemals vergessen würde. Sie hatte so viele Fragen. So vieles war noch ungeklärt. »Und dann ging es ihr schlechter. Ein paar Wochen lag sie auf der Intensivstation, und dann starb sie.« Es erleichterte sie, endlich mit jemandem darüber zu sprechen. Sie hatte versucht, alles mit sich selbst auszumachen, doch nun konnte sie sich nicht mehr zurückhalten, es war einfach zu viel.

»Das ist sehr hart.« Joannas Stimme war sanft.

»Sie sagten, sie hätte sich erholen sollen, doch das tat sie nicht. Die Infektion war zu stark, und ihr Körper verkraftete sie nicht.« Das gehörte zu den Dingen, mit denen sie am meisten kämpfte. Die Zufälligkeit des Lebens. Dass man in der einen Minute gesund und in der nächsten tot sein konnte. Der Schock hatte sie aus der Bahn geworfen. »Ich fing an zu zweifeln, welchen Sinn Pläne haben. Ich meine, meine Mom hatte Pläne. Es gab viel, was sie tun wollte, wenn ich erst einmal aufs College ging. Wir hatten Pläne für unser Leben – nichts Bahnbrechendes, kleine Dinge, wissen Sie? –, aber ich freute mich darauf, und sie freute sich auch.«

Vermutlich war es nicht angemessen, Joanna das alles zu erzählen, doch irgendjemandem musste sie sich mitteilen. Sie war zu lange mit ihren Gedanken allein gewesen, und Joanna war eine gute Zuhörerin. Vielleicht weil sie nachvollziehen konnte, wie es sich anfühlte, wenn das Leben auf den Kopf gestellt wurde.

»Was wolltest du studieren?«

»Wie bitte?« Ashley dachte gerade an das Krankenhauszimmer ihrer Mutter. Sie erinnerte sich an den Geruch, das Piepen der Maschinen und sah das blasse Gesicht ihrer Mutter vor sich.

»Für welchen Studiengang hast du dich entschieden?«

116

»Oh.« Sie zwang sich zurück in die Gegenwart. »Technische Informatik. Da war ich gut drin. Mein Dad witzelte immer, dass er zu alt sei, um das Digitale zu verstehen, sodass ich alles lernen müsse, um es ihm zu zeigen. Er würde mein Auto reparieren und ich seinen Laptop, so in der Art. Nach seinem Tod belegte ich einen Sommerkurs. Ich hoffe, er wäre stolz auf mich gewesen.«

»Ich bin sicher, dass er das gewesen wäre. Und hat es dir Spaß gemacht?«

»Ja. Sie haben mir ein bisschen HTML, CSS und JavaScript beigebracht. Es war toll. Sie hatten diese richtig coolen Leute, die mit uns redeten und echt interessante Sachen machten. Vermutlich war es gut, dass ich den Kurs belegt habe, denn ich bekam einen Platz in meinem Wunsch-College ...« Plötzlich verlegen, dass sie so viel plapperte, so viel Persönliches preisgab, zuckte sie die Achseln. »Aber vielleicht war das nur, weil ich ein Mädchen bin.«

»Warum sagst du das?«

Ashley knabberte an einem Fingernagel. »Weil es nicht genügend Mädchen in den MINT-Fächern gibt.«

»Ich bin überzeugt, dass du den Platz nicht deswegen bekommen hast. Ganz sicher hast du ihn bekommen, weil du intelligent bist und sie klug genug waren, das zu bemerken. Sie haben dein Potenzial gesehen.« Joanna hielt kurz inne. »Da draußen gibt es viele Menschen, die dich glauben machen wollen, dass du nicht gut genug bist. Dass du keine großen Träume haben solltest. Dass du auf Nummer sicher gehen musst. Dass du weniger bist, als du sein könntest. Es ist wichtig, ihnen nicht zu glauben. Wenn du irgendetwas unbedingt machen möchtest, wenn du einen Traum hast, dann schuldest du es dir selbst, es zu versuchen.« Etwas in ihrem Ton ließ Ashley aufmerken. Ob wohl irgendjemand Joanna das Gefühl gegeben hatte, sie sei nicht gut genug?

»Hatten Sie einen Traum?«

»In deinem Alter?« Joanna lächelte leicht. »Ja. Ich wollte in einer Buchhandlung arbeiten. Ich wollte Menschen helfen, genau das richtige Buch für ihre Stimmung zu finden. In meiner Kindheit waren Bücher ein großer Trost für mich, und ich wollte, dass andere Menschen das ebenfalls erleben.«

Ashley dachte an die Bücherregale, die sie gesehen hatte. »Aber Sie haben nie in einer Buchhandlung gearbeitet?«

»Nein. Und das bedaure ich. Ich hätte in einer Buchhandlung arbeiten sollen statt als Kellnerin im Café.«

Weil sie dann niemals Cliff kennengelernt hätte? Wollte sie das damit sagen?

Ashley dachte über Joannas Leben nach. Sie war mit einem Star verheiratet gewesen, ihre Tage und Nächte schienen eine endlose Abfolge schillernder Events gewesen zu sein. Viele Menschen träumten von so etwas. Aber nicht Joanna. Sie hatte in einer Buchhandlung arbeiten wollen, was mal wieder bewies, dass der Traum des einen Menschen der Albtraum eines anderen sein konnte.

Unbehaglich rutschte Ashley auf ihrem Sessel herum. Sie fühlte sich, als hätte sie durch einen Spalt zwischen den Vorhängen in Joannas echte Welt gelugt. »Ich schätze, das Leben geht seinen Weg, und dann schlagen wir irgendwann einen anderen Weg ein. So war es jedenfalls bei mir. Meine Mom starb, und selbst wenn ich es mir hätte leisten können, hätte ich mich nicht aufs College konzentrieren können, und dann wurde ich …«

»Schwanger.«

Ashley spürte, wie ihr das Blut ins Gesicht stieg. Diesen Moment hatte sie gefürchtet. Joanna würde sie wegen des Babys ausfragen. Und wenn sie ihr die Wahrheit sagte, die ganze ungeschminkte Wahrheit, würde Joanna sie hinauswerfen.

Ein Anflug von Trostlosigkeit überkam sie und dann Panik. Sie wollte nicht, dass Joanna sie hinauswarf. Sie wollte hier am Pool in der Abgeschiedenheit und in Joannas beruhigender Gesellschaft bleiben, bis sie herausgefunden hatte, was sie tun würde.

Doch das war keine erwachsene Entscheidung, oder? Niemand würde vorbeikommen und ihre Probleme lösen. Sie würde sie selbst lösen müssen.

Mit bebenden Händen und einem üblen Gefühl atmete sie tief durch.

»Joanna, da ist etwas, das ich Ihnen …«

»Nicht jetzt.« Joanna lehnte sich zurück und griff wieder nach ihrem Buch. »Wir sprechen ein anderes Mal darüber.«

»Aber …«

»Ich weiß, dass wir reden müssen, aber das kann warten.«

Konnte es das?

Endlich hatte sie sich entschlossen, Joanna die Wahrheit zu sagen. War das jetzt eine Gnadenfrist oder eine Verlängerung der Qual?

Sie wusste es nicht.

10. KAPITEL

MELANIE

Mel wartete, bis Greg aus der Ausfahrt fuhr, und holte einen Korb aus dem Küchenschrank. Hätte sie Greg erzählt, was sie vorhatte, hätte er versucht, sie aufzuhalten, dessen war sie sich sicher. *Wenn sie dich sehen wollte, hätte sie angerufen.* Natürlich hatte er Joanna ebenfalls geliebt. Sie waren alle miteinander aufgewachsen. Aber Greg konnte eher akzeptieren, dass das Leben kompliziert war und Menschen sich veränderten. Er brauchte nicht für alles eine Erklärung. Doch er verstand nicht, wie es sich anfühlte, eine Freundschaft zu verlieren, von der sie geglaubt hatte, dass sie für immer wäre.

Mel wollte eine Erklärung.

Sogar nach so vielen Jahren wollte sie eine, und deshalb würde sie zu Joanna gehen. Und ja, bei dem Gedanken fühlte sie sich unbehaglich und unsicher, doch sie wollte es endlich wissen.

Seit sie vor einer Woche zum ersten Mal die schmale Silhouette in weiter Ferne auf dem Felsen sitzen sehen hatte, war der Plan in ihr gereift. Auch ohne Details erkennen zu können, hatte sie gewusst, dass es sich um Joanna handelte. Sie hatte es gefühlt.

Und sie hatte gewartet. Sie hatte gewartet, dass Joanna sie anrief oder vor ihrer Tür stand oder so was. Sie hatte an nichts anderes mehr denken können. Von den Gesprächen beim Abendessen hatte sie kaum etwas mitbekommen, weil sie zu abgelenkt war, um überhaupt nur daran zu denken, mit Eden zu streiten. Sie hatte jede Nacht bis in die frühen Morgenstunden wach gelegen und alle möglichen Szenarien im Kopf durchgespielt – was sie sagen und tun würde, wenn Joanna vor ihrer Tür stand oder wenn sie ihr in der Buchhandlung über den Weg lief. Alles vergeblich, denn Joanna nahm keinen Kontakt auf. In der Stadt wurde sie nicht gesehen. Sie war unsichtbar. Kein Zeichen von ihr. Nicht einmal ein handgeschriebener Zettel in ihrem Briefkasten.

Joanna wollte nicht mit Mel reden, und das schmerzte sie mehr, als sie gedacht hätte.

Sie fühlte sich, als hätte Joanna sie zum zweiten Mal von sich gestoßen. Seit einer Woche war sie schon in Silver Point und hatte sich nicht gemeldet. Als ob sie Fremde wären! Als ob sie bis zum achtzehnten Lebensjahr nicht jede einzelne Minute ihres Lebens miteinander geteilt hätten.

Also hatte Mel beschlossen, Joanna aufzusuchen. Ihr von Angesicht zu Angesicht gegenüberzutreten konnte nichts schlimmer machen. Sie brauchte Antworten. Sie wollte wissen, was geschehen war. Sie wollte wissen, was sie so Schlimmes getan hatte.

Denn sie musste etwas Schlimmes getan haben, oder? Sie konnte nicht länger so tun, als wäre Joanna zu beschäftigt mit ihrem aufregenden neuen Leben oder abgelenkt durch ihre Liebe zu Cliff (wobei dieser Teil noch nie Sinn ergeben hatte) oder in Beschlag genommen von ihren vielen neuen Freunden. Die schmerzhafte Wahrheit war, dass sie Mel ohne Erklärung aus ihrem Leben ausgeschlossen hatte, als wäre sie ein Wurm in einem Apfel. Sie hatte Mel keine Chance gegeben, ein Wort dazu zu sagen.

Doch sie würde jetzt etwas dazu sagen, und wenn sich das als Fehler erweisen sollte, dann war es eben ein Fehler. Lieber etwas tun und scheitern, als nichts zu tun.

Und was auch immer geschah, sie würde damit eine Art von Abschluss finden.

Mel stellte den Korb in den Wagen und fuhr zu dem Bauernmarkt, der einmal die Woche am anderen Ende der Main Street stattfand.

Sie war nervös und wollte Small Talk vermeiden. Also gab sie sich geschäftig und eilig, als sie pralle Tomaten, ein frisches Sauerteigbrot, Käse, ein Glas lokalen Honigs und einige reife Pfirsiche zusammensuchte. Spontan hielt sie kurz beim Surf Café und nahm ein paar von Nates Macadamia-Cookies mit weißer Schokolade mit, während Nate gerade einen Kunden bediente.

Die Fahrt entlang der Küstenstraße nach Otter's Nest war kurz, doch lang genug, dass sie es sich beinahe anders überlegt hätte.

Warum tat sie das? Es war zwanzig Jahre her. Sie sollte das hinter sich lassen. Was glaubte sie denn, was dabei herauskam? Was konnte nach zwanzig Jahren noch repariert werden?

Joanna würde vermutlich nicht einmal an die Tür gehen, wenn sie sie sah.

Und dann würde Mel sich furchtbar fühlen, aber zumindest hätte sie es versucht.

Man konnte die Abzweigung leicht verfehlen, wenn man sie nicht kannte, doch Mel war hier so oft eingebogen, dass sie sie mit verbundenen Augen fand – was sie tatsächlich im wahrsten Sinne des Wortes auch einmal geschafft hatte. Es war eine Wette zwischen Nate und ihr gewesen. Bei manchem, was sie als Teenager getan hatten, fragte sie sich, wie sie das lebend hatten überstehen können.

Sie bog in die Abzweigung und registrierte, dass es kein Schild gab. Nichts, das den Besucher über das Anwesen am Ende dieser Straße informierte. Der Weg wand sich durch den Wald, in dem Monterey-Pinien und kalifornische Steineichen ein Blätterdach bildeten. Gelegentlich erhaschte sie zwischen den Bäumen einen Blick auf das verführerisch glitzernde Meer.

Mel bremste vor der ersten Kurve leicht ab, dann vor der zweiten. Nach der dritten Biegung sah sie das Tor.

Sie hielt an und betrachtete dieses neue Hindernis. In ihrer Kindheit hatte Otter's Nest noch kein Tor gehabt. Tatsächlich hatte es damals so gut wie gar nichts gehabt außer einer der schönsten Aussichten an diesem Küstenstrich. Und ihrer besten Freundin.

Mel ging hinüber zum Tor und zögerte. Man konnte das Haus von hier aus nicht sehen, und alles wirkte so anonym, dass sie sich einen Moment fragte, ob sie überhaupt am richtigen Ort war. Falls sie sich irrte und das Anwesen an irgendeinen reichen Tycoon aus dem Silicon Valley vermietet war, würde sie ziemlich dumm dastehen.

Sie zuckte die Achseln und drückte auf den Klingelknopf. Sie hatte schon öfter dumm ausgesehen und es überlebt.

Sie wartete. Und wartete.

Keine Antwort.

Sie wollte schon aufgeben und zu ihrem Wagen zurückgehen, als sich eine Stimme aus der Gegensprechanlage meldete.

»Hallo?«

Mels Herz machte einen Satz. »Joanna? Ich bin es, Mel. Mel Monroe.«

Es folgte eine lange Stille. Mel dachte: Das war ein Fehler. Ich hätte nicht kommen sollen. Ich wappne mich lieber, wieder verletzt zu werden.

Sie konnte nicht glauben, dass sie, Mel, vor Joannas Haus stand und um Einlass bettelte, wo sie sich doch einst so nah gewesen waren wie Schwestern.

Sie hatten alles gemeinsam getan: Mel und Joanna, Nate und Greg, die vier unzertrennlichen Freunde. Und dann hatten sie sich neu sortiert, und aus den vieren waren Mel und Greg und Nate und Joanna geworden.

Es war an Mels und Nates sechzehntem Geburtstag geschehen. Sie hatten eine Party am Strand gefeiert, und Joanna war zwischendurch mit leuchtenden Augen und verträumter Miene zu ihr gekommen.

Ich habe deinen Bruder geküsst.

Mel war schockiert gewesen, was sie zu einer Heuchlerin machte, denn sie und Greg küssten sich seit Monaten. Aber das hier war anders. Joanna und Nate? Sie hatte Zweifel und Fragen gehabt. War es nur ein Kuss? Mehr als ein Kuss? War es der Beginn von etwas? Was passierte, wenn sie sich trennten? Wenn es schmutzig wurde? Wenn sie ehrlich war, hatte sie vor allem an sich gedacht. Was es für sie bedeuten würde. Sie wollte ihre beste Freundin nicht an ihren Bruder verlieren. Sie wollte nicht zwischen ihrer besten Freundin und ihrem Bruder wählen müssen. Sie und Joanna teilten alles miteinander, aber das würde sich ändern, wenn sie mit Nate zusammen war.

Es war eine komplizierte Zeit, in der sie kurz vorm Erwachsensein standen und dennoch an ihrer Kinderfreundschaft festhielten.

Am Ende waren ihre Befürchtungen berechtigt gewesen. Sie trennten sich. Es wurde schmutzig. Vielleicht war es unvermeidlich gewesen. Unvermeidlich von dem Moment an, als sie nicht mehr zu viert waren, sondern begonnen hatten, zwei plus zwei zu sein. Mel und Greg, Joanna und Nate.

Was ist passiert, Joanna? Warum bist du einfach so gegangen?

Mel trat vom Tor zurück. Sie hätte nicht kommen sollen.

Sie wollte sich gerade in den Wagen setzen und davonfahren, als das Tor aufschwang.

War das eine Einladung?

Vermutlich ja.

Jetzt wieder entschlossen, an ihrem Plan festzuhalten, ob er sich als Fehler erweisen sollte oder nicht, ging Mel durch das Tor. Die Auffahrt beschrieb eine Kurve, genau wie sie es in Erinnerung hatte, und dann stand da das Haus, Otter's Nest. Nur dass diese Version nichts mit dem Original zu tun hatte.

Erstaunt betrachtete sie die klaren Linien und das moderne Design. Dann öffnete sich die Tür, und Joanna trat heraus.

Mel spürte, wie die Emotionen sie übermannten, und wollte

schon auf sie zulaufen, doch sie bemerkte ein Zögern bei Joanna, als wäre sie nicht sicher, dass es eine gute Idee gewesen war, die Tür zu öffnen. Und dieses Zögern verletzte Mels Gefühle erneut.

Ein optimistischer Teil in ihr hatte sich ausgemalt, dass sie mit offenen Armen aufeinander zulaufen würden wie in einem Film, hatte gehofft, dass die zwanzig Jahre Schweigen vergessen wären angesichts ihrer Freude, einander zu sehen. Sie hatte sich geirrt. Es gab eine einfache Erklärung ...

Ihre rationale Seite brachte sie wieder auf den Boden.

Sie rief sich in Erinnerung, dass sie womöglich auch vorsichtig wäre, wenn sie durchgemacht hätte, was Joanna durchgemacht hatte.

Sie blieb in einiger Entfernung stehen, und beide starrten einander unsicher an. Einst hatten sie fast jede wache Minute miteinander verbracht – und dann waren sie sich zwei Jahrzehnte nicht mehr begegnet. Es hatte keinen Abschied gegeben. Keine Umarmungen und Versprechungen. Den einen Tag war Joanna da gewesen und am nächsten Tag fort.

Es gab so viel, das Mel hatte sagen wollen, ohne je die Gelegenheit dazu zu bekommen.

Du bist abgehauen, ohne zu sagen, wo du hingehst.

Du hast meinem Bruder das Herz gebrochen.

Sie hatte angerufen und Nachrichten hinterlassen, aber keine Antwort erhalten, was Mel noch mehr entrüstete. Warum hatte Joanna nicht zumindest einen Grund genannt, dass Mel wenigstens versuchen konnte, sie zu verstehen.

Im Grunde hatte Joanna sie genauso fallen gelassen, wie sie ihren Bruder fallen gelassen hatte.

Für Mel war es ein Trauma. Ihre beste Freundin hatte sie ignoriert. Nach all den Jahren der Freundschaft mit allen Hochs und Tiefs waren ihr nur Fragen geblieben.

Joanna hatte Cliff geheiratet (Mels Ansicht nach eine schlechte Entscheidung), und fünf Jahre später hatte Nate Phoebe geheiratet (ebenfalls eine schlechte Entscheidung). Vier Jahre später ließen sich Nate und Phoebe scheiden, und diesmal hatte Mel nicht fragen müssen, was passiert war, weil sie es wusste. Man durfte nicht heiraten, wenn man noch jemand anderen liebte, und sie war sicher, dass Nate nie aufgehört hatte, Joanna zu lieben. Sie hatte keine Ahnung, was er jetzt für sie empfand, weil er lieber sein Bier mit ihr teilte als seine Gedanken.

Joanna ergriff zuerst das Wort. »Wie hast du herausgefunden, dass ich hier bin?«

Ernsthaft? Dies waren ihre ersten Worte?

»Ich habe dich auf dem Felsen gesehen. Du bist der einzige Mensch, der je auf diesem Felsen gesessen hat.«

»In zwanzig Jahren?«

»Ja. Ich wusste, dass du es warst.« Sie fragte sich nicht einmal, warum.

»Wenn du weißt, dass ich hier bin, weiß es vermutlich jeder.«

»Nein. Niemand anders hätte dich erkennen können. Außer mit einem Fernglas.«

Joanna lächelte nicht. »Die haben sie oft. Und lange Objektive und manchmal Drohnen. Auch wenn sie glücklicherweise nicht über dieses Haus fliegen.«

Mel konnte sich das alles nicht vorstellen, doch sie glaubte ihr, denn sie bemerkte die Veränderung in ihrer alten Freundin. Die Vorsicht. Das Misstrauen. Sogar ihre Körperhaltung war so angespannt, als könne sie im Notfall jederzeit zurückschrecken. »Das muss die Hölle sein.«

»Das ist das Leben.«

Joannas Leben. Nicht Mels.

»Vertrau mir, niemand weiß, dass du hier bist. Wenn sie es wüssten, hätte ich die Gerüchte gehört. Du weißt, wie es hier ist.« Sie hielt inne. »Als ich dich auf dem Felsen sah, dachte ich, du würdest dich vielleicht bei mir melden.«

»Ich habe mit niemandem Kontakt aufgenommen.«

»Weshalb bist du gekommen? Um dich zu verstecken?«

Joanna schüttelte kurz den Kopf. »Was tust du hier, Mel?«

Das fragte sich Mel auch. Warum war sie hier? Was glaubte sie, was geschehen würde? Was wünschte sie sich? Sie würde gleich ein zweites Mal zurückgewiesen werden, vielleicht war es also an der Zeit, zu sagen, was gesagt werden musste.

»Ich dachte, es wäre Zeit für eine Entschuldigung.«

Joanna versteifte sich. »Du musst dich für nichts entschuldigen.«

»Ich nicht. Du.« War das zu direkt? Nein. »Es ist Zeit, dass du dich bei mir entschuldigst.«

»Wofür?«

»Machst du Witze? Du bist einfach gegangen! Ohne irgendwas zu sagen. Ohne eine Begründung.«

Joanna atmete schnell ein und aus. »Es ist über zwanzig Jahre her, Mel …«

»Ja, ich gebe zu, dass die Entschuldigung lange überfällig ist, aber das macht sie nicht weniger notwendig.« Sie merkte, dass die alten Gefühle noch da waren – gut verstaut für eine Gelegenheit wie diese. »Wir waren beste Freundinnen, Joanna! Wir haben alles zusammen gemacht. Du warst wie eine Schwester für mich. Es gab nicht einen Gedanken, den wir nicht miteinander geteilt haben. Und dann hast du dich in meinen Bruder verliebt, und ja, das hat die Dinge ein bisschen verkompliziert. Und es ist nicht so ausgegangen, wie wir uns das gewünscht haben, aber ich verstehe nicht, warum du auch unsere Freundschaft beenden musstest. Ich weiß nicht, warum ich zum Kollateralschaden wurde. Dachtest du, ich würde dir nicht vergeben, dass du meinen Bruder abservierst?«

Die folgende Stille zog sich.

Schließlich antwortete Joanna. »Deshalb bist du hier? Um mich anzuschreien? Um die Vergangenheit auszugraben?«

»Tut mir leid, ich wollte dich nicht anschreien, aber die Sache war sehr groß für mich. Ich dachte, für dich wäre sie auch groß.« Sie schämte sich für ihren Mangel an Kontrolle, für ihre emotionale Reaktion, wo Joanna so reserviert blieb. »Du hast mich komplett ignoriert. Wer zum Teufel tut so etwas …?« Überwältigt von ihren Gefühlen, brachte sie die Worte nur stockend heraus. »Wie konntest du einfach fortgehen? Hast du mich nicht vermisst? Ich habe dich vermisst. Es hat wehgetan. Sehr wehgetan. Und das hat nie aufgehört, Joanna. Nicht für mich. Vielleicht liegt es daran, dass ich nicht verstehe, was passiert ist. Und ja, es ist lange her, aber wenn ich etwas getan habe, das dich dazu gebracht hat, mich aus deinem Leben zu verbannen, dann möchte ich das wissen. Auch nach all dieser Zeit möchte ich es wissen. Es würde mir helfen.« Würde es ihr helfen? Sie hatte keine Ahnung.

»Es ging nicht um dich.«

»Warum sind wir dann nicht in Kontakt geblieben, wenn das stimmt?«

Joanna straffte sich. »Weil ich nicht konnte.«

»Was meinst du damit, dass du nicht konntest?« Mel hatte zu lange auf dieses Gespräch gewartet, um es dabei zu belassen. »Du konntest es physisch nicht? Jemand hat dein Handy geklaut? Du hast meine Nummer verloren? Cliff ließ es nicht zu? Was?« Wieder schrie sie sie an. Was war los mit ihr? Sie stand in einer Auffahrt und brüllte jemanden an, den sie seit Jahren nicht gesehen hatte. Es war ungehörig. Unangemessen. Doch sie konnte nicht anders. So fühlte sie sich eben. Ihre emotionale Seite kam zum Ausbruch, und sie konnte nichts dagegen tun.

Dass Joanna ihre Gefühle in sich verschlossen hielt, machte es nur schlimmer.

Früher hatte sie gezeigt, was in ihr vorging. Liebe, Freude, Schmerz, Trauer. Joanna hatte alles sofort ausgedrückt. Bei der Beerdigung ihres Vaters hatte sie geheult. Hatte gekreischt. Sie war auf die Knie gefallen und hatte versucht, in das Grab hinabzusteigen. Die erschrockene Ermahnung ihrer Stiefmutter, sie solle sich zusammenreißen, kümmerte sie nicht. Joanna hatte sich nicht zusammenreißen können. Der Schmerz war zu groß gewesen. Sie war wie eine Vase, die auf Betonboden gefallen war. Zerbrochen. Sie war nicht mehr vollständig, und es war ihr egal, wer sie so sah. Ihr Vater war tot, und sie wollte ihn zurück, und wenn sie ihn nicht zurückhaben konnte, wollte sie eben auch sterben. Das war ihr Ziel. Ihre Stiefmutter hatte sie nicht getröstet. Es war Mel, die sich zwischen den Erwachsenen, die peinlich berührt dastanden, hindurchgedrängelt hatte. Mel, die sie umarmt hatte. Mel, die sie hin und her gewiegt, mit ihr geweint und sie gehalten hatte, als sie sich schluchzend die Haare ausreißen wollte. Es war Mel, die sie von dem Grab weggezogen hatte. Mel, die verstand, dass sie nicht nur ihren Vater verloren hatte, sondern den einzigen Menschen auf der Welt, der sie über alles und jeden gestellt hatte. Sie hatte das kostbarste Geschenk von allen verloren. Bedingungslose Liebe. Die war für immer fort.

Und doch war sie es nicht, denn sie hatte Mel. Sie hatten sich mit vier Jahren geschworen, dass niemals etwas zwischen sie käme. Mel hatte dieses Versprechen in Ehren gehalten. Daran geglaubt.

Doch Joanna hatte es irgendwie vergessen.

Wo war das Mädchen von damals jetzt? Wo waren ihre Gefühle?

Joanna beobachtete sie. »Ich konnte nicht in Kontakt bleiben. Es wäre zu kompliziert gewesen.«

»Du meinst wegen Nate? Wir waren befreundet, bevor du und Nate ein Paar wurdet.« Sie sah, wie sich Joannas Wangen röteten.

»Das ist lange her.«

Würde sie nach Nate fragen? Fragte sie sich je, wie es ihm ging? Bedauerte sie, mit ihm Schluss gemacht zu haben?

Mel entschied, sich der Gegenwart zuzuwenden. »Du hattest eine schwere Zeit. Du siehst dünn aus.« Sie erinnerte sich daran, wie sie als Teenager beide Diät gehalten und vorm Spiegel gestanden hatten. Wie sie jeden Sommer, wenn es um Badeanzüge und Strandbarbecues und Mitternachtsschwimmen und Jungs ging, furchtbar unsicher wegen ihres Äußeren waren. Wie sie sich um Oberschenkel und Brüste und Bäuche sorgten und … Herrje, wie jung wir waren, dachte sie. Alles, was ihnen damals wichtig gewesen war, spielte im echten Leben keine Rolle. Sie wünschte, sie hätte ihrem Teenager-Ich erzählen können, dass sie irgendwann dankbar sein würde, einen funktionierenden Körper zu haben, der ihr erlaubte, am Strand zu laufen und im Meer zu schwimmen, Sex mit Greg zu haben und ihre Tochter auf die Welt zu bringen. Ihre Ängste waren unbegründet gewesen, doch damals hatten sie ihr Leben bestimmt.

»Es war nicht die leichteste Zeit.«

Das war eine solch lächerliche Untertreibung, dass Mel lachen musste. Zu ihrer Erleichterung lachte Joanna ebenfalls, und dieses Lachen entspannte die Atmosphäre.

Sie hatten einander immer zum Lachen bringen können. Oft hatte es nur einen Blick gebraucht. Einen gemeinsamen Gedanken. Das Wissen, was die andere dachte. Mal hatten sie sich beim Abendessen kaputtgelacht, mal waren sie aus dem Unterricht geflogen. Mel vermisste das. Sie hatte viele Freundinnen, mit denen sie lachte, doch nichts kam an jenes bauchmuskelzerrende, nicht enden wollende Gelächter heran, das sie mit Joanna geteilt hatte.

»Willst du hereinkommen?« Endlich lächelte Joanna, und in diesem Augenblick erkannte Mel das Mädchen, das einst ihre Freundin gewesen war.

»Willst du, dass ich hereinkomme?«

»Ja.«

»Warum?«

»Weil es besser wäre, als mich draußen anzuschreien?«

»Kein Schreien mehr, ich verspreche es.« Mel zuckte die Achseln. »Ich glaube, da könnte sich was angestaut haben.«

In Joannas Augen blitzte es auf. »Scheint so.«

»Aber wenn mir das Schreien eine Führung durchs neue Haus verschafft, dann kann ich noch weiterschreien.«

»Du willst eine Führung? Dann sei gewappnet. Es hat nichts mehr mit dem alten Haus zu tun.«

Hatte sie Angst, bewertet zu werden? »Ich bräuchte keine Führung, wenn es das alte Haus wäre, oder?« Mel fiel der Korb im Wagen ein. »Warte einen Moment.« Sie lief zurück zum Auto und wünschte sich, sie hätte eine von Rhondas Hühnerpasteten gekauft. Sie versuchte, ihnen zu widerstehen, doch Joanna sah aus, als könnte sie die Kalorien vertragen.

»Ich habe ein paar Sachen vom Bauernmarkt mitgebracht.« Sie reichte Joanna den Korb. »Ich wusste nicht, was du magst. Oder ob ich überhaupt mit dir reden kann. Du hast vermutlich alle Vorräte, die du brauchst. Oder vielleicht ist das nicht gourmethaft genug für dich. Du kochst wahrscheinlich selbst.«

»Das war sehr fürsorglich von dir, etwas mitzubringen.« Joanna sah in den Korb. »Kekse!«

»Nate hat sie gemacht. Er betreibt jetzt das Surf Café. Wir haben es von unseren Eltern übernommen.« Sie achtete bei der Erwähnung von Nate auf eine Reaktion von Joanna, doch sie bemerkte nichts.

Die Selbstbeherrschung, die Joanna zuvor kurz verloren hatte, war wieder da. »Natürlich. Familienunternehmen. Ich bin sicher, es läuft gut. Du bist also nicht abgehauen und hast einen Job im Big Apple bekommen? Ich habe dich immer in einem gläsernen Eckbüro gesehen, wie du Befehle gibst.«

Also hatte Joanna an sie gedacht. »Nein. Ich habe mich entschieden hierzubleiben. Du hast keinen Job im Buchladen bekommen.«

»Nein. Kindische Träume.« Joanna sah sie an, und sie lächelten in stillschweigendem Einverständnis.

»Ich schätze, das Leben läuft nicht immer nach Plan.«

»Das ist wahr. Wie geht es deinen Eltern?«

»Gut, danke. Sie wollten das Beste aus ihrem Ruhestand machen, haben einen Wohnwagen gemietet und fahren durch

Südamerika.« An der Geschichte war natürlich mehr dran, doch jetzt war nicht der richtige Zeitpunkt, darüber zu sprechen. »Dad interessiert sich neuerdings für Fotografie, wir bekommen also täglich jede Menge Bilder.«

»Und deine Mom?«

»Sie wollte ein Buch schreiben, auch wenn ich nicht sicher bin, dass sie es jemals beenden wird.« Würde Joanna sich nach Nate erkundigen? Etwas Persönliches von ihm wissen wollen? Ob er verheiratet war?

Warum sollte sie es ihr nicht einfach sagen? »Nate verbringt seine Zeit mit dem Restaurant und dem Kinder-Surfprogramm. Die Kids lieben ihn.«

Siehst du, was für ein guter Mensch er ist? Warum hast du ihn verlassen, Joanna?

»Und du?« Joanna schien entschlossen, über alles außer Nate zu sprechen. »Du arbeitest auch im Café?«

»Ja. Ich kümmere mich um alles Administrative. Die Bestellungen, die Buchhaltung. Alles, was nicht mit Küche oder Gästen zu tun hat.« Es klang langweilig, sogar für sie. »Ich wurde ziemlich schnell mit Eden schwanger, und unsere Eltern brauchten Hilfe im Café, also bin ich dortgeblieben.« War sie sich untreu geworden? Seit Edens Vorwürfen bekam sie den Gedanken nicht mehr aus dem Kopf. Doch Nate brauchte sie, das Café brauchte sie, und sie und Greg brauchten das Einkommen aus dem Job. »Aber ich laufe noch. Und jeden Dienstag und Donnerstag mache ich Yoga. Wenn du länger bleibst, kannst du dazustoßen.«

»Mal sehen. Bislang habe ich das Strandhaus nicht verlassen.« Joanna nahm den Korb in die Armbeuge. »Komm herein. Du wirst Otter's Nest nicht wiedererkennen.«

»Du hast keine Ahnung, wie oft ich das hier schon sehen wollte.« Mel trat ein. Im Augenblick überwog Neugier alles andere. »Kluges Design. Kein Glas im Eingangsbereich, sodass kein Fotograf einen hinterhältigen Schuss landen kann.«

»Wir hatten einige Prominente, die hier Urlaub gemacht haben. Die Lage und die Sicherheitsmaßnahmen erweisen sich immer als Plus.« Joanna zeigte ihr die Küche, das Arbeitszimmer, ein Schlafzimmer unten mit Balkontür zum Garten, und während Mel schaute und staunte, konnte sie nur daran denken, dass Joanna die Vergangenheit ausradiert hatte. Vom alten Otter's Nest war nichts übrig. Überhaupt nichts. Das alte Gebäude mit seinen rissigen Wänden, der abblätternden Farbe und den kaputten Fensterläden, die sich nicht ganz schließen ließen, mit den hässlichen Kissen, die Joannas Stiefmutter mochte – alles war weg und durch dieses elegante, stylishe Strandhaus ersetzt worden.

Mel dachte an ihr eigenes Zuhause, das mit Erinnerungen an ihr Familienleben vollgestopft war. Fotos, Pokale, Souvenirs, die sie im Laufe der Jahre von verschiedenen Urlauben mitgebracht hatten. Edens erste Töpferversuche, bei denen sie es nicht über sich brachte, sie wegzuwerfen oder auch nur wegzuräumen. Alles in der Wohnung erzählte eine Geschichte aus der Vergangenheit.

Joannas Haus hatte keine Vergangenheit. Joanna hatte die Geschichte förmlich ausradiert.

Sie folgte ihr durch das geräumige Wohnzimmer und hinaus auf die Terrasse. Die Umgebung war moderner und eleganter, der Garten gepflegt und voller farbenprächtiger Pflanzen, doch die Aussicht war immer noch die gleiche.

Mel blickte auf das nur wenige Schritte entfernte Meer. »Die Aussicht ist natürlich die gleiche, aber sonst nichts. Vom alten Otter's Nest ist nichts übrig geblieben.«

Joanna versteifte sich. »Ich erwarte nicht, dass du das verstehst ...«

»Ich verstehe es aber. Nur weil wir seit Ewigkeiten nicht gesprochen haben, bedeutet das nicht, dass ich es nicht verstehe. Ich weiß nicht, wer du heute bist, aber ich weiß, wer du damals warst. Und das alte Otter's Nest war Teil des Damals.« Mel ging bis zum Rand der Terrasse und blickte von dort aus zurück auf das Haus. »Es ist überwältigend.«

»Meine Stiefmutter findet, ich hätte den Ort verunstaltet. Als das Haus fertig war, kam sie, um es sich anzusehen. Sie schrieb mir, dass mein Vater sich im Grab umdrehen würde.«

Grässliche Frau, dachte Mel. »Sie irrt sich. Dein Vater hätte es geliebt.«

»Meinst du?«

»Ja. Er war ein enthusiastischer Mensch und jagte immer das nächste Abenteuer. Ich kann ihn geradezu hören. Er hätte gesagt: Was für eine brillante und aufregende Idee. Tu es.«

»Genau das hätte er gesagt. Danke dafür.« Joannas Stimme klang kratzig, und Mel blickte sie an.

»Er hätte sich gefreut, dass du zurück bist.«

»Ja, ich denke, das hätte er.«

Mel sah sie fragend an. »Geht es dir gut?«

Joanna zögerte. »Ich habe seit Jahren nicht mehr über meinen Vater gesprochen. Es fühlt sich merkwürdig an.«

Warum hatte sie nicht über ihn geredet?

»Hast du deine Stiefmutter gesehen?«

»Nein.« Joanna straffte die Schultern. »Ich bin sicher, dass die Gerüchte etwas anderes besagen, doch es war ihre Entscheidung umzuziehen. Sie wollte etwas Kleines, das man leicht in Ordnung halten kann und das nah an der Stadt liegt. Natürlich nicht an Silver Point, weil meine ›Eskapaden‹ es ihr offenbar schwer machten, sich in der Stadt zu zeigen. Ich habe sie beschämt. Sie sagte, die Einheimischen seien ihr gegenüber feindselig und misstrauisch.«

Mel war verärgert. »Sie sollte beschämt sein, wohl wahr, aber nicht deinetwegen. Und falls jemand von uns feindselig gewesen sein sollte – was ich bezweifle, weil wir meistens ein freundlicher Haufen sind, wie du weißt –, dann lag es wohl daran, wie sie dich behandelt hat. Wirst du sie besuchen, während du hier bist?«

»Ich weiß nicht.« Joanna drehte sich um. »Hierherzukommen war eine spontane Entscheidung. Ich habe nicht vor, das Strandhaus für irgendwelche Ausflüge zu verlassen.«

»Wie hast du L. A. verlassen können, ohne verfolgt zu werden?«

»Mitten in der Nacht. Ich musste einfach weg.« Ihr Blick wanderte zum Strand, und Mel gewann den Eindruck, dass Joanna ihr etwas verschwieg.

»Na ja, wenn du nach Privatsphäre und Raum zum Nachdenken gesucht hast, dann hast du eine gute Entscheidung getroffen.«

»Raum zum Nachdenken. Das ist es.« Joannas Blick war auf etwas hinter ihr gerichtet. »Ich habe noch nicht entschieden, was ich als Nächstes tue.«

Mel sah sie besorgt an. »Aber wenn du das Haus nicht verlässt, hast du nur eine Falle gegen die andere ausgetauscht. Auch wenn diese zugegebenermaßen einen großartigen Ausblick hat. Du solltest in die Stadt kommen, Joanna. Selbst wenn die Presse dich hier entdeckt, werden die Einheimischen dich schützen.«

Joanna bückte sich, um eine verblühte Blüte zu entfernen. »Das ist eine romantische Fantasie. Wir wissen beide, dass das nicht wahr ist.«

Der Mangel an Vertrauen schmerzte, doch vielleicht war das die Folge von zwanzig Jahren mit Cliff Whitman.

»Wie lange wirst du bleiben?«

»Ich weiß es nicht. Bis die Presse Wind bekommt, dass ich hier bin. Dann muss ich wohl weiterziehen.«

Mel versuchte sich vorzustellen, wie es wohl war, sich nicht nach den eigenen Wünschen bewegen zu können.

»Du solltest nicht gehen müssen, außer du willst es. Das ist nicht fair.«

Joanna blickte hinaus aufs Meer. »Das Leben ist nicht immer fair.«

»Ich weiß. Das habe ich gelernt, als ich Hausarrest dafür bekam, dass ich deine Hausaufgaben gemacht habe. Oder vielleicht erinnerst du dich nicht …«

»Ich erinnere mich.« Joanna lachte, und Mel lachte ebenfalls – die gemeinsame Erinnerung verband sie.

Und einfach so verflog Mels Ärger.

»Das hier ist immer noch dein Zuhause, Joanna. Du bist noch immer eine von uns. Viele Menschen hatten ein Problem mit Denise, aber nicht mit dir. Es sind keine Journalisten oder Fotografen in der Stadt, die herumschnüffeln. Wenn es so wäre, wüsste ich davon. Und ich werde niemandem erzählen, dass du hier bist. Selbstverständlich nicht.« War es selbstverständlich? »Du solltest in die Stadt kommen und dich umsehen. Der Ort hat sich nicht groß verändert. Dein Lieblingsbuchladen wird noch immer von Mary-Lou geführt, obwohl sie hin- und hergerissen ist zwischen dem Laden und der Pflege ihrer Mutter.«

»Pflege? Was ist los mit Vivian?«

»Arthritis. Sie kommt nicht allzu gut zurecht. Mary-Lou geht ein paar Tage in der Woche zu ihr und schließt dann den Laden.«

»Es tut mir leid, das zu hören.«

»Das Leben ist manchmal schwer.« Sie versuchte, sich an Orte aus ihrer Vergangenheit zu erinnern. »Weißt du noch, wie wir jeden Freitag bei Frozen Flavor für ein Eis hielten? Du nahmst immer Double Chocolate und ich …«

»… Mint Chocolate Chip.« Joanna beendete ihren Satz. »Gibt es den Laden noch?«

»Genau wie früher. Sie haben ein paarmal renoviert, und es gibt ein paar neue Eissorten, doch im Prinzip sind sie wie früher. Eden und ihre Freundinnen gehen dort nach der Schule hin, genau wie wir damals.« Sie spürte einen Stich. »Ich vermisse diese Zeit, als wir noch glaubten, ein Eis würde alles besser machen.«

»Ich auch.«

»Vielleicht könnten wir …« Mel unterbrach sich, als Joanna den Kopf schüttelte.

»Ich kann so etwas nicht machen, ohne dass es Aufmerksamkeit erregt. Es würde zu einem Medienzirkus werden.«

»Aber du kannst dich hier nicht für immer einsperren.«

»Es gibt schlimmere Orte, um eingeschlossen zu sein.« Joanna ging in die Küche. »Möchtest du etwas trinken? Oder essen?«

»Bietest du an, etwas zu kochen?«

»Ich kann nicht kochen.« Joanna schob ihr den Korb zu. »Nimm dir was raus.«

Mel nahm einen Keks. Joanna war zwanzig Jahre mit einem Starkoch verheiratet gewesen. Wie konnte sie da nicht kochen? »Nate macht die besten Cookies. Er ist nicht verheiratet. Nate, meine ich. Er war eine Zeit lang verheiratet, aber es hat nicht funktioniert.«

Joanna schenkte Limonade in hohe Gläser. »Das passiert.«

Das war alles? Das war alles, was sie dazu sagte? »Ist es dir egal?«

»Das ist lange her. In einem anderen Leben. Vermutlich erinnert er sich kaum noch an mich.« Joanna nippte an der Limonade, und Mel registrierte das leichte Zittern ihrer Hand. Was auch immer sie sagte, es war ihr nicht egal.

»Natürlich erinnert er sich an dich. Nachdem du gegangen bist, war er ein Wrack.«

Joanna stellte das Glas vorsichtig ab. »Ein Wrack?«

»Ja. Eine Zeit lang wollte ich dich umbringen, dass du ihn ohne Vorwarnung verlassen hast. Du hast ihm das Herz gebrochen.« Sie bemerkte, wie sich Joannas Miene veränderte. »Es tut mir leid. Ich hätte das nicht sagen sollen, aber ich bin seine Zwillingsschwester und überfürsorglich, das weißt du. Ich will dir keine Schuldgefühle machen. Wie du sagst, es ist lange her.«

Joanna sah sie einen langen Augenblick an und nahm dann ein Stück Zitrone aus ihrem Glas. »Was genau hat er dir erzählt?«

»Nichts. Du kennst Nate. Er spricht nicht über seine Gefühle, erst recht nicht mit mir. Doch er war am Boden zerstört. Lange Zeit.«

Wie konnte Joanna das nicht wissen?

Joanna rollte das Glas zwischen ihren Händen hin und her und fuhr mit dem Daumen über die beschlagene Oberfläche. »Jetzt verstehe ich, warum du glaubst, dass ich dir eine Entschuldigung schulde.«

»Was soll das heißen?« Verwirrt wollte Mel weiter nachhaken, als sie eine Bewegung am Strand wahrnahm. Sie griff Joanna am Arm und zog sie Richtung Haus. »Da unten ist jemand. Sie müssen mit dem Boot oder so gekommen sein. Ich dachte nicht, dass das möglich wäre. Geh, geh, geh! Ich kümmere mich darum. Ich werde sie los.«

Joanna setzte das Glas ab. »Sie loswerden?«

»Ja. Ich bin mit einem Polizisten verheiratet, erinnerst du dich? Ein Anruf reicht, und Greg kommt, um dich zu verteidigen.« Warum sah Joanna sie so an? »Geh! Ich mach das hier.«

Joanna schien endlich aufzuwachen. »Du brauchst Greg nicht anzurufen. Es ist in Ordnung. Das ist nur Ashley. Sie macht Yoga. Es hilft ihr, sich zu entspannen.« Sie entzog sich Mels Griff und sah sie neugierig an. »Wolltest du mich gerade vor einem Eindringling beschützen?«

»Natürlich. Du verdienst Privatsphäre. Ich wollte meine Outdoor-Stimme einsetzen, wie Eden es nennt. Furcht einflößend. Warte …« Mel hielt inne. »Du sagtest Ashley. Die Ashley? Das Mädchen, das mit Cliff im Wagen saß?«

»Ja.«

Das war doch nicht möglich! »Du machst Witze, Joanna.«

»Ich mache keine Witze.«

»Das Mädchen, das ein Baby von Cliff bekommt? Du musst Witze machen.«

Joanna versteifte sich. »Könntest du aufhören, das zu sagen?«

Wie konnte sie das, wenn die ganze Sache so unglaublich war? Ashley, hier? Warum sollte jemand an Joannas Stelle so etwas tun?

Was würde geschehen, wenn die Presse von dieser Geschichte erfuhr?

Kein Wunder, dass Joanna Otter's Nest nicht verlassen wollte.

Verzweifelt suchte sie nach den richtigen Worten. Sie hatte viele von Joannas Entscheidungen angezweifelt, doch diese verschlug ihr den Atem. »Du hast das Mädchen, das Cliff geschwängert hat, bei dir aufgenommen?«

Joanna sah sie ausdruckslos an. »Es ist kompliziert.«

»Mach keine Witze. Tut mir leid …« Mel hob entschuldigend die Hand. »Ich wollte das nicht wieder sagen. Ehrlich. Diese Worte kamen jetzt zum letzten Mal über meine Lippen, aber was ist los, Joanna?«

»Sie hatte niemanden, an den sie sich wenden konnte.«

Mel wollte sagen: Na und? Doch dann bemerkte sie endlich etwas Vertrautes in Joannas Blick, ein entschlossenes Aufflackern. Sie begriff, dass ihre Freundin zwar irgendwie verändert schien, aber im Grunde immer noch die Alte war. Joanna Rafferty hatte die Schwachen und Verlorenen noch nie im Stich lassen können. Vielleicht weil sie sich genauso gefühlt hatte. Verwaiste Tiere, Schulkinder, die gemobbt wurden, Joanna hatte sie alle unter ihre Fittiche genommen. Manchmal war das gut gegangen und manchmal nicht.

Nun hatte sie Ashley aufgenommen. Und das konnte nur auf eine Art ausgehen.

»Was passiert, wenn die Presse es herausfindet?«

»Ich weiß es nicht«, sagte Joanna. »Wirst du es ihnen verraten?«

»Autsch.« Mel war verletzt. »Nein, natürlich verrate ich es ihnen nicht. Aber sie werden es über kurz oder lang herausfinden. Ich glaub nicht, dass sie lange brauchen, um dich hier aufzuspüren.«

»Vermutlich hast du recht. Du solltest jetzt gehen. Du hast sicher noch viel zu tun.« Joanna ging durch das Haus zurück zur Eingangstür, und Mel blieb nichts anderes übrig, als ihr zu folgen.

Sie wurde quasi hinausgeworfen und hatte noch immer keine Antwort, warum Joanna ihre Freundschaft so abrupt beendet hatte.

»Joanna, ich muss nicht los. Ich habe nichts …«

»Danke für den Besuch und den Korb. Ich weiß das zu schätzen.«

Ohne genau zu wissen, was eigentlich passiert war, fand sich Mel vor der verschlossenen Eingangstür wieder. Was hatte sie erwartet? Dass sie die Vergangenheit hinter sich ließen und dort weitermachten, wo sie aufgehört hatten? Dass Joanna Mels aufrichtigen Gefühlen mit eigenen Geständnissen begegnete?

Nichts davon war geschehen. Sie hatte nichts erklärt und sie hatte sich nicht entschuldigt.

Mel hatte gedacht, sie würde sich besser fühlen, wenn sie Joanna besuchte, doch das war nicht der Fall.

Ganz im Gegenteil – sie hätte sich am liebsten die Augen aus dem Kopf geweint.

11. KAPITEL

JOANNA

Joanna ging in der Küche auf und ab und schenkte sich dann ein Glas Wasser ein.

Was hatte sie sich nur dabei gedacht?

Was für einen Sinn hatte es, all diese Mühen auf sich zu nehmen, um unterzutauchen, wenn sie jemandem die Tür öffnete, die das Herz und die Seele von Silver Point war. Zweifellos würde es die Einheimischen nur fünf Minuten kosten, zu entdecken, dass Joanna jene »unbekannte« Frau beherbergte, die in Cliffs Wagen gesessen hatte. Sie hätte genauso gut selbst die Presse benachrichtigen und das Haus für eröffnet erklären können.

Doch sie war überrumpelt gewesen.

Nicht einen Augenblick hatte sie damit gerechnet, dass Mel tatsächlich vor ihrer Tür stehen könnte. Und nicht nur das, am Ende hatten Erinnerungen an die Vergangenheit, ihre Freundschaft und an Nate sie überwältigt. Die Situation hatte sie derart aus der Bahn geworfen, dass sie nicht in der Lage gewesen war, nachzudenken.

Und jetzt hatte sie Ashley womöglich der Presse zum Fraß vorgeworfen.

Würde Mel etwas verraten?

Sie hatte gelernt, niemandem zu vertrauen, und doch vertraute sie Mel aus irgendeinem Grund noch immer.

Sie trank das Wasser aus und stellte das Glas ab.

Mel hatte es schockiert, dass Joanna Ashley mitgebracht

hatte. Sie hielt es vermutlich für einen Fehler, doch Joanna wusste, dass es keiner war. Ja, anfangs hatte sie selbst Zweifel gehabt, doch jede Sekunde, die sie mit Ashley verbrachte, überzeugte sie mehr, dass sie das Richtige getan hatte.

Ashley hatte Angst, und Joanna kannte das Gefühl.

Ashley war allein, und Joanna kannte auch das Gefühl.

Ashley versuchte zu verbergen, wie verängstigt und allein sie war, und damit hatte Joanna mehr Erfahrung als jeder andere.

Mit ihr hierherzukommen war vielleicht die beste Entscheidung, die sie seit langer Zeit getroffen hatte – nicht nur für Ashley, sondern auch für sie selbst.

Trotz ihrer anfänglichen Skepsis fand sie es beruhigend, wieder in Otter's Nest zu sein. Nachts lag sie in ihrem großen Bett, lauschte dem Rauschen der Brandung und sog die frische Meeresluft ein. Sie ließ die Terrassentür sogar offen, und es fühlte sich an, als ob sie direkt am Strand schliefe. Sie träumte lebhaft. Wie ihr Vater ihr das Schwimmen und das Surfen beibrachte. Wie sie beide auf den Felsen saßen und er ihr vorlas. Von Cliff träumte sie nie, vielleicht, weil er in diesem Teil ihres Lebens keine Rolle gespielt hatte. Er war nie in Otter's Nest gewesen. Es war, als wären die letzten zwanzig Jahre einfach fortgewischt.

Doch was die Jahre davor anging …

Joanna sah zu dem Korb, den Mel mitgebracht hatte.

Die Begegnung mit ihrer alten Freundin hatte so viele Erinnerungen wachgerufen – einige davon schön, andere bitter. Und es hatte sie verwirrt, dass Mel so aufgewühlt – wütend? – gewesen war und glaubte, Joanna schulde ihr eine Erklärung. Was bedeutete, dass Nate ihr nicht gesagt hatte, was damals geschehen war.

Sie griff in den Korb.

Nate macht die besten Kekse.

Sie nahm die Tüte mit dem kecken Logo des Surf Café heraus. Es war merkwürdig, sich vorzustellen, dass er das Café betrieb so wie seine Eltern vor ihm. Und dass Mel auch dort arbeitete.

Sie öffnete eine andere Tüte und fand Tomaten, satt und rot und noch an der Rispe. Sie zog eine ab und roch an ihr. Man konnte nicht so lange mit einem Koch zusammenleben, ohne gutes Essen schätzen zu lernen, auch wenn sie es nicht selbst zubereiten konnte.

Frisch ist immer am besten, Joanna. Halt deine Nase dran. Welche Aromen riechst du?

Joanna legte die Tomaten weg. Im Moment roch sie das Meer und die Blumen im Garten. Den Sommer. *Sie roch den Sommer.*

Sie war vierzig Jahre alt und hatte keine Ahnung, was sie mit ihrem Leben anstellen sollte, doch sie wollte nicht mehr fortlaufen. Jede große Entscheidung in ihrem Leben – Silver Point zu verlassen, Cliff zu heiraten – war aus dem Bedürfnis entstanden, ihrer aktuellen Situation zu entkommen.

Sie wollte schon nach Ashley rufen, als das Mädchen atemlos im Türrahmen erschien. Sie trug einen gepunkteten Bikini und eine Art Überwurf – Sachen, die Joanna ihr gegeben hatte. Ihre Füße waren nackt und voller Sand. Das Haar fiel ihr offen über die Schultern, und ihre Wangen waren von der kalifornischen Sonne gerötet. Sie wirkte tausendfach gesünder und viel entspannter als das Mädchen, das Joanna aus dem Krankenhaus gerettet hatte.

»Ich habe jemanden gesehen! Wie haben sie uns gefunden? Wie sind sie reingekommen?«

Ich habe sie hereingelassen, dachte Joanna.

Sie verspürte das gleiche Unbehagen wie Ashley, doch sie zeigte es nicht.

»Das war Mel. Sie war meine Freundin, als wir Kinder waren.« Sie nahm Teller aus dem Schrank. »Du solltest etwas essen. Du isst nicht genug.«

»Ich bin nicht hungrig.« Ashley schlüpfte in Flipflops und griff nach einem Handtuch, das sie zur Seite gelegt hatte. »Wenn sie eine Freundin ist, wird sie nicht verraten, dass wir hier sind, oder?«

Joanna sah keinen Grund, nicht ehrlich zu sein. »Bestimmt nicht absichtlich, aber das hier ist eine Kleinstadt. In einer Kleinstadt ist es unmöglich, Geheimnisse für sich zu behalten.«

Ashley trocknete mit dem Handtuch ihre feuchten Haarspitzen. »Also müssen wir fort?«

Wir.

Das Wort schweißte sie zusammen. Sie steckten gemeinsam in dieser Sache.

Joanna legte Ashley einen Keks hin. Lieber Süßes als gar kein Essen. »Möchtest du fort?«

»Nein. Dieser Ort ist ein Paradies. Außerdem gefällt es Ihnen. Das merke ich. Sie sind entspannter, und das ist gut.«

»Dann gehen wir nicht fort.«

»Und falls die Presse auftaucht?«

Wenn, dachte Joanna. Wenn, nicht falls. »Man kommt hier nicht leicht rein. Wir sind hier sicher.«

»Vielleicht sind sie gar nicht interessiert. Vielleicht sind sie inzwischen von der ganzen Geschichte gelangweilt.« Ashley wirkte viel unbeschwerter, als Joanna sich in der Sache fühlte, doch das lag wohl daran, dass das Mädchen nicht wusste, was auf sie zukam.

»Hoffen wir's.« Sie war sicher, absolut sicher, dass die Presse alles andere als gelangweilt wäre, wenn die wahre Geschichte ans Licht käme.

Ashley legte das Handtuch über die Rückenlehne. »War sie eine gute Freundin?«

Die beste. »Wir standen uns nah.«

»Aber Sie sind nicht in Kontakt geblieben?«

»Nein.« Wäre es anders gewesen, wenn Mel nicht Nates Zwillingsschwester wäre? »Ich hatte sie bis vorhin zwanzig Jahre lang nicht mehr gesehen.«

»Dann haben Sie länger nicht mit ihr gesprochen, als ich auf der Welt bin.«

»Ja, ich schätze, das stimmt.«

Warum war Mel hergekommen? Aus Neugier? Sicher hatte sie keinen so großen Schritt gemacht, weil sie eine Entschuldigung wollte, oder?

»Warum sind Sie nicht in Kontakt geblieben?« Ashley schenkte sich aus dem Krug, den Joanna auf den Tisch gestellt hatte, Orangensaft ein.

Joanna dachte an Nate. »Es ist kompliziert.«

Ashley, die gern die Wahrheit erforschte, öffnete den Mund, um weiter nachzufragen, und Joanna war erleichtert, als ihr Handy klingelte.

»Da muss ich rangehen. Es ist Nessa, meine Assistentin. Du solltest etwas essen. Die Kekse sind gut.« Kekse von Nate. *Sie würde nicht an Nate denken.*

Sie ging auf die Terrasse und spürte den Wind in ihren Haaren. Sie hatte sich davor gefürchtet, hierher zurückzukommen, doch jetzt wollte sie nicht wieder fort.

»Nessa. Ist alles in Ordnung?«

»Kommt drauf an, wie Sie in Ordnung definieren, Boss. In Ordnung ist subjektiv, oder? Ich meine, jemand kann …« Sie unterbrach sich. »Vergessen Sie es. Nein, es ist nicht in Ordnung. Ich hatte einen Anruf von einer Journalistin.«

Joanna zupfte eine vertrocknete Geranienblüte ab. »Sie müssen ihre Anrufe nicht annehmen.«

»Ich weiß. Aber diese hinterließ mir eine Nachricht, dass sie den größten Scoop des Jahrhunderts hätte und Sie mich vermutlich feuern würden, wenn ich mich nicht melde.«

»Ich werde Sie niemals feuern, Nessa, das wissen Sie.« Joanna zupfte eine weitere Blüte ab, dieses Mal aber eine blühende. Hatte Mel die Presse benachrichtigt? Nein, das würde sie nicht tun. Oder doch? »Was glaubt sie zu wissen?« Sie hörte zu, während Nessa ihr alles erzählte, und ab einem gewissen Punkt bekam sie weiche Knie und ließ sich auf die Liege fallen.

Also kannten sie die Wahrheit. Wie hatten sie sie herausgefunden? Mel konnte es nicht gewesen sein. Sie kannte die

Informationen nicht, die die Journalistin hatte. Das war eine Erleichterung, doch es änderte nichts daran, dass sie nun ein Problem hatten.

Natürlich war es unvermeidlich gewesen. Das hatte sie gewusst. Und sie hatte getan, was sie immer tat. Sie hatte sich entschieden, davonzulaufen. Vermeidung war ihre Strategie. Sie hatte sich versteckt, weil sie so nun mal ihr Leben lebte.

»Boss? Joanna? Sind Sie noch da?«

»Ja.«

»Ich sagte ihr, dass das ein Haufen Lügen sei und dass …«

»Es sind keine Lügen.«

Stille breitete sich aus. »Sind sie nicht? Sie … wussten davon?«

»Ja, ich wusste es.« Joanna atmete tief durch und versuchte nachzudenken. »Haben Sie ihre Nummer?«

»Ja.« Nessa klang jetzt unsicher. »Sie sagt, dass die Story um Mitternacht live geht und dass Sie sie bis heute Nachmittag anrufen sollen, wenn Sie irgendeinen Kommentar abgeben wollen. Ich kann nicht glauben … Was kann ich tun?«

»Nichts. Schicken Sie mir die Kontaktdaten, und ich rufe Sie später zurück. Danke, Nessa.«

»Natürlich. Und, Joanna …« Nessa zögerte. »Ich finde, Sie sind unglaublich. Zu tun, was Sie getan haben, in dem Wissen, dass …«

Unglaublich? Wohl kaum.

Joanna beendete das Gespräch und blieb einen Moment sitzen. Was jetzt? Seit bekannt war, dass eine Frau in Cliffs Wagen gesessen hatte, hatte die Presse nach einer Story gelechzt. Nun würde sie sogar mehr bekommen, als sie sich erhofft hatte.

»Ist alles in Ordnung?« Ashley stand besorgt und mit ängstlichem Blick im Türrahmen.

Joanna spürte die Last der Verantwortung. »Komm und setz dich. Es gibt etwas, das ich dir sagen muss.«

»Ich möchte auch etwas sagen.« Ashley setzte sich auf die

Liege neben sie. »Es ist toll hier. Und ich weiß, dass Sie es lieben. Ich habe Sie morgens schwimmen gehen sehen und wie Sie Ihr Buch auf der Liege gelesen haben. Ich glaube nicht, dass wir fortgehen sollten.«

»Die Dinge haben sich geändert. Das war meine Assistentin. Sie hatte einen Anruf von einer Journalistin, die an einer Exklusivstory arbeitet.« Die Sonne brannte, und Joanna fragte sich, wie das Leben an einem solch herrlichen Tag so schwierig sein konnte. Es fühlte sich irgendwie falsch an. »Sie veröffentlichen die Geschichte morgen, was bedeutet, dass alle es wissen werden.«

»Eine Journalistin? Dann hat Ihre Freundin uns verraten. Hat sie jemanden angerufen?«

»Nein, sie war das nicht.«

»Woher wissen Sie das?«

»Weil sie das nicht tun würde.« In ihrem Herzen hatte sie das gewusst. Egal wie wütend oder verärgert Mel sein mochte, sie würde ihre Freundschaft nicht verraten. »Und weil diese Journalistin Informationen hat, von denen Mel nichts wissen kann. Sie hat bei der Recherche für die Story in der Vergangenheit herumgestochert.« Und es würde schlimm werden. Sie hatte das oft genug durchlebt.

Ashley befand sich noch in seliger Unwissenheit. »Story? Was für eine Story?«

Joanna strich sich mit den Händen über die Beine. Warum mussten die einzigen unschuldigen Menschen in dieser Angelegenheit, die, die am wenigsten Grund hatten, sich zu schämen, diese Unterhaltung führen? »Wir wissen beide, welche Story. Ich kenne die Wahrheit, Ashley. Von dem Moment an, als dein Bild im Fernsehen war, wusste ich, wer du bist. Ich habe dich wiedererkannt.«

»Ich weiß nicht, was Sie meinen. Wir sind uns nie begegnet. Sie können mich nicht wiedererkannt haben.« Sie wirkte so jung und verängstigt, und Joanna fühlte sich alt und müde.

»Ich habe dich erkannt«, sagte sie, »weil du genauso aussiehst wie deine Mutter, auch wenn ich keine Ahnung hatte, was du in Cliffs Wagen gemacht hast. Der Teil hat mich zunächst verwirrt.«

Ashley sah sie überrascht an. »Sie kannten meine Mutter? Sie sind ihr begegnet?«

»Nein. Ich habe Fotos von ihr gesehen.« Was hätte sie getan, wenn sie ihr begegnet wäre? Hätte sie sie angeschrien? *Weißt du, was du getan hast?* Es war sinnlos, darüber nachzudenken; Ashleys Mutter war tot. Es war merkwürdig, den Menschen, der ihr Leben so grundlegend verändert hatte, nie persönlich kennengelernt zu haben.

Ashley fuhr sich mit der Zunge über die Lippen. »Ich verstehe nicht.«

Joanna verstand es auch nicht. Sie hatte es nie verstanden, aber sie kannte die Fakten.

»Ich weiß nicht, was deine Mutter dir erzählt hat, doch sie war Cliffs erste Affäre.«

Ashley starrte sie an. Schluckte. »Joanna …«

»Und nun hat eine Journalistin, die ein bisschen klüger ist als die anderen, es irgendwie herausgefunden. Vermutlich stieß sie auf das alte Foto, las von den Mutmaßungen über eine Affäre oder erkannte vielleicht ebenso wie ich die Ähnlichkeit, ich weiß es nicht. Aber was auch immer geschah, sie kennt die Wahrheit.«

»Die Wahrheit?«

Joanna sah auf den Pool und konzentrierte sich auf die glitzernden Reflexe der Sonne auf dem Wasser.

»Sie weiß, dass du nicht Cliffs Geliebte warst«, sagte sie. »Du bist seine Tochter. Und die Story wird morgen veröffentlicht.«

12. KAPITEL

ASHLEY

Story? Wie hatte ihr Leben zu der Story von jemand anderem werden können?

Sie war verunsichert und hatte Angst, diese ganze Sache geriet ja vollkommen außer Kontrolle!

Als sie die Wahrheit über ihren leiblichen Vater herausgefunden hatte, war sie entsetzt gewesen. *Nein, nein, nein.* Es war furchtbar. *Er* war furchtbar. Er hatte sogar mit ihr geflirtet. Bei dem Gedanken daran wurde ihr übel. Und jetzt eröffnete Joanna ihr, dass die ganze Welt es erfahren würde. Ihre private Demütigung würde öffentlich werden.

Und Joanna hatte die ganze Zeit gewusst, wer sie war.

Seit ihrer ersten Begegnung im Krankenhaus hatte sie alles immer und immer wieder durchgespielt und auf den richtigen Zeitpunkt gewartet, Joanna die Wahrheit zu sagen. Doch er schien nie zu kommen, und nun begriff sie, dass es der Moment gewesen war, als Joanna sich an ihr Bett gesetzt hatte.

Hallo, ich bin Ashley, und ich bin die Tochter Ihres Ex-Manns. Sie sollten jetzt vermutlich gehen.

Sie war so wütend auf ihre Mutter, dass sie nicht ehrlich gewesen war, und doch hatte sie selbst sich Joanna gegenüber genauso verhalten. Und Joanna hatte die Wahrheit die ganze Zeit gekannt.

Sie hatte sie gekannt, und dennoch hatte sie Ashley hierhergebracht. Kümmerte sich um sie, obwohl Ashley der lebende Beweis für Cliffs Verfehlungen war.

»Wie haben Sie es herausgefunden? Sie sagten, Sie hätten die Ähnlichkeit bemerkt – war es das Foto?« Sie zitterte so, dass ihre Zähne klapperten. Sie musste sich zusammenreißen. Es spielte keine Rolle, wie schlecht es ihr mit der Wahrheit ging, sie musste damit umgehen. Sie musste damit umgehen, dass sie Cliff Whitmans Tochter war, dass ihre Mutter ihr vieles verschwiegen hatte, dass sie jetzt seiner Ex-Frau gegenübersaß und dass sie schwanger war. Das reichte doch wohl, um sich unter der Bettdecke zu verkriechen und nie wieder hervorzukommen.

Wenn Joanna auch nur den Bruchteil von dem empfunden hatte, was sie fühlte, verwunderte es nicht, dass sie ein so unauffälliges Leben führte.

»Ashley, du musst atmen.« Joannas Stimme war freundlich.

Wie konnte sie freundlich sein, wo sie doch wusste, wer Ashley war?

»Ich habe das Gefühl …« Ihr stockte der Atem, und sie spürte, wie Joanna eine Hand auf ihre legte.

»Ich kann mir vorstellen, wie du dich fühlst, aber du musst atmen. Du musst ruhig bleiben. Denk an das Baby. Alles wird gut. Wir werden das zusammen hinkriegen.«

Zusammen.

Ashley spürte Joannas Hand auf ihrer, und Tränen stiegen ihr in die Augen. Wenn sie Joanna zuvor bewundert hatte, dann liebte sie sie jetzt. Liebte sie nicht nur für ihre Freundlichkeit, sondern auch für ihre Ruhe und ihre Großzügigkeit. Sie war am Ertrinken, und der feste Druck von Joannas Hand war das Einzige, das sie davon abhielt unterzugehen.

Doch Joanna hatte recht. Sie musste für das Baby ruhig bleiben.

»Es geht mir gut.« Sie atmete noch einmal tief durch und klammerte sich an Joannas Hand. »Danke.«

»Ich weiß, das ist ein Schock. Als ich zum ersten Mal eine Story über mich las, fühlte ich mich, als stünde ein Haufen wildfremder Menschen in meinem Badezimmer und schaute mir beim Duschen zu.«

»Es ist – es geht nicht nur um das, was sie schreiben werden. Es ist das Ganze. Die ganze Geschichte. Seit wann wissen Sie von meiner Mutter und Cliff?«

»Ich hatte schon damals einen Verdacht. Cliff und ich waren zwei Jahre verheiratet. Er filmte gerade in San Diego. Normalerweise hätte ich ihn begleitet, doch zu dieser Zeit war ich schwanger – und mir war ständig übel.« Sie hielt inne. »Es machte mir nichts aus, zu Hause zu bleiben. Ich freute mich, schwanger zu sein, und wenn die Morgenübelkeit der Preis war, den ich für mein Baby zahlen musste, dann tat ich das gern. Ich sagte Cliff, er solle ohne mich fahren. Ich wollte ihm nicht den Spaß verderben. Hinterher habe ich mich natürlich gefragt, was passiert wäre, wenn ich mitgefahren wäre.«

Ashley wusste nicht, was sie sagen sollte. Ihr war ebenfalls übel, doch diesmal hatte es nichts mit ihrer Schwangerschaft zu tun. »Es tut mir leid.«

»Tatsächlich hätte Cliff vermutlich in jedem Fall mit deiner Mutter geschlafen. Aber das ist unerheblich.« Joanna zögerte erneut, als wäre das Erzählen der Geschichte eine Herausforderung, der sie sich nicht ganz gewachsen fühlte. »Eine aufmerksame Journalistin sah die beiden in einem Restaurant, das wohl abseits genug lag oder altmodisch genug war, dass sie dachten, nicht gesehen oder erkannt zu werden. Doch irgendjemand erkannte Cliff immer, überall. Er genoss das. Er erwartete es sogar. Er glaubte, dass Prominenz ein Zeichen von Erfolg sei. Doch seine Prominenz hatte natürlich auch Nachteile, und dazu gehörte, dass er sich nicht unters Volk mischen konnte. Für ihn war es fast unmöglich, unauffällig zu leben.«

Cliff. Ihr Vater. Der Mann, über den sie sprachen, war ihr leiblicher Vater. So richtig hatte sie es immer noch nicht begriffen.

Joanna sprach weiter. »Die Zeitschrift, die die Story brachte, bat mich um einen Kommentar. Cliff stritt alles ab. Sagte, es sei ein geschäftliches Essen gewesen. Die Frau – deine Mutter –

hätte an einem Ort gearbeitet, der als Location für den Film diente. Ich glaubte ihm nicht.«

Ashley konnte sich die Auseinandersetzung gut vorstellen.

Hast du eine Affäre?

Nein, natürlich nicht.

»Meine Mutter sagte mir, dass sie damals manchmal für eine Eventagentur gearbeitet hat. Kellnern und so was. Es brachte zusätzliches Geld.«

Joanna reagierte kaum. »Ein paar Tage später verlor ich das Baby.«

Instinktiv legte Ashley die Hand auf ihren noch flachen Bauch. Sie hatte sich nicht vorstellen können, dass diese Geschichte noch schlimmer werden konnte. »Das tut mir leid. Ich habe von Ihrer Fehlgeburt gelesen.« Wie schrecklich musste es sein, wenn die intimsten Details des Lebens öffentlich gemacht wurden.

Joanna starrte auf das ruhige Wasser im Pool. »Das war meine dunkelste Zeit, mein Tiefpunkt. Cliff war wundervoll, und mir war egal, ob an den Gerüchten etwas dran war, weil ich ihn so sehr brauchte. Für mich zählte nichts außer dem Baby. Ich konnte nicht aufstehen. Ich konnte nicht aufhören zu weinen. Alle versuchten, mich zu trösten, sagten mir, dass Fehlgeburten oft vorkommen. Aber ich hatte mein Kind verloren! Ich war am Boden. Cliff kümmerte sich um mich. Er wich nicht von meiner Seite.« Joanna lächelte matt. »Im Nachhinein frage ich mich, wie viel von seiner Fürsorge auf schlechtem Gewissen beruhte, doch damals brauchte ich ihn zu sehr, um seine Motive zu hinterfragen. Ich ignorierte die Gerüchte. Ich ignorierte die Storys über deine Mutter und die Bilder. Nur dass es nicht vorbei war. Denn sie war ebenfalls schwanger, was ich damals nicht wusste.«

»Das war ich. Sie war schwanger mit mir.« Ashley hatte das Gefühl, als würde ihr jemand das Herz zerquetschen. »Ich fühle mich schuldig, dass ich überhaupt existiere.«

Joanna rieb sich die Hand. »Tu das nicht. Egal wie schwierig und emotional das hier sein mag, lass uns der Wahrheit ins Gesicht sehen. Die ganze Geschichte war ein furchtbares Durcheinander, aber wenn es eine Person gibt, die völlig schuldlos ist, dann bist das du.«

»Und Sie.« Ashleys Kehle fühlte sich an wie zugeschnürt. »Sie waren auch schuldlos. Ich hätte Ihnen von Anfang an sagen sollen, dass ich seine Tochter bin. Ich wollte es ja auch. Es zu verschweigen hat mich fast erstickt. Und ich hasse mich dafür, dass ich es nicht gleich getan habe.«

»Ich bin dem Gespräch ja genauso ausgewichen. Mach dir keine Vorwürfe. Ich kann gut nachvollziehen, wie schwierig es war, mir das zu gestehen. Ist das der Grund, warum du nichts isst?« Joanna sah sie fragend an. »Kann ich dir jetzt was bringen?«

»Ich könnte jetzt nicht essen. Lassen Sie uns nur reden. Bitte erzählen Sie mir alles. Ich möchte, dass wir keine Geheimnisse voreinander haben. Halten Sie nichts zurück, wie schlimm es auch sein mag. Sie haben mir noch nicht erzählt, wie Sie von meiner Existenz erfahren haben.«

»Es war ungefähr vor einem Jahr. Ich bekam ein Telefongespräch mit. Cliff saß in seinem Arbeitszimmer und hatte die Tür offen gelassen, was er sonst nie tat. Er sprach mit jemandem.« Joanna hielt inne, um sich zu erinnern. »Nein, er sprach nicht, er schrie. Er schrie: ›Ich habe dir gesagt, dass du mich niemals anrufen sollst.‹ Ich konnte nicht hören, was sie sagte – ich nahm an, dass es sich um eine Frau handelte –, doch er wurde nur noch wütender. Ich stand noch immer hinter der Tür, aber ich hätte ihn überall im Haus gehört. Er sagte: ›Ich kann dir nicht helfen, und betteln hat keinen Zweck. Das ist nicht meine Verantwortung. Du kannst mir das jetzt nicht antun.‹ Er war wütend und … erschrocken. Ich beobachtete ihn durch den Türspalt. Sein Gesicht war rot, und er schwitzte. Worüber auch immer sie sprachen, es war eindeutig seine Verantwortung, und das wusste er.«

Ashleys Herz raste. »Vor einem Jahr?« Das war, kurz nachdem ihre Mutter krank geworden war. Kurz bevor sie ins Krankenhaus kam. Sie erinnerte sich an den Anruf, und auch an das,
was ihre Mutter gesagt hatte. Sie hatte den anderen Teil des
Gesprächs mitgehört. Die Worte, die Joanna nicht verstanden
hatte. Die Worte, auf die Cliff reagiert hatte. Und sie erinnerte
sich auch an den Ton des Gesprächs. Ihre Mutter war kein sehr
emotionaler Mensch gewesen. Sie verlor niemals die Fassung,
doch an jenem Tag hatte sie sie verloren. *Du musst mir helfen.*
Ich bitte dich. Ashley hatte völlig erstarrt dagesessen und eine
Seite ihrer Mutter erlebt, die sie nicht kannte. Sie hatte sich gefragt, mit wem sie sprach und wie man jemandem, der offenbar
so verzweifelt war, die Hilfe verweigern konnte.

Jetzt wusste sie es.

Ihre Mutter hatte Cliff Whitman angerufen. Eines der vielen
Dinge, die sie vergessen hatte, Ashley gegenüber zu erwähnen.
Es fühlte sich wie ein weiterer Verrat an und schmerzte umso
mehr, weil sie so viele Fragen hatte und niemanden mehr, der
sie beantworten konnte. Ihre Mutter war tot. Cliff war tot.

Doch sie hatte Joanna, und Joanna hielt noch immer ihre
Hand. Joanna sagte ihr die Wahrheit. Ashley spürte, dass es
ihr ebenso schwerfiel, die Wahrheit zu berichten, wie es ihr
schwerfiel, die Wahrheit zu hören.

»Ja, vor einem Jahr. Da entschied ich endlich, mich von ihm
scheiden zu lassen. Du siehst blass aus. Warte. Ich hole dir etwas Saft.« Joanna stand auf und kehrte wenige Augenblicke
später mit einem Glas frisch gepresstem Orangensaft aus dem
Kühlschrank zurück.

Ashley nahm einen Schluck und dann noch einen. Sie hatte
nicht bemerkt, wie trocken ihr Mund war. »Dann haben Sie
entschieden, sich scheiden zu lassen, weil Sie entdeckt haben,
dass er Sie mit meiner Mutter betrogen hat?« Hatte es je ein
merkwürdigeres Gespräch gegeben?

»Nein«, erwiderte Joanna. »Ich habe mich scheiden lassen,

weil ich entdeckte, dass er ein Kind hatte, von dem er die ganze Zeit wusste und das er nicht anerkennen wollte. Ich habe ihm vieles verziehen, aber das konnte ich ihm nicht verzeihen.« Sie sprang auf und lief zur Terrasse und zurück. »Bitte entschuldige. Ich habe noch nie mit jemandem darüber gesprochen. Es ist ... schwierig.«

Ashley wünschte fast, sie würde auch jetzt nicht darüber sprechen, doch es hatte genug Lügen und Betrug gegeben. Sie wollte die Wahrheit. Aber vielleicht war das Joanna gegenüber nicht fair. »Wenn es Ihnen zu schwer fällt ...«

»Ja, es ist schwer, aber du hast verdient, alles zu erfahren.« Sichtbar angespannt fuhr sich Joanna mit der Hand über die Stirn. »Als deine Mutter anrief, geriet er in Panik, dass alles herauskäme und was das für ihn bedeuten würde. Er dachte nicht einmal daran, was für dich richtig wäre. Er dachte nur an sich. Ich sagte zu ihm: ›Du hast ein Kind, Cliff. Du hast ein Kind, das du nie kennengelernt hast. Ein Kind, das dich braucht, und du machst dir Sorgen um dich?‹ Ich sagte ihm, dass er mich anwidert.«

Wer auch immer Joanna für schwach hielt, sollte sie jetzt sehen, dachte Ashley. »Was hat er gesagt?«

»Er wollte es abstreiten, aber ich hatte ja alles mitgehört, deshalb musste er die ganze Geschichte eingestehen. Ich erfuhr, dass deine Mutter ihn anrief, sobald sie von ihrer Schwangerschaft erfahren hatte. Er geriet in Panik und bot ihr Geld an, doch sie sagte, dass sie kein Interesse daran hätte, wenn er keine aktive Rolle in deinem Leben spielen wollte.«

Ashley wurde heiß und kalt. »Das wusste ich nicht.« Warum nicht? Warum musste sie all diese Dinge erst jetzt erfahren, jetzt, wo es zu spät war? Es gab keine Möglichkeit mehr, darüber zu sprechen. Keine Möglichkeit, ihrer Mutter all die Fragen zu stellen, die in ihr brannten. Keine Möglichkeit, Cliff – ihren Vater – zu fragen, warum es ihn nicht interessiert hatte, was sie bräuchte. »Ich kann mir vorstellen, dass sie so etwas sagte. Sie war stolz. Sie predigte mir immer, wie wichtig Selbstständigkeit sei. Dass man seinen Lebensunterhalt bestreiten kann.« Und dennoch war ihre Mutter damals in dem Gespräch verzweifelt gewesen und hatte geschrien. »Sie erfuhren gleichzeitig von der Affäre und von mir?«

»Ja. Er sagte mir, dass deine Mutter ihn elf Wochen nach dem Ende ihrer Affäre angerufen hätte. Ich hatte gerade die Fehlgeburt gehabt.« Joanna setzte sich wieder hin. »Es war der denkbar schlechteste Zeitpunkt, um zu gestehen, dass er ein Kind mit einer anderen Frau gezeugt hatte.«

»Sie hat mich am Anfang allein aufgezogen. Und dann begegnete sie meinem Dad. Jedenfalls dachte ich immer, er sei mein Dad.« In den letzten Monaten hatte sich ihre Sicht auf alles verändert. Sie hatte eine glückliche Kindheit gehabt. Völlig unbelastet von all diesen Dingen. Doch ihre Mutter hatte die Wahrheit ihr ganzes Leben mit sich herumgetragen und erst am Ende enthüllt. Und das auch nur, weil sie spürte, dass sie nicht mehr gesund werden würde. »Ich weiß nicht mal, ob mein Dad wusste, dass Cliff mein echter Vater war.«

»Ich bin sicher, dass Cliff glaubte, die ganze Sache läge hinter ihm. Und das erleichterte ihn, denn Cliff mag – mochte es nicht, wenn irgendwas sein sorgfältig gepflegtes Image trübte. Und dann bekam er diesen Anruf. Deine Mutter war krank und machte sich Sorgen, wie du zurechtkämst, wenn sie nicht mehr da war. Deshalb rief sie ihn an. Sie wollte, dass er dich finanziell unterstützt, damit du aufs College gehen kannst, aber sie wollte auch, dass er im Falle ihres Todes eine aktive Rolle in deinem Leben übernahm.«

Ashley zitterte. »Warum sollte sie das gewollt haben? Dieser Typ tat so, als ob ich nicht existieren würde. Er wusste nicht, was Loyalität und Verantwortung sind. Wie hätten wir jemals eine Beziehung zueinander aufbauen können?«

»Ich schätze, dass deine Mutter verzweifelt war, weil sie sich um dich sorgte. Du hast keine andere Familie?«

»Nein. Meine Großeltern starben, als ich klein war, und meine Mutter war ein Einzelkind.«

»Sie versuchte, auf dich aufzupassen. Tat das, was sie für das Beste hielt. Und ich wollte, dass er Verantwortung übernahm.« Joanna sah sie an. »Ich wollte, dass er dich trifft und versucht, eine Art Beziehung zu dir aufzubauen. Er lehnte das ab. Fadenscheinige Ausreden – er wüsste nicht, wo du bist, er hätte sich keine Kontaktdaten aufgeschrieben und so.« Sie verzog das Gesicht. »Wir hatten den schlimmsten Streit unserer Ehe.«

Joanna hatte für sie gekämpft. Joanna Whitman, die ihr nichts schuldete und deren Ehemann sie betrogen und gedemütigt hatte, hatte für das gekämpft, was sie für richtig hielt.

Ashley riss ihre letzten Schutzmauern ein. »Ich wusste immer, dass mein Dad nicht mein biologischer Dad war. Mom sagte mir, es sei irgendein Typ gewesen und dass er keine Rolle spielte. Sie sei jung und die Nacht mit ihm eine einmalige Sache gewesen. Dann traf sie David und heiratete ihn, als ich noch ein Baby war. Er war mein Dad. So habe ich ihn genannt. Er war mein richtiger Dad.« Und sie vermisste ihn. Sie vermisste seine Geduld und seine Güte und unzählige kleine Dinge wie die Tatsache, dass er sieben gleiche Hemden besaß, damit er sich morgens nicht entscheiden musste, was er anziehen sollte. »Sie sagte mir erst kurz vor ihrem Tod, wer mein leiblicher Vater war. Ich war schockiert und hatte eine Million Fragen, die ich nicht zu stellen wagte, weil sie so krank war und nichts anderes wichtig schien. Und nach ihrem Tod war ich – nun, es ging mir nicht gut. Ich habe mich lange zusammengerissen. Um ehrlich zu sein, war ich wie ein Roboter, doch dann klappte ich eines Tages zusammen. An dem Tag wurde ich schwanger. Rede ich zu viel?«

»Nein.« Joanna nahm ihr das leere Glas ab. »Reden ist gut. Möchtest du mir von ihm erzählen?«

Wollte sie? Ja, sie wollte. Joanna war ein zurückhaltender Mensch, und dennoch vertraute sie Ashley ihre Geheimnisse an, also warum sollte Ashley nicht das Gleiche tun, auch wenn es schwer war?

»Ich kannte Jon schon immer. Er ist mein bester Freund. Nichts Romantisches, aber wir hingen zusammen ab.« Vielleicht konnte Joanna das verstehen. »Ich weiß nicht, wann ich zum ersten Mal bemerkte, dass ich mehr als freundschaftliche Gefühle für ihn hatte, aber ich habe nichts gesagt. Es kam mir komisch vor, ehrlich zu sein. Ich hatte das Gefühl, als bräche ich die Regeln. Überträte eine Grenze. Ich versuchte, meine Gefühle zu ignorieren, tat so, als hätte sich nichts verändert, und machte weiter.«

»Das muss schwer gewesen sein.«

»Mir war unsere Freundschaft zu wichtig, um sie zu riskieren. Das war, bevor meine Mutter starb. Wir sprachen über alles Mögliche, von Eiscremesorten bis zur Klimakatastrophe. In der Schule schrieben wir uns die ganze Zeit Nachrichten. *Hast du das gesehen?* und *Rat mal, was gerade passiert ist.* Und dann gab es nach dem Tod meiner Mutter einen Abend, an dem mir meine Gedanken so viel Angst machten, dass ich nicht allein zu Hause sein wollte. Ich rief ihn an, und er kam sofort vorbei, weil er einfach so ein Mensch ist. Er blieb, und eines führte zum anderen. Ich schätze, meine Mutter hätte es einen Fehler genannt.« Es fiel ihr erstaunlich leicht, das alles zu erzählen, aber vielleicht lag es daran, dass Joanna einer dieser wenigen Menschen war, die wirklich zuhörten, statt auf eine Gelegenheit zu warten, selbst zu Wort zu kommen.

»Und schien es dir ein Fehler zu sein?«

»Nein.« Der schlimmste Abend ihres Lebens hatte als ihr bester geendet. Wie konnte etwas, das sich so richtig anfühlte, überhaupt falsch sein? Sie hatte ihren Tiefpunkt erlebt, und er war für sie da gewesen. »An dem Abend wusste ich sicher, dass ich ihn liebe. Aber ich habe nichts gesagt. Ich habe keine Ahnung, wie es ihm ging. Weiß ich immer noch nicht. Ja, wir haben die Nacht miteinander verbracht, aber ich war ein emotionales Wrack, und es ist ja nicht so, dass er ›Ich liebe dich‹ gesagt hätte oder so. Ich wollte ihn nicht als Freund verlieren und tat deshalb so, als hätte sich nichts verändert.« Bis zu jenem Abend waren sie Freunde gewesen, und nun wusste sie nicht mehr, was sie waren. »Aber ich wollte nicht schwanger werden.« Als sie es erfuhr, hatte sie sich zuerst gefreut und war dann in Panik geraten. Doch die Freude war da gewesen, wenn auch nur für einen Moment. Sie hatte gedacht: Ich bin nicht mehr allein, und zugleich fühlte sie die Last der Verantwortung und die erschreckende Einsicht, dass sie jetzt erwachsen war, auch wenn sie darin keine Übung hatte und sich nicht dafür qualifiziert fühlte.

»Jon weiß nicht, dass du schwanger bist?«

»Nein.« Ashley fühlte sich schuldig, als sie an die Sprachnachrichten auf ihrem Handy dachte. Sie musste sie sich anhören. Sie musste ihn anrufen. Aber sie hatte keine Ahnung, was sie sagen sollte. »Ich werde es ihm sagen, aber ich warte auf den richtigen Zeitpunkt. Ich schätze, ich habe Angst. Ich will meinen besten Freund nicht verlieren. Ich bin mit ihm aufgewachsen.« Sie bemerkte, wie sich Joannas Miene veränderte. »Was? Hab ich was Falsches gesagt?«

»Nein. Sprich weiter.«

»Na ja, das ist alles, wirklich. Er war wie ein Bruder.« Bruder? Machte sie Witze?

Joanna fragte sich offenbar dasselbe. »Hat er sich angefühlt wie ein Bruder?«

»Nein.« Sie hatte sich nie erlaubt, daran zu denken, doch jetzt tat sie es. Wie er sie an sich gezogen, wie sein Mund den ihren erkundet, wie er sich angefühlt hatte. Er hatte Dinge gemurmelt, die er vermutlich nicht so gemeint hatte. Dinge, die Teil jener Nacht waren und nur jener Nacht. In einer Serie von schrecklichen Nächten war es die eine glückselige und perfekte gewesen, und der Gedanke daran schmerzte zu sehr. Wie war es dazu gekommen, dass sie über Jon sprachen? Sie hatte schon genug andere Probleme, auf die sie sich konzentrieren musste.

»Ich will nichts von ihm.« Sie knabberte an der Ecke eines Fingernagels. »Ich schätze, ich bin auch stolz. Ich will nicht, dass er sich verpflichtet fühlt. Jedenfalls musste ich daran denken, dass Cliff mein Dad war und nichts mit mir zu tun haben wollte, und das hat mich wirklich wütend gemacht.«

»Ja.« Joannas Stimme war weich. »Das kann ich mir vorstellen.«

»Es gibt einem kein gutes Gefühl, dass man so unwichtig ist. Und dass er meiner Mutter nicht geholfen hat, als sie so verzweifelt war …«

»Wie bist du in seinem Wagen gelandet?«

»Ich beschloss, dass ich mit ihm reden will. Ich wollte Antworten – Antworten, die ich von meiner Mom nicht mehr bekommen konnte. Ich wollte ihn nur einmal von Angesicht zu Angesicht sehen. Es ging nicht um Geld.« Es war ihr wichtig, dass Joanna das wusste. »Aber ich schätze, ein Teil von mir dachte: Hey, er ist mein Dad, und er hat sich furchtbar benommen, und ich möchte verstehen, warum. Ich wollte seine Sicht der Dinge hören.« Sie schluckte. »Doch er nahm meine Anrufe nicht an.« Sie bemerkte, wie Joanna die Lippen zusammenpresste.

»Du hast ihn angerufen?«

»Ja. Ich hatte seine Nummer nicht und rief deshalb das Studio und die Zentrale an. Und ich nannte meinen echten Namen. Das war vermutlich ein Fehler, denn den kannte er ja, auch wenn das Personal es nicht tat. Ich schätze, dass er seinen Angestellten erzählt hat, ich wäre ein übereifriger Fan oder so. Ans Telefon kriegte ich ihn jedenfalls nicht. Ich fand einfach keinen Weg, um mit ihm zu reden.«

Joanna lehnte sich mit einem Seufzer zurück. »Du hättest mich anrufen sollen. Ich hätte dich direkt zu ihm durchgestellt, wenn du das wirklich gewollt hättest. Auch wenn ich dich vermutlich darauf hingewiesen hätte, dass du von Cliff keine Unterstützung oder Loyalität erwarten konntest. Was Beziehungen anging, war er eine große Enttäuschung.«

Dieses Geständnis ließ die letzten Schranken zwischen ihnen fallen.

»Das glaub ich Ihnen.« Vermutlich hätte Joanna ihr am besten helfen können, doch es wäre Ashley niemals eingefallen, zu Cliffs leidgeprüfter Frau Kontakt aufzunehmen. »Da ich ihn nicht ans Telefon bekam, wartete ich vor dem Studio, als er eine Show aufzeichnete, und als er herauskam, bat ich um ein Autogramm. Ich habe ihm nicht gesagt, wer ich war. Mir war klar, dass er kein Wort mit mir reden würde, wenn er es wüsste, und dabei wollte ich ihn so viel fragen. Dinge, die ich zu wissen verdiene. Ich sagte ihm, dass ich all seine Shows gesehen hätte, was stimmt. Das schien ihm zu gefallen.«

»Ja, das hat es bestimmt. Du hast sein Ego gestreichelt. Aber du hast einen ganz trockenen Mund. Warte einen Moment, ich hole uns eben etwas Wasser.« Joanna stand auf und kam mit zwei Gläsern wieder zurück. »Nichts gefiel ihm mehr als Schmeichelei und ungeteilte Aufmerksamkeit.«

Ashley nippte an dem Wasser, das Joanna ihr reichte. »Wir redeten eine Weile über dieses und jenes.«

»Wie bekamst du ihn dazu, dich in seinen Wagen einzuladen?«

»Das war nicht schwer. Ich hatte einen kurzen Rock und ein tief ausgeschnittenes Top an. Sie wissen, wie er war.« Ashley spürte, wie sie rot anlief. »Tut mir leid. Ich wollte Sie nicht kränken.«

»Nichts könnte mich nach all diesen Jahren noch kränken. Und ja, ich weiß, wie er war.«

»Es funktionierte. Er fragte mich, ob wir einen Ausflug machen wollten.« Wenn sie jetzt darüber nachdachte, erschien es ihr so lächerlich, sich darauf eingelassen zu haben. Wie hatte sie derart leichtsinnig sein können? »Ich habe eingewilligt. Ich dachte, im Wagen säße er in der Falle. Er konnte nicht weglaufen oder mich ignorieren, wenn ich ihm eröffnete, wer ich bin.«

»Das war ein einfallsreicher und mutiger Plan. Er hat dich nicht erkannt?«

»Nein. Er war mir ja nie begegnet.« Sie dachte an die Situation zurück und runzelte die Stirn. »Aber er sagte, ich käme ihm bekannt vor. Ich schätze, er dachte, ich wäre jemand, mit der er …« Sie brach ab, und Joanna nickte.

»Jemand, mit der er geschlafen hatte. Er dachte an eine Geliebte. Nicht an eine Tochter.«

Ihr wurde übel bei dem Gedanken. Ihr Vater. Ihre Hände waren feucht. Feucht und zittrig. »Er fuhr rasch in die Berge hinauf, und ich wollte, dass er mich erkennt, doch das tat er nicht. Und dann begriff ich, dass es ein Fehler gewesen war, in den Wagen zu steigen, und ich wollte, dass es vorbei war. Deshalb platzte ich damit heraus. ›Ich bin deine Tochter‹, sagte ich, und er nahm den Blick von der Straße und starrte mich einen Moment an. Es waren nur wenige Sekunden, aber wir befanden uns vor einer Kurve und …« Die Erinnerung raste auf sie zu wie damals die Straße. »Ich schrie. Er versuchte, die Kontrolle über den Wagen zurückzugewinnen, aber es war zu spät, und ich erinnere mich, wie wir über die Kante fuhren und ich die Augen schloss und mich bereit machte zu sterben. Es war meine Schuld. Es war alles meine Schuld. Wenn ich es ihm nicht gesagt hätte …«

»Es war nicht deine Schuld.« Joanna nahm ihr das Glas aus der zitternden Hand. »Du hast ihm nichts gesagt, was er nicht schon wusste.«

»Aber er wusste nicht, dass ich es bin. Er hatte alles getan, um mich nicht sehen oder überhaupt mit mir sprechen zu müssen.« Und ihr fehlten die Worte, zu beschreiben, was sie dabei empfunden hatte. »Ich habe ihn zu der Begegnung gezwungen. Und wir hatten nicht mal die Gelegenheit, miteinander zu sprechen, weil ja direkt der Unfall geschah. Ich wusste sofort, dass er tot war. Ich hätte ihn genauso gut umbringen können.« Die Schuldgefühle brachen aus ihr heraus, zusammen mit all den traumatischen Erfahrungen der letzten Wochen. Tränen schossen ihr in die Augen, und sie konnte sie nicht zurückhalten. Sie schlug die Hände vors Gesicht. »Er ist meinetwegen tot. Und wenn ich ehrlich bin, habe ich ihn ab dem Moment, als ich in den Wagen stieg, gehasst. Ich hasste ihn dafür, wie er meine Mutter behandelt hat, wie er mich behandelt hat, und wenn ich Sie gekannt hätte, hätte ich ihn auch dafür gehasst, wie er Sie behandelt hat – aber ich wollte nicht, dass er stirbt.«

»Natürlich wolltest du das nicht.«

»Ich fühle mich so furchtbar.« Sie spürte, wie Joanna sie umarmte, wie sie seit Monaten nicht mehr umarmt worden war seit dem Tod ihrer Mutter.

»Es ist nicht deine Schuld.« Joanna hielt sie, strich ihr übers Haar und wiederholte die Worte immer wieder. *Nicht deine Schuld.* Und Ashley schluchzte an ihrer Schulter und weinte, bis sie keine Tränen mehr in sich hatte.

Schließlich löste sie sich leicht beschämt. »Es tut mir leid ...«

»Das muss es nicht. Ich weiß genau, wie es sich anfühlt, von Cliff enttäuscht zu werden. Und ich weiß, wie es ist, wenn man glaubt, schuld an was auch immer zu sein. Davon auszugehen, dass es an einem selbst liegt, dass man etwas getan oder nicht getan hat. Doch das stimmt nicht.« Joannas Stimme zitterte. »Du fühlst dich so, weil du ein Mensch bist, der Verantwortung für seine Taten übernimmt. Doch in diesem Fall liegt die Verantwortung nicht bei dir.«

Es war das erste Mal, dass Ashley Joanna so aufgewühlt erlebte.

»Sie sprechen aus Erfahrung.«

»Ja. Und deshalb rate ich dir, die Schuld dort zu lassen, wo sie hingehört – bei ihm. Wenn du wütend sein willst, sei wütend auf seine Entscheidungen, aber nicht auf die Entscheidungen, die du getroffen hast.«

Ashley fuhr sich mit der Hand über das Gesicht. »Glauben Sie, dass ich das Baby aufrege?«

»Ich glaube, Babys können mehr vertragen als das.« Joanna reichte ihr ein Taschentuch. »Was gut ist, denn das Leben erfordert Widerstandskraft. Und die hast du. Du bist zäh und tapfer.«

»Ich fühle mich nicht tapfer.« Ashley schnäuzte sich ausgiebig. »Ich fühle ich mich alles andere als tapfer.«

»Ashley, du bist in Cliffs Wagen gestiegen, um ihn für sein Verhalten zur Rechenschaft zu ziehen. Das war tapfer. Und die Art, wie du dich seitdem aufrecht hältst, im Krankenhaus und mit mir – ich finde, du bist unglaublich. Der Unfall allein hätte die meisten Menschen völlig traumatisiert. Du musst schreckliche Angst gehabt haben.«

»Ich erinnere mich nicht an viel. Wir drehten uns. Ich wusste nicht mehr, wo unten und oben war. Mein Körper wurde durcheinandergerüttelt und schlug irgendwo gegen. Da war Schmerz, und dann hörte es auf, und ich lag da und begriff, dass ich noch lebte. Ich hatte Angst, dass der Wagen Feuer fangen könnte oder so etwas, in den Filmen passiert das ja immer. Und dann sah ich zu Cliff …« Das war etwas, das sie zu verdrängen versuchte, dieser Anblick. »Ich wusste, dass er tot war.« Sie spürte, wie Joanna ihre Hand umschloss, und fragte sich, ob sie aufhören sollte zu reden. Vielleicht sollte sie ihre Hand besser fortziehen, denn dies war Cliffs Frau, und wenn es schon für Ashley schwer war, daran zu denken, wie viel schwerer musste es dann für seine Frau sein, davon zu hören. Doch sie brauchte den Trost.

»Und dann brachte man dich ins Krankenhaus.«

»Sie stellten mir natürlich alle möglichen Fragen. Ich wollte ihnen nicht sagen, warum ich bei Cliff im Wagen war. Es sollte nicht herauskommen, dass ich seine Tochter bin, weil das sowieso nichts mehr nutzte. Also sagte ich nichts, und sie gingen davon aus, dass ich …« Sie zuckte die Achseln. »Ich weiß nicht. Das alles ist nur passiert, weil ich in den Wagen gestiegen bin. Das war so dumm.«

»Nein. Du hast Cliff herausgefordert. Das war unglaublich mutig. Du hast nicht verdient, was dann passiert ist. Du hast Antworten verdient. Wenn wir uns um diese Sache mit der Story gekümmert haben, kann ich dir vielleicht welche geben. Ich habe wohl nicht alle, die du brauchst, aber ich tue mein Bestes, einige der Lücken zu füllen.«

Die Story. Die hatte sie völlig vergessen.

»Was wird in der Story stehen? Wie viel wissen die? Ich schätze, es geht um Cliff, meine Mom und mich.«

Als sie zu Cliff in den Wagen gestiegen war, hatte sie sich für unwichtig und nicht weiter erwähnenswert gehalten. Sie hatte sich seine Aufmerksamkeit ersehnt, wollte ihre Existenz anerkannt wissen, doch das war nie geschehen. Bis jetzt. Jetzt würde ihre Existenz offiziell anerkannt werden.

Die Ironie an der Sache entging ihr nicht. Diese Form von Aufmerksamkeit hatte sie sich nicht gewünscht.

Joanna nickte. »Nach dem, was Nessa mir erzählte, hat die Journalistin alles richtig zusammengesetzt. Den Zeitpunkt der Affäre mit deiner Mutter, dass ich damals schwanger war – es wird hart sein, das zu lesen.«

»Die Story wird auch über Sie sein?« In Ashleys Verzweiflung mischte sich Ärger. Sie schniefte, putzte sich die Nase und streckte den Rücken durch. Es war schlimm genug, dass sie über sie schrieben. Aber auch über Joanna, obwohl nichts davon ihre Schuld war? Joanna war freundlich gewesen. Die Einzige, die freundlich gewesen war. Sie hatte sie vor all diesen aufdringlichen Fragen und der Presse gerettet, sie hatte sie hierhergebracht und beschützt, und jetzt würde alles von vorn anfangen, und das war Ashleys Schuld. »Warum schreiben sie über Sie?« Sie klammerte sich an die verzweifelte Hoffnung, dass Joanna in diesem Punkt falschliegen könnte.

Joanna lächelte schwach. »Weil unsere Geschichten miteinander verwoben sind.«

Der Ärger in Ashley wuchs. »Die Frau sagt vermutlich, dass sie nur ihren Job macht, aber warum verdienen Menschen ihren Lebensunterhalt damit, die schlimmsten Momente meines Lebens an die Öffentlichkeit zu bringen? Was habe ich dieser Frau getan? Was haben Sie ihr getan?«

»Wir haben nichts getan. Wir sind uns nicht einmal begegnet, aber das ist irrelevant. Es ist nichts Persönliches, auch wenn ich verstehe, dass es sich so anfühlt, wenn deine intimsten Geheimnisse in die Öffentlichkeit gezerrt werden.« Joanna seufzte. »Es fühlt sich immer persönlich an.«

»Ich würde das Gleiche gern mit ihr machen. Ich würde gern herausfinden, was sie verbirgt, und es dann überall herausposaunen.« Ashley blickte finster. »Mal sehen, ob ihr das gefällt.«

»Sie ist mit Sicherheit hartnäckig. Es muss eine enorme Anstrengung gewesen sein, all die Details zu recherchieren.« Joanna sah gedankenverloren hinaus auf den Pool.

»Können wir sie davon abhalten, die Story zu veröffentlichen?«

Joanna riss sich aus ihrer Erstarrung und blickte Ashley an. »Nein. Ganz am Anfang habe ich es manchmal versucht. Aber es hat nie funktioniert. Es ist besser, unterzutauchen, sich unauffällig zu verhalten und abzuwarten, bis sich die Aufregung legt.«

Ashley wollte sich nicht unauffällig verhalten. Der Ärger in ihr war zu flammendem Zorn angewachsen. Sie wollte zurückschlagen. »Sie sollte nicht entscheiden dürfen, wie wir leben. Und ich kann nicht glauben, dass sie das macht. Was ist aus Frauensolidarität geworden?«

»Die ist lebendig und aktuell, weshalb wir hier füreinander da sind.« Joanna klopfte ihr aufmunternd aufs Bein.

»Richtig.« Konnten sie denn nichts tun? »Sollten wir ihnen ein Interview geben, in dem wir unsere Sicht der Dinge darlegen? Sagen Sie die Wahrheit. Dann lassen sie uns vielleicht in Ruhe.«

»Sie werden uns nicht in Ruhe lassen. Und sie wollen die Wahrheit nicht hören. Sie wollen eine Story. Das ist nicht das Gleiche.«

»Also lassen wir sie schreiben, was sie wollen, und tun nichts?«

»Sie schreiben auch ohne unsere Erlaubnis, was sie wollen. Wir können mit Anwälten sprechen, aber wenn das, was sie schreiben, der Wahrheit entspricht, dann können wir wenig tun. Und wenn der Artikel veröffentlicht wurde, ist der Schaden sowieso da. Anwälte darauf anzusetzen heißt nur, dass die Geschichte weiterläuft. Sie bleibt heiß.«

»Das war's also?« Ashley war frustriert. »Gibt es überhaupt nichts, was wir tun können?«

»Wir können vieles tun. Wir machen uns unsichtbar. Wir liefern ihnen keine Bilder und keine Gelegenheit, uns zu beschreiben. Wenn wir ihnen kein Futter geben, wird die Story mit der Zeit sterben.«

»Wollen Sie damit sagen, wir müssen uns im Strandhaus verstecken?«

»Warum nicht?« Joanna blickte sich um und lächelte. »Immerhin ist es hier nicht so schlecht.«

Es war wundervoll, aber das war nicht der Punkt. Sie würden sich verstecken, als ob sie irgendeine Schuld traf. Ihr gefiel der Gedanke nicht, dass jemand ihr Entscheidungen diktierte und dafür sorgte, dass sie sich wie auf der Flucht fühlte. Das war eine Form von Mobbing, oder?

Doch hier ging es nicht nur um sie. Ebenso wie sie sich ihre Entscheidungen nicht von Reportern diktieren lassen wollte, wollte sie nicht über Joanna bestimmen. Zum Teil lag es an Ashley, dass Joanna sich in dieser Situation befand.

Sie musste ihre Wünsche respektieren. Das war das Mindeste, was sie tun konnte.

Allmählich dämmerten ihr die vollen Auswirkungen auf Joanna.

»Sie sind hierhergefahren, um der Aufmerksamkeit zu entgehen. Sie wollten ihnen entkommen, doch das hat nicht funktioniert. Und das ist meine Schuld.« Ashley war bereit, durch Joannas Tor zu stürmen, um den Presseleuten in aller Deutlichkeit zu sagen, was sie von ihnen hielt, doch Joanna wollte das nicht. Joanna hatte sie beschützt, und jetzt musste sie Joanna beschützen.

»Nichts davon ist deine Schuld, Ashley.«

Aber das stimmte nicht, oder? Es wäre leicht genug, anderen die Schuld zu geben, doch sie spielte eine Rolle in fast allem, was geschehen war. Sie hatte sich entschieden, persönlich mit Cliff zu sprechen. Sie war in seinen Wagen gestiegen, und sie hatte Joannas Hilfsangebot akzeptiert. Wenn sie nicht mit hierhergekommen wäre, hätte man sie vermutlich irgendwo aufgespürt und Joanna in Ruhe gelassen. Doch sie war mitgekommen, und jetzt würde es Fragen geben. Die Reporter würden wissen wollen, warum Joanna Ashley in Otter's Nest wohnen ließ und ob sie schon die ganze Zeit gewusst hatte, wer sie war. Egal ob Joanna Ashley für Cliffs Geliebte oder für seine Tochter gehalten hatte, die Sache versprach eine pikante Story. Und Joanna würde den Preis dafür zahlen. Schon wieder.

Es war falsch. So falsch.

»Warum müssen wir uns verstecken? Warum können wir ihnen nicht einfach sagen, dass sie sich um ihren eigenen Kram kümmern sollen?« Konnte sie Joanna dazu bringen, einen anderen Weg in Betracht zu ziehen? »Wir könnten eine Erklärung abgeben. Sie wären diesmal nicht allein. Ich wäre bei Ihnen. Wir könnten es gemeinsam tun.«

Joanna erhob sich und nahm die leeren Gläser. »Kein Kommentar ist besser. Was auch immer man sagt, sie verdrehen es irgendwie. Und sie machen eine Story aus nichts. Dein Haar sitzt nicht perfekt, also vernachlässigst du dich. Du hast eine Sonnenbrille auf, also hast du offenbar geweint.« Sie hielt inne und atmete ein paarmal tief durch. »Es geht weiter. Mach dir keine Sorgen. Wenn wir uns unauffällig verhalten und nirgendwo auftauchen und keine Fragen beantworten, dann verlieren sie mit der Zeit das Interesse.«

Ashley verspürte Mitgefühl mit Joanna, doch sie war auch verzweifelt und frustriert.

Sie wollte sich nicht verstecken. Sie wollte zurückschlagen. Sie wusste nicht, wie sie ihr Leben wieder aufbauen wollte oder wie ihre Zukunft aussah, doch sie wusste, dass kein Haufen neugieriger, sensationslüsterner Reporter darüber entscheiden sollte.

Sie atmete tief durch und erwog ihre Optionen.

Sie waren begrenzt. Joanna wollte sich der Öffentlichkeit nicht preisgeben, auch nicht mit Ashley als Schutzschild. Und beide zusammen würden die Story nur noch pikanter machen.

Jeder würde wissen wollen, warum sich Joanna um die Tochter ihres Ex-Manns kümmerte.

»Sieh nicht so elend drein. Alles wird gut. Ich habe das so oft erlebt, dass ich Expertin bin.« Joanna lächelte ihr aufmunternd zu. »Ich verspreche, dass ich für dich da bin, egal was passiert. Du bist nicht allein. Ich werde dich beschützen.«

Ashley hatte einen Kloß im Hals. Sie würde Joanna ebenfalls beschützen.

Und es gab nur eine Möglichkeit, das zu tun.

13. KAPITEL

JOANNA

Joanna spürte die Kühle des Wassers und die kalte Morgenluft beim Schwimmen.

Dies war ihre Meditation, der einzige Moment des Tages, an dem die Welt dort draußen aufhörte zu existieren. Doch heute gelang es ihr nicht, sich zu entspannen. Sie bewegte die Arme und Beine und glitt durchs Wasser, in Gedanken war sie aber bei den Ereignissen des gestrigen Tages. Dem Anruf von Nessa. Dem Gespräch mit Ashley.

Joanna drehte sich auf den Rücken.

Arme Ashley. Sie war so wütend wegen allem, und das war sehr nachvollziehbar. Sie verstand Ashleys Empörung. Sie verstand ihren Wunsch, für sich einzustehen und sich Gehör zu verschaffen. War es ihr anfangs nicht auch so gegangen? Die Erfahrung hatte sie dann aber gelehrt, dass es der falsche Weg war, damit umzugehen, und sie hatte ihr Bestes versucht, Ashley diese Erkenntnis zu vermitteln.

Das Mädchen war den Rest des Abends ruhig und nachdenklich gewesen und hatte über alles Mögliche gesprochen außer dem drohenden Artikel. Sie unterhielt sie beide mit lustigen Geschichten über ihre miesen Ballkünste und wie sie sich in den Schulcomputer gehackt hatte, um das Bild ihres Lehrers auszutauschen. Gegenüber Joanna war sie fürsorglich und besorgt, fragte sie immer wieder, ob es ihr auch gut ging. Später hatte sie für sie beide etwas zu essen zubereitet, aß aber selbst nur sehr wenig.

Joanna starrte zum Himmel hinauf und ließ sich vom kühlen Wasser schaukeln.

Sie ging am liebsten schwimmen, wenn die meisten Menschen noch schliefen. An diesem privaten Strand am Haus gab es keine Rettungsschwimmer. Niemand würde es bemerken, wenn sie in Schwierigkeiten geriet, und das war okay für sie. Sie wollte nicht gesehen werden, und vor Schwierigkeiten fürchtete sie sich nicht. Sie hatte schwimmen gelernt, bevor sie laufen konnte. Ihr Vater hatte es ihr beigebracht und auch, wie sie das Wasser lesen musste. *Siehst du das, Jo? Wie das Wasser dort drüben dunkler aussieht? Das ruhige Wasser? Das ist ein Brandungsrückstrom. Halt dich davon fern.* Er hatte sie gelehrt, was sie tun musste, wenn sie in den Rückstrom geriet. Er hatte mit ihr geübt, nicht in Panik zu geraten, sondern sich treiben zu lassen und quer zur mächtigen Strömung zu schwimmen, statt dagegen anzukämpfen. *Man kann nicht gegen die Strömung schwimmen, Jo.*

Sie ließ sich jetzt treiben, spürte die Sonne auf ihrem Gesicht und genoss die wenigen Momente der Ruhe vor einem Tag, der sicherlich turbulent werden würde. Dann schwamm sie widerwillig zurück ans Ufer, bekam Sand unter die Füße und verließ das Wasser.

Sie griff nach dem Handtuch, das am Strand lag, und trocknete ihr Haar. Die meiste Zeit ihres Lebens hatte sie das Gefühl gehabt, in einer starken Strömung zu stecken, die sie in eine Richtung zog, in die sie nicht wollte. Sie war gefangen gewesen in dieser Strömung, war herumgeschubst worden von Cliff und den Medien, und man hatte sie immer wieder gegen die Felsen des Lebens geschleudert. Doch sie hatte überlebt, und sie würde auch die nächste Krise überleben, was auch immer geschah.

Den Artikel hatte sie noch nicht gelesen. Vor langer Zeit hatte sie erkannt, dass sie zwar keine Kontrolle über das hatte, was geschrieben wurde, aber über das, was sie las – und sie hatte beschlossen, ihn nicht zu lesen.

Normalerweise schützte sie sich selbst, doch jetzt beschützte sie Ashley.

Natürlich wäre das Cliffs Aufgabe gewesen, doch selbst wenn er nicht in die Schlucht gestürzt wäre, wäre ihm das nicht in den Sinn gekommen. Verantwortungsgefühl war keine Zutat, die er sich für das Menü seines Lebens ausgesucht hatte. Er hatte die Existenz seiner Tochter einfach nicht anerkannt.

Mal ganz abgesehen von der Verantwortungsfrage war Ashley entzückend. Sie war klug, witzig und fürsorglich. Und auf eine Art leidenschaftlich, anders als Joanna in dem Alter. Sie hinterfragte, wo Joanna akzeptierte.

Joanna blickte zum Haus, bemerkte aber kein Lebenszeichen. Vermutlich schlief Ashley noch. Die emotionalen Geständnisse des gestrigen Tages hatten sie zweifellos erschöpft.

Joanna lief barfuß zurück zum Haus und schmiedete einen Plan.

Sie und Ashley würden zu Hause bleiben, und egal wie viele Reporter sich vor dem Tor versammelten, sie würden keinen Kommentar abgeben. Sie hatte die Nachwirkungen von Cliffs öffentlichen Indiskretionen so oft ausgesessen, dass sie kaum darüber nachdenken musste.

Unter der Dusche nahm sie sich Zeit, Salz und Meerwasser mit ihrem nach Zitronen duftenden Lieblingsduschgel abzuwaschen. Dann föhnte sie ihre Haare und cremte Gesicht und Körper sorgfältig ein. Trotz des Sonnenschutzes hatte sie einen kleinen Sonnenbrand, und beim Blick in den Spiegel erspähte sie ein paar neue Sommersprossen.

Sie zog sich Jeans und ein weißes Shirt an und ging dann in die Küche. Den Laptop ignorierte sie und schob Gebäck zum Aufwärmen in den Backofen.

Es ging ihr besser, als sie erwartet hatte.

Mit Ashley zu sprechen war reinigend gewesen. Die Fakten blieben dieselben, doch der Schmerz war gelindert.

Sie presste Saft aus und bereitete ein Frühstückstablett vor.

Hoffentlich konnte sie Ashley davon überzeugen, vernünftig zu essen. Der Tag würde hart werden, und dafür musste sie was im Magen haben.

Joanna trug das Tablett zum Gästezimmer und klopfte an.

Als sie keine Antwort erhielt, öffnete sie vorsichtig die Tür. Wenn Ashley noch schlief, würde sie sie in Ruhe lassen, doch es konnte nicht schaden nachzusehen.

Das Zimmer war dunkel. Noch bevor sie den Knopf drückte, um die Jalousien hochzufahren, sah Joanna, dass das Bett leer war.

Sie stellte das Tablett auf den Tisch, und ihr Adrenalinspiegel schoss in die Höhe. Das Bett war nicht nur leer, sondern unberührt, als hätte niemand darin geschlafen. Und Ashleys kleine Tasche und der Rucksack waren fort. Sie sah im Badezimmer nach, und ihr fiel auf, dass die Handtücher ordentlich gefaltet waren.

Nirgendwo eine Spur von ihr.

Nicht nur Ashleys Sachen waren fort. Auch Ashley war fort.

Wo? Wann? Warum?

Sie wollte schon hinausrennen und im Garten suchen, als sie den gefalteten Zettel bemerkte, der an der Lampe lehnte.

Sie setzte sich aufs Bett und öffnete ihn.

Joanna, es tut mir leid, dass ich Ihnen nicht gesagt habe, wer ich bin. Es tut mir leid, dass meine Mutter eine Affäre mit Cliff hatte. Im Moment tut es mir leid, dass ich überhaupt existiere, auch wenn ich weiß, dass das nicht meine Schuld ist. Am meisten tut mir leid, dass ich zugelassen habe, dass Sie mich hierher mitnehmen. Wegen mir wird nun wieder die Presse vor Ihrer Tür stehen. Ich weiß, wie sehr Sie das hassen. Ich weiß, dass Sie sie weder sehen noch mit ihr sprechen wollen, und ich verstehe das.

Wenn ich nicht hier bin, ist sie Story kleiner für sie. Deshalb gehe ich fort, aber ich möchte Ihnen für alles danken.

Sie haben am wenigsten Grund, nett zu mir zu sein, und doch sind Sie der netteste Mensch, dem ich je begegnet bin. Das werde ich nie vergessen. Machen Sie sich keine Sorgen um mich. Vielleicht treffen wir uns eines Tages wieder. Das würde mir gefallen.

In Liebe, Ash

X

Joanna ließ den Zettel sinken. Fortgegangen? Wo war sie hin? Sie nahm den Zettel wieder auf und las ihn erneut.

Wegen mir wird nun wieder die Presse vor Ihrer Tür stehen. Ich weiß, wie sehr Sie das hassen.

Ashley war ihretwegen fortgegangen. Damit die Presse sie in Ruhe ließ.

Schuldgefühle, Panik und Sorge stiegen in ihr auf. Wenn sie nicht darauf bestanden hätte, dass sie sich versteckten, wäre das nicht geschehen. Wenn sie nicht so ehrlich bekannt hätte, wie sehr sie die Presse hasste, die Zudringlichkeit verabscheute, die Dinge, die sie über sie schrieben, dann wäre Ashley vielleicht noch da.

Warum hatte sie nicht gespürt, dass Ashley daran dachte fortzugehen?

Weil ich mit mir selbst beschäftigt war und damit, wie ich der Öffentlichkeit entgehe.

Weil ich sicher war, dass mein Weg der richtige ist.

Joanna stopfte den Zettel in die Hosentasche.

Sie musste sie finden.

Dass sie womöglich in einen Haufen Reporter lief, war ihr egal, viel wichtiger war es, Ashley zu finden. Hier ging es nicht nur darum, sie zu beschützen, es ging darum, einer Freundin zu helfen. Denn dazu war Ashley in den letzten paar Tagen geworden – zu einer Freundin.

Sie lief zur Vordertür und riss sie auf, doch ihr Wagen stand noch draußen. Also war Ashley zu Fuß gegangen, wohin auch immer. Oder hatte sie ein Taxi gerufen?

Aufgeregt lief Joanna wieder ins Haus und dachte über ihre Optionen nach. Sie konnte Ashley suchen, doch wo sollte sie anfangen? In der Stadt? An der Küstenstraße?

Sie griff nach ihren Schlüsseln und der Tasche mit ihrer Perücke, dem Baseballcap und der Sonnenbrille. Gerade wollte sie zur Tür raus, als ihr Handy klingelte.

Unbekannte Nummer.

Sie war so aufgeregt, dass sie das Telefon fast fallen ließ. »Ashley?«

»Nein, hier ist Mel.«

»Oh.« Joanna lief bereits zum Wagen. Sie stellte das Handy auf Lautsprecher, warf es auf den Beifahrersitz und stopfte ihr Haar unter die Perücke. Dann setzte sie das Cap und die Sonnenbrille auf. »Ich kann jetzt nicht reden.«

Es tut mir leid, dass ich existiere.

Was genau bedeutete das? Wie leid tat es ihr?

Joannas Gedanken rasten zum schlimmstmöglichen Szenario. Was, wenn ihr etwas zugestoßen war? Hier ging es um Ashley, die schon so viel durchgemacht hatte. Ashley, die eine Fremde gewesen war, aber nun alles andere als fremd zu sein schien. Ashley, die das Gefühl hatte, irgendwie für Joannas Situation verantwortlich zu sein.

Kaum achtzehn Jahre alt, schwanger und allein.

»Joanna?« Mels Stimme klang blechern und drängend. »Bist du noch da? Ich rufe wegen Ashley an …«

Sie griff zum Handy. »Was ist mit Ashley?«

»Greg hat sie in der Stadt aufgegabelt. Sie ist bei ihm.«

Joannas Beine zitterten. *Danke, danke.* »Wo?«

»Er hat sie mitgenommen ins Surf Café. Nate ist bei ihr. Sie sind hinten im Büro, vor neugierigen Augen geschützt. Sie wollte nicht, dass wir dich anrufen, aber ich dachte, du solltest es wissen.«

»Ich komme gleich rüber. Und … danke, Mel.« Sie beendete das Gespräch und fuhr los. Joanna wollte nicht in die Stadt, wo man sie erkennen würde. Sie durfte kein Risiko eingehen. Wenn die Pressemeute noch nicht in Silver Point eingetroffen war, dann würde sie das bald tun. Und alle Einwohner von Silver Point kannten Otter's Nest.

Es ist in Ordnung. Alles ist in Ordnung.

Sie würde Ashley nicht im Stich lassen. Sie würde nicht das tun, was Cliff getan hatte. Und wenn der Preis dafür darin bestand, einem Haufen Reporter gegenüberzutreten, dann würde sie das tun. Tatsächlich würde sie noch mehr tun. Sie würde klarstellen, dass ihr die Aufmerksamkeit der Presse egal war.

An der Abzweigung zur Straße trat sie auf die Bremse und hielt inne. Ihr Herz hämmerte.

Schluss damit!

Sie zog sich die Perücke samt Baseballcap vom Kopf und stopfte beides zurück in die Tasche. Dann schüttelte sie ihr Haar und sah in den Rückspiegel.

Hallo, Joanna.

Kein Verstecken mehr. Keine Perücken, Hüte und Sonnenbrillen. Wenn Ashley so viel Mut zeigen konnte, konnte sie das auch.

Sie konnte Cliffs Versagen nicht wiedergutmachen, doch sie konnte dafür sorgen, dass Ashley nicht allein war. Und wenn das bedeutete, durch ihre persönliche Hölle zu gehen, dann würde sie das tun. Sie würde Nate gegenübertreten und sich ihren Gefühlen stellen, wie auch immer die sein mochten. Sie würde mit den Einheimischen und der Presse umgehen und mit jedem anderen, der Interesse an ihr zeigte.

Sie bog auf die Straße ein und fuhr Richtung Stadt.

So viele ihrer Kindheitserinnerungen waren mit dem Surf Café verknüpft. Sie und Nate hatten regelmäßig die Küche geplündert und ihre Ausbeute am Strand verschlungen. Meeresfrüchterollen, dicke Pommes, perfekt weiche Kekse. Die Eltern von Nate und Mel hatten das Café von ihren Eltern übernommen, es war schon immer ein Familienbetrieb gewesen. In ihrer Jugend hatte Joanna gelegentlich im Service gearbeitet und die Tische abgeräumt. Nur in der Küche half sie nie – nicht seit dem Tag, an dem sie ein romantisches Essen für Nate zubereiten wollte und dabei den Laden fast abgefackelt hatte.

Nate.

In ihrem Magen kribbelte es. Ihre Beziehung war seit über zwanzig Jahren vorbei. Fast ein Leben lang her. Die besondere Verbindung von einst war lange vorbei. Ihre Begegnung würde vermutlich etwas steif ablaufen. Sie wäre höflich und freundlich und er zweifellos ebenso. Ihr aufgewühltes letztes Zusammentreffen lag so weit zurück, dass es keinen Sinn ergab, darüber zu sprechen.

Und überhaupt ging es hier nicht um sie. Es ging um Ashley.

Merkwürdig, dass sie noch vor Kurzem befürchtet hatte, es sei ein Fehler gewesen, Ashley mitzunehmen. Und jetzt hatte sie Angst, dass Ashley fortgehen könnte. Sie wollte nicht, dass sie ging, und das nicht nur, weil sie sich um sie sorgte.

Es gefiel ihr, Ashley um sich zu haben. Sie mochte ihren Sinn für Humor und ihre Direktheit und die Art, wie sie die Welt sah.

Inzwischen war sie in der Stadt angekommen. Auf den hübschen Straßen schlenderten Touristen, schleckten ein Eis und schossen Fotos. Niemand beachtete sie. Sie interessierten sich für Silver Point, nicht für sie. Von Reportern keine Spur.

Sie hielt den Blick nach vorn gerichtet und fuhr die Main Street hinunter. Sogar nach so langer Zeit schien alles schmerzhaft vertraut. Dort waren die Strand-Buchhandlung und die Ocean Boutique, wo sie einmal fast ihr ganzes Geld für einen weißen Bikini mit grünen Punkten ausgegeben hatte. Damals schien es ein Vermögen für so ein kleines bisschen Stoff zu sein, doch es zeitigte den erwünschten Effekt. An dem Tag, an dem sie ihn trug, hatten sie und Nate zum ersten Mal miteinander geschlafen.

Die meisten Menschen erinnern sich an den Tag, an dem sie ihrer ersten Liebe begegnet waren. Joanna nicht. Nicht, weil der Tag dessen nicht würdig war, sondern weil es in ihrer Kindheit und Jugend keinen Moment ohne Nate gegeben hatte. Sie erinnerte sich, wie sie als Vierjährige mit ihm Seite an Seite am Strand gebuddelt hatte. Er hatte ihr geholfen, den Sand in eine Form zu pressen. Sie erinnerte sich, wie er ihr das Surfen beigebracht hatte. Mit sechzehn hatte er ihr den Kopf gehalten, als sie den Wodka rauswürgte, mit dem sie sich fürchterlich betrunken hatte. Sie konnte den Moment, an dem Nate in ihr Leben getreten war, nicht benennen, weil er immer da gewesen war. Sie war völlig selbstverständlich davon ausgegangen, dass sich das auch nie ändern würde, doch sie hatte sich geirrt. Wie in so vielem.

Sie bog auf einen Parkplatz, widerstand dem Impuls, das Baseballcap aufzusetzen, und ging zum Surf Café. Die Lage hatte sich nicht verändert, dafür aber alles andere. Die Außentische, die einst im Sand verteilt waren, standen nun auf einer von Palmen beschatteten Terrasse. Trotz der frühen Stunde war im Café schon viel los. Kleine Gruppen junger Leute, die geschäumten Kaffee tranken und sich süße Stückchen teilten, bevor sie sich in die Wellen stürzten, Touristen, die den Tag mit dem besten Ausblick an diesem Küstenstrich beginnen wollten. Es war rustikal und doch kultiviert. Gehobener Strand-Chic.

Joanna ignorierte die neugierigen Blicke und ging über die Terrasse zum Vordereingang.

Zuerst erblickte sie Mel.

»Sie ist hinten.« Mel machte eine Handbewegung in dem Wissen, dass Joanna wusste, wo sie hinmusste. »Greg wollte sie verstecken für den Fall, dass Fotografen auftauchen.«

Joanna ging zu der Tür, die zur Küche und dem kleinen Büro führte. Dann hielt sie inne und drehte sich zu Mel um, mit der sie einst jeden Gedanken geteilt hatte. Ihre beste Freundin.

»Danke«, sagte sie, und Mel nickte kurz.

»Natürlich.«

Joanna fühlte sich schuldig. »Wir müssen miteinander reden.«

Mel lächelte. »Das kann warten.«

Joanna erwiderte das Lächeln dankbar.

Vielleicht war ihre Freundschaft doch nicht gestorben. Vielleicht konnte eine Freundschaft, die so stark war wie ihre, gar nicht sterben.

Sie stieß die Tür auf und betrat die Küche. Wegen des morgendlichen Ansturms herrschte bereits reger Betrieb, zudem mussten die Vorbereitungen für das Mittagsgeschäft erledigt werden. Teller klapperten, Schinken brutzelte in Pfannen, ein Koch schimpfte mit einem Mädchen, das Teller auf der Hand balancierte. Keiner würdigte sie eines Blickes. Hier war sie niemand, für den man sich interessierte, hier war sie höchstens jemand, der im Weg stand.

Und dann bemerkte sie Greg, der sich mit verschränkten Armen als Wache vor dem Büro aufgebaut hatte – eine unerschütterliche Macht.

Auf seinem Gesicht breitete sich ein Lächeln aus. »Also, wenn das nicht Joanna Rafferty ist.«

Rafferty. Lange Zeit war sie nicht mehr Joanna Rafferty gewesen. Es fühlte sich gut an, keine Whitman zu sein. Ausnahmsweise mal nicht mit Cliff in Verbindung gebracht zu werden.

Ich sollte meinen Namen ändern. Warum hatte sie daran noch nicht gedacht?

»Greg.« Sie nahm die Sonnenbrille ab. »Du hast dich kein bisschen verändert.« Damals war er für sie wie ein Bruder gewesen, doch sie hatte keine Ahnung, wie sie sich nach so langer Zeit begrüßen sollten, und war überrascht, als er sie in eine Umarmung zog. Noch mehr überraschte sie, wie gut sich das anfühlte. »Darfst du im Dienst so etwas tun?« Sie spürte, wie er lachte.

»Ich habe das Sagen. Ich kann umarmen, wen ich möchte.«

Wann bin ich zum letzten Mal umarmt worden? Sie konnte

sich nicht erinnern. Es hatte ihr gefehlt. Sie hatte Wärme und Zuneigung vermisst. Sie vermisste es, mit Menschen zusammen zu sein, denen sie vertraute und die sie mochten. Es gab noch anderes, was sie vermisste – wie Sex und Spaß –, doch sie versuchte, nicht daran zu denken. Zurzeit verband sie Sex mit Beklommenheit. Solange sie mit Cliff zusammen gewesen war, hatte sie die Bilder von ihm mit einer anderen im Bett nicht loswerden können. Sogar in der frühen Zeit, als noch Hoffnung für ihre Beziehung bestand und sie beide sich bemühten, dass es funktionierte, hatte sie die Bilder im Kopf gehabt. Sie war nicht in der Lage, locker zu werden, sich selbst zu verlieren.

Seit der Scheidung hatte sie noch kein Date gehabt. Es gab viele Dinge, die sie nicht getan hatte.

Greg ließ sie los. »Du bist zurück und hast uns nicht angerufen? Dafür sollte ich dich einsperren.«

»Ich hoffte darauf, unerkannt zu bleiben. Ich wollte niemandem Schwierigkeiten bereiten.«

»Ich habe kein Problem mit Schwierigkeiten. Ohne Schwierigkeiten hätte ich keinen Job.« Sein Lächeln erstarb. »Du siehst müde aus. Als ob du zu viele Probleme hättest und keine Energie, um sie zu lösen. Vielleicht kann ich dabei helfen.«

Sie hatte so lange mit Oberflächlichkeit und Egoismus gelebt, dass sie ganz vergessen hatte, wie es war, mit guten Menschen zusammen zu sein, Menschen, die aufrichtig Anteil nahmen.

»Du hast schon geholfen. Danke, dass du sie aufgegabelt hast. Ich habe mich zu Tode gesorgt.«

»Sie ist im Büro.« Er machte eine Kopfbewegung in die Richtung. »Sprich mit ihr, und dann entscheiden wir, wie wir weitermachen.«

»Wir?«

Er zuckte die Achseln. »Hier ist deine Heimat, Joanna. Wir sind deine Freunde. Wenn du in Schwierigkeiten steckst, dann helfen wir dir. So einfach ist das. Du sagst uns, was ihr braucht, und wir kümmern uns darum.«

Heiße Tränen stiegen ihr in die Augen. Sie würde sich direkt hier vor einem Mann, den sie seit zwanzig Jahren nicht gesehen hatte, zum Narren machen.

Sie hatte seine Frau verletzt, auch wenn es da Missverständnisse gab. Und dennoch unterstützte er sie unerschütterlich.

»Ich möchte nicht, dass noch jemand mit hineingezogen wird. Ich komme allein damit klar, Greg.«

»Daran zweifele ich nicht. Aber warum gönnst du Menschen das gute Gefühl des Helfens nicht?«

Nach ihrer Erfahrung halfen die Menschen nur so lange, wie das Hilfsangebot keine weiteren Konsequenzen nach sich zog.

»Greg …«

»Du warst lange fort, vielleicht hast du es vergessen.« Er blickte sie unverwandt an. »Jetzt bist du zurück in Silver Point und hast einen Haufen Menschen, die dir den Rücken stärken. Du sprichst mit ihr und lässt mich dann wissen, was ihr als Nächstes tun wollt.«

»Als Nächstes? Sie kommt mit mir nach Hause, das geschieht als Nächstes.« Sie sagte sich, dass es zu seinem Job gehörte, sie willkommen zu heißen und zu ermutigen, sich zu öffnen. Falls es Schwierigkeiten gab, musste er davon erfahren. Das bedeutete aber noch lange nicht, dass andere Menschen in Silver Point das ebenso sahen.

Greg beobachtete sie noch immer. »Sie schien zu glauben, dass sie dir nur Probleme machte. Die Art von Problemen, die mit Kameras und vielleicht einem Fernsehteam einhergeht.«

Die Art von Problemen, bei der sich die Einheimischen wünschten, dass sie nie nach Hause gekommen wäre. Die Art von Problemen, bei der sie sich selbst schützen wollten.

Aber damit käme sie klar.

»Ich bin schon vorher damit fertiggeworden. Und nichts davon ist ihr Verschulden.«

Er nickte. »Hast du die neueste Story gesehen?«

Sie krümmte sich innerlich bei dem Gedanken, was er über

sie gelesen haben mochte. Was musste er denken? Sie war ja an die Demütigung gewöhnt, doch es war für sie völlig neu, alten Freunden gegenüberzustehen und darüber zu sprechen.

»Nein, habe ich nicht. Aber ich kann mir vorstellen, was drinsteht, und nichts davon wird etwas ändern. Ashley kommt mit mir nach Hause.« Sie legte die Hand auf die Türklinke. »Und du hast recht, die Presse wird kommen. Über kurz oder lang kriegen sie es raus und verfolgen meine Spur bis zu Otter's Nest.« Vor diesem Moment graute ihr. Von der Aufregung wegen Ashleys Verschwinden einmal abgesehen, fühlte sie sich nach zwei Wochen in Silver Point so entspannt und aufgehoben wie seit zwanzig Jahren nicht mehr. Sie wollte sich das nicht verderben lassen.

Warum? Was war diesmal anders?

Die Antwort tauchte mit überraschender Klarheit in ihr auf.

Ich will hierbleiben. Ich will mir hier ein Zuhause schaffen. Ein Leben.

»Es ist meine Aufgabe, mich darum zu kümmern, nicht deine.« Greg war ruhig. »So wie ich es sehe, ist Otter's Nest Privatbesitz, und den darf niemand ohne Genehmigung betreten. Nur für den Fall, dass sie den Ort überhaupt finden. Ich glaube nicht, dass meine Richtungsangaben so präzise wären. Ich weiß nicht mehr, wie oft ich in unserer Jugend die Abzweigung dorthin verpasst habe. Ich bin sicher, dass ich nicht der Einzige in der Stadt bin, der sie vergessen hat. Die ganze Meeresluft wirkt sich schlecht aufs Erinnerungsvermögen aus.«

Sie hatte vergessen, was für ein großartiger Mensch er war. Und weil sie ihn schon so lange kannte und er sie einst vor mobbenden Mitschülern gerettet hatte, die ihr Mittagessen stehlen wollten, oder vielleicht auch, weil er Ashley gerettet hatte, reckte sie sich und küsste ihn auf die Wange. »Danke, Greg. Du wirst immer mein Held sein.«

»Wenn du was brauchst, Joanna, lass es mich wissen.« Er zögerte. »Nate ist drinnen bei ihr.«

War das eine Vorwarnung? Erwartete er mehr Schwierigkeiten?

»Danke.« Sie atmete tief durch, öffnete die Tür und lief direkt in Nate hinein, der dahinter stand.

Er hielt sie fest, als sie ins Stolpern kam, und ihr Körper streifte kurz den seinen. Nate. Sie kämpfte gegen den Impuls an, sich an ihn zu lehnen, ihn zu umarmen und so zu tun, als hätte es die letzten zwanzig Jahre nicht gegeben. Sie sah ihm ins Gesicht, und ihr wurde leicht schwindlig. Natürlich hatte sie diesen Moment in ihrer Fantasie durchgespielt, viele Male, doch in ihrer Vorstellung war sie cool, ruhig und unberührt gewesen. Sie hatte nicht erwartet, nach zwanzig Jahren etwas zu fühlen. Sie hatte gedacht, dass ihr Herz zu gebrochen, müde und vorsichtig war, um höherzuschlagen – doch genau das tat es.

Von den Haarsträhnen, die ihm in die Augen fielen, bis zu der Art, wie sich sein Mund zu einem Lächeln verzog, war alles an ihm schmerzlich vertraut. Gefühle, die sie tief in sich verschlossen gehalten und vergessen geglaubt hatte, stiegen in ihr auf. Ihre Gedanken wanderten in verbotenes Gebiet, zurück in eine Zeit, an die sie nie wieder hatte denken wollen. Er war alles für sie gewesen. Und sie hatte geglaubt, es würde immer so sein, dass das, was sie verband, unzerstörbar war. Sie wurde verlegen bei der Erinnerung an die Intensität und Tiefe ihrer Gefühle und daran, wie idealistisch und unrealistisch – wie kindlich – sie damals gewesen war. Wie sie gedacht hatte, ein Mensch könnte alles sein, was sie brauchte.

»Nate.«

Sein Blick hielt den ihren fest, als ob auch er nicht wegsehen könnte. In seinen Augen blitzte etwas auf. Ein tiefes Wiedererkennen. Eine Verbindung, die die Zeit nicht hatte auslöschen können. Das war ebenso unerwartet und unwillkommen wie der bunte Cocktail aus Gefühlen, der in ihr herumwaberte. Sie spürte fast so etwas wie Verzweiflung. Sie brauchte das hier nicht. Sie wollte keine Nähe. Nichts fühlen. Das war das Geheimnis des Überlebens.

»Joanna.« Er ließ sie los. Sie trat zurück und erblickte Ashley, die sie von einem Sessel aus beobachtete. Vor ihr auf dem Tisch stand eine Tasse Kaffee, die sie nicht angerührt hatte.

Ihr Gesicht war fleckig und geschwollen vom Weinen, die Augen rot.

Joanna vergaß Nate. Sie stürzte auf Ashley zu und umarmte sie.

»Du hast mir Angst gemacht! Tu das nie wieder. Wenn du dir Sorgen machst wegen irgendwas, sag es mir.« Sie hielt das Mädchen eng an sich gedrückt, bis ihr aufging, dass sie sich völlig unangemessen verhielt. Sie waren nicht miteinander verwandt. Sie kannten sich erst seit Kurzem, und die meiste Zeit waren sie höflich und auch freundlich miteinander gewesen, hatten sich aber niemals körperlich berührt. Joanna versuchte, sich loszumachen, doch Ashley klammerte sich an sie. Joanna spürte einen Kloß in ihrem Hals.

Sie hielten einander, und für einen Augenblick herrschte Stille.

»Du bringst mich zum Weinen.« Ashleys Stimme klang erstickt an Joannas Schulter. Joanna drückte das Mädchen noch einmal an sich und löste sich dann.

»Du bringst mich ebenfalls zum Weinen.«

Statt sich auf den Stuhl gegenüber zu setzen, hockte sie sich hin. Sie war sich Nates Gegenwart bewusst, doch ihr Fokus hatte sich verlagert. Er war ihre Vergangenheit, und im Moment war sie nur an der Gegenwart und der Zukunft interessiert.

Ashley spielte in beiden eine Rolle.

»Also lag es an meinen Kochkünsten?«

Ashley wischte sich mit dem Handrücken die Tränen aus dem Gesicht. »Was?«

»Der Grund, dass du gegangen bist. Meine Kochkünste.«

Fast hätte Ashley gelächelt, doch es blieb ein kläglicher Versuch. »Haben Sie es gelesen? Was diese Frau geschrieben hat? Es ist so gemein. Sie schreibt schreckliche Dinge über meine Mom, und sie meint, ich hätte im Wagen gesessen, weil ich versuchen wollte, ihn zu erpressen, und dass der Unfall meine Schuld sein könnte. Es ist grauenhaft. Ich wollte Ihnen keine Angst einjagen, mit meinem Fortgehen, meine ich, aber sobald sie herausfinden, dass ich bei Ihnen bin, macht das die Dinge tausendmal schlimmer. Sie werden Sie verfolgen, und ich weiß, wie sehr Sie das hassen.« Neue Tränen quollen ihr aus den Augen. »Ich kann nicht glauben, dass ich weine. Ich kann nicht glauben, dass ich so erbärmlich und gefühlsduselig bin.«

»Du bist schwanger …«

»Ja, tun wir so, als läge es daran.« Ashley schniefte. »Es ist nett von Ihnen, dass Sie mich gesucht haben, aber es wird leichter für Sie, wenn Sie gehen. Vielleicht können wir in Kontakt bleiben. Wenn Sie das möchten. Ich könnte ein Wegwerf-Handy oder so etwas besorgen, damit sie mich nicht aufspüren können. Könnten die das wirklich? Passiert das im echten Leben? Was ist überhaupt ein Wegwerf-Handy? Ich weiß es nicht. Können Sie eins online bestellen? Einfach nach Wegwerf-Handy suchen?«

Joanna spürte einen Druck auf ihrer Brust, als die Gefühle sie zu überwältigen drohten. Sie war taub gewesen, und jetzt stürmte alles auf einmal auf sie ein. Warum? Wer war dafür verantwortlich? Ashley? Nate?

»Du wirst kein Wegwerf-Handy brauchen.« Joanna nahm ihre Hand und drückte sie. »Erinnerst du dich, was ich gestern sagte? Es spielt keine Rolle, was sie geschrieben haben oder noch schreiben werden. Es ändert nichts an der Wahrheit. Was passiert ist, war ein Unfall, Ashley. Du bist nicht dafür verantwortlich. Und wenn jemand Schuld trägt, dann ist es Cliff, weil er dich in eine Lage gebracht hat, in der du nur so mit ihm sprechen konntest.«

»Aber die Leute denken …«

»Fremde«, sagte Joanna. »Das sind Fremde.«

Ashley musterte sie. »Sie haben auch was über Sie geschrieben.«

»Dessen bin ich sicher.«

Und sie hatte es so satt. Sie und Cliff hatten sich schon ein Jahr vor seinem Tod scheiden lassen, und dennoch machten sie eine Story aus ihr. Sie jagten sie weiter, und sie versteckte sich weiter. Wann würde das aufhören?

Sie straffte den Rücken.

Es hörte jetzt auf. Jetzt sofort.

Was hatte Ashley am Tag zuvor gesagt?

Warum müssen wir uns verstecken?

Das war eine gute Frage. Sie hatte Cliff die Schuld gegeben. Sie hatte der Presse und der Öffentlichkeit die Schuld gegeben. Doch sie war diejenige, die sich für dieses Leben entschieden hatte. Und genauso konnte sie sich dagegen entscheiden.

Die Idee gefiel ihr.

War es wirklich so einfach?

Nein, doch wie viel Schaden konnten sie schon anrichten? Was konnten sie schreiben, das sie nicht schon geschrieben hatten? In den letzten zwei Jahrzehnten war sie auf jede vorstellbare Weise öffentlich bloßgestellt und gedemütigt worden. Joanna hatte darauf reagiert, indem sie sich selbst und auch ihre Gefühle weggesperrt hatte, so wie sie es damals bei Denise auch getan hatte. Sie hatte sich nicht gewehrt, sondern sich klein gemacht. Sie hatte Denise und später der Presse erlaubt, ihr Selbstwertgefühl zu untergraben. Sie hatte ihnen erlaubt, darüber zu entscheiden, wer sie war, auch wenn sie die Person, die sie erschufen, nicht wiedererkannte.

Doch damit war jetzt Schluss.

Vielleicht ließ die Rückkehr nach Otter's Nest sie die Dinge anders sehen. Vielleicht lag es an Ashley, die unerschrocken und mutig war und die hinterfragte, was sie selbst nicht zu hinterfragen gewagt hatte. Als Ashley erfahren hatte, dass die persönlichsten Geheimnisse ihres Lebens öffentlich gemacht werden sollten, war ihr erster Impuls nicht gewesen, sich zu verstecken, wie Joanna es getan hätte. Nein, sie wollte es ignorieren und ihr Leben weiterführen.

Und das, dachte Joanna, würden sie beide auch tun.

»Es ist nur von Bedeutung, wenn wir dem eine Bedeutung zugestehen – was ich Jahrzehnte getan habe. Ich möchte nicht, dass du denselben Fehler machst. Aber ich verstehe, dass du aufgewühlt bist, das ist ganz natürlich.«

»Aufgewühlt?« Ashley schniefte. »Ja, ich bin aufgewühlt, aber vor allem bin ich wütend.«

»Ich auch.«

»Ich bin nicht wie Sie. Sie sind so kontrolliert und nie ...« Ashley hielt inne. »Was haben Sie gesagt?«

»Ich bin auch wütend. Total sauer.«

»Sind Sie das?«

»Ja. Fuchsteufelswild. Ich koche vor Wut.« Und zugleich hatte sie das Gefühl, mehr Kontrolle zu haben als je zuvor in ihrem Leben. Sie konnte deren Verhalten nicht ändern, ihr eigenes aber schon.

»Okay! Ich glaube Ihnen.« Dieses Mal gelang Ashley ein Lächeln. »Es überrascht mich. Sie schienen nie so emotional zu werden bei dem Thema. Sie waren immer so gefasst. Ich dachte, Sie wären ... ein bisschen resigniert.«

»Das war ich auch, aber wie sich gerade zeigt, bin ich das nicht mehr.« Sie stand auf und rieb sich die Beine, die nach so langer Zeit in der Hocke taub geworden waren. »Ich habe einen Vorschlag, was wir heute machen können.«

»Ich werde mich nicht verstecken.« Ashley setzte sich aufrechter hin. »Wenn mir ein Reporter über den Weg gelaufen wäre, bevor dieser nette Polizeichef ...«

»Greg. Er ist mit Mel verheiratet.«

»Die Frau, die Sie besucht hat? Sie hat mich in der Stadt gesehen. Ich nehme an, sie hat ihn angerufen. Es ist gut, wenn man Verbindungen hat. Ich mochte ihn. Er hielt an, um nach mir zu sehen, und wir kamen ins Gespräch. Und ich sagte ihm, dass ich mich nicht verstecken werde.«

»Ich werde mich auch nicht verstecken. Und ich möchte keine weitere Zeit und Energie damit verschwenden, an die Medien zu denken. Draußen ist es herrlich. Wir gehen …« Sie suchte fieberhaft nach der öffentlichsten Aktivität, die sie sich vorstellen konnte. »Wir frühstücken direkt hier, im Surf Café. Hast du etwas gegessen? Nein, hast du natürlich nicht. Du bist vor dem Frühstück gegangen, und gestern Abend hast du auch kaum etwas gegessen. Du isst nicht genug, Ashley. Du musst gesund bleiben.«

Ashley grinste amüsiert. »Seit dem Tod meiner Mutter hat mich niemand mehr zum Essen angehalten.«

»Dann übernehme ich die Rolle gern. Nicht als Pseudo-Mom, natürlich. Als Freundin.«

»Ich glaube, Sie wären eine tolle Mom.« Ashley seufzte. »Sie sind auch eine tolle Freundin. Ich möchte Sie fortschicken und vor den Geiern beschützen, aber ich bin so froh, dass Sie hier sind. Ich möchte egoistisch sein und Ja zum Frühstück sagen.«

»Dann sag Ja. Und sag endlich Du zu mir.« Joanna umarmte sie erneut. Sie hatte vergessen, wie gut es sich anfühlte, gebraucht zu werden und verbunden zu sein, jemandem wichtig zu sein. »Es ist nicht egoistisch. Ich tue es ja auch für mich. Das hätte ich schon vor langer Zeit tun sollen. Vielleicht hätte ich das sogar, wenn ich jemanden wie dich an meiner Seite gehabt hätte. Was isst du am liebsten?« Sie blickte zu Nate, der sie mit einem Ausdruck ansah, den sie nicht recht deuten konnte. Jetzt, da die ersten unsicheren Momente vorüber waren, konnte sie in ihrer Einschätzung ein bisschen objektiver sein.

Er hatte sich kaum verändert. Seine Schultern waren massiger, doch sein Haar war noch dunkel, der Körper schlank und fit, die Farbe seiner Augen noch das gleiche Ozeanblau. Die Welt, ihre Beziehung, all das erschien jetzt, da sie aus einer anderen

Perspektive zurückblickte, so anders. Und sie wusste jetzt, dass sie das nicht einfach ignorieren konnte. Es gab Dinge, die sie sagen musste. Dinge, die sie ihm sagen musste.

Kein Verstecken mehr.

Sie sah ihn direkt an und ignorierte das Klopfen ihres Herzens. »Nate, macht ihr noch diese unglaublichen Pancakes?«

Er lächelte. »Mit Schinken und Ahornsirup? Ja, die machen wir noch.«

»Großartig. Wir nehmen einen Stapel davon und alles andere, was du uns empfehlen würdest. Vielleicht ein paar frische Beeren. Vitamin C.« Sie streckte die Hand aus und zog Ashley auf die Beine. »Ich hoffe, du hast Hunger, denn im Gegensatz zu mir ist Nate ein guter Koch.«

Ashley sah sie an. »Wenn wir wirklich hier essen, sollten wir vielleicht einen ruhigen Tisch nehmen.«

»Wir wollen keinen ruhigen Tisch. Wir wollen den besten Tisch mit der besten Aussicht. Ist auf der Terrasse etwas frei?«

Es war, als spränge man ins tiefe Wasser.

»Auf der Terrasse?« Ashley schaute sie aus großen Augen an. »Da kann uns jeder sehen.«

Joannas Herz schlug jetzt so heftig, dass sie sich fragte, ob es sie zur Vernunft bringen wollte.

»Sollen sie uns sehen. Kein Verstecken mehr.« Nur darüber zu reden reichte nicht. Sie musste es Ashley demonstrieren, auch wenn das ihr schauspielerisches Talent auf die Probe stellte.

»Auf der Terrasse?« Nate sah sie besorgt an. »Bist du sicher, dass du das willst? Ich kann euch das Frühstück auch hier servieren oder euch einen Tisch drinnen aussuchen.«

Er wusste es. Obwohl er sie zwanzig Jahren nicht gesehen hatte, obwohl er nicht wissen konnte, wie sie heute über Dinge dachte, wusste er es.

»Die Terrasse wäre perfekt.«

Er nickte und löste sich von der Wand, an die er sich gelehnt hatte. »Gib mir eine Minute.«

189

Ashley nahm ihre Handtasche und den Rucksack. »Du hast mir gesagt, ich sollte das, was sie schreiben, nicht lesen, und ich wünschte, ich hätte es nicht getan. Sie sagen, ich sähe genauso aus wie er. Cliff. Dass ich sei wie er. Und jetzt habe ich Angst, dass ich als Elternteil auch eine Versagerin sein werde, so wie er einer war.«

Joanna versuchte, sich vorzustellen, wie es sein musste, zu entdecken, dass man Cliff Whitmans Tochter war. Vermutlich war das kein Moment, in dem einem nach Feiern zumute war. Nichts, mit dem man vor Freunden angeben würde. Sie schob ihre eigenen Verletzungen und ihren Groll zur Seite. »Er hat dich im Stich gelassen, das lässt sich nicht leugnen. Aber Cliff war kein Monster, Ashley. Du kennst nur eine Seite von ihm – die Seite, die dich und deine Mutter schlecht behandelt hat. Die, über die die Presse schreibt. Doch es gab eine andere …« Sie hielt inne. An diese Seite hatte sie lange nicht mehr gedacht – zu sehr war sie durch das Geschehene überdeckt worden. »Er hatte … Qualitäten.«

Ashley verzog das Gesicht. »Du machst Witze, oder?«

»Nein. Und ich kann dir gern mehr von ihm erzählen, wenn das hilft. Mehr von dem richtigen Cliff erzählen.« Sie war froh, dass Nate nicht mehr im Raum war. In seiner Gegenwart über Cliff zu reden wäre unangenehm gewesen. »Dies ist nicht der richtige Zeitpunkt, um in die Details zu gehen, doch das holen wir nach. Im Moment glaub mir einfach, dass du kein bisschen so bist wie er. Und du wirst als Mutter keine Versagerin sein, Ashley.«

»Ich habe seine Augen.«

»Es sind deine Augen. So wie deine Entscheidungen dir gehören.«

»Es war keine tolle Entscheidung, in seinen Wagen zu steigen.« Ashley putzte sich noch einmal die Nase. »Vielleicht habe ich all seine schlimmsten Charakterzüge geerbt.«

»Du hast versucht, das Beste für dein Kind zu tun. Allein das zeigt, dass du kein bisschen wie er bist. Und ich finde, du triffst großartige Entscheidungen. Außer dich am frühen Morgen hinauszuschleichen und mir eine beängstigende Nachricht zu hinterlassen.« Sie lächelte. »Das war keine großartige Entscheidung. Versprich mir, dass du das nicht zur Gewohnheit werden lässt. Wenn dir etwas auf der Seele liegt, rede mit mir.«

»Das mache ich. Ich weiß, dass ich das hätte tun sollen. Aber ich hatte Angst, dass du dich verpflichtet fühlst, es mir auszureden. Ich wollte dich beschützen.«

Joanna wurde warm ums Herz. Nessa, Ashley, Mel, Greg – vielleicht war sie nicht so allein, wie sie gedacht hatte. »Ich weiß die Absicht zu schätzen, wirklich, aber das musst du nicht tun. Ich kann gut auf mich aufpassen.«

»Ich weiß. Du bist so … kompetent. Ich wünschte, ich wäre wie du. Ich schwanke dauernd zwischen Panik und Hilflosigkeit.«

»Du bist nicht hilflos. Du hast viel durchgemacht und musst mit einer Menge Dinge fertigwerden. Du musst Entscheidungen treffen, und ich verstehe, dass sich das bedrohlich und überwältigend anfühlt. Mach einen Schritt nach dem anderen.«

Ashley straffte sich. »Ich werde nicht so sein wie er. Ich werde mich um das Baby kümmern, egal was passiert.«

»Ich weiß, dass du das tun wirst.«

»Ich würde es niemals im Stich lassen.«

»Auch das weiß ich.«

Ashley atmete tief ein. »Ich habe keine Ahnung, was ich tue. Keine Ahnung, was ich tun werde. Ich fürchte mich so.«

»Es ist okay, Angst zu haben. Ich habe auch Angst. Hast du eine Ahnung, wie lange es her ist, dass ich in der Öffentlichkeit rumgelaufen bin, ohne mich ständig umzuschauen? Wir stehen das zusammen durch.«

»Sie werden das Strandhaus observieren.«

Joanna wurde flau. »Ja, vermutlich. Und du hast recht, ich finde das ziemlich unangenehm, doch zum Teil ist das Gewohnheit. Fast wie ein Reflex. Ich mache das seit so langer Zeit, dass ich es nicht einmal hinterfrage. Aber jetzt hinterfrage ich es.«

»Wegen mir.«

»Ja, wegen dir. Du hast mir einen anderen Blick auf mein Leben beschert. Wegen dir habe ich mir einige schwere Fragen gestellt. Und das ist gut.«

»Ist es das?«

»Ja. Ich habe es satt, so zu leben.« Es laut auszusprechen bestärkte sie noch weiter. »Ich habe es satt, mein Leben wegen Cliff zurückzunehmen. Ich habe es satt, noch immer mit ihm in Verbindung gebracht zu werden, obwohl wir schon vor seinem Tod geschieden waren. Ich habe es satt, mich darum zu sorgen, was andere Menschen von mir denken. Du hast gestern viel Richtiges gesagt. Du sagtest, sie sollten nicht darüber bestimmen, wie wir leben. Und du hast recht. Von jetzt an werden wir tun, was wir tun wollen und wann wir es tun wollen.«

Sie blickte auf, als Nate zurück ins Zimmer kam.

»Ich habe euch den besten Tisch des Hauses besorgt«, sagte er. »Und eure Bestellung ist unterwegs.«

»Danke.« Wen hatte er umquartiert, um ihnen diesen Tisch zu besorgen? Wie auch immer, er hatte zweifellos sein Nate-Lächeln und seinen Nate-Charme eingesetzt, und die angebotene Alternative war bereitwillig und ohne ein Wort des Protestes akzeptiert worden.

»Bitte sehr.« Er hielt inne. »Es ist schön, dich zu sehen, Jo.«

Wie er ihren Namen sagte, versetzte sie sofort zurück in die Vergangenheit. Außer ihrem Vater war er der Einzige, der sie so genannt hatte. Für sie war dieser Name sehr intim. *Ich liebe dich, Jo.*

War es gut, ihn zu sehen? Sie wusste es nicht. Aber es fühlte sich gut an, dieses erste heikle Zusammentreffen hinter sich zu haben. Die Aussicht, ihm irgendwann über den Weg zu laufen, hatte wie ein Damoklesschwert über ihr gehangen. Doch jetzt war es dank Ashley überstanden. Und sie hatte es überlebt.

Und sie begriff, dass sie sich in zwei Punkten geirrt hatte. Erstens bestand trotz der vergangenen zwanzig Jahre eine Verbindung zwischen ihnen. Und zweitens war er ihr noch immer vertraut.

Später würde sie genauer darüber nachdenken müssen, doch im Moment legte sie all ihren neu gefundenen Mut in ihr Lächeln. »Es ist auch schön, dich zu sehen, Nate.«

Sie hatte gedacht, dass die Begegnung mit ihm ein Abschluss wäre, doch seltsamerweise fühlte sie sich wie ein Anfang an.

Beunruhigt von dem Gedanken, nahm sie Ashleys Hand, und sie gingen zusammen zur Terrasse.

14. KAPITEL

ASHLEY

»Das waren die besten Pancakes, die ich je gegessen habe.« Ashley sah überrascht auf ihren leeren Teller. Zum ersten Mal seit dem Unfall hatte sie mit Genuss gegessen.

»Es ist schön, dich essen zu sehen. Ich habe mir schon Sorgen gemacht.« Joanna hatte ihr eigenes Essen kaum angerührt.

War es stressig für sie? Ashley wusste alles über Stress. »Ich glaube, es war einfach nicht genug Platz in mir für Essen und Angst und das Baby.« Der Knoten in ihrem Magen, den sie seit der Autofahrt mit Cliff und vielleicht schon zuvor verspürt hatte, war verschwunden. Sie fühlte sich – sicher? Nein, es war mehr als das. Sie hatte das Gefühl, dass die Menschen Anteil an ihrem Schicksal nahmen. Als wäre sie ihnen wichtig. Greg, Nate und Mel hatten das getan, auch wenn sie Fremde waren. Doch am entscheidendsten von allen: Joanna. Joanna hatte sie gesucht. Joanna war krank gewesen vor Sorge. Wann hatte sich zuletzt jemand um sie gesorgt? »Ich konnte es kaum glauben, als du in das Zimmer kamst. Ich hätte nicht gedacht, dass ich dich wiedersehen würde. Ich habe geglaubt, du wärst erleichtert, dass ich weg bin.«

»Erleichtert? Dein Zettel hat mich zu Tode geängstigt. Ich habe mir ausgemalt, was für furchtbare Dinge dir zugestoßen sein könnten.«

Ashley sah sie an und musste grinsen. »Joanna, meine Mutter ist gestorben, ich bin schwanger, ich habe herausgefunden, dass Cliff Whitman mein Vater ist, ich saß in seinem Auto, das in eine Schlucht gestürzt ist. Und was auch immer du sagst, ich bin sicher, dass ich für seinen Tod ein Stück weit verantwortlich bin. Die Medien halten mich für eine intrigante Erpresserin, und dann habe ich dich in mein erbärmliches Leben reingezogen, was jetzt auch noch auf meinem Gewissen lastet. Wie viel schlimmer könnte es kommen?« Sie bemerkte, wie Joanna nervös ihren Blick über die Terrasse schweifen ließ. »Entschuldigung. Ich hätte leiser sprechen sollen.«

»Warum? Wir verstecken uns nicht. Und wenn du es so siehst …« Joanna lachte auf. »Du hast recht. Es war schlimm. Aber du brauchst meinetwegen kein schlechtes Gewissen zu haben. Ich bin froh, dass das Schicksal uns zusammengeführt hat.«

»Ernsthaft?«

»Ja, ernsthaft. Wo wolltest du überhaupt hin?«

Ashley zuckte die Achseln. War es peinlich, zuzugeben, dass sie gar nicht so weit gedacht hatte? »Ich wollte zurück nach Hause und vielleicht eine Zeit lang bei einem Freund unterschlüpfen, bis ich weiß, wie es weitergehen kann. Ich muss eine Wohnung und einen Job finden. Versuchen, diese ganzen Krankenhausrechnungen abzuzahlen.« Bei dem Gedanken zog sich ihr Magen zusammen – da war sie wieder, die Angst. Ein Berg von Problemen und Herausforderungen lag vor ihr, und sie hatte keine Ahnung, wie sie ihn bewältigen sollte.

»Ich werde dir helfen. Fürs Erste wohnst du hier bei mir, dann ist dieses Problem schon mal gelöst.« Joanna hielt inne. »Also wenn du das möchtest. Aber wenn du lieber woandershin möchtest, dann helfe ich dir, etwas Sicheres und Gemütliches zu finden. Und deine Krankenhausrechnungen sollten aus Cliffs Nachlass bezahlt werden. Schließlich warst du nur seinetwegen dort. Aber überlass das mir. Ich spreche mit meinen Anwälten, und wir entscheiden, wie wir am besten vorgehen.«

»Du hast Anwälte?«

»Ich war zwanzig Jahre mit Cliff verheiratet«, sagte Joanna trocken. »Natürlich habe ich Anwälte. Gute Anwälte, die mich ein Vermögen kosten. Aber vergiss das jetzt. Bist du einverstanden, mit mir in Otter's Nest zu wohnen? Zumindest bis wir herausgefunden haben, wie deine nächsten Schritte aussehen?«

Einverstanden? Ashley dachte voller Sehnsucht an das Strandhaus. Das große gemütliche Bett. Die laue Brise durchs geöffnete Fenster. Dass man in jedem Zimmer das Meer hörte. Ihr eigenes Badezimmer. Paradies. Doch nun ging ihr auf, dass es Joanna war, die den eigentlichen Reiz des Hauses ausmachte. Joanna, die von dem Moment an, in dem sie das Krankenhauszimmer betreten hatte, für sie da gewesen war. Joanna, die es ihr ermöglicht hatte, sich nach ihrem Unfall zu erholen. Joanna, die ihr Bedürfnis, sich vor der Öffentlichkeit zu verstecken, ignoriert hatte, um Ashley zu suchen. Joanna, die ihr von Anfang an mit Mitgefühl und Güte begegnet war.

»Ich habe mich lange nicht mehr so sicher und aufgehoben gefühlt wie bei dir. Du hast mich gerettet. Ich weiß nicht, was ich ohne dich getan hätte.« Ashley stockte immer wieder, während sie versuchte, ihre Gefühle in Worte zu fassen. »Ich bin dankbar. Das ist ein Grund, warum ich gegangen bin. Ich wollte dir das Leben nicht noch schwerer machen.«

»Ich bin dir dankbar.« Joanna lehnte sich in ihrem Sessel zurück und schloss die Augen. »Hör dir das an.«

»Was?« Ashley blickte sich um. Was entging ihr? Ein Paar am Tisch neben ihnen lachte, aus dem Café drang das Klappern von Geschirr, noch mehr Gelächter, dazu das Krachen der Wellen am nahe gelegenen Strand. »Was soll ich mir anhören?«

»Das Leben.« Joanna öffnete die Augen. Sie wirkte ein wenig benommen. »Das normale Leben. Hast du eine Vorstellung, wie lange es her ist, dass ich mich normal fühlte? Ich habe so unfassbar lange in einer kleinen geschützten Blase gelebt. Sicher, es war meine Entscheidung, doch ich meinte, keine Wahl zu haben. Ich wollte keine Aufmerksamkeit, aber dank Cliff stand auch ich immer wieder im Fokus der Öffentlichkeit. Ich habe versucht, so zurückgezogen wie möglich zu leben. Das wurde zu meiner Normalität. Ich habe es nie hinterfragt, nie daran gedacht, das zu ändern. Und dann kamst du, und ich zog dich in meine Welt, um dich zu beschützen.«

»Und ich fühle mich schuldig, dass ich …«

»Unsinn. Du hast mich aus meiner Komfortzone geholt. Ich bin deinetwegen hier.«

»Und das ist … etwas Gutes?«

Joanna beobachtete, wie ein Kleinkind die Arme nach seiner Mutter ausstreckte und hochgenommen wurde. »Ja, das ist etwas Gutes.«

Zu wissen, dass sie Joanna ebenfalls geholfen hatte, beruhigte Ashley ein wenig. »Ich hoffe, du denkst das auch noch, wenn ein Haufen Reporter auftaucht. Sie werden weiter über dich schreiben. Vermutlich üble Dinge. Genauso wie über mich.«

»Wir werden damit fertig.«

Aber wie konnte es richtig sein, dass sie damit »fertigwerden« mussten? In ihr brannte noch immer der Zorn über so viel Ungerechtigkeit. »Wie kannst du so ruhig bleiben? Mich macht das wütend. Es geht sie nichts an, ob meine Mutter mit Cliff geschlafen hat oder mit einem ganzen Basketballteam oder mit dem Kaiser von Schweden …«

Joanna blinzelte. »Ich glaube, Schweden hat keinen Kaiser …«

»Wie auch immer …« Ashley zuckte die Achseln. »Sie haben kein Recht, mein Leben auseinanderzunehmen. Sie sollen sich verpissen.« Sie schlug die Hand vor den Mund und schaute Joanna aus großen Augen an. »Das wollte ich nicht sagen. Glaubst du, dass das Baby das gehört hat?«

Joanna lachte auf. »Falls ja, ist es bestimmt beeindruckt und weiß, dass seine Mutter sich von niemandem herumschubsen lässt.«

Ashley war es peinlich, vor Joanna, die immer so beherrscht war, die Kontrolle verloren zu haben. »Ich werde vor dem Baby nie fluchen. Ich möchte ein gutes Beispiel geben. Ein Vorbild sein.« Das war sie bislang kaum gewesen, oder? Es war an der Zeit, erwachsen zu werden und Verantwortung zu übernehmen. Einer der Gründe, warum sie fortgegangen war, obwohl allein der Gedanke sie vor Angst fast um den Verstand gebracht hatte.

»Ich glaube, indem du für dich einstehst und Selbstachtung zeigst, bist du ein gutes Beispiel. Und ich werde diesem Beispiel folgen. Wenn mir das nächste Mal ein Reporter zu nah kommt, sage ich ihm vielleicht, dass er …« Sie atmete tief durch. »Dass er …«

»Du wirst es nie sagen. Du bist zu höflich.« Ashley grinste bei der Vorstellung. »Die Hauptsache ist, dass wir uns nicht wegen Menschen, die wir nicht einmal kennen, weiter verstecken.«

»Nein.« Joannas Stimme klang kräftiger. »Das werden wir nicht.«

»Und ja, sie schreiben schreckliche Dinge, aber wenn wir uns versteckt halten, haben sie gewonnen.«

»Ja.«

Ashley sah sie an. »Und wir wollen nicht, dass sie gewinnen.«

»Wollen wir definitiv nicht.«

Ashley widerstand der Versuchung, die Faust zu recken, und biss stattdessen in eine Erdbeere. Sie und Joanna waren ein Team. Sie standen auf derselben Seite. »Dann sind wir uns einig? Ich komme zurück und wohne in deinem wunderbaren Strandhaus, und im Gegenzug zwinge ich dich, in Cafés herumzusitzen, shoppen zu gehen und am Strand zu joggen und all das zu tun, was du bisher vermieden hast. Und wenn dich irgendjemand auch nur schief ansieht, bekommt er es mit mir zu tun. Ich halte ihm eine Standpauke.«

»Hast du vor, in deiner Standpauke noch etwas anderes als Schimpfwörter zu verwenden?«

»Das hängt von ihrem Verhalten ab.«

Joanna lächelte. »Ich hätte dich vor Jahren als Medienbeauftragte einstellen sollen. Oder vielleicht als meine Leibwächterin.« Sie wirkte nun entspannter. Als hätte sie vergessen, dass sie auf der Terrasse saß und von jedem gesehen werden konnte. Ashley hoffte, dass keine Horden von Reportern auf dem Weg in die Stadt waren und all das wieder änderten. Sie wollte nicht, dass Joanna sich wieder in ihrem Zuhause verkroch. Es war schön, sie im Sonnenschein sitzen zu sehen, mit einem köstlichen Kaffee vor sich. Das Wissen, dass sie dazu beigetragen hatte, machte sie stolz.

Joanna hatte sie beschützt und ihr geholfen, und jetzt war sie entschlossen, Joanna zu beschützen und ihr zu helfen.

»Ich kümmere mich um die Pressefuzzis. Du brauchst keinen Leibwächter. Du hast Greg, Nate und Mel auf deiner Seite. Du hättest sie sehen sollen. Sie haben eine Menge Leute angerufen und gebeten, dass sie sich melden, wenn sie jemand Verdächtiges oder irgendjemanden mit Kameras sehen.« Sie beobachtete, wie sich Joannas Miene veränderte.

»Das haben sie getan?«

»Ja, ich habe es gehört. Ich wusste nicht, dass du hier so viele Verbindungen hast. Du hattest doch gesagt, du seist seit Ewigkeiten nicht mehr hier gewesen.«

»War ich auch nicht.«

Warum nicht? Ashley konnte sich keinen Reim darauf machen. »Ich wollte immer Teil einer Gemeinschaft sein. Wo ich herkomme, haben sich alle nur um sich selbst gekümmert. Ich wette, du kanntest jeden, der hier aufgewachsen ist?«

»Ja.« Joanna spielte mit ihrer Tasse. »Jeden.«

»Das muss toll gewesen sein. Jetzt, da du dich nicht länger versteckst, muss es einen Haufen Leute geben, mit denen du wieder Verbindung aufnehmen kannst.«

»Nicht wirklich. Zwanzig Jahre sind eine lange Zeit. Wir haben uns alle weiterentwickelt.«

Und dennoch lag Joanna diesen Menschen eindeutig am Herzen. Wusste sie das nicht?

»Ich war ein bisschen erschrocken, als Greg neben mir hielt. Er kannte meinen Namen und wusste, wer ich bin. Mel hatte mich gesehen und ihn angerufen. Ich wette, er ist ein guter Cop.« Sie sah, wie Joanna tief einatmete.

»Der beste, dessen bin ich sicher. Greg ist freundlich. Ausgeglichen und geduldig. Mel kann wie eine wandelnde Bombe sein, und Greg war seit unserer Kindheit da, um sie zu entschärfen.«

Sie kannte sie gut. Und dennoch hatte sie nicht vorgehabt, sie wiederzusehen.

»Wie auch immer …« Wenn sie weiterredete, würde Joanna vielleicht auch nicht aufhören. »Er brachte mich her und sagte Nate, dass er das Büro brauche. Sie kennen einander offenbar auch gut.«

»Ja. Sie sind zusammen aufgewachsen.«

Ashley nickte. »Das passt. Wir haben uns hingesetzt, und Greg fragte, was geschehen sei und warum ich allein an der Straße gestanden hab. Ich wollte erst nichts sagen, doch er war so freundlich. Also habe ich ihm alles erzählt. Auch weil ich so wütend und aufgewühlt und verängstigt war. Die Worte purzelten einfach so heraus. Ich erzählte ihm von Cliff. Von meiner Mom. Wie du diese ganzen Reporter vor deinem Haus mitten in der Nacht ausgetrickst hast.« Sie sah, wie Joanna sich versteifte. »Das war das einzige Mal, dass er eine Reaktion zeigte. Als ich erzählte, wie du dich verkleidet hast und im Dunkeln durch den Wald entkommen bist und einen Wagen genommen hast, der nicht auf dich registriert war.«

»Hast du ihm das erzählt?«

»Ja. Und er wurde ganz schmallippig. Ich schätze, es lag an dieser Sache mit dem dunklen Wald. Er hat sich Sorgen um dich gemacht. Ich habe ihn darauf hingewiesen, dass sich die eigentliche Bedrohung sichtbar vor dem Haus befand und der nächtliche Spaziergang durch die Wildnis dagegen ein Kinderspiel war. Ich glaube, so hatte er es noch nicht gesehen.«

»Dessen bin ich sicher.« Joanna schob ihre Tasse von sich. »Was hat er noch gesagt?«

»Dass es falsch sei, dass du glaubst, so leben zu müssen. Und dann erzählte ich ihm von dem Artikel, und er las ihn, was ziemlich unangenehm war. Ich wartete darauf, dass er wissen wollte, ob ich tatsächlich eine Erpresserin sei, doch das tat er nicht. Er beachtete den Artikel kaum, sondern fragte mich noch mehr über mich. Ich sagte, dass ich fortgehen wollte, ohne zu sagen, wohin, weil ich dir das Leben nicht noch schwerer machen wollte. Und er meinte, so wie er dich kennt, würdest du dich zu Tode sorgen. Er fragte, ob ich einverstanden sei, wenn er dich anruft. Ich fand die Frage sehr rücksichtsvoll.«

»Sehr rücksichtsvoll.«

»Mel sagte, dass sie dich anrufen würde, und Greg sagte, dass ich mich nicht wegen der Reporter sorgen solle, weil er sich um alles kümmern würde. Und dann kam Nate mit heißer Schokolade herein. Aber ich konnte sie nicht trinken, weil mir übel war von dem ganzen Stress. Greg erzählte ihm, was passiert war, und bat ihn, bei mir zu bleiben, während er mit jemandem aus seinem Team sprach, um sich zu vergewissern, dass niemand von der Presse in der Stadt aufgetaucht war.«

»Er hat dich mit Nate allein gelassen?«, fragte Joanna beiläufig.

Ein bisschen zu beiläufig?

»Ja. Ich sagte ihm, dass er zurück an die Arbeit gehen könne, doch er meinte, es sei alles unter Kontrolle und er würde um diese Zeit immer eine Pause machen. Was vermutlich nicht stimmte, aber es war nett, das zu sagen.« Sie beobachtete Joannas Miene. »Er war auch nett.«

»Ich … gut.«

»Wir redeten.« Ashley nahm eine weitere Erdbeere aus der Schüssel vor Joanna. »Sehr viel.«

»Tatsächlich? Worüber?«

»Meistens über dich.« Sie sah, wie sich Joannas Miene veränderte.

»Über mich?«

»Na ja, zuerst habe ich über mich geredet, weil ich wütend war wegen des Artikels und jemanden brauchte zum Rumschimpfen. Mein Leben war immer ganz normal, doch seit Kurzem ist es ein einziges Drama. Ich bin nicht sicher, ob ich fürs Drama geeignet bin ...«

»Wer von uns ist das schon?«

»Weiß ich nicht. Ich bin es definitiv nicht. Ich habe keine Ahnung, warum jemand berühmt sein und sein Leben der Öffentlichkeit zum Fraß vorwerfen will. Du hast zwei Jahrzehnte damit gelebt, da ist es umso erstaunlicher, dass du nicht noch verkorkster bist. Wie auch immer, Nate wollte alles über dich wissen, und am Anfang habe ich dichtgemacht und nichts gesagt, weil ich dachte, er könnte die Presse oder so anrufen. Es fällt mir grad schwer, Menschen zu vertrauen. Doch dann begann er, über die Vergangenheit zu reden, darüber, wie ihr zusammen aufgewachsen seid und euch gut kanntet und dass er oft an dich gedacht hat. Er sagte, er hätte sich Sorgen um dich gemacht.« Ashley musterte Joanna und fragte sich, wie behutsam sie vorgehen musste. »Er schien sehr interessiert an dir. Er stellte mir viele Fragen darüber, wie es dir geht und was du gemacht hast.«

»Hat er das?«

»Ja. Und er hat nach Cliff gefragt und gesagt, dass die ganze Sache schwer für dich gewesen sein muss.«

»Und was hast du ihm erzählt?« Sie fragte in einem Ton, als wäre sie nicht allzu interessiert an der Antwort, doch Ashley wusste, dass das nicht stimmte.

»Ich habe ihm gar nichts erzählt. Ich sagte ihm, dass er dich selbst fragen müsste, wenn er was wissen wolle, und er sagte, das hätte er vor.« Sie beobachtete Joannas Gesicht. »Er ist wirklich heiß. Ich meine natürlich für jemanden, der älter ist. So wie er über dich geredet hat ...« Sie konnte es genauso gut direkt sagen. Sie und Joanna hatten schon über so viele persönliche Dinge gesprochen, also warum nicht auch darüber? »Ihr wart zusammen, oder? Als du noch hier gelebt hast?«

Joanna versteifte sich. »Ich weiß nicht, wie du darauf kommst, dass ...«

»... dass zwischen euch beiden eine Verbindung besteht? Ich habe doch Augen im Kopf. Der Moment, als ihr euch gegenüberstandet – ich kann Schwingungen gut spüren.«

»In diesem Fall irrst du dich. Da waren keine Schwingungen.«

»Aber als ich dir gestern Abend von Jon erzählte und dass wir beste Freunde waren und zusammen aufgewachsen sind, da hattest du diesen Ausdruck im Gesicht. Nate und du wart das auch, oder? Ihr wart beste Freunde.« Sie bemerkte, wie eine leichte Röte in Joannas Wangen stieg, und wusste, dass sie recht hatte. Sollte sie das Thema fallen lassen? Vielleicht, doch die Aussicht, mit jemandem zu sprechen, die um den schwierigen Übergang von Freundschaft zu Romanze wusste, war zu verlockend. »Wenn du einige kluge Worte zu dem Thema hättest, würde ich sie gern hören. Ich brauche jede Hilfe, die ich kriegen kann.«

»Kluge Worte?« Joanna lachte, und Ashley blickte sie überrascht an.

»Was? Warum lachst du?«

»Weil du ausgerechnet mich um Rat in Sachen Romantik bittest.«

Ashley grinste ebenfalls. »Man sagt, man lernt aus seinen Fehlern.«

»Und du willst aus meinen lernen?« Joanna schüttelte den Kopf. »Ich glaube nicht, dass ich dir was beibringen kann außer vielleicht: Tu nicht, was ich getan habe.«

»Aber Nate – erzähl mir von Nate.«

»Da gibt es nichts zu erzählen«, sagte Joanna ausweichend. »Ich habe ihn zwanzig Jahre nicht gesehen.«

Damit niemand sie hören konnte, beugte Ashley sich vor. »Als du in das Zimmer kamst, war das wie im Kino. Du bist gestolpert, er hat dich aufgefangen, ihr habt einander angesehen. Ich habe noch nie erlebt, dass sich zwei Menschen auf diese

Weise angesehen haben. Ihr wart wie aneinandergeklebt. Es war wie – ich weiß nicht –, wie ein elektrischer Schlag oder so etwas. Ich dachte, dass gleich eine Harfe spielt. Ich wollte sagen: Hey, ich bin hier drüben, aber keiner von euch beiden hätte mich bemerkt.«

»Das ist wirklich nicht …« Joanna rutschte verlegen auf ihrem Stuhl hin und her. »Ich habe mir Sorgen um dich gemacht. Habe an dich gedacht.«

»Ich weiß, und ich bin dankbar dafür, doch in dem Moment hast du nicht an mich gedacht. Du hast an nichts anderes als an ihn gedacht, und das kann ich dir nicht mal verdenken.« Ashley grinste sie an. »Seine blauen Augen sind wirklich umwerfend. Und er hat gute Schultern. Mit ihm und Greg käme definitiv kein Reporter durch die Tür.«

»Könntest du bitte aufhören?« Joanna sah sich nervös um. »Nate und ich kannten uns, ja. Aber das ist zwanzig Jahre her. Wir sind in dieser Kleinstadt aufgewachsen und nur selten rausgekommen. Ich war mit Greg, Nate und Mel befreundet. Eng befreundet.«

Ashley wusste, dass das, was sie gesehen hatte, viel tiefer ging als Freundschaft. »Greg war mit Mel zusammen. Und du mit Nate.«

Joanna fiel der Löffel auf den Boden, und sie hob ihn verlegen auf. »Ashley …«

»Das würde einiges erklären. Du kamst durch die Tür und hast ihn zum ersten Mal seit zwanzig Jahren gesehen.«

»Ashley …«

»Das Wiedersehen muss dir bevorgestanden haben, aber du hast es dennoch getan.« Die Puzzleteile fielen an ihren Platz, und sie begriff, wie belastend diese Begegnung für Joanna gewesen sein musste. »Du hast das um meinetwillen auf dich genommen. Du hast das für mich getan.« Sie empfand eine Mischung aus Mitgefühl und schlechtem Gewissen. »Hat dir davor gegraust? Nate wiederzusehen?«

»Ich habe nicht viel darüber nachgedacht.« Joanna fuchtelte mit dem Löffel herum und legte ihn dann auf den Tisch. »Ehrlich gesagt hat mir seit meiner Ankunft hier davor gegraust. Otter's Nest und dieser ganze Ort sind voller Erinnerungen für mich. Es ist wie eine Zeitreise in die Vergangenheit.«

»War Nate einer der Gründe, warum du das Haus nicht verlassen wolltest?« Sie sprach jetzt mit gedämpfter Stimme und blickte über Joannas Schulter, doch von Nate gab es keine Spur.

»Vielleicht. Vor allem wollte ich mir die Reporter vom Leib halten, aber ich hatte es definitiv nicht eilig, jemandem aus meinem alten Leben hier über den Weg zu laufen. Und dann tauchte Mel auf. Das hatte ich nicht erwartet.«

»Ihr standet euch nah. Sie war deine beste Freundin. Ihr habt euch alles anvertraut. Habt einander die Haare geflochten. Habt euch gegenseitig geschminkt. Und du hast ihren Bruder gedatet.« Ashley lehnte sich zurück. »Als du Nate gesehen hast, kam bestimmt ganz viel aus der Vergangenheit wieder hoch. Das muss ein unangenehmer Moment gewesen sein. Ich überlege dauernd, was ich sagen und tun werde, wenn ich Jon wiedersehe, denn ich schätze, das wird irgendwann geschehen. Und natürlich hoffe ich, dann gut auszusehen und ein bisschen Zeit zur Vorbereitung zu haben, damit ich nicht mit irgendwas rausplatze, das ich den Rest meines Lebens bereue. Aber allein der Gedanke daran macht mich krank. Er hat jede Menge Sprachnachrichten auf meinem Handy hinterlassen.«

»Was hat er gesagt?«

»Ich weiß nicht. Ich habe sie nicht abgehört, weil ich Angst habe und feige bin, und wenn ich sie anhöre, dann war's das. Im Moment kann ich noch davon träumen, dass alles in Ordnung kommt.«

»Er macht sich vermutlich Sorgen um dich.«

»Nein. Ich habe ihm eine Nachricht geschickt, dass es mir gut geht und ich bald anrufe. Ich will nicht, dass er sich Sorgen macht. Obwohl ich mich davor fürchte, ihn wiederzusehen. Ich glaube nicht, dass ich so cool sein werde wie du mit Nate. Warst du nervös?« Ihr wurde klar, dass die letzten vierundzwanzig Stunden für Joanna mindestens so anstrengend gewesen sein mussten wie für sie selbst. »Wie hast du dich gefühlt, als du ihn wiedergesehen hast?«

»Ich weiß nicht. Möchtest du noch was zu essen?«

»Nein danke.« Ashley dachte nicht an Essen. »Hat er sich sehr verändert?«

»Zwanzig Jahre sind eine lange Zeit. Wir haben uns alle verändert.«

»Aber ihr habt beide noch Gefühle füreinander. Das war offensichtlich.«

Joanna schlug die Beine übereinander. »Müssen wir darüber sprechen?«

»Nicht, wenn du es nicht möchtest. Aber je mehr ich erfahre, desto geringer ist die Wahrscheinlichkeit, dass ich das Falsche sage.«

Joanna lächelte schwach. »Vielleicht könntest du einfach gar nichts sagen?«

»Ich bin nicht wirklich der schweigsame Typ.«

»Was ich inzwischen bestätigen kann.« Joanna seufzte. »Ich hatte Nate seit dem Tag, an dem er unsere Beziehung beendete, nicht mehr gesehen. Das letzte Mal am Strand, wo er Whitney küsste.«

»Whitney?«

»Sie hatte blondes Haar und war sehr schön.«

Joanna ist schön, dachte Ashley. »Ich finde, du hast den heutigen Tag hervorragend gemeistert. Und du hast mit dem offenen Haar übrigens toll ausgesehen. Nimm das, Whitney, würde ich sagen. Du solltest es immer so tragen. Es steht dir. Nate fand das auch. Und er hat definitiv nicht an Whitney gedacht, als du reinkamst.«

»Du kannst nicht wissen, woran er dachte.«

»Ich habe doch vorhin schon gesagt, dass ich gesehen habe, wie ihr euch angeschaut habt.«

»Glaubst du, er hat es bemerkt?«

»Ich bin nicht sicher. Vermutlich. Spielt das eine Rolle?«

»Ja, es spielt eine Rolle. Er sollte nicht denken ...«

»... dass du interessiert bist. Bist du es?«

»Eindeutig nicht.«

»Warum nicht? Nach zwei Jahrzehnten mit Cliff verdienst du ein bisschen Spaß und Romantik. Warum nicht Nate? Er ist nicht verheiratet. Ich habe Mel witzeln gehört, dass er für immer Single bleiben würde. Also, was auch immer mit Whitney war, es hat nicht gehalten. Oh, du hast deinen Kaffee verschüttet.« Sie beugte sich vor und tupfte die Flecken mit ihrer Serviette auf. »Halt die Hände still. Du hast übrigens einen guten Männergeschmack.«

»Ich habe Cliff geheiratet.«

Ashley zerknüllte die Serviette und zuckte die Achseln. »Wir vermasseln es alle mal. Das werden wir hinter uns lassen.«

»Wir?«

»Ja. Du sagtest, du wärst dankbar, dass ich dich dazu gebracht habe, dein Leben zu überdenken. Hier sitzen wir und essen Pancakes an einem Tisch mit Aussicht aufs Meer. Als Nächstes helfe ich dir mit deinem Liebesleben.«

»Wirklich, ich brauche keine ...«

»Brauchst du, Joanna. Brauchst du wirklich. Du brauchst meine Hilfe. Ich bin gut darin, Leute zusammenzubringen. Ich habe einen untrüglichen Instinkt bei diesen Dingen.«

»Ashley, das ist sehr lieb, aber ...«

»Hast du jemals online gedatet?«

Joanna sah sie an, als hätte sie vorgeschlagen, nackt auf der Main Street zu tanzen. »Nein. Ich habe Dating nie versucht, weder online noch persönlich. Warum guckst du so?«

Ashley beugte sich vor. »Gar kein Dating?«

»Nein. Warum überrascht dich das? Wann hätte ich das tun

sollen? Ich war mit Cliff verheiratet. Ich habe mein Ehegelübde sehr ernst genommen, auch wenn er das nicht tat.«

»Aber du bist seit einem Jahr geschieden …« Sie beugte sich vor, als die Ungläubigkeit über ihr Taktgefühl siegte. »Willst du damit sagen, dass du seit deiner Scheidung kein einziges Date hattest?«

»Ja.«

»Du hattest kein einziges Date? Nicht mal ein schlechtes?«

»Ich hatte eine Vorahnung von schlechten Dates und deshalb beschlossen, das ein für alle Mal bleiben zu lassen. Nach der Ehe mit Cliff war eine Beziehung wirklich das Letzte, was ich wollte. Es gab Zeiten, in denen sich meine Ehe wie ein einziges langes schlechtes Date anfühlte.«

Warum also hatte sie Cliff nicht früher verlassen?

Nein, das würde sie nicht fragen. Die Frage war zu intim für einen so öffentlichen Ort. Jeder konnte zuhören.

»Du hattest eine miese Zeit mit Cliff«, sagte Ashley. »Es wird Zeit, dass du Spaß hast. Du verdienst ihn. Ich rede nicht von schlechten, sondern von schönen Dates.« Sie streckte die Hand aus und schnappte sich noch eine Erdbeere aus der Schüssel vor Joanna.

»Hör auf, Ashley!« Joanna klang verzweifelt. »Eine Romanze ist im Moment das Letzte, was ich will. Ich bin nicht interessiert.«

»Das liegt daran, dass du so lange mit Cliff verheiratet warst und vergessen hast, wie man ein normales Leben lebt.« Ashley nahm sich noch eine Erdbeere. »Die sind köstlich. Du solltest sie probieren.«

»Ich bin nicht hungrig.«

»Weil die Begegnung mit Nate dir auf den Magen geschlagen ist?« Vielleicht sollte sie das Online-Dating verschieben. Womöglich befand sich Joannas Date direkt hier im Café. »Du hast etwas empfunden, als du ihn gesehen hast. Das lässt doch tief blicken, meinst du nicht?«

»Nein, meine ich nicht. Ich finde es …« Joanna atmete tief durch. »Ich weiß zu schätzen, was du da tust, aber ich möchte kein Date. Ich verlasse gern Otter's Nest und verstecke mich nicht länger – shoppen gehen, alles, was du willst. Aber ich möchte kein Date. Ich kann das derzeit nicht gebrauchen.«

»Ich versteh das nicht. Du bist vierzig. Dein halbes Leben liegt noch vor dir, und du verhältst dich, als wäre es vorbei.«

»Nicht vorbei.« Joanna runzelte die Stirn. »Aber ich glaube nicht, dass Dating ein wichtiger Teil meiner Zukunft sein wird. In der Beziehung bin ich eine Versagerin.«

Ashley starrte sie entgeistert an. »Eine Versagerin? Machst du Witze? Du bist eine Inspiration.«

»Ich habe eine Menge schlechter Entscheidungen getroffen. Und ich habe mein halbes Leben damit verbracht, wegen eines Mannes unglücklich zu sein. Ich habe vor, die nächsten paar Jahre ohne Mann glücklich zu sein. Du bist jung. Ich erwarte nicht, dass du das verstehst. Du glaubst noch an Sonnenuntergänge und Happy Ends. Du glaubst, Romanzen verlaufen wie im Film.«

»Joanna, ich bin schwanger von einem Mann, mit dem ich nicht einmal offiziell zusammen bin. Mein Vater war ein notorischer Frauenheld, und meine Mutter hatte eine Affäre mit ihm, als er mit dir verheiratet war. Ich glaube, Romanzen sind fehlerhaft. Ich weiß, dass Dinge schlecht laufen können. Aber das bedeutet nicht, dass Dinge nicht auch gut laufen können. Und Dating muss nichts Ernstes sein. Dating kann leicht sein und Spaß machen.«

»Ich hatte kein leichtes und spaßiges Date mehr, seit ich sechzehn war.« Joanna sah Dating als etwas potenziell Traumatisches. Als etwas, das mehr Schwierigkeiten brachte, als es wert war.

Im Moment fühlte sich Ashley älter und abgeklärter als Joanna. »In dem Fall erzähle ich dir meine Regeln. Mit der Zeit willst du vermutlich deine eigenen Regeln aufstellen, doch bis auf Weiteres kannst du dir meine ausleihen. Ich glaube, sie sind idiotensicher.«

»Du hast Regeln?«

»Natürlich. Auch wenn ich meistens nicht mal an sie denke. Das ist Instinkt.«

»Du hast instinktive Regeln fürs Dating.«

»Ja. Regel Nummer eins …« Ashley hob einen Finger. »Bringt er dich zum Lachen? Das ist die einzig wichtige Frage. Du wirst keinen Spaß haben, wenn dein Date dich nicht zum Lachen bringt.« Es schien Ewigkeiten her, dass sich ihr Leben um einfache Dinge wie ihre Dating-Regeln gedreht hatte. Ewigkeiten, dass die Treffen mit ihren Freundinnen und die Gespräche über Mode und Musik in ihrem Leben Priorität gehabt hatten.

»Lachen. Richtig.« Joanna nickte. »Regel Nummer zwei?«

»Er muss zuhören können. Ich verschwende keine fünf Minuten mit jemandem, der lieber auf sein Handy starrt oder sich nach anderen Frauen umguckt, während ich vor ihm sitze. Entweder bin ich in dem Moment die interessanteste Sache in seinem Leben, oder ich bin weg.«

»Lädt dich jemand zum Date ein, oder haben alle zu viel Angst?«

Ashley grinste. »Ich verlange Respekt, das ist richtig. Meine Mutter hat mir das beigebracht, was es noch viel merkwürdiger macht, dass sie eine Affäre mit Cliff hatte.«

»Cliff konnte diese Dinge«, sagte Joanna. »Cliff konnte eine Frau zum Lachen bringen. Und er konnte zuhören und ihr das Gefühl geben, die einzige Frau auf der Welt zu sein.«

»Aber? Es muss ein Aber geben.«

»Aber er meinte es nicht so. Das gehörte alles zu seinem Spiel. Eine Täuschung. Ich weiß nicht, wie man eine Täuschung erkennt. Wenn ich mehr gedatet hätte, als ich jung war, wüsste ich das vielleicht.«

»Wie viele Männer gab es vor Cliff?«

»Einen.«

»Einen? Sprechen wir von Nate?« Es musste noch ernster gewesen sein, als sie gedacht hatte. »Und das war schön?«

»Es war schön, bis es nicht mehr schön war.«

»Warum hat er Schluss gemacht?«

Joanna beugte sich vor. »Ashley, wir sitzen auf der Terrasse seines Restaurants.« Ihre Stimme war kaum hörbar. »Die Situation ist so schon unangenehm genug. Wenn er dieses Gespräch mithört, muss ich mich wieder verstecken. Lass uns über etwas anderes reden.«

»Okay. Wir reden über deine Dating-Pläne. Lass uns ein Profil für dich anlegen.«

»Kein Dating. Mir machen Beziehungen keinen Spaß. Sie stressen mich.«

Ashley dachte an Jon, an ihre Ausflüge ins Kino, wo sie sich Popcorn teilten und lachten. Sie hatten nicht wirklich gedatet, doch sie hatten zusammen Spaß gehabt. Das war es, was Joanna brauchte. Jemanden, mit dem sie Spaß haben konnte. Und der ein Freund war. Ashley hatte den Eindruck, dass es Joanna daran am meisten mangelte. An guten Freunden.

»Okay. Ich sage nichts mehr.« *Für den Moment.* Ashley streckte die Hand aus und legte sie auf Joannas. »Du solltest etwas essen. Wenn du deinen Teller nicht leer machst, wird er dich fragen, was dir den Appetit verschlagen hat. Willst du das wirklich?«

Joanna seufzte und griff zu ihrer Gabel. »Gut. Ich esse.«

Ashley beschloss, dass ein Themenwechsel angebracht war. »Meintest du es ernst, dass du dich nicht mehr verstecken willst? Weil ich mich zu gern im Ort umschauen würde. Er ist hübsch, und im Schaufenster von einem der Läden habe ich ein süßes Kleid gesehen.« Sie wollte gern etwas gegen Joannas »Uniform« aus Jeans und weißem T-Shirt tun, doch eins nach dem anderen.

»Wir können shoppen gehen.«

Ashley wollte gerade antworten, als Mel am Tisch auftauchte.

211

»Wie geht es euch beiden?« Sie schien ein bisschen verhalten, als wäre sie nicht sicher, wie willkommen sie war. »Kann ich euch noch was zu trinken holen? Irgendwas?«

Joanna schüttelte den Kopf. »Wir haben alles, danke, Mel.«

War das alles, was sie sagen wollte? Zu einer Frau, die einst ihre beste Freundin gewesen war?

Ashley begriff, dass Joanna Angst hatte. Angst, jemandem zur Last zu fallen. Angst, wieder verletzt zu werden. Dates. Freundschaft. All das erforderte das Gleiche – die Bereitschaft, sich verletzlich zu machen. Und das brauchte Vertrauen. Joanna hatte ihr Vertrauen in Menschen verloren.

Ashley sprang ein. »Wollen Sie sich kurz zu uns setzen?« Sie bemerkte, wie Joanna sich versteifte, ignorierte es aber. »Wir wollen shoppen gehen. Wo kann man das am besten tun?«

»Geht es um Kleidung?« Mel setzte sich. »Die Ocean Boutique. Sie gehört Rosa, die mit uns in der Schule war. Sie hat ein gutes Auge. Ihre Auswahl ist großartig. Dort solltet ihr anfangen. Wenn ihr da nichts findet, könnt ihr Rags to Riches probieren. Die Sachen sind aber ein bisschen formeller. Ich freu mich, dass ihr in die Stadt geht. Was habt ihr sonst noch geplant?«

Joanna schüttelte den Kopf. »Nichts.«

»In dem Fall solltet ihr zu uns kommen. Greg und ich wohnen in einem der Häuser unten am Meer. Wir veranstalten morgen ein Barbecue. Das wäre eine Gelegenheit, uns auf den neuesten Stand zu bringen, Joanna. Das würde mich sehr freuen.« Unsicher hielt sie inne, und Ashley begriff, dass nicht nur Joanna nervös war.

Joanna runzelte die Stirn. »Ein Barbecue?«

»Ja. Ihr könntet unsere Tochter kennenlernen, Eden.« Mel lächelte Ashley an. »Wir haben Familienabend, und sie würde sich so freuen, mit jemandem in ihrem Alter zu sprechen statt mit ihren Eltern und ihrem Onkel.«

Familienabend. Ashley verspürte einen Stich. Für sie klang das wundervoll, doch Joanna runzelte noch immer die Stirn.

»Nate wäre auch da?«

»Ja.«

»Ich glaube nicht ...«

»Es klingt toll«, schaltete sich Ashley ein, bevor Joanna das verderben konnte, was sich nach einem perfekten Abend anhörte. »Wir werden da sein. Um welche Zeit? Was sollen wir mitbringen?«

»Kommt gegen sieben.« Mel stand auf. »Bringt euch selbst mit, sonst nichts. Und vielleicht Badekleidung, falls wir schwimmen gehen.«

»Sieben Uhr. Badekleidung. Verstanden.« Ashley strahlte. »Danke, Mel.«

Mel verschwand wieder im Café, und Joanna sah ihr verzagt nach.

»Warum hast du zugesagt?«

»Weil ich ein Teenager bin und das Leben in letzter Zeit viel zu schwer war. Ich brauche Ablenkung. Ich brauche Unterhaltung, und Familienabend klingt gut. Und weil du nicht gegangen wärst und dies die perfekte Gelegenheit für dich ist, Zeit mit ...« Fast hätte sie Nate gesagt, fürchtete aber, dass Joanna dann nicht gehen würde. »Zeit mit deinen Freunden zu verbringen und dich zu entspannen.«

»Ich glaube nicht, dass das entspannend wird. Eher anstrengend.«

»Ein Barbecue mit Blick aufs Meer? Wie kann das anstrengend sein?«

»Nicht das Essen ist anstrengend, die Menschen sind es. Und die Umstände. Wir benehmen uns, als wären wir alte Freunde, aber wie haben zwanzig Jahre nicht miteinander gesprochen.«

Ashley hätte fast gesagt: Dann ist es höchste Zeit, doch das erschien ihr unhöflich. »Es ist nur ein Barbecue. Es könnte nett werden, und falls nicht, gehen wir eben.«

»Du würdest gehen?«

»Ja. Wir können ein Signal ausmachen, so wie meine Freundinnen und ich das tun, wenn wir auf Dates gehen. Wir können den Notfallknopf drücken.« Sie hatte nicht vor, den Knopf zu drücken. »Aber da dies kein Date ist und nur ein paar Leute da sein werden, glaube ich nicht, dass das nötig sein wird. Es wird nett werden. Aber ich brauche etwas zum Anziehen.« Und du auch, fügte sie im Geist hinzu. »Lass uns die Boutique ausprobieren, die Mel vorgeschlagen hat. Wir könnten gleich hingehen, bevor ein Haufen Reporter auftaucht.« Sie sollte das Geld, das sie hatte – und das war wenig genug – vermutlich für das Baby aufsparen, doch darum würde sie sich später kümmern. Das bisschen, was sie für Kleidung ausgeben würde, konnte ihr Problem sowieso nicht lösen. Die Panik, die sie seit der Autofahrt mit Cliff verfolgte, wurde stärker. Sie zwang sich, tief einzuatmen und sie zu ignorieren.

Nate erschien an ihrem Tisch. »Wie waren die Pancakes?«

»Großartig, köstlich, die besten überhaupt.« Ashley war dankbar für die Ablenkung. »Danke für alles.«

»Natürlich.« Nate räumte das Geschirr zusammen. »Was habt ihr jetzt für Pläne?«

»Wir gehen shoppen«, antwortete Ashley rasch, bevor Joanna etwas anderes sagen konnte. »Ich brauche etwas zum Anziehen.«

»Und Joanna braucht zweifellos Bücher.« Nate warf ihr einen Blick zu und Ashley dachte: Er kennt sie.

»Ja, Bücher.«

»Greg hat herumgefragt. In der Stadt gibt es keine Spur von Reportern oder Fotografen. Also könnt ihr beruhigt herumspazieren, wenn euch danach ist. Und wenn ihr hungrig werdet, kommt zum Mittagessen zurück. Der Shrimp-Salat ist gut.« Er hielt inne. »Niemand wird dich belästigen, Jo. Nicht mit Greg, der jederzeit das Gesetz vertritt, und nicht mit Mel und ihrem Temperament hinter dir.«

Er hat sie Jo genannt, dachte Ashley. Nicht Joanna. Jo.

Joanna blickte ihn direkt an. »Und was ist mit dir? Was trägst du zu der Beschützerfront bei?«

»Ich weiß nicht.« Nate lächelte. »Macadamia-Cookies?«

Dieses Lächeln. Wenn Nate ein bisschen jünger und sie nicht heimlich in Jon verliebt wäre, hätte Ashley selbst ein Auge auf ihn geworfen.

Auch an Joanna ging das Lächeln nicht spurlos vorüber, wenn sie die Röte auf ihren Wangen richtig deutete. Sie war normalerweise so gefasst, doch im Moment wirkte sie wie ein verlegener Teenager.

Entweder lag das daran, dass ihr die Begegnung mit Nate unangenehm war oder dass sie ihn attraktiv fand.

Es musste merkwürdig sein, jemandem zu begegnen, den man einst geliebt hatte. Und es schien nicht so, als würden sie sich hassen.

Aber Joanna war Cliff all die Jahre treu gewesen. Und sie fand, dass Beziehungen zu viele Schwierigkeiten mit sich brachten. Und Joanna wollte nicht daten.

»Wir sind vielleicht zu sehr mit Shoppen beschäftigt, um es zum Mittagessen zu schaffen«, sagte Ashley. »Aber wir sehen uns morgen Abend beim Barbecue. Mel hat uns eingeladen.« Vielleicht, dachte sie, kann ich Joanna davon überzeugen, ihr soziales Leben zu erweitern, indem ich sie langsam daran gewöhne. Ein Barbecue war kein Date. Aber vielleicht würde es dazu werden?

Welchen Sinn ergab es, ein Dating-Profil anzulegen, wenn sich ein geeigneter Kandidat direkt vor einem befand?

»Wirklich?« Nates Blick wanderte zu Joanna. »Dann freue ich mich darauf, uns auf den neuesten Stand zu bringen.« Als sie ihre Kreditkarte hervorholte, wehrte er sie mit einer Handbewegung ab. »Das Frühstück geht aufs Haus. Wir sehen uns morgen. Ist ein fast roher Cheeseburger immer noch dein Lieblingsessen?«

»Nein«, sagte Joanna. »Ich bin Vegetarierin.«

Joanna war keine Vegetarierin. Ashley hatte sie Fleisch essen sehen. Und Fisch.

»Kein Problem. Ich mache die besten Veggieburger, die du je probiert hast. Bis morgen.« Er entfernte sich, um an einem anderen Tisch eine Bestellung anzunehmen.

Ashley sah Joanna fragend an. »Du bist keine Vegetarierin.«

»Ich könnte es aber sein. Ich habe das schon mal überlegt.«

»Na ja, das ist gut, denn wie es scheint, wirst du morgen einen Veggieburger essen.«

»Gut.« Joanna sah sie entnervt an. »Warum grinst du?«

»Weil ich mich zum ersten Mal seit Monaten nicht mies fühle. Mein Bauch ist voller Pancakes, die Sonne scheint, und ich mag deine Freunde.«

»Gut. Denn du wirst morgen mit ihnen allein sein. Ich gehe nicht hin.«

»Wegen des Veggieburgers?«

»Nein! Nicht wegen des Veggieburgers. Weil ... weil ...«

»Weil du Angst hast. Ich weiß. Verstehe ich auch. Aber es wird toll werden, Joanna. Wenn du diese erste Verlegenheit überstanden hast, wirst du dich amüsieren.«

»Das weißt du nicht.«

»Doch, das weiß ich. Das sind gute Menschen. Was auch immer in der Vergangenheit geschehen ist, du warst früher gerne mit ihnen zusammen. Ich glaube, dass du wieder gern mit ihnen zusammen sein wirst. Falls ich mich irre und du dich nicht amüsierst, darfst du bestimmen, wo wir als Nächstes hingehen.«

Joanna seufzte. »In Ordnung.«

Ashley lächelte und aß die letzten Erdbeeren.

Sie musste nur sicherstellen, dass Joanna sich amüsierte.

15. KAPITEL

JOANNA

Es war ein merkwürdiges Gefühl, wieder in Silver Point zu sein, die hübschen Straßen mit dem Kopfsteinpflaster entlangzugehen, in Schaufenster zu schauen, die teilweise vertraut und teilweise neu waren. Der altmodische Süßwarenladen, den Joanna mit ihrem Vater besucht hatte, war durch eine Galerie ersetzt worden, und an der Ecke des Ocean Drive befand sich ein Coffeeshop, den es damals noch nicht gegeben hatte. Doch vieles war auch noch wie früher. Da war der Geschenkeladen mit seinen skurrilen Auslagen im Fenster. Frozen Flavor, die Eisdiele, in der sie und Mel jede Woche Eis gegessen hatten, und die Schlange reichte wie damals bis auf den Gehweg hinaus. Martinello's, das italienische Bistro, wurde seit drei Generationen von der gleichen Familie geführt. Die Menschen kamen und verliebten sich in die Gegend und blieben. Gerade heute konnte man gut verstehen, warum. Der Morgennebel hatte sich gelichtet, die Sonne schien, und bunte Blüten quollen aus Blumentöpfen und Balkonkästen. Es war märchenhaft schön, doch Joanna fand es fast unmöglich, sich zu entspannen.

Als Ashley anhielt, um in einem Schaufenster ein Paar Ohrringe zu bewundern, sah Joanna sich prüfend um. Es fiel ihr schwer, diese Gewohnheit abzulegen, zumal sie um die drohende Gefahr wusste. Sie würden kommen. Sie wusste, dass sie kommen würden.

Doch das war nicht der vorherrschende Gedanke in ihrem Kopf.

»Wie findest du die blauen?« Ashley deutete auf ein Paar filigraner Ohrringe, und Joanna versuchte, sich zu konzentrieren.

»Sehr schön. Du solltest sie nehmen.« War Nate auch nervös? Hatte er sich ebenso gefühlt wie sie? Es beunruhigte sie, überhaupt etwas zu fühlen nach so vielen Jahren. Woran lag das? War es Nostalgie? Lag es an den Erinnerungen?

Sie war überrascht gewesen, ihn dort als Geschäftsführer zu sehen. Er hatte Ambitionen gehabt. Fernweh. Sie hätte nicht gedacht, dass er schließlich das Familienrestaurant führen würde, dass ihm das Surf Café und Silver Point ausreichen würden. Noch mehr hatte sie allerdings erstaunt, dass Mel ebenfalls dort arbeitete. Sie hatte doch auch andere Pläne gehabt.

Aber galt das nicht für sie alle?

Ihr war inzwischen klar, dass Nate seiner Zwillingsschwester nichts über das Ende ihrer Beziehung erzählt hatte. Und vielleicht war das auch gar nicht so verwunderlich. Nate hatte ihre Beziehung immer abgeschirmt. Du sollst wissen, hatte er mal gesagt, dass das, was zwischen uns geschieht, zwischen uns bleibt. Ich würde mit niemandem darüber sprechen. Mit »niemand« hatte er Mel gemeint, seine Zwillingsschwester. Joanna hatte das gefallen, weil es ihre Beziehung zu etwas Besonderem machte. Bedeutete es doch, dass ein Teil von Nate nur ihr gehörte und niemand anderem. Aber das bedeutete auch, dass er Mel Leid zugefügt hatte, indem er ihr die Wahrheit über ihre Trennung verschwieg, das erkannte Joanna jetzt.

»Ich muss mich zuerst umschauen, ob ich noch etwas anderes sehe. Mein Budget ist klein, deshalb will ich sichergehen, dass ich das Geld gut ausgebe.« Ashley blickte sie an. »Geht es dir gut?«

»Alles in Ordnung.«

»Du wirkst ein bisschen aufgelöst. Hast du Angst, dass uns jemand sehen und die Presse anrufen könnte?«

»Nein.« Dass es nach ihrem stundenlangen Frühstück vor aller Welt fast unvermeidlich war, dass jemand die Presse anrief, sagte sie nicht. »Warum soll ich sie dir nicht kaufen? Ein Geschenk.«

»Nein danke.« Ashley lächelte beherzt. »Du unterstützt mich schon und lässt mich bei dir wohnen. Das ist genug.«

»Dann betrachte das Geld als geliehen, wenn das hilft. Wenn du wieder auf den Füßen bist, kannst du es mir zurückgeben.« Sie hatte nicht die Absicht, sich das Geld wiedergeben zu lassen, doch wenn Ashley so ein besseres Gefühl hatte, war es das Angebot wert.

»Das ist nett, aber ich möchte immer noch erst alles gesehen haben.« Tatsächlich erkundete sie jeden Laden in der Stadt, bewunderte glitzernde Ohrringe, probierte Klamotten an und schwärmte für ein Paar Schuhe.

Joanna blieb dicht bei ihr, sah aus dem Fenster und dachte an Nate, an den Moment, als sie ins Büro gegangen und direkt in ihn hineingelaufen war.

Der unerwartete physische Kontakt hätte sie beinahe flüchten lassen. Nur der Umstand, dass Ashley sie brauchte, hatte sie davon abgehalten.

Sie hatte versucht, nicht in Panik zu verfallen, angesichts der starken Reaktion in ihr. Zuerst hatte sie sich eingeredet, dass es an dem Überraschungsmoment lag, dann an ihrer Angst und zuletzt sogar daran, dass sie nichts gegessen hatte – doch sie wusste, dass nichts davon zutraf.

Sexuelle Anziehung.

Etwas, das sie so lange nicht gespürt hatte, dass sie überrascht war, diese Empfindung überhaupt erkannt zu haben. Doch offenbar vergaß man dieses Gefühl nicht. Zum Glück konnte man es wenigstens verbergen, und sie hatte ihr erstes Zusammentreffen mit Nate hinter sich gebracht, ohne sich zum Narren zu machen. Es war normal, dass sie an die Vergangenheit dachte und daran, wie viel sie miteinander geteilt hatten. Es bedeutete nichts, genauso wenig wie sein warmes Lächeln.

Nate war schon immer ein liebenswürdiger, freundlicher

Kerl gewesen. Er lächelte jeden an. Sorgte dafür, dass sich jeder in seiner Umgebung wohl- und gesehen fühlte.

Ja, sie hatte etwas gefühlt, als sie ihn wiedersah, doch sie würde nichts tun, um diese Gefühle zu bestärken. Sie würde nicht erforschen, wohin sie führen könnten.

Egal wie sehr Ashley sie auch überzeugen wollte, sie würde sich nicht verabreden. Sie würde sich nicht im Internet durch Fotos und Biografien wühlen und über Kerle sinnieren, die behaupteten, ausgiebige Spaziergänge auf dem Land und Kinoabende zu mögen. Sie würde nicht von Romantik träumen. Sie wollte keine Romantik. Sie war zufrieden mit Ruhe und Frieden und einem Leben, in dem sie nicht von Menschen mit Kameras verfolgt wurde.

»Dort ist es …« Ashley griff nach ihrem Arm und deutete auf die Boutique, die Mel erwähnt hatte. »Können wir da reingehen?«

»Natürlich.« Ashleys Begeisterung konnte sie vielleicht ablenken. Und wenn sie im Laden waren, sank die Wahrscheinlichkeit, dass sie erkannt wurden.

Joanna öffnete die Tür, und Ashley murmelte anerkennend, als sie die ordentlich gefüllten Regale und Kleiderständer sah.

»Willkommen!« Aus dem hinteren Teil des Ladens tauchte eine Frau auf. Sie war der Inbegriff von Stil und Eleganz. Sie trug High Heels, ein tailliertes Kleid in einem schmeichelnden Blauton, und das Haar fiel ihr in sorgfältig frisierten Wellen über die Schulter. »Wenn Sie Hilfe brauchen oder etwas nicht in Ihrer Größe finden, sagen Sie mir Bescheid und … Joanna?« Sie trat näher, musterte Joannas Gesicht und lächelte. »Joanna! Du bist es tatsächlich.«

Joanna erstarrte. Es war unvermeidlich, dass jemand sie erkannte, doch sie hatte gehofft, das würde noch ein bisschen dauern. »Rosa. Wie geht es dir?«

»Sehr gut. Ich hatte keine Ahnung, dass du in der Stadt bist.«

»Ich habe es nicht öffentlich gemacht.«

»Ja, natürlich nicht. Warum solltest du?« Rosa verdrehte die Augen, um ihr Verständnis für die Situation zum Ausdruck zu bringen. »Ich jedenfalls bin froh, dass du zu Hause bist.«

Zu Hause? Fühlte sich Silver Point wie zu Hause an?

»Danke, Rosa.« Joanna erinnerte sich an ihre Manieren. »Das hier ist Ashley. Sie wohnt bei mir.« Sie beobachtete Rosa genau und wartete auf eine Reaktion, doch Rosas Miene veränderte sich nicht.

»Schön, dich kennenzulernen, Ashley. Ich hoffe, du findest etwas Perfektes. Suchst du nach Kleidung für den Strand? Oder etwas Formelleres? Ich habe gerade heute Morgen ein paar herrliche Stücke reinbekommen. Die Umkleidekabine ist hinten, wenn du etwas anprobieren möchtest.« Sie wandte sich wieder Joanna zu. »Bist du jetzt für immer hier? Wirklich erstaunlich, was du aus Otter's Nest gemacht hast. Dieser Wohnraum mit dem Glas ...«

»Du warst da?«

»Ja. Ein paarmal. Ein Paar, das es gemietet hatte, bat mich, eine Auswahl an Kleidungsstücken vorbeizubringen.«

Ashley stöhnte. »Konnten die nicht zum Laden kommen?«

Rosas Lächeln wurde breiter. »Offenbar nicht. Sie wollten, dass der Laden zu ihnen kommt. Wie auch immer, stöbert gern ...« Sie brach ab und starrte durch das Fenster auf die Straße. »Geh in die Umkleidekabine. Jetzt.«

Joanna sah sie irritiert an. »Aber ich wollte ...«

»Geh.« Rosa drückte ihr zwei Kleider in die Hand und gab Joanna einen Schubs. »Du auch, Ashley. Geht! Und kommt nicht raus, bis ich euch sage, dass es sicher ist.«

Sicher?

Joanna wollte etwas einwenden, doch dann sah sie, was Rosa gesehen hatte. Ein Mann mit einer Kamera ging die Straße entlang. Sie wusste sofort, dass er kein Tourist war, sie hatte eine Art sechsten Sinn für so etwas entwickelt. Also folgte sie Rosas

Anweisungen und lief nach hinten in den Laden in die Umkleidekabine. Ashley folgte ihr.

»Was ist los?«

Joanna legte den Finger auf die Lippen, als die Tür geöffnet
wurde und die Glocke erklang.

»Willkommen!«, hörten sie Rosa sagen. »Kann ich helfen?«

»Möglicherweise. Ein schönes Plätzchen haben Sie hier.« Die
Stimme des Mannes war tief und leise.

Joannas Puls beschleunigte sich. Sie erkannte die Stimme
wieder, Mick Jennings. Er war freier Fotograf und verkaufte
seine Arbeit an alle großen Zeitungen und Online-Plattformen.
Mick hatte auch das Bild von ihr auf Cliffs Beerdigung geschos-
sen. Und er war einmal so dicht auf sie aufgefahren, dass sie fast
in einen Laternenpfahl gekracht wäre.

Sie hasste ihn.

Hatte er sie gesehen? War er ihr in den Laden gefolgt, oder
war es einfach Pech? Konnte das ein Zufall sein?

»Ich suche nach etwas Besonderem für meine Frau.«

Joanna hob die Brauen. Mick Jennings hatte keine Frau.

»Wie aufmerksam.« Rosa war charmant. Zugewandt. »Zu
welchem Anlass?«

»Jahrestag.«

»Oh, das ist mein Lieblingsanlass. Ich liebe Jahrestage«, sagte
Rosa. »Also suchen Sie nach einem Geschenk, das Ihre Zuneigung ausdrückt. Eine Geste der Liebe. Erzählen Sie mir von ihr,
und ich mache Ihnen ein paar Vorschläge.«

Mick räusperte sich. »Was soll ich sagen? Sie hat einen teu-
ren Geschmack. Aber ich schätze, daran sind Sie hier gewöhnt.
Sie haben einige ziemlich bedeutende Einwohner in Silver
Point.«

Joanna schloss die Augen. Bedeutende Einwohner. Sein Auftauchen war kein Zufall. Er war ihretwegen hier.

Warum hatte sie nur gedacht, shoppen zu gehen sei eine gute
Idee?

Die Boutique hatte keinen Hinterausgang, sodass sie buchstäblich in der Falle saß.

»Ja, wir haben bedeutende Einwohner«, sagte Rosa. »Haben Sie an eine neue Handtasche gedacht? Damit liegen Sie nie falsch. Ich zeige Ihnen eine Auswahl ...«

»Danke. Ich interessiere mich für Ihre bedeutendste Einwohnerin. Ich denke, Sie wissen, wen ich meine.«

»Selbstverständlich. Sie ist hier in der Gegend sehr bekannt. Eine lokale Berühmtheit. Diese hier ist mit Edelsteinen besetzt ...« Es folgte eine Pause. »Sie ist perfekt für den Abend. Nicht billig, aber Sie feiern einen Jahrestag, also lautet Ihre Botschaft sicher, dass Sie Ihre Frau lieben, oder?«

»Ich liebe sie mehr als mein Leben. Ich nehme die Handtasche. Erzählen Sie mir mehr von dieser Einwohnerin.«

»Sie wurde hier geboren, das weiß jeder.«

Joanna hielt den Atem an. Hiervor hatte sie Angst gehabt. Sie hatte die gleiche Situation schon einmal erlebt. In Storys über sie wurden oft »Joanna nahestehende Quellen« zitiert.

»Wissen Sie, wo sie wohnt?«

»Ja. In dem kleinen Cottage mit der blauen Tür auf halbem Weg zum Meer. Es gab eine ziemliche Aufregung, als sie die Tür blau malen ließ, doch Elsa weigerte sich nachzugeben. Sie ging direkt zum Haus des Bürgermeisters und ließ die Luft aus seinen Reifen. Sie werden feststellen, dass die Gemeinde über diesen speziellen Vorfall sehr unterschiedlicher Meinung ist.«

»Elsa?«

Elsa? Joanna öffnete die Augen.

»Ja. Elsa Martin. Einhunderteins Jahre alt. Die älteste Einwohnerin in Silver Point. Nimmt immer noch fast jeden Morgen an einem Yogakurs am Strand teil. Wussten Sie, dass sie einen Roman schreibt? Ist das der Grund, warum Sie sich für sie interessieren? Arbeiten Sie im Verlagsgeschäft? Ich weiß zufällig, dass sie eine Schwäche für Cheesecake hat, falls Sie sie bezaubern wollen.«

»Ich dachte nicht an Elsa, auch wenn sie ein Original zu sein scheint. Ich dachte an Joanna Whitman.«

»Joanna? Oh, Joanna. Richtig. Nehmen Sie die Tasche?«

»Ja.«

»Eine gute Wahl. Ich weiß, dass Ihre Frau sie lieben wird. Das sind dann neunhundertfünfzig Dollar.«

»Wie viel?«

»Das ist ein Schnäppchen, finden Sie nicht? Ich habe Ihnen einen Rabatt eingeräumt, weil Sie ein nettes Gesicht haben und ich es mag, wenn ein Mann seine Frau verwöhnt. Ihre Frau wird wissen, dass sie geliebt wird. Möchten Sie sie als Geschenk eingepackt?«

»Ich – ja, ich denke, schon. Haben Sie sie in der Stadt gesehen?«

»Ihre Frau? Ich kenne sie nicht, aber ich bin sicher, dass sie eine Frau mit hervorragendem Geschmack ist.«

»Joanna Whitman.«

»Joanna? Hier? Meine Güte, nein. Sie ist vor zwanzig Jahren fortgezogen. Sie ist jetzt mehr der Hollywood-Typ, aber das wissen Sie sicher. Rote Teppiche. Paparazzi. Ich sehe sie manchmal im Fernsehen. Mag Ihre Frau Ohrringe? Heute Morgen sind sehr schöne reingekommen, und es ist nie zu früh, an Weihnachten zu denken.«

»Ich denke nicht an Weihnachten. Sie sind hier aufgewachsen und Joanna ebenso. Sie sind ungefähr im gleichen Alter. Haben Sie sie gekannt? Wie war sie, als sie jung war?«

»Ob ich sie gekannt habe? Das kommt drauf an, wie Sie kennen definieren. Ich habe sie in der Gegend gesehen. Sie war ein Jahr älter als ich, sodass wir nicht mit der gleichen Clique unterwegs waren. Silver Point ist nicht so klein, wie Sie vielleicht meinen.«

Joanna lächelte. Es war genau so klein, wie er dachte.

Rosa redete noch immer. »Hier ist Ihre Tasche. Ich hoffe, Ihre Frau liebt sie.«

»Ihre Stiefmutter wohnt irgendwo die Küste hoch. Wissen Sie genau, wo? Vielleicht spreche ich mit ihr.«

»Na, viel Glück damit. Ich habe gehört, sie hat ihr Gedächtnis verloren. Das muss eine grausame Sache sein, meinen Sie nicht? Alles zu vergessen? Die Dinge durcheinanderzubringen? Sind Sie sicher, dass ich Sie nicht für die Ohrringe begeistern kann? Sie werden froh sein, wenn es Dezember ist und Sie nichts mehr besorgen müssen.«

»Darüber mache ich mir im Dezember Gedanken. Können Sie mir sagen, wie ich zu Otter's Nest komme?«

»Otter's Nest? Das ist Jahrzehnte her, dass ich dort war. Sie fahren Richtung Süden. Nehmen Sie die dritte Abzweigung links. Oder ist es die vierte? Ich kann mir das nie merken. Aber wenn Sie die Küste hinunterfahren, können Sie es nicht verfehlen.«

Joanna lächelte. Wenn er Rosas Richtungsangaben folgte, würde er es verfehlen.

»Es hat mich gefreut, Sie kennenzulernen«, sagte Rosa. »Kommen Sie bald wieder.«

»Hier ist meine Karte. Falls Sie Joanna zufällig in der Stadt sehen, rufen Sie mich bitte an?«

Eine Pause folgte, in der Rosa vermutlich die Karte las. »Mick. Sie sind Fotograf. Ja, natürlich sind Sie das. Ich dachte das schon, als ich Ihre schicke Kamera um Ihren Hals sah. Alle anderen benutzen zum Fotografieren heute ihr Handy, nicht wahr? Ich hasse es, wenn ich fotografiert werde. Ich glaube, ich habe keine Schokoladenseite. Haben Sie irgendwelche Tipps?«

»Wenn Sie Joanna Whitman sehen und mich anrufen, bekommen Sie von mir ein Fotoshooting umsonst.«

»Danke, Mick.« Man hörte ein Rascheln und dann Schritte, als Rosa ihren Kunden zur Tür begleitete. »Ich hatte einen Onkel, der Mick hieß. Starb mit zweiundfünfzig an einem Herzinfarkt. Seine Frau gab den Cheeseburgern die Schuld.

Passen Sie auf sich auf. Fahren Sie vorsichtig. Die Straßen sind voll im Sommer.«

Joanna hörte, wie die Tür geöffnet und geschlossen wurde, und atmete tief durch. Sie hatte vergessen, wie raffiniert Rosa war. Sie hatte dem Mann fast tausend Dollar abgenommen und ihm dennoch nichts erzählt.

Sie schämte sich, dass sie an ihr gezweifelt hatte. Schämte sich, dass sie es zugelassen hatte, das Vertrauen in Menschen zu verlieren.

Es klopfte an der Tür der Umkleidekabine, und als Joanna sie öffnete, stand Rosa mit einem breiten Grinsen vor ihr.

»Nur ein Aufschub, aber hoffentlich besser als nichts. Und wenn man erst mal Richtung Süden fährt, gibt es ewig lang keine Möglichkeit zum Wenden. Hoffen wir, dass er das Interesse verliert.«

Joanna wollte sie umarmen. Der Aufschub mochte kurz sein, doch sie war für alles dankbar. »Ich kann dir nicht genug danken.«

»Hey, ich bin dir immer noch was schuldig, dass du mich damals gedeckt hast.« Sie wandte sich an Ashley. »Ich war sechzehn. Ich trank meine ersten Wodka-Shots, und mir war so übel und schwindlig, dass ich nicht geradeaus laufen konnte. Joanna brachte mich an einen sicheren Ort am Strand, rief meine Eltern an, dass ich bei ihr übernachten würde, und hat sich bis zum nächsten Morgen um mich gekümmert. Dann erzählte sie allen, dass ich schlechte Meeresfrüchte gegessen hätte. Niemand hat was gemerkt.«

Joanna erinnerte sich. Erinnerte sich, wie neidisch sie gewesen war, als sie die Sorge in der Stimme von Rosas Dad gehört hatte, seine Dankbarkeit, dass sie bei Joanna sicher aufgehoben war. Ihre Stiefmutter hatte es nie gekümmert, wo sie war oder mit wem. Sie hatte nicht einmal bemerkt, dass Joanna nicht nach Hause gekommen war und am Strand geschlafen hatte. »Das ist lange her.«

»Wenn jemand einem hilft, dann erinnert man sich daran. Du bist noch immer ein Teil dieser Gemeinde, Joanna. Vergiss das nicht.«

Sie hatte es vergessen. Oder vielleicht war sie sich dessen nicht wirklich bewusst gewesen.

»Danke.«

Rosa grinste. »Ich sollte dir danken. Der Mann hat gerade fast tausend Dollar ausgegeben für ein Geschenk für eine Frau, die es nicht gibt.«

»Du wusstest, dass es sie nicht gibt?«

Rosa schnitt eine Grimasse. »Wer würde einen Widerling wie ihn heiraten?«

Joanna blickte die Frau an, die einst eine Freundin gewesen war. »Ich habe Cliff geheiratet.«

Rosa zuckte die Achseln. »Hey, sei nicht so hart zu dir. Cliff sah gut aus, und er konnte kochen. Das sind zwei verdammt gute Gründe, um mit einem Kerl zusammen zu sein.« Sie trat zurück und musterte Joanna. »Wenn du hier schon stehst – kann ich dir ein paar Sachen zum Anprobieren bringen? Nicht, dass ich unbedingt noch was verkaufen will, aber dich die ganze Zeit in Schwarz und Weiß zu sehen ist Verschwendung. Mit dieser Haarfarbe solltest du knallige Farben tragen.«

»Sehe ich genauso«, sagte Ashley. »Mein Vorschlag? Rot. Grün.«

Joanna schüttelte den Kopf. »Ich möchte lieber keine Aufmerksamkeit auf mich ziehen.«

»Du bist der Inbegriff von Stärke und Anstand – wir sollten ein Blinklicht an deinem Kopf anbringen.« Rosa verschwand und kam wenige Augenblicke später mit einem Arm voller Kleidung zurück. »Probier mal dies.«

Eine Stunde später verließen sie den Laden beladen mit Einkäufen.

»Noch mal danke, Rosa.« Joanna wartete im Türrahmen, während Rosa hinauslugte und die Straße prüfte.

»Die Luft ist rein. Ich hoffe, wir sehen dich wieder, Joanna. Hast du Mel und Nate gesehen?«

»Ja.«

Rosa fing ihren Blick auf. »Pass auf dich auf. Komm bald wieder.«

»Ich mag sie«, sagte Ashley, als sie den Laden verließen. »Und das grüne Kleid, zu dem sie dich überredet hat, ist hinreißend.«

»Es wird ein langweiliges Leben im Schrank führen, weil ich nirgendwohin gehe.«

»Du kannst es morgen zu dem Barbecue anziehen. Ich kann nicht glauben, dass du hier weggegangen bist. Die Leute sind so freundlich.«

Joanna dachte an Nate. An Cliff. »Ich war in keiner guten Stimmung, als ich ging.« Sie hatte alles hinter sich lassen wollen. Sie hatte Ashley vieles erzählt, doch nicht die Details jenes Tages. Die hatte sie niemandem erzählt.

»Weil du mit Nate Schluss gemacht hast und die Beziehung zu deiner Stiefmutter schlecht war. Das ist hart.«

Die drei schlimmsten Tage ihres Lebens waren der Verlust ihres Babys, der Verlust ihres Vaters und die letzte Begegnung mit ihrer Stiefmutter gewesen.

Würde sie Denise besuchen?

Seit ihrer Ankunft nagte die Frage in ihrem Hinterkopf.

Um sich von Denise abzulenken, versuchte sie, sich Cliff im damaligen Otter's Nest vorzustellen. Er war ein Mann gewesen, der Genuss und Bequemlichkeit schätzte. Der Anblick eines klapprigen Strandhauses hätte ihn veranlasst, sofort im nächsten Fünfsternehotel ein Zimmer zu buchen. »Es gab keinen Grund zurückzukommen.«

»Alle scheinen sich zu freuen, dass du zurückgekommen bist. Oh, sieh nur! Die Strand-Buchhandlung. Ist das der Laden, in dem du arbeiten wolltest?« Ashley nahm ihren Arm. »Er ist so hübsch. Wie aus einem Film.«

»Ja.« Joanna wurde nostalgisch. »In meiner Kindheit war das mein Lieblingsplatz. Dieser Laden war eine Zuflucht für mich. Ich bin immer nach der Schule hergekommen und blieb bis Ladenschluss.« Alles, nur nicht nach Hause gehen. »Wenn ich durch diese Tür trat, fiel die ganze Anspannung ab. Mir gefiel es, wie die Bücher auf den Regalen aussahen – Reihe um Reihe voller Farben und Möglichkeiten. All diese Geschichten. All diese Welten, die nicht meine waren. Ich liebte den Geruch. Ich liebte die Stille und den Gesichtsausdruck der Kunden, wenn sie herumstöberten. Ich liebte die Art, wie Vivian, die Besitzerin, jemandem ein Buch in die Hand drückte und sagte: ›Versuchen Sie das.‹ Ich beobachtete sie und fragte mich, woher sie wusste, was einem Menschen gefiel. Es war eine Gabe.« Sie hatte lange nicht mehr an diese Tage gedacht, doch nun schwelgte sie in Erinnerungen. »Sie ließ mich alles lesen, was ich lesen wollte. Sie ließ mich die Bücher mit nach Hause nehmen. Ich war dankbar, aber damals habe ich mir nicht viele Gedanken darüber gemacht. Erst später begriff ich, wie viel Geld ich sie gekostet haben muss.«

»Das klingt, als wäre sie ein guter Mensch.«

»Das war sie. Ist sie.« Mel hatte erwähnt, dass sie an Arthritis litt. »Ich sagte immer, dass ich mich eines Tages bei dem Laden bewerben und an ihrer Seite arbeiten würde. Das war mein Traum.«

»Und was hat sie gesagt?«

»Sie sagte, sie würde mich jederzeit einstellen.« Joanna stieg ein Kloß in die Kehle. »Sie glaubte an mich zu einer Zeit, als ich selbst nicht an mich glaubte.«

»Warum hast du es nicht getan, wenn das dein Traum war?«

»Ich habe Silver Point verlassen.«

»Hättest du nicht in einer anderen Buchhandlung einen Job annehmen können?«

»Ich hatte schon einen Vollzeitjob. Er hieß Cliff.« Sie war versehentlich in der Rolle gelandet, ohne groß darüber nachzudenken. Er hatte ihre Hilfe gebraucht, sie hatte geholfen. »Ich war seine persönliche Assistentin, sein Coach, seine Psychologin und seine persönliche Cheerleaderin. Ich musste all seine neuen Kreationen testen.«

»Zumindest der Teil muss Spaß gemacht haben.«

»Hat er nicht. Ich nahm einen Bissen, und er beobachtete meine Miene. Manchmal wollte ich einfach nur etwas essen, ohne eine komplette Bewertung abzugeben.« Das hatte sie noch niemandem gegenüber zugegeben. »Mit Cliff wurde alles zu einer Vorführung. Theater.«

»Ist das der Grund, warum du nicht kochst?«

Joanna zog die Brauen zusammen. »Ich koche nicht, weil ich nicht gut darin bin. Ich lasse alles anbrennen.«

»Was bedeutet, dass die Temperatur zu hoch eingestellt war. Jeder kann kochen«, sagte Ashley. »Man braucht nur Übung und Selbstvertrauen.«

»Ich habe kein Selbstvertrauen.«

»Vermutlich weil du mit einem Starkoch verheiratet warst. Ich bin sicher, dass ich vor so jemandem nicht mal ein Ei braten könnte.«

Joanna dachte an Denise. »Ich hatte schon davor kein Selbstvertrauen.«

Ashley sah sie nachdenklich an. »Lass uns ein paar Lebensmittel kaufen, und wir kochen heute Abend zusammen.«

»Du willst, dass ich mit dir koche? Hast du Todessehnsucht?«

»Nein. Ich werde dir zeigen, dass Kochen einfach sein und Spaß machen kann.«

»Kochen macht keinen Spaß. Kochen ist Folter und eine Methode, mir ein richtig schlechtes Gefühl zu machen.« Allein der Gedanke stresste sie. *Oh, das ist lächerlich.* »Wir können nicht in allem gut sein. Ich habe akzeptiert, dass ich nie eine Köchin sein werde.«

»Du meinst, andere Menschen haben dich davon überzeugt, dass du nie eine Köchin sein wirst. Das macht mich richtig sauer.« Ashley sah sie bittend an. »Würdest du es mit mir wenigstens probieren?«

»Ashley …«

»Ich weiß, dass du Kochen immer gehasst hast, aber du hast noch nie probiert, mit mir zu kochen.«

»Es macht keinen Unterschied, mit wem ich es tue. Ich hasse das Kochen an sich.«

Ashley tippte sich nachdenklich gegen das Kinn. »Siehst du, ich glaube nicht, dass das so ist. Ich glaube, es liegt daran, was für ein Gefühl dir die Menschen geben, wenn du kochst. Und wir werden Spaß haben. Das verspreche ich dir.«

Spaß?

»Ernsthaft, Ashley. Ich glaube nicht …«

»Nur ein einziges Mal«, bettelte Ashley. »Wenn du nicht einmal lächelst, lass ich dich in Zukunft damit in Ruhe, Ehrenwort.« Sie blickte sie so hoffnungsvoll an, dass Joanna es nicht übers Herz brachte, Nein zu sagen.

»Okay, ist gut. Aber gib nicht mir die Schuld, wenn das eine schöne Freundschaft ruiniert.«

Ashley lächelte. »Du hast recht. Wir haben eine schöne Freundschaft, und nichts wird die ruinieren. Großartig. Ich freue mich. Nicht, dass ich etwas Besonderes kochen kann. Meine Mom hat es mir beigebracht. Die Grundlagen. Aber es hat mich interessiert, und so habe ich ein paar Dinge zusätzlich gelernt. Ich schätze, deine Stiefmutter hat es dir nie beigebracht.«

»Nein. Sie sagte, ich sei eine Katastrophe in der Küche.«

»Und dann kam Cliff – keine Wunder, dass du kein Selbstvertrauen hast.« Ashley musterte sie. »Was ist dein Lieblingsessen?«

»Ich weiß nicht. Ich verbinde Essen mit Stress und Anspannung.«

»Deswegen bist du so dünn. Okay, lass mich nachdenken …« Ashley zog die Nase kraus. »Wir machen eine Basis-Pastasoße. Damit fangen wir an. Und morgen machen wir etwas anderes.«

»Wenn ich koche, gibt es kein Morgen.«

Ashley lachte. »Das Risiko gehe ich ein. Und jetzt gehen wir in die Buchhandlung.«

Joanna wollte widersprechen, doch dann dachte sie: Warum nicht?

Wenn sie schon ihre Vergangenheit aufleben ließ, dann konnte es ebenso gut die gesamte Vergangenheit sein.

16. KAPITEL

ASHLEY

Ashley legte die Zwiebel und den Knoblauch auf das Brett und reichte Joanna das Messer.

Joanna schüttelte den Kopf. »Cliff sagte immer, meine Schneidekünste seien furchtbar. Ich bin langsam, und alles wird ungleichmäßig.«

»Es ist eine Zwiebel, Joanna. Du musst sie nur hacken. Es ist egal, ob du langsam bist und ob die Stücke ungleichmäßig werden. Niemand wird sie nachmessen. Wichtig ist nur, dass du dir nicht die Finger abschneidest.«

Mürrisch nahm Joanna das Messer entgegen. »Na gut.« Unbeholfen schälte sie die Zwiebel und schnitt sie in zwei Hälften. »Cliff konnte eine Zwiebel so hacken, dass man nicht einmal sah, wie sich das Messer bewegte.«

Wäre Cliff nicht bereits tot, hätte Ashley ihm ordentlich die Meinung gesagt. »Das ist ein Partytrick. Wenn du einen Film siehst – machst du dir dann Gedanken, wie oft die Szene aufgenommen wurde? Nein. Du kümmerst dich nur um das Endprodukt. Mit Essen ist es das Gleiche. Wenn wir diese Soße essen, wird es uns egal sein, wie schnell du die Zwiebel gehackt hast. Ich hole währenddessen ein bisschen Oregano von draußen.«

Konnte sie Joanna allein lassen? Wie ungeschickt war sie im Umgang mit einem Messer?

Ashley blieb lange genug in der Küche, um sich davon zu überzeugen, dass Joanna sich nicht die Finger abschneiden würde, und ging dann auf die Terrasse, um die Kräuter zu holen.

Sie hielt einen Moment inne. Sog den Duft der Blumen und die salzige Luft ein. Hörte, wie sich die Wellen an den Felsen jenseits des Gartens brachen. Gab es einen idyllischeren Ort auf der Welt?

Eingedenk dessen, dass sie Joanna nicht zu lange allein lassen sollte, pflückte sie ein Büschel Oregano und Thymian und ging zurück in die Küche.

Joanna betrachtete skeptisch das kleine Häuflein auf dem Schneidebrett. »Ich bin mit den Zwiebeln fertig, aber die Stücke sind zu groß.«

»Sie sind völlig okay, aber wenn du sie kleiner möchtest, mach noch ein paar Schnitte.« Ashley widerstand der Versuchung, es zu übernehmen. »Nimm vielleicht ein größeres Messer.«

Joanna wählte ein größeres Messer und hackte vorsichtig weiter. »Und jetzt?«

»Mach das Olivenöl in der Pfanne heiß und brat die Zwiebeln an, bis sie weich und ein bisschen braun an den Rändern werden. Währenddessen kannst du den Knoblauch hacken.«

»Gebe ich den Knoblauch nicht gleichzeitig mit hinein?«

»Das kannst du, wenn du möchtest, aber verbrenn ihn nicht. Du hast einen schönen Kräutergarten.« Sie wusch die Kräuter und gab den Strauß Joanna. »Zupf die Blätter ab, wir geben das mit in die Soße.«

»Wenn ich nicht auf die Zwiebeln aufpasse, brennen sie an. Glaub mir.«

»Du hast die Hitze zu hoch. Dreh sie runter.«

Schritt für Schritt und Seite an Seite bereiteten sie die Soße zu, gaben Kräuter und Knoblauch hinein, hackten Tomaten und ließen das Ganze köcheln.

Joanna rührte die Soße um. »Das hast du mit deiner Mutter gemacht?«

»Ja. Sie fand es wichtig, dass ich kochen lerne, und als ich die Basics und ein paar Rezepte beherrschte, haben wir abwechselnd gekocht.«

»Sie scheint eine kluge Frau gewesen zu ein. Da hast du Glück gehabt.«

»Es ist nett von dir, das zu sagen, wenn man bedenkt, was geschehen ist. Und es hilft mir, die guten Dinge zu schätzen.« Ashley dachte voller Dankbarkeit an all die Gelegenheiten, wenn sie zusammen mit ihrer Mutter in der Küche gestanden hatte. In letzter Zeit waren alle ihre Erinnerungen an ihre Mutter mit Cliff verknüpft gewesen. »Ich war so wütend auf sie und ziemlich verwirrt. Und das macht mir ein schlechtes Gewissen.«

»Ich glaube, du brauchst keine Schuldgefühle zu haben. Sie hat ein großes Geheimnis vor dir verborgen. Es ist verständlich, dass du deswegen verletzt und wütend bist. Das bedeutet nicht, dass du sie nicht liebst. Es bedeutet nicht, dass sie nicht tausend gute Eigenschaften hatte.«

»Du sagtest, du würdest mir von Cliff erzählen …«

Joanna hörte auf zu rühren. »Das werde ich, aber macht es dir etwas aus, wenn wir das ein anderes Mal tun? Wenn ich jetzt an Cliff denke, kann ich nicht kochen.«

»Natürlich«, sagte Ashley rasch. »Wir müssen das Wasser für die Pasta aufsetzen.«

»Ich weiß nie genau, wann die fertig ist.«

»Das ist leicht, ich zeige es dir. Nimm einen großen Topf und viel Wasser.«

Ashley konnte nicht glauben, dass man Joanna nichts davon beigebracht hatte. Sie war zwei Jahrzehnte mit einem Starkoch verheiratet gewesen. »Hat Cliff immer für dich gekocht?«

»Nein.« Joanna wog sorgfältig die Pasta ab. »Nur wenn wir Gäste hatten, denn die wollten alle, dass er kochte. Und wenn er mit neuen Rezepten experimentierte. Sonst aßen wir in Restaurants.«

»Hast du nie einfach nur ein gegrilltes Käsesandwich gegessen?«

»Nein. Aber es klingt himmlisch. Ist es schwer zuzubereiten?«

»Nein. Das machen wir in unserer nächsten Kochstunde. Lass uns einen Salat zur Pasta herrichten.« Sie bemerkte Joannas Anspannung und wechselte das Thema. »Ich mag Mary-Lou. Hat sie tatsächlich mal einen Frosch in die Handtasche deiner Stiefmutter gesteckt?«

»Ja.« Joanna starrte weiter unbeirrt auf die Soße. »Aber Denise dachte, ich hätte es getan, deswegen fand ich es nicht so lustig wie alle anderen.«

Ashley spürte einen Stich. »Es muss schwer gewesen sein. Ich bin gerade so wütend auf meine Mom, aber immerhin fühlte ich mich geliebt.«

»Teilweise lag es an mir.« Joanna gab die Pasta in das kochende Wasser. »Bis ich acht war, bin ich nur mit meinem Dad aufgewachsen. Wir zwei gegen den Rest der Welt. Ich schätze, dass es leichter war, meine Mutter nie kennengelernt zu haben. Er sprach ständig von ihr, und ich hatte das Gefühl, sie zu kennen, doch sie war nie leibhaftiger Teil meines Lebens. Ich vermisste eher die Vorstellung von ihr als die Person an sich. Und dann lernte er Denise kennen. Ich war jung. Unsicher. Ich hatte meinen Vater nie mit jemandem teilen müssen. Ich schätze, ihr ging es ebenso. Sie wollte ihn für sich allein.«

Ashley war zutiefst bewegt, als sie das ehrliche und emotionale Geständnis hörte. Joanna versteckte sich vor jedem und doch vertraute sie sich Ashley an. Sie teilte ihre tiefsten Geheimnisse, deckte Details ihres Lebens auf, die niemand kannte.

Sie wollte unbedingt etwas Kluges und Tröstliches sagen, hatte aber keine Ahnung, was das sein könnte.

»Denise war die Erwachsene.« Schließlich sagte sie einfach das, was sie dachte. »Du warst ein Kind, und einer solchen Veränderung gegenüberzustehen muss dich verunsichert haben. Sie hätte verständnisvoller sein sollen.«

»Vielleicht. Er wollte sich von ihr scheiden lassen. Ich hörte sie darüber streiten. Mein Vater war ein sanfter, ruhiger Mann, doch er schrie sie an. Sagte, dass er nicht mit einer Frau zusammen sein könne, die seine Tochter nicht liebte. Dass er einen Fehler gemacht hätte. Dass es vorbei sei. Kocht das zu schnell?« Joanna starrte in den Topf, während Ashley das Gehörte zu verdauen versuchte.

Das war gewaltig. Hatte Joanna das überhaupt schon mal jemandem erzählt?

»Das Wasser ist in Ordnung.« Ashley schluckte. »Und was hat sie gesagt?«

»Dass es nicht ihre Schuld sei. Dass ich ein schwieriges Kind wäre.«

Ashley vergaß die Soße und die Pasta. Sie schlang die Arme um Joanna. »Das ist furchtbar. Unverzeihlich.«

»Das fand mein Vater auch. Er wurde rot im Gesicht. Er legte die Hand auf die Brust und stieß einen merkwürdigen Laut aus. Und dann brach er zusammen. Fiel zu Boden.« Joanna blickte weiter auf den Topf. »Ich habe mal gesehen, wie ein Baum gefällt wurde, und genauso war es. Ich verderbe die Pasta. Ich sagte dir, dass ich nicht kochen kann.«

»Du kannst kochen. Du hast gekocht.« Ashley ließ sie los, stellte das Feuer unter der Soße aus und drehte die Pasta runter. Ihre Hand zitterte. »Was passierte dann?«

»Er zerbrach einen Stuhl.« Joanna atmete tief ein. »Ich lief in das Zimmer. Ich schrie ›Daddy, Daddy!‹, und Denise schob mich zur Seite. Sie schubste mich mit Kraft.«

»Ich hasse sie.« Ashley ballte ihre Hände zu Fäusten. »Ich kenne sie nicht mal, aber ich hasse sie.« Und sie würde sich nie wieder über ihr Leben beschweren. Womit sie fertigwerden musste, war nichts im Vergleich zu dem, womit Joanna fertiggeworden war. Nichts.

»Sie sagte, ich sei schuld. Er wäre meinetwegen in diesem Zustand.«

Oh Gott, konnte es noch schlimmer werden?

»Aber du wusstest, dass das nicht stimmte, oder? Sag mir, dass du das wusstest.«

»Ich habe jahrelang gedacht, dass ich schuld sei.«

»Das ist als … als …« Ashley rang nach Worten. »Als hätte sie dich mit Worten erstochen. Und diese Wunde ist geblieben.«

»Ja, aber damals dachte ich nur daran, dass mein Dad zusammengebrochen war. Der eine Mensch, den ich von ganzem Herzen liebte. Der eine Mensch, der mich von ganzem Herzen liebte.«

Ashley hätte fast geschluchzt, doch sie schluckte die Tränen hinunter und blinzelte. Wenn sie in die Pasta weinte, würde Joanna sie trösten wollen, und dabei sollte sie Joanna trösten.

»Es war nicht deine Schuld, Joanna. Nichts davon war deine Schuld.« Sie wiederholte die Worte, die Joanna zu ihr gesagt hatte.

»Ich griff zum Telefon und rief einen Krankenwagen, doch als sie kamen, war er tot. Er war tot.«

Er war tot.

So viele Emotionen in nur drei Worten.

Ashley wurde schwer ums Herz. »Es tut mir leid. So leid.«

»Ich wollte ihn nicht gehen lassen. Sie mussten mich festhalten. Sollen wir jetzt die Pasta abgießen?«

Ashley sah vor sich, wie die kleine Joanna sich an ihren toten Vater klammerte. An Pasta konnte sie jetzt nicht denken.

Sie musste aber an Pasta denken! Es war wichtig, dass dieses Essen gut gelang.

»Klar.« Ihre Stimme war rau. »Das sollten wir tun.«

Sie gossen die Pasta ab, mischten sie mit der Soße und gaben sie in Schüsseln.

»Du kannst frisches Basilikum dazugeben.« Es fühlte sich surreal an, im gleichen Atemzug von Basilikum und dem Verlust eines geliebten Menschen zu sprechen. Aber vielleicht waren es diese kleinen Dinge, die einem halfen, die großen zu ertragen. Ein weiteres Essen kochen. Noch einen Morgen begrüßen. Frisches Basilikum zur Pasta geben. *Einen Schritt nach dem anderen.* »Zupf einfach die Blätter ab.«

Joanna griff nach dem Topf. Ihre Finger zitterten ein wenig, als sie die Blätter zerzupfte und verstreute. »Das riecht gut. Aber das liegt daran, dass du es gekocht hast.«

»Du hast es gekocht, Joanna. Ich habe nichts getan.«

»Du hast mir gesagt, was ich tun soll.« Joanna legte ihr die Hand auf den Arm. »Du bist nicht abgehauen, obwohl ich dir Dinge erzählt habe, bei denen die meisten Menschen in deinem Alter Deckung suchen würden.«

»Ich suche keine Deckung. Ebenso wenig wie du Deckung gesucht hast, als ich verzweifelt war.« Mist, es wäre ein Wunder, wenn sie diese Mahlzeit überstand, ohne in ihre Schüssel zu heulen. »Du kannst kochen, Joanna, lass dir niemals etwas anderes erzählen.«

»Weil du neben mir standest.«

»Und ich werde neben dir stehen, wenn du ein gegrilltes Käsesandwich machst. Und wenn ich dir mein Zitronenrisotto beibringe. Du weißt nicht, was Leben ist, solange du mein Risotto noch nicht gegessen hast. Sollen wir das auf die Terrasse bringen?« Sie nahm den Salat und ein Schälchen frisch geriebenen Parmesan und sog die salzige Luft ein. Sie hatte ein schlechtes Gewissen gehabt, dass Joanna so viel für sie tat und so viel opferte, und jetzt durchströmte sie ein warmes Gefühl, weil sie begriff, dass sie Joanna ebenfalls half.

Joanna hatte ihr genug vertraut, um mit ihr zu reden. Sie hatte sie wie eine Freundin behandelt.

Joanna stellte eine Schüssel schön angerichtete Pasta vor sie hin.

»Wow. Das sieht unglaublich aus.«

»Das tut es, nicht wahr?« Joanna betrachtete das Essen vor sich überrascht und fast verwundert. »Ich glaube, das ist das Erste, was ich gekocht habe, das nicht irgendwo angebrannt ist. Danke.«

»Du hast es geschafft.«

Ashley lächelte.

Sie würde Joanna das Kochen beibringen. Sie würde ihr Selbstvertrauen geben.

Joanna setzte sich, rührte ihr Essen aber nicht an. »Sie hat nicht mal geweint. Meine Stiefmutter. Sie hat nicht geweint. Nicht eine Träne. Das machte es noch schlimmer.«

»Ja.«

»Wir sollten nicht mehr darüber reden.«

»Warum? Es ist gut, über all das zu reden, worüber wir reden wollen. Glaubst du, sie hatte eine Schockreaktion oder so etwas? Als meine Mom starb, fühlte ich mich so sonderbar. Irgendwie abgeschnitten. Es war überhaupt nicht so, wie ich es mir vorgestellt hatte.«

»Vielleicht. Du hast recht, jeder Mensch trauert anders. Aber damals nahm ich das als Bestätigung, dass sie ihn nicht geliebt hat. Und manchmal frage ich mich das heute noch. Ich weiß es nicht.« Joanna stocherte in ihrer Pasta herum. »Ich habe ihr gesagt, dass ich sie hasse. Das war sehr grausam.«

Ashley legte ihre Gabel beiseite. Wie konnte sie überhaupt essen? »Du hattest gerade deinen Dad verloren, und sie hat sich aufgeführt wie eine fiese Schl...« *Keine Schimpfwörter, Ashley.* »Eine fiese Person. Sie hat dir nicht geholfen. Ich verstehe sehr gut, dass du das gesagt hast.«

»Ich dachte, es könnte nicht schlimmer werden, doch das wurde es. Er hatte ein paar Wochen zuvor sein Testament geändert. Ich schätze, weil er wusste, dass er sich scheiden lassen wollte. Er hinterließ Otter's Nest mir. Denise bekam etwas Geld, doch sie hatte das Haus gewollt. Sie gab mir die Schuld, dass sie es nicht bekam.«

»Was ihr einen Grund mehr gab, dich nicht zu mögen. Und trotzdem habt ihr dort gemeinsam gewohnt.«

»Als er starb, war sie noch mit meinem Vater verheiratet. Wir waren eine Familie, auch wenn keine von uns das sein wollte.« Joanna sah sie besorgt an. »Du isst nicht. Liegt es an meinem Essen?«

»Nein. Es liegt an der Geschichte, die du mir erzählst. Tatsächlich wird mir ein bisschen schlecht dabei.«

»Mir auch.« Joanna lächelte schwach. »Ich hätte sie nicht erzählen sollen. Ich habe sie noch nie jemandem erzählt.«

»Niemandem?«

»Mel und Nate. Wir waren uns sehr nahe.«

Doch dann hatte sie die beiden auch verloren. Joanna hatte jeden verloren.

Kein Wunder, dass sie mit Cliff abgehauen war.

»Mit mir kannst du immer darüber sprechen. Aber vermutlich möchtest du das alles lieber vergessen.«

»Das dachte ich auch, aber es vor dir auszusprechen hat geholfen. Und ich muss Entscheidungen treffen«, sagte Joanna. »Ich muss entscheiden, ob ich meine Stiefmutter Denise besuchen soll.«

Ashley hätte gern ihre Meinung dazu gesagt – sie hatte eine sehr klare Meinung –, hielt sich aber zurück. Menschen sollten ihre eigene Entscheidung treffen, oder? »Möchtest du das denn?«

»Nein. Aber ich habe das Gefühl, als könnte ich dann damit abschließen.«

»Wenn du gehst, komme ich mit. Nur wenn du das möchtest natürlich.«

»Das würdest du tun?«

»Selbstverständlich.«

»Danke.« Joanna aß ein bisschen von der Pasta und Ashley ebenfalls.

»Du hattest weder ihre Unterstützung noch ihre Liebe, aber du hattest die Liebe der Gemeinschaft.«

»Ja. Ich schätze, die hatte ich.« Joanna aß ihre Pasta auf. »Aber genug von mir. Lass uns zur Abwechslung von dir sprechen.«

»Machen wir das ein anderes Mal. Für jetzt schlage ich Eiscreme vor. Eis hilft immer, und danach müssen wir überlegen, was du morgen anziehst.« Ablenkung, dachte sie. Das war der

Schlüssel. »Ich dachte an das grüne Kleid mit diesen silbernen Ohrringen.«

»Ich war so lange nicht mehr bei einem normalen Garten-Barbecue, dass ich keine Ahnung habe, was zu dem Anlass passt.«

»Das grüne Kleid passt.«

Joanna seufzte. »Du möchtest, dass ich es für Nate trage.«

»Nein.« Ashley schüttelte den Kopf. »Ich möchte, dass du es für dich trägst. Weil du gelächelt hast, als du darin dein Spiegelbild gesehen hast. Weil du dich darin mochtest ...«

»Das stimmt. Ich mochte mich darin.«

»Und weil du so lange verzichtet und nicht getan hast, was du tun wolltest.«

Eine lange Stille folgte. »Das könnte auch stimmen.«

»Also, ziehst du es an?«

»Ja. Das mache ich.«

Am folgenden Abend nestelte sie auf dem Weg zum Wagen unsicher an dem Stoff herum.

»Ich habe das Gefühl, damit aufzufallen. Ich weiß nicht, warum ich es genommen habe. Wir wollten für dich etwas kaufen, nicht für mich. Ich brauchte kein Kleid.«

Doch, das brauchtest du. »Also wenn man etwas so Perfektes wie das sieht – warum nicht? Die Boutique hatte ein paar coole Sachen. Und ich mochte Rosa«, erwiderte Ashley. Für sich hatte sie ein Paar Shorts gekauft, zwei Kleider, die noch viel Platz ließen, und einen Badeanzug. Doch es hatte sie noch mehr gefreut, sich mit Rosa zu verbünden, um Joanna von ihrem üblichen dezenten Kleidungsstil abzubringen. Abgesehen von dem grünen hatten sie sie von zwei weiteren Kleidern, einem Paar Shorts, zwei Tops und einem Bikini überzeugen können. »Du sagtest, du wärst lange nicht mehr shoppen gewesen. Wie kaufst du Kleidung?« Sie setzte sich in den Wagen neben Joanna.

»Online. Oder ich lasse jemanden eine Auswahl zu mir nach Hause liefern.«

»Wo liegt da der Spaß?«

»Mir macht shoppen keinen Spaß. Es ist eine Notwendigkeit. Kleidung wird zu einem bestimmten Zweck getragen, um eine Botschaft zu vermitteln.«

Was sagt meine Kleidung über mich aus? überlegte Ashley. »So habe ich das noch nie gesehen. Ich suche meine Klamotten danach aus, ob sie bequem sind und mir ein gutes Gefühl geben. Manchmal auch nur, weil sie mir ein gutes Gefühl geben. Was ist, wenn dir nicht gefällt, was sie dir liefern?«

»Ich gebe ihnen eine kurze Beschreibung von dem, was ich will.«

Ashley hatte keinen Zweifel, was in dieser Kurzbeschreibung stand. Keine Farben. Unauffällig. »Aber dann verpasst du Überraschungen. Etwas, das dir ins Auge springt. Etwas, das Spaß machen könnte.«

Joanna fuhr Richtung Stadt, bog von der Main Street ab und folgte der Straße Richtung Strand. »Ich verbinde Kleidung nicht mit Spaß.«

»Sei ehrlich – als Rosa uns all diese Sachen zum Anprobieren brachte, hattest du Spaß.«

»Es war eine erfrischende Abwechslung, auszugehen und normale Dinge zu unternehmen.« Joanna parkte vor einem Cottage mit bunten Rabatten und Obstbäumen. »Das ist es.«

»Hübsch.« Ashley wartete. »Wenn es das ist, warum sitzen wir dann noch im Wagen?«

»Es fühlt sich merkwürdig an. Dies war Mels Traumhaus. Wir kamen auf dem Schulweg daran vorbei, und sie sagte immer: ›Eines Tages werde ich dort mit Greg wohnen.‹«

»Sie ist offenbar eine Frau, die weiß, was sie will.«

»Im Gegensatz zu mir.« Joanna hielt immer noch das Lenkrad umklammert. »Ich weiß nicht, was ich hier mache.«

»Du verbringst einen Abend mit alten Freunden.« Als Nächstes musste sie Joanna dazu bringen, die Sicherheit des Wagens zu verlassen. Sie öffnete die Beifahrertür. »Ich habe den Wein. Nimmst du unsere Schwimmsachen?«

Kaum hatte sie den Wagen verlassen, stürmte ein goldenes Fellknäuel aus dem Garten hinter dem Haus auf sie zu. Der Hund kam schlitternd zum Halt und wedelte so begeistert mit dem Schwanz, dass sein halber Körper wackelte. Ashley grinste. »Ich schätze, du freust dich.« Sie ging in die Knie, streckte die Hand aus und lachte, als der Hund sie ansprang und umwarf.

»Bess!« Nate war dem Hund gefolgt. »Erinnerst du dich ans Training? An irgendwas davon? Den ganzen Spaß, den wir mit Sitz und Platz hatten? Es tut mir leid. Sie ist ein lieber Hund. Nur dass sie die Menschen gern mit vollem Körpereinsatz begrüßt.«

»Das sehe ich.« Ashley lag rücklings unter dem Hund und konnte nicht aufhören zu lachen. Seit dem Tod ihrer Mutter hatte sie nicht mehr so herzlich gelacht.

»Und sie ist jung. Ihre Vorbesitzer sind mit ihrem Temperament nicht fertiggeworden, weshalb ich sie übernommen habe. Das Training ist ziemlich mühselig. Ich sage mir, dass es daran liegt, dass ich sie nicht schon als Welpe hatte, und nicht daran, dass sie nicht trainierbar ist.« Nate zog den Hund am Halsband zurück und sah ihn streng an. »Sitz.«

Bess ihrerseits schaute so kläglich zurück, als wollte sie fragen, warum sie etwas so Langweiliges tun sollte.

Ashley kam auf die Füße, während Nate versuchte, den Hund zum Gehorsam zu bringen.

»Sitz. Ich bitte dich.«

Ashley grinste. »Ich weiß nicht genau, wer hier das Sagen hat. Ich glaube aber nicht, dass du es bist.«

»Sie hat lauter Pfotenabdrücke auf deinen Shorts hinterlassen.«

»Kein Problem. Zu Hause habe ich als Praktikantin in einem Tierheim gearbeitet. Wenn ich nach Hause kam, hatte ich mehr Fell an mir als die Hunde.« Sie beugte sich hinunter und liebkoste Bess. Sie wünschte sich so sehr einen eigenen Hund. Eines Tages vielleicht. Vertrugen sich Hunde und Babys? Sie wusste es nicht. Es gab so vieles, das sie nicht wusste. So vieles, das bedacht werden musste. »Du bist eine Schöne.«

»Sag ihr das nicht. Sie muss nicht noch mehr verwöhnt werden.«

»Ist sie ein Labrador?«

»Es steckt auf jeden Fall Labrador in ihr, vielleicht noch ein paar andere Rassen. Wenn sie springt, frage ich mich manchmal, ob sie halb Känguru ist, vielleicht auch ein bisschen Ziege. Aber sie ist freundlich und klug. In ihrem letzten Zuhause ging es nach ihrem Kopf, doch ich hoffe, bei mir lernt sie die Regeln.« Er hielt den Hund fest am Halsband und wandte den Kopf, als Joanna aus dem Wagen stieg.

Ashley war erleichtert, sie zu sehen. Sie hatte sich schon gefragt, ob Joanna nur darauf gewartet hatte, dass sie die Beifahrertür schloss, um dann wieder nach Hause zu fahren.

»Hallo.« Nate lächelte ihr zu und hielt Bess weiter fest. »Wir haben noch einige Probleme mit der Begrüßung, aber jetzt ist alles unter Kontrolle. Sie soll nicht glauben, dass es okay ist, Besucher umzuwerfen. Greg hat schon ein paar Sachen auf dem Grill. Ich hoffe, ihr seid hungrig. Es gibt was Einfaches …« Er sah prüfend zu Joanna. »Also nichts Gourmetmäßiges.«

»Klingt perfekt.«

Sie gingen um das Haus herum, und Ashley sah die hübschen Blumenbeete, ein Stück Rasen und ein Tor zu einem Pfad, der vermutlich zum Strand führte. Im Hintergrund hörte sie das Rauschen der Brandung und das Geschrei spielender Kinder.

Sie fühlte eine tiefe Sehnsucht in sich aufsteigen.

Das hier will ich, dachte sie. Eines Tages will ich das hier. Ein eigenes Zuhause am Meer.

Sie würde niemals etwas so Atemberaubendes wie Otter's Nest besitzen, doch das hier, oder eine kleinere Version davon, wäre der Traum.

Mel kam aus dem Haus. »Joanna! Du siehst wunderbar aus.«
Sie zögerte kurz und umarmte dann erst Joanna, danach Ashley.

Ashley erwiderte die Umarmung erleichtert. »Danke für die Einladung.«

Es hätte unangenehm sein können, doch Mel schien die Vergangenheit abgehakt zu haben.

»Ich freu mich, dass ihr gekommen seid. Greg kennt ihr ja schon. Eden sollte auch hier sein, aber sie ist surfen gegangen und noch nicht zurück.« Enttäuscht sah sie sich um, und Ashley fühlte mit Eden. Wie oft hatte ihre Mutter sie mit genau diesem Blick bedacht? Erwachsene vergaßen, wie es war, ein Teenager zu sein. Sie ermahnten einen, sich erwachsen zu benehmen, doch dann behandelten sie einen wie ein Kind und wollten jede Bewegung kontrollieren.

Heute würde sie alles dafür geben, auch nur einen Tag von ihrer Mutter genervt zu werden, doch damals hatte es sie in den Wahnsinn getrieben.

»Ich bin hier!« Ein Mädchen öffnete das Tor und lief über das Gras. Sie trug einen Neoprenanzug, und ihr feuchtes Haar fiel ihr über die Schultern. »Tut mir leid. Ich habe die Zeit vergessen.«

Mel seufzte. »Du musst duschen und dich umziehen und …«

»Ich weiß, dass ich duschen und mich umziehen muss! Ich bin nicht mehr sechs. An guten Tagen kann ich mich sogar allein anziehen, Mom.« Die Gereiztheit in Edens Miene verschwand, als sie sich Joanna zuwendete. »Hallo.« Sie lächelte sie freundlich an und blickte dann zu Ashley. »Ich kenne dich aus dem Fernsehen. Also, da stehen heute jede Menge Dinge über dich im Internet und …«

»Eden!« Mel wirkte beschämt. »Entschuldige dich.«

»Wofür?« Eden verdrehte die Augen, wirkte aber ebenfalls verlegen. »Tut mir leid. Ich wusste nicht, dass ich das nicht erwähnen sollte. Es steht überall, deswegen dachte ich … entschuldige.«

Ashley wand sich. »Das ist völlig in Ordnung. Ich meine, es ist natürlich nicht in Ordnung, es ist totaler Bullshit ...« Sie warf Joanna einen entschuldigenden Blick zu. »Aber es ist, was es ist.«

Bess kam wieder angestürmt, gefolgt von Nate.

»Drinks? Was kann ich euch bringen?«

Ashley ging davon aus, dass die Spannungen zwischen Eden und Mel einen gemütlichen Abend torpedierten, doch das konnte sie nicht zulassen. Joanna musste Zeit mit Mel und Nate verbringen, oder?

Sie sah zu den Surfbrettern, die an der Wand lehnten, und wandte sich wieder Eden zu. »Du surfst?«

»Seit ich fünf bin. Mein Dad hat es mir beigebracht.«

»Das ist cool. Kommst du von hier aus zum Strand?«

»Durch das Tor.« Eden zögerte. Fing ihren Blick auf. »Möchtest du es dir anschauen? Ich zeige es dir.«

»Das wäre schön, wenn es für dich passt.«

»Passt bestens.« Edens Anspannung ließ nach. »Gib mir fünf Minuten zum Duschen und Umziehen.«

Genau fünf Minuten später war sie wieder da. Sie trug Shorts und ein hellblaues T-Shirt, ihr Haar war noch feucht von der Dusche.

Mels Ermahnung, rechtzeitig zum Essen wieder zurück zu sein, klang ihnen noch in den Ohren, als sie zum Tor liefen.

»Tut mir leid wegen meiner Mom.« Eden stieß das Tor auf. »Sie kann ein bisschen penetrant sein. Alles muss immer genau so laufen, wie sie es möchte. Niemand darf einen eigenen Willen haben. Jedenfalls ich nicht.«

»Ich weiß. Das ist so eine Mutter-Tochter-Sache.« Ashley sah Eden an. »Deine Mom war gestern sehr freundlich zu mir. Sie hat mir geholfen. Hat sie dir das erzählt?«

»Sie hat mir gar nichts erzählt, aber wir haben uns gestern nicht gesehen.« Eden schloss das Tor hinter ihnen. »Hat dir wie geholfen?«

»Du hast die Bilder gesehen. Hast gelesen, was sie über mich geschrieben haben. Ich wollte abhauen aus Silver Point. Ich wollte die Dinge für Joanna nicht noch schlimmer machen und hielt das für das Beste. Mir ging es ziemlich mies.« Sie konnte noch immer kaum glauben, welchen Weg sie zurückgelegt hatte. »Ich stand an der Main Street und überlegte, was ich tun soll, als Mel mich sah. Sie rief deinen Dad an, und er sammelte mich auf und brachte mich ins Surf Café. Dann riefen sie Joanna an.«

»Das wusste ich nicht. Aber Mom und ich reden im Moment nicht viel miteinander.«

»Deine Mom und Joanna waren mal beste Freundinnen, wusstest du das?«

Eden zuckte die Achseln. »Sie erwähnte es manchmal, wenn es neue Schlagzeilen um Joanna gab. Joanna war mal mit meinem Onkel Nate zusammen, was ein bisschen schräg ist, wenn ich ehrlich bin. Aber es ist lange her. Sie haben sich getrennt. Über die Einzelheiten weiß ich nichts.«

Ashley wusste, wie schwierig es war, die eigenen Eltern als Individuen mit eigener Geschichte zu sehen.

Sie hatten den Strand erreicht, wo Ashley ihre Schuhe auszog und ihr Gesicht einen Moment der Sonne entgegenreckte. Sie blickte zu Eden. »Joanna war nervös, dass sie heute herkommt.«

»Wegen Onkel Nate?«

»Ich weiß es nicht. Vielleicht.« Sie grub ihre Zehen in den weichen Sand. »Gestern war da etwas …«

»Etwas?« Eden sah sie fragend an und zuckte dann die Achseln. »Du musst es mir nicht erzählen. Ist schon okay.«

»Möchte ich aber.« Sie wusste instinktiv, dass sie Eden vertrauen konnte, und es war ein Segen, mit jemandem in ihrem Alter sprechen zu können. »Anfangs hab ich geglaubt, dass es eine üble Trennung war. Ich meine, sie spricht nicht gern über ihn. Aber als ich sie dann zusammen sah – wham. Es war wie im Film.«

Eden grinste. »Ich höre.«

»Vermutlich war es nichts. Zwanzig Jahre sind vielleicht zu viel, um an Groll festzuhalten.«

»Vielleicht. Oder vielleicht war da was.« Eden sah nachdenklich drein. »Meine Mom hat mir mal erzählt, dass sie aufrichtig überrascht war, als sie sich trennten. Joanna ging am selben Tag mit Cliff fort. Ich bin keine Expertin, aber das sieht für mich nach Rache aus.«

»Für mich auch.«

»Aber Joanna ist heute hergekommen – also muss das etwas bedeuten. Wenn sie ihm aus dem Weg gehen wollte, wäre sie nicht hier, oder?«

Ashley blickte hinaus aufs Meer. »Sie wollte nicht, aber deine Mutter blieb hartnäckig.«

»Das klingt nach Mom.« Eden verzog das Gesicht. »Sie hat klare Vorstellungen, was für jeden das Beste ist, und das Leben ist meistens leichter, wenn man einverstanden ist. Wenn nicht ...« Sie zuckte die Achseln. »Dann wird das Leben schwierig. Sie sagt mir, es sei an der Zeit, erwachsen zu werden, doch dann trifft sie alle Entscheidungen für mich. Ich darf meine Entscheidungen nur dann selbst treffen, wenn sie sie okay findet. Ist deine Mom auch so?«

»Meine Mom ist tot.«

»Oh.« Eden hob entschuldigend den Arm. »Ich und meine große Klappe. Es tut mir leid.«

»Ist schon okay. Und ich kenne das.« Ashley dachte an ihre Mutter und die vielen Jahre, die sie das Geheimnis über Cliff für sich behalten hatte. Sie hatte getan, was sie für das Beste für Ashley hielt – doch stimmte das eigentlich, oder hatte sie getan, was das Beste für sie selbst gewesen war? Die Frage nagte an ihr. »Ich kenne das wirklich.«

Eden hob die Brauen. »Echt?«

»Ja. Meine Mutter traf Entscheidungen, von denen sie glaubte, sie wären das Beste für mich, doch ich glaube nicht, dass sie das auch tatsächlich waren. Du weißt von Cliff Whitman. Du weißt, dass ich seine Tochter bin.« Wozu etwas zurückhalten, wenn Eden vermutlich sowieso schon alles im Internet gelesen hatte? »Ich wusste immer, dass mein Dad nicht mein leiblicher Vater war. In der Sache war meine Mutter offen. Aber immer wenn ich nach Einzelheiten fragte, sagte sie nur, dass es keine Rolle spiele, dass es nichts bedeutet hätte und von ihrer Seite nur ein verrückter Moment gewesen sei. Aber sie nannte nie einen Namen, was mir seltsam vorkam. Warum nicht?« Überrascht nahm sie wahr, wie sehr das alles noch schmerzte. »Sie dachte, es wäre das Beste, wenn ich es nicht wüsste. Und vielleicht hatte sie recht, aber ich glaube es nicht.«

»Wie hast du es herausgefunden, wenn sie es dir nicht gesagt hat?«

»Sie wurde krank. Das Geld war knapp …« Ihr Magen zog sich zusammen. Geld war praktisch nicht vorhanden, und darüber musste sie sich noch Gedanken machen. Später. Noch konnte sie das nicht. »Sie nahm Kontakt zu Cliff auf, um ihn zu überzeugen, Verantwortung zu übernehmen, auch wenn ich nicht weiß, warum sie glaubte, dass er das tun würde.«

Eden gab einen spöttischen Laut von sich. »Wenn er es schon zu Beginn nicht getan hatte, warum sollte er es dann am Ende tun?«

»Genau. Sie war verzweifelt. Und er wollte natürlich nichts davon wissen. Da hat sie es mir dann erzählt. Kurz bevor sie starb …« Sie brach ab und spürte Edens Hand auf ihrem Arm.

»Es tut mir leid, dass du das erleben musstest. Es tut mir leid, was du jetzt alles durchmachst. Das ist totaler Mist.«

»Ja.« Ihre Kehle war wie zugeschnürt, und einen schrecklichen Moment lang fürchtete sie, sie würde vor diesem Mädchen, das sie nicht einmal kannte, anfangen zu weinen. Doch dann beruhigte sie sich, und sie konnte wieder atmen. »Ich war ziemlich fertig.«

»Natürlich. Jeder wäre das gewesen.«

»Und ich war wütend.« Ashley atmete tief ein. »Und verwirrt. Als sie es mir erzählte, schrie ich sie an.« Die Erinnerung daran brachte sie fast um. »Ich habe sie tatsächlich angeschrien.«

»Meine Mom und ich schreien uns auch an. Das ist normal, und du hattest Grund, sauer zu sein.« Eden hielt inne. »Außerdem hattest du vermutlich Angst, weil sie so krank war. Da hätte jeder geschrien.«

So hatte sie das noch gar nicht betrachtet. »Ich hatte Angst. War entsetzt. Ich wollte wissen, warum sie es mir nicht früher gesagt hat, und sie weinte und schluchzte und meinte, sie hätte getan, was sie für das Beste gehalten hätte, und ich fühlte mich so schlecht, dass ich nur sagte: ›Vergiss es, lass es uns vergessen, es spielt keine Rolle.‹«

»Aber es spielte eine Rolle«, sagte das andere Mädchen leise. »Und du konntest es nicht vergessen. Bist du deshalb nach L. A. gefahren?«

»Ja. Zuerst konnte ich an nichts anderes denken, als dass meine Mom tot war, doch schließlich ging ich los, ihn ausfindig zu machen. Ihn damit zu konfrontieren.« Und weil Eden abgesehen von Joanna der erste Mensch war, dem sie davon erzählte, sprudelte alles aus ihr heraus, und Eden hörte zu, ohne sie zu unterbrechen. Sie blickte Ashley aufmerksam an, während diese jeden einzelnen Moment jenes Abends und der folgenden Tage erneut durchlebte. Und als sie schließlich aufhörte zu reden, atmete Eden tief durch.

»Du bist zu ihm in den Wagen gestiegen. Du hast es ihm gesagt. Das ist …«

»Eine riskante Sache?«

»Ich wollte megamutig sagen.« Eden grinste. »Wirklich megamutig.«

Ashley war ganz und gar nicht zum Lächeln zumute gewesen, doch jetzt grinste sie auch. »Findest du?«

»Aber ja. Du bist für dich eingestanden. Du hast ihn nicht davonkommen lassen. Ich wünschte, ich hätte den Mut gehabt, dasselbe zu tun. Es tut mir nur leid, dass es so ausgegangen ist und er dir nicht geholfen hat. Stimmt es, dass du schwanger bist?«

»Ja.«

»Kannst du es fühlen?« Eden sah sie neugierig an und wurde dann rot. »Entschuldige. Das war unhöflich. Ich habe nur noch nie jemanden getroffen, die schwanger ist.«

»Das ist nicht unhöflich. Und nein. Ich kann es nicht fühlen. Noch nicht. Das Baby ist noch ein Problem, für das ich eine Lösung finden muss. Ich schiebe das noch hinaus. Ich hatte all diese Pläne, und nun habe ich gar keine Pläne mehr.«

»Was wolltest du tun?«

»Ich hatte einen Platz am College. Ich wollte Informatik studieren. Ich wollte Computerspiele entwickeln.« Inzwischen schien das so weit weg. »Das war mein Traum, aber als Mom krank wurde, konnte ich sie nicht alleinlassen. Und jetzt habe ich das Geld nicht, und dann ist da noch das Baby ...« Alles schien über sie hereinzubrechen, und sie atmete tief durch. »Das Leben läuft nicht so, wie man es geplant hat, aber das bedeutet nicht, dass es nicht gut sein kann, oder? Es ist nur ein Richtungswechsel. Und es gibt kein Gesetz, dass Träume sich nicht verändern dürfen.«

Eden sah sie lange mit merkwürdiger Miene an. »Ich schätze ja.«

»Was ist mit dir?«

»Ich weiß nicht. Ich weiß nicht, was ich will.« Eden zögerte. »Mom möchte natürlich, dass ich aufs College gehe.«

»Was bedeutet, du bist versucht, das Gegenteil zu tun?« Ashley grinste und Eden ebenso.

»So ungefähr. Und wo wir schon von meiner Mutter sprechen: Wir sollten zurückgehen, oder sie bekommt einen Herzinfarkt. Außerdem könnte Bess unsere Burger essen.« Eden nahm ihren Arm und zog sie zurück auf den Weg.

Sie erreichten das Tor.

Eden blickte dorthin, wo Joanna mit Mel stand. »Sie ist überhaupt nicht so, wie sie in den Geschichten dargestellt wird.«

»Ich weiß. Es ist, als ob die Medien diese Person komplett erfinden. Und weil sie sich nie verteidigt oder etwas sagt, halten die Leute sie für schwach. Doch sie ist die stärkste Person, die ich je kennengelernt habe. Stille kann Stärke bedeuten, das habe ich gelernt. Und sie war sehr freundlich zu mir.«

»Ist es komisch? Also zu wissen, dass deine Mom …«

»Mit ihrem Mann geschlafen hat? Ja. Am Anfang wollte ich mich immer entschuldigen, aber jetzt …« Ashley zuckte die Achseln. »Es war nicht meine Schuld. Es war nicht Joannas Schuld. Deshalb bin ich gegangen. Ich wollte nicht, dass sie wegen mir noch mehr am Hals hatte. Und ich bin froh, dass wir nicht fortgehen. Ihr gefällt es hier, das weiß ich. Ich hoffe nur, dass deine Eltern, Nate und Joanna sich versöhnen können.«

Eden neigte den Kopf. »Ich schätze, dass es kompliziert war mit Mom und Nate als Zwillingen. Sie sind durchaus unterschiedlich, stehen sich aber sehr nah. Mom betet Nate an, und dass Joanna ihn einfach so hat sitzen lassen, muss schwer gewesen sein.«

Sitzen lassen? Ashley runzelte die Stirn. »Was?«

»Stell dir das vor – den einen Moment sind sie ihr ganzes Leben lang zusammen, und im nächsten haut Joanna mit einem Typen ab, den sie gerade erst kennengelernt hat. Mom hat das ziemlich mitgenommen, und du verstehst sicher, warum. Ihre beste Freundin lässt ihren Bruder auf eine wirklich miese Art sitzen und redet noch nicht mal mit ihr darüber. Wen unterstützt du? Wie unterstützt du beide?« Eden zuckte die Achseln. »Ein einziger Albtraum. Ich weiß nicht, was ich getan hätte. Wüsstest du es?«

»Aber … so ist es nicht gewesen. Es war Nate, der Joanna sitzen gelassen hat. Den einen Moment waren sie für immer zusammen, und im nächsten küsste er eine Blondine vor ihren Augen.« Ashley platzte mit Joannas Verteidigung heraus, bis sie begriff, dass Eden vor ihr stand und dass Eden Mels Tochter war und dass es vermutlich ziemlich blöd gewesen war, das jetzt zu sagen.

Eden starrte sie an. »Er hat was?«

»Nichts. Vergiss es.« Ashley spürte, wie ihr Gesicht brannte. »Ich hätte nichts sagen sollen.«

»Doch, das solltest du. Eine Blondine geküsst? Ist das wahr? Er hat mit ihr Schluss gemacht?« Eden schnaufte. »Meine Mom glaubt, dass Joanna die Schuld trifft.«

»Sag nichts.«

»Vielleicht wird Joanna es ihr erzählen.«

»Vielleicht.«

Ashley beobachtete, wie Joanna über irgendetwas, das Mel erzählte, lächelte. Worüber auch immer sie sprachen, es schien nichts Strittiges zu sein. Offenbar hatte nicht nur Mel entschieden, zumindest für heute Abend die Vergangenheit ruhen zu lassen. »Glaubst du, dass sie wieder zusammenkommen?«

»Joanna und Nate?« Eden runzelte die Stirn. »Ich bezweifle es. Ich meine, wenn es funktionieren würde, hätten sie nie Schluss gemacht, oder?«

»Ich weiß nicht. Menschen können sich ändern. Joanna ist nur hier, weil Mel und ich sie dazu gedrängt haben.«

»Vielleicht fällt es Joanna schwer, Nate zu vergeben. Sieh nur, sie und Nate unterhalten sich nicht einmal.« Edens Blick wanderte über den Rasen. »Er hilft meinem Dad mit dem Essen, und Joanna unterhält sich mit meiner Mom.«

Ashley folgte ihrem Blick. »Meinst du, wir sollten – nein. Sollten wir nicht.«

Eden dachte darüber nach. »Oder wir sollten doch.«

Ashley sah sie an. »Dafür sorgen, dass sie zusammen sind?«

»Warum nicht?«

»Weil wir uns nicht einmischen sollten?«

»Erwachsene mischen sich die ganze Zeit in unser Leben ein. Ich wüsste nicht, warum wir das umgekehrt nicht machen dürfen. Und wir würden uns nicht wirklich einmischen. Wir schaffen nur eine Gelegenheit, damit sie sich unterhalten können. Was sie daraus dann machen, ist ihre Sache.«

Ashley grinste. »Du bist gut.«

»Ich wünschte, meine Mom sähe das auch so.« Eden stieß das Tor auf. »Lass es uns tun.«

17. KAPITEL

JOANNA

»Das war ungefähr so subtil wie ein Tritt in den Hintern.« Nate hielt das Tor auf, das zum Strand führte. »Ich entschuldige mich für meine Familie. Ich hoffe, sie haben dich nicht in Verlegenheit gebracht.«

»Ich habe mehr Erfahrung mit Verlegenheit als irgendjemand sonst in Kalifornien. Es braucht mehr als eine kleine gut gemeinte Manipulation, um mich in Verlegenheit zu bringen.« Joanna ging vorsichtig auf dem sandigen Pfad, der vom Haus zum Strand führte.

Sie wusste nicht einmal, wie sie hier gelandet war. In der einen Minute hatte sie mit Eden und Ashley gesprochen, und in der nächsten hatten die beiden einen Spaziergang am Strand vorgeschlagen. Und hier war sie. Allein mit Nate. Sie sollte sich befangen fühlen, doch dem war nicht so, und das überraschte sie. In seiner Gegenwart fühlte sie sich weniger befangen als mit Mel. Das Gespräch mit ihrer alten Freundin war höflich, aber gekünstelt gewesen. Lag das an Mel oder an ihr? Würde es sich ändern, wenn sie ihr die Wahrheit über die Trennung von Nate erzählte? Vielleicht war es kindisch, die Vergangenheit wieder auszugraben. So viel Zeit war vergangen. Spielte die Wahrheit überhaupt noch eine Rolle?

Doch sie wusste, dass sie über das, was damals geschehen war, reden mussten.

Langes Gras streifte ihre Oberschenkel, und sie hörte das beständige Rollen und Brechen der Wellen auf dem Sand. Als sie jung waren, hatten sie das jeden einzelnen Tag getan. Sie waren zum Strand gegangen. Hatten auf dem Sand gespielt, waren im Meer geschwommen. Hatten gelacht. Es schien so lange her.

»Das weckt Erinnerungen.«

Er blickte sie an. »Gute?«

»Natürlich.« Dann kam ihr der Gedanke, dass er sich vielleicht befangen fühlte, auch wenn sie es nicht war. »Es tut mir leid, dass sie dich in diese Lage gebracht haben. Wir können jederzeit zurückgehen, wenn du möchtest.«

»Mit Lage meinst du, dass wir zwei allein sind? Mir tut das nicht leid. Ich hatte schon überlegt, wie wir Zeit für ein Gespräch zu zweit finden, und sie haben es uns leicht gemacht.«

Gespräch? Was gab es zu besprechen?

Vermutlich wollte er klare Verhältnisse zwischen ihnen schaffen, damit sie beide einigermaßen harmonisch in Silver Point leben konnten. Aber wollte sie dieses Gespräch wirklich? Sie war nicht sicher.

»Du musst nicht befangen sein, weil ich hier bin, Nate. Das zwischen uns ist lange her.« Sie hatten einander versprochen, für immer zusammenzubleiben, doch wie sich gezeigt hatte, war seine Vorstellung von »für immer« deutlicher kürzer als ihre.

Dank des zeitlichen Abstands und ihrer Lebenserfahrung erkannte sie jetzt, wie naiv sie beide gewesen waren. Wie anders die Welt doch aussah, wenn man erwachsen war.

»Vorsicht, der Pfad ist uneben.« Er reichte ihr seine Hand, doch sie ignorierte sie und machte vorsichtig einen großen Schritt über das Loch im Boden, vor dem er sie gewarnt hatte.

Sie wollte seine Hand nicht. Sie hatte sich etwas vorgenommen, während sie im Badezimmer Rouge aufgetragen und einen, wie Ashley es nannte, »umwerfenden« Look kreiert hatte: Zum einen wollte sie über nichts Ernstes reden und zum anderen ihn auf gar keinen Fall berühren.

Es war schwerer, als sie gedacht hatte. Dieser neue Nate war fremd und gleichzeitig so vertraut, dass es ihr einen Stich versetzte. Diese Fältchen in seinen Augenwinkeln, wenn er lächelte. Er lachte noch genauso wie früher und schaute sie genauso an, wenn sie redete.

Etwas nervös blickte sie zum weiten blauen Horizont. »Greg und Mel haben ein schönes Haus. Und Eden ähnelt Mel so sehr.«

Nate lachte. »Sag das keiner von ihnen, wenn du am Leben bleiben willst.«

»Sie haben Streit?« Sie dachte an das, was sie von Mel wusste, und die kurze Zeit, die sie Eden hatte beobachten können. »Ja, das kann ich mir vorstellen. Sie sagen beide, was sie denken.«

»Zum Glück haben sie Greg, der sich im Notfall zwischen sie wirft. Mel hat klare Vorstellungen, was Eden mit ihrem Leben anstellen soll. Sie hat sie dazu erzogen, sich ihre eigenen Gedanken zu machen und unabhängig zu sein …«

»Und jetzt verhält sie sich genau so, und Mel gefällt das Ergebnis nicht? Es muss schwer sein, sich um sein Kind zu sorgen, das kein Kind mehr ist.«

Er blickte sie an. »Das ist das Komische, wenn man sich an der Schwelle zum Erwachsensein befindet, oder? Man glaubt, alles zu wissen. Man denkt, man sei sicher und wisse, wie das Leben funktioniert. Niemand darf einem etwas sagen, und überhaupt, was wissen die schon? Und wenn du dann erkennst, dass du doch nicht wusstest, wie alles funktioniert, und du von vielem keine Ahnung hattest, ist es zu spät, alles in Ordnung zu bringen, und man muss das Beste daraus machen.«

Sprach er von seinem Leben oder von ihrem? Oder ganz allgemein?

»Ich bin nicht sicher, ob ich jemals wissen werde, wie das Leben funktioniert. Und vielleicht ist das gut so. Wenn dein Lebensplan zu starr ist, ist es schwerer loszulassen.« Wann lief das Leben schon nach Plan? Selten. »Kontrolle ist eine Illusion, oder?«

»Meistens, auch wenn wir Menschen sind und der Glaube, wir könnten unser Schicksal selbst bestimmen, zum Menschsein gehört.«

Sie hatten jetzt den Strand erreicht und zogen die Schuhe aus, um sie auf dem Pfad zurückzulassen.

Würden die Leute sie erkennen? Hoffentlich nicht.

Joanna Whitman trug Schwarz-Weiß, und Haare und Gesicht wurden fast immer von einem Hut beschattet.

Joanna Rafferty trug ihr Haar offen über einem auffälligen grünen Kleid aus fließendem Stoff.

Die untergehende Sonne glühte orange von einem Himmel, der in Gold-, Rosa- und Rottönen erstrahlte. Sie sah hinaus aufs Meer, über die Wellen und die Gischt hinweg bis zum Horizont.

»Es gibt nichts Schöneres als einen kalifornischen Sonnenuntergang.« Sie schlenderte hinunter zum Wassersaum, und er ging neben ihr, wie sie es früher so oft getan hatten. Die Situation fühlte sich so vertraut an, dass sie ihre Finger fast um seine geschlungen hätte.

Offenbar dachte er das Gleiche, denn er hielt an und musterte sie mit einem merkwürdigen Blick. »Joanna Rafferty.«

Sie verbesserte ihn nicht, denn so fühlte sie sich.

Heute Abend war sie Joanna Rafferty.

Ihr Herz pochte. »Ist das der Moment, in dem du mir erzählst, dass ich mich nicht verändert habe?«

»Du hast dich verändert. Ich auch. So ist das Leben, oder? Es formt einen, so wie es diese Küstenlinie formt. Du bist die Gleiche und doch anders.« Er steckte die Hände in die Hosentaschen, als müsse er sich mit Macht daran hindern, sie zu berühren. Sie spürte einen Moment der Enttäuschung und fragte sich dann verwirrt, ob sie sich tatsächlich wünschte, dass er sie berührte. Gab es nicht schon genug Komplikationen in ihrem Leben?

»Inwiefern bin ich anders?«

»Du bist auf der Hut. Zurückhaltend, auch wenn dir das niemand verdenken kann. Ich schätze, in deinem Leben ist es schwer, zu wissen, wem du vertrauen kannst.«

Allerdings, das hatte sie bereits früh festgestellt. Sie hatte vertraut und war im Stich gelassen worden. Sie hatte Erwartungen an Menschen gehabt und war enttäuscht worden. »Am sichersten und einfachsten ist es, niemandem zu vertrauen.«

»Das denkst du?«

»Bis vor Kurzem, ja.« Sie dachte an Nessa und jetzt Ashley. Sie dachte an Mel, Greg und Nate. Daran, wie Rosa mit dem Fotografen fertiggeworden war. Wie Mary-Lou sie in der Strand-Buchhandlung wie eine lange verschollene Schwester begrüßt hatte. Vertrauen konnte verloren gehen, doch es konnte auch neu gewonnen werden. »Ich habe die Art, wie ich gelebt habe, nicht einmal hinterfragt. Sie wurde normal.«

»Niemand sollte so leben müssen.«

»Dank Ashley denke ich gerade um.« Sie erzählte ihm von Rosa und dem Fotografen, und er hörte aufmerksam zu, so wie Nate immer zugehört hatte: als sei jedes Wort wichtig. Als sie fertig war, lächelte er.

»Ich hörte davon. Der Kerl wurde gesehen, als er Richtung Süden fuhr.«

»Du weißt es?«

»Das hier ist Silver Point. Rosa hat die Geschichte in Umlauf gebracht, um die Leute zu warnen. Sie sagte, dass er zudringliche Fragen gestellt hätte.«

»Das hat er«, sagte Joanna. »Ich schätze, das ist sein Recht.«

»So wie es unser Recht ist, diese Fragen nicht zu beantworten. Hier sind wir immer schwimmen gegangen. Weißt du noch?«

»Ja.« Sie erinnerte sich an alles, auch an das, was danach geschah.

Sein Mund. Seine Hände. Sein Körper.

»Kann ich dich in Versuchung führen?«

»Wie bitte?« Nur dieser Satz, und ihr Körper wurde heiß, und sie konnte nicht mehr richtig atmen.

»Zum Schwimmen im Meer.«

Sich ausziehen bis auf ihren Badeanzug, ihr Kleid am Strand lassen und mit ihm ins Wasser gehen? Zuschauen, wie er neben ihr sein Shirt auszog?

Etwas, das sie früher ständig getan hatten, bekam nun eine neue Bedeutung.

»Ich denke nicht.«

Seinem Blick nach zu urteilen wusste er genau, warum sie ablehnte, und für einen Moment schienen die Erinnerungen fast greifbar zu sein.

Er lächelte. »Dann lass uns ein Stück gehen.«

Sie liefen die Küstenlinie entlang in Richtung von Otter's Nest.

Es war das erste Mal seit damals, dass sie einfach so am Strand spazieren ging. »Es ist merkwürdig. Zurück zu sein. Es fühlte sich wie zu Hause an und gleichzeitig nicht wie zu Hause.«

»Ich weiß nicht, wie du zwanzig Jahre fortbleiben konntest. Warst du vorher nie versucht zurückzukommen?«

»Es war kompliziert.« In gewisser Weise war es einfacher fortzubleiben als zurückzukommen. Sie hielt inne und hob eine Muschel auf. »Was ist mir dir? Du bist in Silver Point geblieben?«

»Ich ging zum College. Dann kam ich wieder.«

Was war aus seinen Plänen geworden, zu reisen und die Welt zu sehen? Aus all dem, von dem er gesagt hatte, er müsse es tun? Sie hätte verletzt sein können, doch sie war es nicht.

Gefühle waren Gefühle. Man fühlte sie oder nicht. Das verstand sie jetzt. Argumente, Entschuldigungen, Sehnsüchte – nichts davon war relevant.

»Ich dachte, du wärst verheiratet und hättest Kinder.« Sie hatten einmal darüber gesprochen, als sie beide noch zu jung waren, um zu ahnen, wie kompliziert das Leben sein konnte.

»Keine Kinder. Einmal verheiratet …« Er sagte es von sich aus. »Wir brauchten vier Jahre, um uns einzugestehen, dass wir einen Fehler gemacht hatten.«

Sie hätte das auch tun sollen, das wusste sie jetzt. Sie hätte den Fehler viel eher eingestehen sollen, statt immer Entschuldigungen zu finden und zu versuchen, das Beste aus der Situation zu machen. Sie hätte sagen sollen: Ich verdiene mehr als das, und dann dafür sorgen müssen, dass sie es bekam. Aber manchmal war es einfacher, sich mit dem zufriedenzugeben, was man hatte, als dafür zu kämpfen, dass sich die Dinge änderten.

»Es tut mir leid, dass es nicht geklappt hat. Das ist hart.«

»Nicht so hart, wie es hätte sein können. Unsere Gefühle waren beiderseits nicht sehr tief, was keine gute Ehe ergibt, aber die Trennung einfacher macht. Wir waren uns einig, entwirrten die Fäden, trennten uns und sprechen gelegentlich noch miteinander.« Er bückte sich und hob eine Muschel auf. Ihre Perlmuttoberfläche glänzte. »Jetzt bist du dran.«

»Erwartest du von mir, dass ich meine romantische Vergangenheit offenlege?« Sie blieb ebenfalls stehen. »Die ist doch hinlänglich bekannt. Du hast doch sicher alles darüber gelesen.«

Als es mit Cliff zum ersten Mal schlecht lief, hatte sie an Nate gedacht. Wenn man sich in einer schwierigen Situation befand, spielte das Gedächtnis einem Streiche. Es zeigte einem Bilder und Möglichkeiten, die vielleicht die bessere Wahl gewesen wären. Doch Joanna hatte sich diesen Gedanken nicht hingegeben. Sie hatte sorgfältig darauf geachtet, die Vergangenheit nicht zu glorifizieren. Doch nun war es unmöglich, nicht daran zu denken. Was wäre, wenn?

»Ich weiß, was ich gelesen habe. Aber ich bin überzeugt, dass ich die Wahrheit nicht kenne. Ich würde es gern hören, wenn du darüber reden möchtest. Falls nicht, ist das auch in Ordnung.« Er entfernte sich vom Wasser und ließ sich im Sand nieder.

Sie setzte sich zu ihm.

»Das habe ich vermisst. Ich habe es vermisst, frühmorgens und spätabends im Sand zu sitzen und einfach nur aufs Meer zu schauen.« Sie sah zu, wie das Licht tanzte und die Wasseroberfläche die Farbe wechselte.

»Das ist die beste Aussicht, die es gibt. Ich könnte nicht ohne sie leben.« Nates Arm streifte kurz den ihren. »Für jemanden, die das Meer so sehr liebt wie du, muss es schwer gewesen sein, zwanzig Jahre in der Stadt zu wohnen oder?«

Joanna sah aufs Wasser. »Am Anfang war es mir egal. Es war ein neues Leben. Wir bauten das Unternehmen auf.« Sie hatte geglaubt, dass ihre Beziehung mit Cliff etwas Solides und Verlässliches war – dass sie eine Zukunft hatten.

»Hast du ihn geliebt?« Seine Stimme klang rau und durchbrach ihre Schutzmauern.

Sie hätte ihm sagen können, dass ihn das nichts anginge. Dass er kein Recht hätte, sie das zu fragen. Aber sie wusste nicht, wie sie es anstellen sollte, Nate gegenüber nicht aufrichtig zu sein.

»Habe ich ihn geliebt? Nicht so, wie ich vorher geliebt habe ...« Sie brachte es nicht über sich zu sagen: Nicht so, wie ich dich geliebt habe. »Aber das hatte ich auch nicht erwartet.« *Ich hatte nicht geglaubt, dass ich das bekommen könnte.* Es war schwer zu formulieren, wie wenig Selbstachtung sie damals gehabt hatte, wie alles, was vorher geschehen war, ihr Selbstvertrauen immer mehr hatte schwinden lassen ... angefangen mit dem Verlust ihres Vaters über die schwierige Beziehung zu ihrer Stiefmutter bis hin zu Nates Zurückweisung. All das hatte die Basis für ihre Beziehung mit Cliff gelegt.

Wenn sie jetzt darauf zurückblickte, ergab es so viel Sinn. Sie hatte sich für ihre Entscheidungen gegeißelt, aber wenn man sie im Zusammenhang betrachtete, waren sie verständlich.

Sie hatte lange geglaubt, dass es falsch gewesen sei, sich für Cliff zu entscheiden. Doch tatsächlich war es damals richtig gewesen. Cliff war genau das gewesen, was sie gebraucht hatte.

Plötzlich verstand sie das, und in diesem Moment vergab sie sich selbst und entdeckte, wie viel besser man sich fühlte, wenn man aufhörte, sich für Entscheidungen zu geißeln, die man getroffen hatte, um sein Bestes zu tun und zu überleben.

Sie spürte einen Frieden und eine Akzeptanz wie nie zuvor. Mitgefühl für die Frau, die sie damals gewesen war und die so viel zu bewältigen hatte. Und sie empfand Stolz, denn egal welche Hindernisse ihr das Leben in den Weg gelegt hatte, sie hatte sie überwunden.

Sie dachte an Ashley. *Eine Versagerin? Machst du Witze? Du bist eine Siegerin. Eine Inspiration.*

Ihre Ehe mit Cliff war kompliziert gewesen, doch zumindest am Anfang hatte es auch Freundschaft und Hoffnung zwischen ihnen gegeben. Liebe? Sie war nicht sicher. Cliff war am Tiefpunkt ihres Lebens für sie da gewesen, als sie verletzt und verwundet war. Sie hatte sich nicht liebenswert gefunden, und doch hatte er sie auf seine Weise geliebt. Es war keine wilde, romantische Liebe so wie mit Nate, doch angesichts der Art, wie diese geendet hatte, war Joanna mehr als froh, dass die tiefen Gefühle und die damit einhergehenden Verletzungen der Vergangenheit angehörten.

Cliff war ihr ein Freund gewesen, und im Gegenzug war sie ihm eine Freundin gewesen.

Nate rieb Sand von der Oberfläche der Muschel und sah sie dann an. »Willst du damit sagen, ich hätte dich von der Liebe abgehalten?«

Auf eine gewisse Weise hatte er das. »Ich war jung. Ich wusste nicht, wohin mit all diesen Gefühlen, als du …«

»Als ich mich trennte. Ich wollte nicht, dass du fortgehst, Joanna. Nicht eine Minute habe ich geglaubt, dass du fortgehen könntest.«

Sie erinnerte sich an den Moment, als Nate Whitney geküsst hatte. Sie hatte sofort beschlossen, dass sie niemals zusehen wollte, wie Nate andere Frauen küsste. Und auf keinen Fall würde sie so tun, als sei es ihr egal. Wenn sie in einer großen Stadt gewohnt hätten, wäre es vielleicht anders gekommen. Sie hätten getrennte Leben führen können, wären sich kaum über den Weg gelaufen. Doch hier in Silver Point, wo jeder jeden kannte, wäre sie in einem Netz emotionaler Verbindungen gefangen gewesen.

Sie wollte nicht von den Leuten bemitleidet werden, nicht zwanghaft eine tapfere Miene zur Schau tragen. Sie wollte von vorn beginnen. Sie wollte die Vergangenheit, in der sie Joanna-und-Nate gewesen waren, ausradieren und sich als Joanna neu erfinden. Allerdings konnte sie sich nicht vorstellen, wie sie das anfangen sollte. Sie wusste nicht, wie sie einen Witz hören und nicht mit ihm lachen sollte, wie sie etwas Schönes sehen und es nicht mit ihm teilen sollte. Er war bei jedem Tiefpunkt in ihrem Leben für sie da gewesen, doch dann wurde er selbst zu ihrem Tiefpunkt, und sie musste allein einen Weg finden, das durchzustehen.

»Für mich gab es keinen anderen Weg. Wenn Cliff damals nicht aufgetaucht wäre, wäre ich trotzdem gegangen.« Und vielleicht war das, was sie für Cliff empfunden hatte, keine Liebe gewesen, wie sie sie kannte, doch sie war glücklicher gewesen und hatte sich sicherer gefühlt mit der einfachen Freundschaft, die sie beide verband.

»Es tut mir leid, dass du meintest, ein neues Leben zu brauchen.« Er zögerte. »Joanna …«

»Wir müssen nicht darüber reden, Nate.« Sie wandte den Kopf und lächelte ihn an. »Es ist alles lange her.«

»Was, wenn ich es will? Was, wenn es Dinge gibt, die ich sagen möchte? Würdest du zuhören?«

Würde sie das? Es hatte eine Zeit gegeben, in der sie davon geträumt hatte, ihn zur Rede stellen zu können. *Whitney? Echt jetzt, Nate?* Wie konnte sie in dem einen Moment alles für ihn sein und im nächsten nichts? So viele Fragen und keine Antworten. Doch schließlich hatte sie begriffen, dass Antworten nichts an den Fakten änderten.

»Ich weiß nicht, wozu das gut sein soll. Es ist zwanzig Jahre her.«

»Ja. Und manche Menschen finden, dass es eine zu lange Zeit ist, um über das, was passiert ist, zu sprechen. Aber ich nicht. Ich habe mir vor Jahren geschworen, dass ich, wenn ich jemals die Gelegenheit bekomme, all das sage, von dem ich wünschte, ich hätte es an jenem Abend gesagt.« Die Reife hatte ihm ein ruhiges Selbstvertrauen verliehen. Er war ein Mann, der wusste, was er wollte, und keine Angst hatte, danach zu streben.

Ihr Herz schlug etwas schneller. »Freundschaften zerbrechen. Das passiert im Leben.«

»Wir wissen beide, dass wir so viel mehr hatten als Freundschaft. Und ich habe es verbockt. Es lag an mir.«

Vor zwanzig Jahren hätte sie zugestimmt, doch heute wusste sie, dass das Leben so einfach nicht war.

»Menschen verändern sich. Umstände verändern sich. Es gibt nichts zu bereden. Du wolltest es beenden. Wir wollten nicht das Gleiche, und damals hatte ich damit zu kämpfen …« Es hatte ihr das Herz gebrochen. »Aber das ist kein Verbrechen, Nate. Jemanden nicht genug zu lieben ist kein Verbrechen.«

»Vielleicht nicht, aber ich bin damit auf eine miese und unsensible Art umgegangen. Und es lag nicht daran, dass ich dich nicht genug geliebt habe. Eher, dass ich dieser Liebe nicht vertraute.« Er fuhr sich mit der Hand über die Stirn und verzog das Gesicht. »Wenn ich daran denke, möchte ich mich noch immer am liebsten unter einem Stein verkriechen.«

»Damals hätte ich dich nur zu gerne selbst unter den Stein gestoßen, doch die Zeit verändert die Perspektive.« Und sie beruhigte aufgewühlte Emotionen. »Vermutlich gab es keine gute Art. Obwohl es wirklich ein Tiefpunkt war, dich Whitney küssen zu sehen, und das nur eine Stunde, nachdem du mit mir Schluss gemacht hast.«

»Ja. Für mich auch. Und für sie …« Er blickte sie an. »Sie fand es nicht lustig.«

»Nein?«

»Nein. Weil sie zuerst dachte, ich würde dich betrügen. Und als ich ihr sagte, dass ich gerade Schluss gemacht hatte, dachte sie, ich würde sie benutzen. Sie lag falsch …« Er sah zum Horizont. »Ich hatte das alles nicht geplant. Ich war im Zwiespalt, fühlte mich elend, weil ich mit dir Schluss gemacht hatte, war nicht sicher, ob ich das Richtige getan hatte. Und ich versuchte, dieses neue Leben zu leben, das ich gewählt hatte. Wollte ausprobieren, wie es sich anfühlte.«

»Und wie fühlte es sich an?«

»Leer. Fremd.« Er hielt inne. »Falls es dir hilft, es dauerte ein Jahr, bis ich nach Whitney eine andere Frau geküsst habe.«

Sie musste lächeln. »Nate, du warst auf dem College. Soll ich ernsthaft glauben, dass du kein Sexleben hattest?«

»In diesem ersten Jahr? Nein. Ich stürzte mich in die Arbeit und den Sport.«

»Und dann?«

Er lächelte. »Du bist dran. Erzähl mir von dir.«

Was gab es da zu erzählen?

Sie war nur mit zwei Männern zusammen gewesen. Der eine war tot, und der andere saß dicht neben ihr, sein Knie streifte das ihre.

»Du weißt, was passierte. Ich begegnete an jenem Abend Cliff.«

»Dafür habe ich mir auch die Schuld gegeben. Du bist mit ihm gegangen, weil ich dir das Herz gebrochen habe.«

»Zum Teil, ja, aber nicht nur. Du warst nur einer der Gründe.« Nun war sie an der Reihe, die Wahrheit zu sagen. »Es war keine Affäre aus Rache, jedenfalls am Anfang nicht. Er war nett. Er bot mir einen Ausweg. Ich nahm ihn.«

»Es gab noch andere Gründe?«

»Ja. Ich hatte nach unserer Begegnung einen …« Wie sollte sie es nennen? »Einen Zusammenstoß mit Denise.«

»Du meinst einen Streit?«

»Nein, nicht direkt. Dafür braucht es zwei, und sie war die Einzige, die redete.« Sie hatte versucht, diese Szene aus ihrem Gedächtnis zu streichen. »Nachdem ich dich mit Whitney gesehen hatte, war ich aufgewühlt und völlig durcheinander. Ich hatte niemanden, an den ich mich wenden konnte. Normalerweise kam ich zu dir, wenn etwas nicht in Ordnung war …«

»Aber diesmal war ich das Problem.«

»Ja. Und ich fand es nicht fair, mich Mel anzuvertrauen. Sie hätte sich wahrscheinlich gedrängt gefühlt, Partei zu ergreifen. Also ging ich nach Hause und verkroch mich in meinem Zimmer. Meine Stiefmutter kam herein. Sie wollte wissen, was los war. Normalerweise hätte ich ihr nichts erzählt. Diese Art von Beziehung hatten wir nicht. Aber ich war aufgewühlt, und sie war da, und deswegen habe ich es erzählt und …« Sie hielt inne, weil sie den Schmerz von damals sogar nach so vielen Jahren immer noch spürte.

»So wie ich Denise kenne, war sie vermutlich nicht sehr mitfühlend.«

»Schlimmer. Sie sagte, sie sei nicht überrascht, dass du mit mir Schluss gemacht hättest. Dass ich nicht liebenswert sei. Nicht liebenswert – das sagte sie wieder und wieder. Sie sagte, wenn ich liebenswerter gewesen wäre, dann hätte ihre und meine Beziehung vielleicht besser sein können. Sie beschuldigte mich, ihre Beziehung mit meinem Vater zerstört zu haben. Ohne mich wären sie noch immer zusammen. Sie glaubte, dass mein gebrochenes Herz Karma sei.«

Nate warf die Muschel zurück ins Meer. »Sie war eine grausame und bösartige Frau.«

»Ja. Aber wenn es einem gerade schlecht geht, ist man anfällig, solche Gemeinheiten zu glauben. Ihre Worte sickerten ein. Nicht liebenswert – das nahm ich von jenem Tag mit. Und als ich mich abends zur Arbeit ins Café schleppte, fühlte ich mich genau so.« Sie hatte sich gefragt, ob die Leute ihr das ansahen, während sie Bestellungen aufnahm und Tische abräumte.

Sie hatte das Gefühl, es stünde auf ihrer Stirn geschrieben. Nicht liebenswert.

»Und dann war da Cliff mit all seinem Geld und seinem Charme.«

»Er schenkte mir Aufmerksamkeit, als ich glaubte, keine zu verdienen, und er bot mir einen Ausweg. Zu dem Zeitpunkt wusste ich nicht einmal, dass ich einen Ausweg wollte, doch als er mich fragte, ob ich mit ihm gehen würde, schien mir das die Chance auf einen Neustart zu sein. Der Gedanke daran, in Silver Point zu bleiben und dich die ganze Zeit zu sehen – das konnte ich nicht. Nach Hause wollte ich auch nicht. Mit ihr dort zu wohnen war unerträglich. Ich hasste es genauso wie sie. Ich wusste, dass wir nicht mehr in einem Haus leben konnten.«

»Sie hatte doch Verantwortung für dich. Eigentlich hätte sie gehen müssen.«

»Ich musste weg von alldem.« Sie sah ein Paar Hand in Hand an der Wasserlinie entlangschlendern.

»Darf ich dich etwas fragen?«

Sie zögerte einen Moment. »Ja.«

»Ich weiß, dass ich nicht alles glauben darf, was ich lese, aber …« Er sah sie an. »Hat er dich glücklich gemacht?«

Früher hätte sie es schwierig gefunden, die Frage ehrlich zu beantworten. Doch das Gespräch mit ihm hatte ihr eine Klarheit verliehen, die ihr über die Jahre gefehlt hatte.

»Er war, was ich brauchte«, sagte sie schließlich. »Waren wir immer glücklich? Nein. Aber es gab gute Zeiten.« Die zu vergessen und nur die schlechten zu sehen wäre leicht gewesen. An Wut und Schmerz festzuhalten. Reue. Manchmal war es zu einfach, ihre Ehe durch die Augen anderer zu sehen.

Cliff war weiß Gott nicht perfekt gewesen, sie allerdings auch nicht. Sie hatte einen Teil von sich zurückgehalten, hatte Angst gehabt, sich hinzugeben, weil sie vielleicht zurückgewiesen wurde. Angst, sich zu öffnen, weil sie das verletzbar machte.

»Und jetzt kümmerst du dich um Ashley. Schon komisch,

oder? Tut mir leid …« Er hob entschuldigend die Hand. »Das geht mich nichts an.«

Sie lachte, und er sah sie wieder an.

»Was ist so lustig?«

»Du sagst, dass ich mich um Ashley kümmere. Wenn überhaupt, kümmert sie sich um mich.«

»Du meinst, weil sie fortging, um dich zu schützen?«

»Nicht nur das.« Sie dachte daran, wie Ashley und sie zusammen gekocht hatten und sie geduldig die Temperatur runtergedreht hatte, damit Joanna nicht alles verkohlen ließ. Wie Ashley sie gedrängt hatte, Kleider anzuprobieren, die sie von sich aus nie ausgewählt hätte. Ashley, die ihr Ratschläge fürs Dating gab und anbot, sie bei ihrem Besuch bei Denise zu begleiten. »Sie sorgt dafür, dass ich mehr vom Leben will. Sie gibt mir das Gefühl, dass ich mehr haben könnte.«

Sie saßen ruhig Seite an Seite im Sand und sahen zu, wie die Wellen kamen und gingen. Wieder und wieder.

»Du magst sie.«

»Sehr.«

»Sie hat Glück, dich auf ihrer Seite zu haben. Glück, dass du trotz allem deine Güte nicht verloren hast. Wie sind eure langfristigen Pläne?«

»Darüber müssen wir uns noch klar werden.« Sie hatte allerdings schon eine Idee, die seit ein paar Tagen in ihr gärte. Gestern dann war sie sicher gewesen. Sie wusste, was sie wollte. Aber was wollte Ashley? Sie hatten noch nicht darüber gesprochen. »Wir gehen das einen Tag nach dem anderen an. Wenn sie zum ersten Mal mit der gefräßigen Pressemeute konfrontiert ist, entscheidet sie vielleicht, dass sie daran nicht teilhaben möchte.«

»Das schien ihr nicht allzu viel auszumachen. Ihre Sorge galt einzig und allein dir.«

Plötzlich wurde ihr bewusst, wie lange sie schon fort waren. »Wir sollten zurückgehen.« Sie stand auf und wischte sich Sand von den Beinen. »Sie werden sich fragen, wo wir stecken.«

»Vielleicht. Aber sie werden nicht beunruhigt sein. Ich bin froh, dass wir das gemacht haben. Es ist schön, endlich miteinander zu sprechen.«

»Ja.« Ihr Herz klopfte ein bisschen schneller, doch sie entschied, es zu ignorieren.

»Können wir das wiederholen?«

»Was wiederholen?«

»Gemeinsam Zeit zu verbringen.« Er hielt inne. »Vor allem anderen waren wir Freunde. Das hätte ich gern wieder. Du auch?«

»Du möchtest, dass wir Freunde sind?« War das möglich? Sie empfand etwas für ihn, so viel war sicher, doch waren die Gefühle neu oder ein Relikt der Vergangenheit? Natürlich war es normal, zurückzuschauen und sich zu fragen, was hätte sein können. Aber was war mit dem, was sein könnte? Sie würde immer eine Schwäche für Nate haben. War das ein Problem?

»Im Moment lebe ich mein Leben von Tag zu Tag.«

»Wenn du dein Leben Tag für Tag lebst, wie sehen dann deine Pläne für morgen aus? Das ist mein freier Tag. Hast du Lust, schwimmen zu gehen? Ich könnte ein Picknick vorbereiten.«

Sie hatten inzwischen den Pfad erreicht, und er wartete, während sie sich die Sandalen anzog und Zeit zum Nachdenken hatte. Wollte sie schwimmen gehen? Wollte sie auf einer Picknickdecke sitzen und mit diesem Mann, dem sie einst ihr Herz geschenkt hatte, essen?

Vielleicht, ja.

Wenn sie hierblieb, hier lebte und sich hier ihr Zuhause schuf, dann wollte sie sich vor nichts verstecken müssen.

»Morgen kann ich nicht. Ich habe etwas mit Ashley vor.« Sie merkte, dass er ihr nicht glaubte. »Sie bringt mir das Kochen bei. Morgen machen wir gegrilltes Käsesandwich. Am Tag danach gibt es Hühnchen – oder vielleicht Risotto. Ich weiß es nicht mehr genau. Ashley hat das Kommando.«

»Hühnchen? Ich dachte, du wärst Vegetarierin.«

Sie lächelte. »Manchmal.«

»Also … gegrilltes Käsesandwich? Warum?« Er sah sie verwirrt an. »Du warst zwanzig Jahre mit einem Starkoch verheiratet.«

»Eben. Ich lechze nach Essen, dem ich nicht applaudieren muss, und ich möchte lernen, es selbst zuzubereiten. Ashley bringt es mir bei.« Ihr kam ein Gedanke. »Gib mir eine paar Tage, um ein paar Gerichte zu üben, und dann kommst du zum Abendessen. Die Frage ist, ob du tapfer genug bist, Ja zu sagen …«

»Ja«, sagte er ohne Zögern, und sie lächelte.

»Ich gebe dir Bescheid, wann. Wir können essen und am Strand schwimmen gehen, wie wir es früher getan haben.«

»Klingt gut. Hast du dein Handy dabei?«

»Ja. Warum?«

»Weil du meine Nummer brauchen wirst, wenn du mich zum Abendessen einladen willst.«

Sie zog ihr Handy heraus und reichte es ihm, damit er sich in den Kontakten eintragen konnte.

Sie würde ihn auf ein Date einladen.

Sie würde mit ihm schwimmen gehen, für ihn kochen. Sie würde seine Freundin sein.

Aber bedeutete das jetzt, dass sie tapfer oder dass sie dumm war?

Sie wusste es nicht, doch das würde sie zweifellos sehr bald herausfinden.

18. KAPITEL

MEL

»Das war ein Erfolg.« Mel winkte, bis Joannas Wagen außer Sicht war. »Nicht annähernd so befangen, wie ich befürchtet hatte. Und Nate war herzlich und nett. Das kann nicht leicht gewesen sein. Ich bin sicher, dass ein Teil von ihm noch immer verletzt ist. Joanna hat ihre Beziehung sehr plötzlich beendet und ist dann mit Cliff fortgegangen. Du denkst vermutlich, dass das lange her ist, aber wenn man jung ist, kann so was eine nachhaltige Wirkung haben. Warum starrst du mich so an?«

»Ähm – vielleicht weil es nicht so geschehen ist?« Eden hielt Bess fest, damit sie nicht dem Wagen hinterherrannte.

»Es ist so geschehen.« Mel zupfte ein bisschen Unkraut aus dem vorderen Blumenbeet. »Ich war hier. Ich habe es miterlebt. Aber wir alle lassen es hinter uns, und das ist gut.«

»Ach um …« Eden schüttelte frustriert den Kopf. »Du bist immer so überzeugt, dass deine Interpretation von allem richtig ist, dir kommt gar nicht in den Sinn, dass du dich irren könntest. Nun, dann hier die Neuigkeiten: Du hast nicht immer recht, Mom!«

Mel blickte hoch und sah, wie Edens Augen blitzten und wie sie das Kinn leicht anhob. Nicht zum ersten Mal wünschte sie, dass ihre Tochter ihr weniger ähnlich wäre. Das aufbrausende Temperament. Diese Sturheit. Womit hatte sie dieses Mal Edens Zorn auf sich gezogen? Sie hatte keine Ahnung.

»Ich glaube nicht immer, dass ich recht habe, aber in dieser Sache habe ich es.« Heftiger, als es nötig gewesen wäre, riss Mel weiteres Unkraut aus dem Boden. Sie hatte einen angenehmen Abend gehabt und sich mit Joanna unterhalten. Es war nicht so leicht und selbstverständlich wie früher gewesen, dennoch hatte sie Spaß gehabt. Und es war noch immer warm. Der Blütenduft aus den Beeten war herrlich. Sie fühlte sich entspannt, doch das würde nicht lange anhalten, wenn das Gespräch mit Eden so weiterging.

»Siehst du? Du musst das letzte Wort haben. Du hast nicht recht. Nicht Joanna hat Nate sitzen gelassen. Es war andersherum.«

»Du weißt doch gar nichts darüber, Eden.« Mel gab das Unkraut auf. Die Entspannung wich nun endgültig der Gereiztheit.

»Nein? Hast du eigentlich jemals Joanna gefragt, was passiert ist?«

»Das muss ich nicht. Ich weiß, was passiert ist.«

»Du glaubst es zu wissen. Frag sie, Mom. Frag, was wirklich passiert ist, und dann bereite dich auf eine Entschuldigung vor.«

Vor wenigen Jahren hatte sie bekümmert daran gedacht, dass Eden irgendwann mal ausziehen würde. Im Moment war sie bereit, sie hinauszuwerfen.

»Eden …«

»Onkel Nate hat sie sitzen gelassen. Das ist passiert. Er hat sie sitzen gelassen.« Sie hob die Stimme, und Bess zuckte zusammen, ahnend, dass etwas im Busch war. »Und sie war so aufgewühlt von dem Ganzen, dass sie die Stadt mit diesem Typen verließ. Cliff.«

»Das ist nicht wahr.«

»Doch, das ist wahr. Ashley hat es mir erzählt. Eigentlich wollte sie es nicht, doch ich bin froh, dass sie es getan hat. Es erinnerte mich wieder daran, immer zu hinterfragen, was ich zu wissen glaube.«

Mel ignorierte den alles andere als subtilen Hieb. Ihr Herz pochte. Konnte das wahr sein? Nein. Nate hätte sie nicht angelogen. Doch er hatte auch nie darüber gesprochen, oder? Er hatte das immer abgelehnt. Und wenn er mit Joanna Schluss gemacht hatte, erklärte das, warum Joanna sie so verwirrt angesehen hatte, als Mel eine Entschuldigung forderte. Ein unangenehmes Gefühl machte sich in ihr breit. Wenn Eden recht hatte … »Aber warum hat Joanna mich nicht angerufen, wenn das so war?«

»Ich weiß es nicht.« Eden rollte die Augen. »Vielleicht weil du so starrsinnig bist, dass man mit dir nicht gut reden kann?«

Starrsinnig? Nicht gut zum Reden?

Sie schluckte. Offenbar ging es für Eden nicht länger um Joanna.

»Das ist sehr grausam, so etwas zu sagen.«

»Mag sein.« Eden hatte die Größe, rot zu werden. »Aber es ist die Wahrheit, auch wenn sie schwer zu ertragen ist.«

Es war nicht die Wahrheit. »Ich höre immer zu, wenn jemand Schwierigkeiten hat.«

»Ja, aber es gibt unterschiedliche Arten des Zuhörens.«

»Was soll das heißen?«

Eden zuckte die Achseln. »Es gibt zwei Arten von Zuhören: Bei der ersten hörst du tatsächlich zu, und bei der zweiten hörst du zu und bietest dann Lösungen und Urteile an, weil du glaubst, du wüsstest es am besten. Du hörst auf die zweite Art zu. Du musst Probleme lösen. Als ob die Probleme anderer Leute auf deiner To-do-Liste stünden und du sie abhaken möchtest.«

Mel nahm den Schlag hin. »Wenn jemand, den ich liebe, in Schwierigkeiten steckt, ja, dann versuche ich, bei der Lösung zu helfen. Ist das ein Verbrechen?«

»Nein, kein Verbrechen. Aber es ist auch nicht hilfreich, weil du die Probleme von anderen nicht lösen kannst. Und manchmal will man einfach nur erzählen, wie man sich fühlt, aber du erlaubst das nicht, weil du gleich mit Lösungen aufwartest.«

Doch das lag daran, dass sie zu helfen versuchte. Was war falsch daran, den Menschen, die man liebte, helfen zu wollen?

»Joanna und ich haben über alles gesprochen. Wir waren beste Freundinnen.« Ihr Mund war trocken. »Wenn Nate ihre Beziehung beendet hätte, hätte sie mir das erzählt.«

»Nun, das hat sie nicht getan. Ich kann das nicht erklären, und ich werde es auch nicht versuchen, weil ich keine Gedankenleserin bin und keine Ahnung habe, was in ihrem Kopf vorging.«

Womit sie sagen wollte, dass Mel nur Mutmaßungen anstellte. Stimmte das?

Sie hatte alle Informationen zu einem Bild zusammengesetzt, doch tatsächlich könnten sie auch ein anderes Bild ergeben.

Warum war ihr das nicht früher aufgefallen?

Wenn Joanna nicht schon weg wäre, hätte sie sie direkt befragt, doch sie war fort, womit nur noch ein Mensch anwesend war, der die Wahrheit kannte.

Ohne ein weiteres Wort zu Eden ging Mel um das Haus in den Garten. Bess folgte ihr, wobei sie etwas weniger enthusiastisch mit dem Schwanz wedelte als sonst. Mel wusste, wie sie sich fühlte. In ihrem ganzen Leben war sie noch nie so verunsichert gewesen. Sie fühlte sich wackelig. Getroffen von Edens Worten. Später musste sie sich einer unangenehmen Selbstinspektion unterziehen, doch im Moment wollte sie einfach nur die Wahrheit erfahren.

Ihr Mann und ihr Bruder saßen mit einem Bier in der Hand im Gras und waren in ein Gespräch vertieft.

»Greg?« Ihr Ton ließ ihn aufschauen. »Du musst einen Spaziergang für mich machen.«

»Einen Spaziergang? Jetzt?« Er runzelte die Stirn und setzte sich auf. »Ich bin froh, dass ich hier mit …«

»Du wirst jetzt allein einen Spaziergang machen und fünfzehn Minuten fort sein.«

»Das ist eine sehr klare Ansage. Warum fünfzehn Minuten?«

»Weil ich genau so lange brauchen werde, um Nat das zu sagen, was ich zu sagen habe, und mich danach zu beruhigen.«

Greg seufzte und stand auf.

»Was?« Nate setzte sich auf. »Du willst ernsthaft tun, was sie sagt? Was ist aus Männersolidarität geworden?«

»Die kommt an zweiter Stelle nach der Kleinigkeit, die man Ehe nennt. Außerdem nenne ich das Deeskalation.«

»Ich nenne es Feigheit«, murmelte Nate, während er zusah, wie sein Freund sich zurückzog.

Resigniert blickte er zu seiner Schwester. »Es scheint, dass du etwas zu sagen hast.«

»Und ob ich etwas zu sagen habe. So einiges. Steh auf.«

»Herrje, Mel ...«

»Nate Monroe, du wirst jetzt sofort aufstehen!«

Er seufzte und erhob sich. »Was?«

»Ich habe heute Abend etwas sehr Interessantes erfahren.« Sie sagte nicht, wie oder wo sie es erfahren hatte. Sie wollte Eden nicht mit hineinziehen. »Über dich und Joanna.«

Seine Miene wurde argwöhnisch. »Mel ...«

»Ich habe nie verstanden, warum sie sich nie wieder bei mir gemeldet hat, warum sie nie auf meine Anrufe, meine Mails und SMS reagiert hat. Nach allem, was wir gemeinsam durchgestanden haben, all diese Jahre, eine so lange Freundschaft – ich konnte mir nie einen Reim darauf machen. Sie hat dich verlassen, doch sie verließ auch mich, und ich habe das nie begriffen. Bis heute.« Sie sah, wie sich die Miene ihres Bruders veränderte. »Du weißt, was ich sagen werde, oder?«

»Ich kann es mir vorstellen. Hör zu, Mel ...«

»Nein, im Moment hörst du mir zu.« Sie stieß ihm den Finger auf die Brust, bevor sie sich daran erinnerte, dass ihr Temperament ihr Verderben war, und sie sich zusammenriss. »Und dann wirst du dich erklären, aber wenn wir zu dem Teil kommen, sage ich dir Bescheid.«

Er trat einen Schritt zurück. »Mel ...«

»Du hast mit ihr Schluss gemacht? All diese Jahre hast du mich glauben lassen, dass sie mit dir Schluss gemacht hat, doch es war genau andersherum, oder?« Sie wünschte sich sehnlichst, dass er es abstritt, doch er sah sie nur an. Sie hätte am liebsten gestöhnt und sich geohrfeigt, dass sie die Wahrheit nicht gesehen hatte. »All diese Jahre habe ich mich gefragt, was ich verbrochen habe, und jetzt stellt sich raus, dass ich nichts verbrochen habe – du warst das alles!« Sie zitterte vor Wut. »Warum hast du nicht mit mir darüber geredet? Warum hast du mir nichts davon gesagt?«

»Weil es meine Beziehung war. Meine Angelegenheit. Joannas Angelegenheit. Und fahr etwas runter. Du regst Bess auf.« Er bückte sich, um den Hund zu streicheln und zu beruhigen. »Alles in Ordnung, Mädchen. Deine Tante Mel ist wütend, aber du musst mich nicht verteidigen.«

»So, wie ich mich gerade fühle, muss sie dich vielleicht doch verteidigen. Und normalerweise würde ich zustimmen, dass deine Beziehungen deine Angelegenheit sind, aber nicht in diesem Fall. Deine Beziehung mit Joanna war sehr wohl auch meine Angelegenheit, weil sie gleichzeitig meine beste Freundin war. Wenn ich die Wahrheit gekannt hätte, hätte ich sie unterstützen können, aber sie hat mich von sich weggestoßen, und ich ließ das zu, weil ich in der ganzen Angelegenheit so zwiegespalten war. Ich wusste nicht, wie ich mit ihr befreundet sein konnte, wenn sie dich so sehr verletzt hatte. Wie konnte ich dasitzen und zuhören, was sie über dich sagt? Es war kompliziert! Aber wenn ich die Wahrheit gekannt hätte, wäre es einfach gewesen. Dann wäre ich für sie da gewesen.«

Nate straffte sich. »Ich will nicht darüber sprechen.«

»Aber ich will es, und du schuldest mir das. Warum, Nate?«

Bess winselte, und er legte ihr die Hand auf den Kopf.

»Warum? Weil ich achtzehn war und nicht wusste, wie ich mit den Dingen umgehen sollte.« Er blickte über ihre Schulter hinweg, und Mel schaute sich um.

Greg stand dort, und sie sah ihn finster an. »Ich sagte fünfzehn Minuten.«

»Man hört dich unten am Strand, Mel. Möglicherweise bis nach San Francisco bei dem richtigen Wind. Vielleicht kannst du einen Gang runterschalten.« Er seufzte. »Eine Beziehung zu beenden ist kein Verbrechen.«

»Nein. Aber mich meine Freundschaft begraben zu lassen, das sollte eines sein. Und du solltest dich hier raushalten«, riet Mel. »Das hier ist eine Geschwistersache.«

»Eigentlich ist das eine Sache zwischen Nate und Joanna«, sagte Greg. »Das ist nicht dein Problem, Mel.«

»Aber das ist der Punkt – es *ist* mein Problem.« Warum wollten sie das beide nicht einsehen? Sie hatten so einen Tunnelblick. »Joanna war meine beste Freundin. Als sie ihre Beziehung mit Nate beendete, beendete sie auch unsere Freundschaft. Ich habe sie vermisst. Ich habe sie so sehr vermisst.« Sie schluchzte fast bei den Worten. »Aber ich habe damit gelebt, weil ich dachte, sie hätte meinem Bruder das Herz gebrochen. Ich habe dich verteidigt, Nate! Habe dich geschützt. Ich war zornig auf sie und habe einen Teil dieses Zorns immer in mir getragen. Vor ein paar Tagen habe ich sie angeschrien!«

Nate sah sie überrascht an. »Du hast sie angeschrien?«

»Ja, und ich hasse mich dafür. Und ich werde mich dafür und für eine Menge anderer Dinge entschuldigen. Doch nichts davon wäre passiert, wenn du mir von Anfang an die Wahrheit gesagt hättest.« Sie vergrub beide Hände im Haar und wünschte sich verzweifelt, sie könnte die Zeit zurückdrehen. Wünschte, sie könnte einige ihrer schlimmsten Charakterzüge ausmerzen. »Es geht um den Abend, als du Whitney geküsst hast. Ich dachte damals, du würdest deine Sorgen ertränken, nachdem Joanna Schluss mit dir gemacht hatte. Das hast du mich jedenfalls glauben lassen. Doch stattdessen wolltest du Joanna zeigen, dass es vorbei war.«

Er zuckte sichtbar zusammen. »Whitney zu küssen war ein Fehler.«

»Meinst du?« Sie funkelte ihn verzweifelt und gleichzeitig frustriert an. »Ich habe mich immer gefragt, warum Joanna so überstürzt mit Cliff abgehauen ist, und jetzt weiß ich es. Du hast es ihr unmöglich gemacht zu bleiben …«

»Das ist nicht wahr. Ich wollte nicht, dass sie geht. Und ich ahnte diese Sache mit Denise ja auch nicht.«

»Denise? Was war mit Denise?«

»Das weißt du nicht?«

»Wie sollte ich es wissen? Dank dir vertraute Joanna sich mir nicht mehr an.«

Nate fuhr sich mit der Hand über den Nacken. »Sagen wir mal, sie war alles andere als mitfühlend, als sie erfuhr, dass wir uns getrennt hatten …«

»Hör auf, ich kann das nicht hören. Sie hatte einen Streit mit ihrer Stiefmutter, und das hast du mir auch nicht gesagt?«

»Den Teil habe ich erst vorhin erfahren.«

Überrascht trat Mel einen Schritt zurück. »Sie hat es dir erzählt? Ihr habt heute Abend darüber gesprochen?«

»Ja, haben wir.«

»Na dann – gut.« Ein Teil der Wut verflog. »Ich hoffe, sie hat dir die Hölle heißgemacht.«

»Hat sie nicht.«

»Sie ist zu nett. Sie hatte niemanden, Nate. Sie war allein. Zu mir ist sie nicht gekommen, weil du mein Bruder bist und sie wahrscheinlich dachte, dass sie mich in einen Loyalitätskonflikt bringt.« Der Gedanke, wie allein Joanna sich gefühlt haben musste, brachte sie fast um. Sie war kaum älter gewesen als Eden heute.

Nate hob die Hände. »Was soll ich sagen? Willst du hören, dass ich es vermasselt habe? Ja, ich habe es vermasselt. Das wusste ich schon an dem Abend.«

»Warum – warum hast du mir nicht die Wahrheit gesagt?«

Er zögerte. »Weil ich wütend auf mich selbst war und nicht wollte, dass du auch noch wütend auf mich bist. Ich wollte dich nicht enttäuschen. Ich bin dein großer Bruder, erinnerst du dich?«

»Gerade mal vier Minuten älter.«

»Außerdem bist du so verdammt perfekt, und ich war nicht sicher, ob du verstehen würdest, dass auch ein wohlmeinender Mensch es furchtbar vermasseln kann.«

»Perfekt?« Sie verschluckte sich fast an dem Wort. »Ich?«

»Ja, du. Egal was das Leben dir an Hindernissen in den Weg legt, du wirst damit fertig. Du hast auf alles eine Antwort. Du zweifelst nie. Du läufst durchs Leben in der Überzeugung, dass du recht hast. Du scheiterst nie. Ich wollte mich nicht noch schlechter fühlen, wenn du mir aufzählst, was ich alles falsch gemacht habe und was ich tun sollte, um es auszubügeln.«

Mit dir kann man nicht so gut reden.

Mel spürte, wie ihr Tränen in die Augen traten. Ein Kloß stieg ihr in die Kehle. Sie stürzte ihrem Buder entgegen, der abwehrend die Hände hob, bis er begriff, dass sie ihn umarmen wollte.

»Ich dachte, du wolltest mich hier und jetzt umbringen.« Er zog sie an sich. »Weinst du? Willst du mich durch Ertränken aus dem Weg räumen? Nicht, Mel – wenn du weinst, werde ich mir selbst nie verzeihen können.«

»Ich bin nicht perfekt. Ich bin so weit entfernt von perfekt. Ich bin jähzornig und impulsiv und glaube, alles besser zu wissen, und ich nerve und bin eine schreckliche Zuhörerin, obwohl ich mich sehr bemühe zuzuhören, doch du musst verstehen, dass ich es einfach nicht ertragen kann, wenn jemand, den ich liebe, in Schwierigkeiten steckt. Ich möchte die Dinge einfach in Ordnung bringen. Und ich weiß, dass das kontrollsüchtig erscheint, und vermutlich ist es das auch, aber es geschieht aus Liebe …«

»Hey, das weiß ich doch alles.« Er rieb ihr über den Rücken. »Worum geht es hier? Reden wir noch über Joanna?«

»Ich weiß es nicht.« Sie machte sich los und schniefte. »Es tut mir leid, dass du das Gefühl hattest, es mir nicht erzählen zu können. Damit du es weißt: Ich liebe dich, auch wenn du Makel hast. Vielleicht deswegen sogar noch mehr.«

Er grinste und wischte ihr mit einer Ecke seines T-Shirts die Tränen von den Wangen. »Werden wir jetzt rührselig?«

»Vielleicht.« Sie war noch nicht in der Lage, das Lächeln zu erwidern.

Mit dir kann man nicht so gut reden.

Was, wenn Eden sich in einer schwierigen Situation wiederfand, so wie Joanna? Zu wem würde sie gehen?

Nicht zu Mel, wenn sie ihre Bemerkung ernst meinte.

Wusste sie, wie sehr ihre Mutter sich um sie sorgte? Wie sehr sie sie liebte?

Offenbar nicht, was bedeutete, dass sie eine furchtbare Mutter war.

Nate hielt sie weiter an den Schultern fest. »Also sind wir wieder gut miteinander? Vergibst du mir, dass ich es verbockt habe?«

Zumindest diese Beziehung konnte sie in Ordnung bringen.

»Ich bin froh, dass du es verbockt hast. Das macht dich menschlich, und ich fühle mich dadurch ein bisschen weniger schlecht.« Sie schniefte, und Nate sah Greg an.

»Hast du die geringste Idee, wovon sie spricht?«

»Nein. Aber das ist in Ordnung. Meiner Erfahrung nach akzeptiert man die Dinge manchmal am besten so, wie sie sind, und versucht gar nicht, sie zu verstehen.« Greg reichte Mel eine Hand, und sie ging sofort zu ihm.

Ihr Zorn war verflogen. Beziehungen gingen manchmal zu Ende, oder? Das gehörte zum Leben. Und wenn das Gefühl nicht richtig war, dann war es nicht richtig. Doch sie hatte bei Joanna und Nate geglaubt, dass es das wäre.

»Vielleicht wäre es in keinem Fall leicht gewesen«, gab sie zu. »Wir vier standen uns so nah, dass es schwierig war, diese Konstellation zu verändern. Und es hätten wir sein können. Greg und ich.«

Greg zog sie enger an sich. »Nein, das hätten wir nicht. Von dem Moment, als ich dich zum ersten Mal am Strand ein Rad schlagen sah, war ich hin und weg. Und du brauchst mich. Du würdest morgens nie aus dem Bett kommen, wenn ich dir nicht die Bettdecke wegreißen würde.«

»Ich hasse das, wenn du mir die Bettdecke wegreißt.«

»Du verschläfst den Wecker, wenn ich es nicht tue.«

»Nervt dich das?«

»Nein, es ist bewundernswert.« Er strich mit den Fingern über ihren Arm. »Ich brauche dich übrigens auch.«

Dankbarkeit erfüllte Mel. Nie hatte sie einen Beweis seiner Liebe nötiger gehabt als in diesem Moment. »Du hältst mich nicht für eine jähzornige, sich in alles einmischende Miss Kontrolletti?«

»Doch, das tue ich. Und das liebe ich an dir.«

»Tust du das?« Sie küsste ihn auf die Wange, und Nate verdrehte die Augen.

»Nicht jeder hat das, was ihr zwei habt.« Er beugte sich vor, um Bess den Bauch zu kraulen. »Wenn ich ändern könnte, wie es damals gelaufen ist, würde ich das tun. Und es tut mir leid, dass ich alles schwerer für dich gemacht habe. Es tut mir leid, dass du sie meinetwegen ebenfalls verloren hast.«

Nachdem sie sich ihren eigenen Fehlern gestellt hatte, war sie bereit, ihm seine zu verzeihen.

»Du warst achtzehn. Achtzehnjährige sind nicht dafür bekannt, mit heiklen emotionalen Situationen taktvoll umzugehen.« Doch jetzt war sie neugierig. »Also, du und Joanna habt darüber gesprochen? Hast du dich entschuldigt?«

Nate hob die Hand. »Nur weil wir darüber gesprochen haben, bedeutet das nicht, dass ich zum Klatschmaul werde. Meine Gespräche mit Joanna sind privat.«

Sie seufzte. »Ich schätze, sogar das liebe ich an dir, auch wenn es frustrierend ist.«

»Ist hier alles in Ordnung?« Eden tauchte hinter ihnen auf, und Mel drehte sich um.

Wie lange hatte sie schon zugehört?

»Alles in Ordnung. Wir haben uns nur unterhalten, das ist alles.« Und das hatte sie Eden zu verdanken. »Es war toll, dass du Ashley heute Gesellschaft geleistet hast.«

»Natürlich. Ich mag sie.« Eden sah wachsam aus. »Wir wollen morgen was unternehmen. Darf ich deinen Wagen leihen? Sie fährt nicht und will Joanna nicht darum bitten, weil sie sowieso schon so viel für sie getan hat.«

Mels Puls beschleunigte sich. Nicht dass sie irgendwas von dem glaubte, was sie im Internet gelesen hatte, doch Ashley war schwanger. Ashley würde nicht aufs College gehen. Eden war so leicht zu beeinflussen.

Doch sie war auch vernünftig. War sie das? War sie vernünftig?

Wie dem auch sei, sie konnte sie nicht für immer beschützen, oder? Sie war ihre Mutter, nicht ihre Hüterin. Ihre Aufgabe bestand darin, sie zu unterstützen, nicht, sie zu kontrollieren.

Es spielte keine Rolle, ob ihre Sorge der Liebe entsprang oder nicht, sie musste ihrer Tochter vertrauen, dass sie gute Entscheidungen traf.

»Okay«, sagte sie. »Wir fahren zusammen nach Otter's Nest und ich verbringe Zeit mit Joanna, während du und Eden fahrt, wohin ihr wollt.«

»Cool. Danke, Mom.« Eden schien überrascht, dass es so leicht gewesen war, und schlenderte mit wippendem Pferdeschwanz davon.

Mel wollte ihr hinterherrufen. Sie wollte sagen: »Komm und geh mit mir am Strand spazieren«, doch sie hatte Angst, dass Eden ablehnen würde, und ihr Selbstvertrauen konnte im Moment keinen weiteren Schlag vertragen.

Mit dir kann man nicht so gut reden.

Eden hatte ihr vorgeworfen, immer alles in Ordnung bringen zu wollen, doch wie konnte sie nicht versuchen, diese Sache in Ordnung zu bringen?

Sie musste ihrer Tochter versichern, dass sie mit ihr sprechen konnte. Eden musste daran glauben, dass ihre Mutter ihr zuhörte. Richtig zuhörte.

Wie sollte sie das tun?

19. KAPITEL

ASHLEY

»Und, hat er dich geküsst?« Ashley reichte Joanna den Käse.

»Nein, er hat mich nicht geküsst.«

»Schade. Ich wette, er küsst gut. Aber das weißt du schon, oder? Schneid den Käse nicht zu dick. Wir werden ihn schichten.«

»Ich habe ihn seit mehr als zwanzig Jahren nicht mehr geküsst. Ich erinnere mich gar nicht mehr daran.«

»Du lügst. Vermutlich küsst er heute noch besser.« Ashley stupste Joanna in die Seite. »Junge und Mann, oder?«

Die Sonne schien durch die geöffnete Terrassentür und tauchte den Küchentresen, an dem sie hackten und schnippelten, in ein warmes Licht.

»Wir sollten dieses Gespräch nicht führen.«

»Warum nicht? Ich sehe doch, dass es dir gefällt. Du lächelst.«

»Ich lächele, weil ich Käse mag.«

»Du lächelst, weil du Nate magst. Wir sprachen übers Küssen.«

Joanna seufzte. »Ich bin zu alt dafür. Sprich mit Eden, wenn du über das Küssen von Jungs reden möchtest. Ich bin sicher, sie weiß viel mehr darüber als ich. Kann ich jeden Käse für dieses Gericht verwenden?« Sie schnitt ihn vorsichtig genau so, wie Ashley es ihr gezeigt hatte.

»Siehst du, das ist dein Problem.« Ashley beugte sich vor, und Joanna legte das Messer weg und sah sie an.

»Dass ich nicht genug über Käse weiß?«

»Dass du glaubst, zu alt zu sein. Du bist vierzig, Joanna. Vierzig ist jung. Du bist in der Blüte deiner Jahre! Hör auf, so zu tun, als seist du schon mit einem Bein im Grab.«

»Nur weil ich kein Interesse an einer Romanze habe, bedeutet das nicht, dass ich so tue, als wäre mein Leben vorbei. Du wolltest mir etwas über Käse erzählen.«

»Gleich. Du hast Angst, das verstehe ich. Liebe ist das größte Risiko, das man eingehen kann, oder?« Sie dachte an all die verpassten Anrufe und nicht abgehörten Nachrichten von Jon auf ihrem Handy. Der Gedanke stresste sie so sehr, dass sie sich rasch ein Stück Käse abschnitt und in den Mund steckte. »Ich meine, es geht um dein Herz und dein Vertrauen. Und es ist eine große Sache, all dies jemandem zu schenken, weil man sich damit so verletzbar macht. Was, wenn man alles ruiniert?« Sie starrte Joanna an. »Okay, vielleicht ist dieses ganze Liebesding überbewertet. Vielleicht sollten wir hier einfach nur wohnen, gegrillte Käsesandwiches machen und zusammen alt werden. Das klingt sicherer.«

»Sprechen wir hier von mir oder dir? Ich bin mir da nicht mehr sicher.«

»Von uns beiden. Ich habe Gefühle für Jon.« Außer Joanna hätte sie das niemandem anvertraut. »Hatte ich schon immer. Aber er ist ein guter Freund von mir, und ich habe Angst, dass wir diese Freundschaft verlieren. Alles wird sich verändern.«

»Du hast die Nachrichten immer noch nicht abgehört?«

»Nein. Ich hatte noch nicht den Mut. Wenn ich die Nachrichten abhöre, muss ich antworten, und ich weiß immer noch nicht, wie ich ihm von dem Baby erzählen soll.« Sie schämte sich, dass sie Joanna aus ihrer Komfortzone geschubst hatte, sich selbst aber an ihrer Komfortzone festklammerte. Doch dies war etwas anderes. Oder?

»Vielleicht hat er die Nachrichten gesehen und weiß es bereits.«

»Vielleicht. Ein Grund mehr, mir vor dem Gespräch zu überlegen, was ich möchte. Als du und Nate von Freunden zu mehr als nur Freunden wurdet, warst du da nervös?«

»Nein. Nate war immer in meinem Leben. Erst Freund, dann die große Liebe – es schien eine natürliche Entwicklung zu sein. Ich hatte keine Angst, dass es unsere Freundschaft zerstören könnte, weil ich mir nicht vorstellen konnte, dass das möglich wäre. Ich kam gar nicht auf die Idee.« Sie sah Ashley an. »Das war ziemlich naiv von mir, oder?«

»Nein. War es merkwürdig, ihn wiederzusehen?«

»Überraschenderweise nicht. Es fühlte sich natürlich und leicht an. Weshalb ich das wiederholen werde.« Joanna griff wieder zum Messer. »Wenn du mir drei Gerichte beigebracht hast, lade ich ihn zum Essen ein.«

»Du …« Ashley sah sie mit offenem Mund an. »Du lädst ihn zum Essen ein?«

»Ja. Aber jeder in dieser Stadt weiß, dass ich eine furchtbare Köchin bin, deswegen brauche ich erst ein bisschen Übung. Du musst mir helfen, ein Menü zusammenzustellen. Ich möchte, dass wir uns unterhalten, und ihn nicht mit etwas Verkohltem vergiften.«

»Seit wir das hier machen, hast du nichts anbrennen lassen.« In Ashleys Kopf drehte sich alles. Joanna würde Nate zum Essen einladen. Am liebsten hätte sie die Faust in die Luft gereckt. »Ich bin stolz auf dich. Geht es nur um ein Abendessen oder Abendessen und mehr?«

»Weiß ich nicht. Das wird sich zeigen, wenn er das Essen überlebt. Kochst du für Jon?«

»Ja, macht er selbst aber auch. Er ist immer hungrig. Das ist schon ein Running Gag. Und ich repariere seinen Computer. Ich bin eher praktisch veranlagt und er künstlerisch.« *Ich vermisse ihn so sehr.* »Er ist ein begnadeter Musiker. Er spielt fünf Instrumente und schreibt Songs und spielt Gitarre. Ich bin sicher, dass er eines Tages zu den Großen gehören wird. Und er zeichnet. Lustige kleine Skizzen, auf denen die Leute genauso aussehen wie in Wirklichkeit. Ich kann weder zeichnen noch singen. Aber ich kann seinen Wagen reparieren, das ist auch was, denke ich.«

»Er klingt besonders, und ihr habt offenbar eine gute Beziehung. Vielleicht solltest du dich nicht sorgen, was du zu Jon sagen sollst, sondern ihn einfach anrufen.«

»So einfach ist das nicht. Was soll ich sagen? Sage ich ihm nur, dass ich schwanger bin? Oder sage ich ihm, dass ich ihn liebe und schwanger bin? Das verdoppelt den Druck, oder?« Allein bei dem Gedanken wurde ihr übel. Sie schob es vor sich her, die Nachrichten abzuhören, weil sie Angst vor dem Ergebnis hatte. Sobald sie sie anhörte, war es real. Was auch immer er sagte, wäre eine Realität, die sie dann kannte, und sie könnte abends im Bett nicht länger träumen und sich etwas ausmalen.

Sie hatte Angst. Sie hatte eine verdammte Angst.

»Du gehst davon aus, dass er schlecht reagiert.« Joanna steckte sich ebenfalls ein Stück Käse in den Mund. »Er könnte auch begeistert sein, und ihr reitet beide in den Sonnenuntergang und lebt in einem Cottage am Meer mit einem Rosenbogen um die Tür.«

Ashley wurde das Herz schwer. »Es wird kein Cottage mit Rosenbogen um die Tür geben. Im Moment träume ich von einem Dach überm Kopf. Ob ich mir dann noch Wände leisten kann, muss man sehen.« Untergangsstimmung machte sich in ihr breit. »Ich weiß nicht, warum ich mir Sorgen um die Liebe mache, wenn ich mir eigentlich Sorgen machen sollte, wovon ich leben soll. Und dann ist da die medizinische Versorgung, du sagtest es schon mal. Ich sollte zum Arzt gehen.«

»Ich werde mit Mel sprechen. Fragen, wen sie empfiehlt. Sie kennt jeden. Wollen wir kochen, oder essen wir einfach den Käse und dann das Brot?«

»Wir kochen. Schichte den Käse aufs Brot.«

Joanna legte die dünnen Scheiben Käse auf das Brot, so wie

Ashley es ihr gezeigt hatte. »Wo wir schon dabei sind, wovon man leben soll – ich habe heute Morgen meine Anwältin angerufen.«

»Okay. Ich hoffe, sie war hilfreich. Du wirst ein bisschen mehr Käse brauchen als das. Das hier ist ein Trostessen, und die Menge, die du drauftust, tröstet niemanden. Wenn du schon sündigst, dann richtig, sage ich immer.«

»Oh ja, meine Anwältin war sehr hilfreich. Ich wollte sie fragen, wie ich dir und dem Baby am besten Geld zukommen lassen kann.« Joanna hatte das Sandwich fertig geschichtet und bugsierte es vorsichtig in die Pfanne. »Und jetzt sieh zu, wie ich das verbrenne.«

»Geld?« Ashley starrte sie überrascht an. »Du kannst mir kein Geld geben.«

»Es ist mein Geld. Ich kann damit tun, was ich will. Und ich möchte das tun«, sagte Joanna, »was Cliff gleich hätte tun sollen. Ist die Temperatur zu hoch?«

»Sie ist okay.« Ashley würdigte das Sandwich kaum eines Blickes. »Du meinst ein Darlehen, oder?«

»Nein, ich meine kein Darlehen. Eine solche Last kannst du nicht gebrauchen. Du hast genug, worum du dich kümmern musst, Ashley.« Joanna wischte sich die Hände an der Schürze ab. »Bei den meisten deiner Sorgen kann ich dir nicht helfen, doch zumindest kann ich dir bei der praktischen Seite helfen und auch eine vernünftige medizinische Betreuung bezahlen. Ich werde dir Geld geben, und ich fände es schön, wenn du hier eine Weile bei mir wohnst. Du kannst dir überlegen, was du möchtest, bevor du irgendwelche großen Entscheidungen triffst. Ich sollte dir vermutlich die Summe sagen, damit du planen kannst.« Joanna nannte eine Zahl, und Ashley glaubte sich verhört zu haben.

»Wie viel?« Sie hörte Joanna die Zahl wiederholen und hielt sich dann am Küchentresen fest, weil sie sonst ohnmächtig geworden wäre. »Du machst Witze.«

»Ich mache keine Witze.« Joanna wendete vorsichtig das Sandwich. »Nein, lenk mich nicht ab, ich will das hier nicht anbrennen lassen.«

»Das kann ich nicht annehmen.«

»Ashley, Cliff hätte das tun sollen, als du ein Baby warst. Die Temperatur ist zu hoch. Egal was du sagst, ich weiß, dass sie zu hoch ist.« Joanna stellte den Herd etwas niedriger. »Wenn er das Richtige getan hätte, hätten du und deine Mom bequem gelebt, ihre Arztrechnungen wären bezahlt, du hättest nicht dein Zuhause verloren und würdest dir keine Gedanken darüber machen, wie du aufs College gehen und ein Baby aufziehen kannst. Ich möchte das jetzt für dich tun.«

»Joanna …«

»Triff noch keine Entscheidung. Denk darüber nach. Und dann sag Ja.«

»Aber …« Ashley war zutiefst gerührt. Ihr Hals wurde eng, und Tränen stiegen ihr in die Augen. »Das ist genau das, womit ich am meisten kämpfe. Wie schaffe ich es, zu arbeiten und mich dennoch um mein Baby zu kümmern?«

»Nun, jetzt hast du die Wahl.«

»Warum? Warum tust du das?«

»Warum nicht? Ich habe alles, was ich brauche. Der Rest des Geldes liegt nur rum, während ich überlege, welche Wohlfahrtseinrichtungen ich unterstütze. Ich hatte nie das Glück, Kinder zu haben …« Joanna hielt inne und konzentrierte sich auf das Sandwich. »Doch wenn ich eine Tochter gehabt hätte, hätte ich sie mir wie dich gewünscht. Nicht, dass ich so tue, als wäre ich deine Mutter oder so etwas. Es klingt so, als hättest du das Glück gehabt, eine wundervolle und liebevolle Mutter gehabt zu haben. Doch ich hoffe, wir können Freundinnen sein.«

Ashley sah sie an – die Frau, die jeden Grund hatte, sie zu hassen. Die mit Sicherheit Grund hatte, sauer auf ihre Mutter zu sein. »Wie kannst du das sagen? Du solltest so wütend auf sie sein. Ich bin wütend auf sie. Und schäme mich.«

»Warum? Ihre Entscheidungen sind nicht deine.« Joanna hob einen Moment die Pfanne hoch. »War ich wütend auf sie? Ja, natürlich. Ich war wütend auf sie und wütend auf Cliff. Aber etwas Schlechtes zu tun, eine schlechte Entscheidung zu treffen macht einen noch nicht zu einem schlechten Menschen. Deine Mutter hat so vieles richtig gemacht.«

»Du bist ihr nie begegnet. Du kanntest sie nicht.«

»Aber ich kenne dich. Sie hat dich zu Unabhängigkeit und Selbstachtung erzogen. Sie hat dir beigebracht, mutig zu sein und für das einzustehen, was du für richtig hältst – deshalb bist du zu Cliff in den Wagen gestiegen. Sie hat dich geliebt und dafür gesorgt, dass du dich geliebt fühltest. Ich war nie in der Elternrolle, aber ich war ein Kind und bin ziemlich sicher, dass das Gefühl, geliebt zu werden, und das Wissen, immer akzeptiert zu sein, das Allerwichtigste sind.« Joanna hielt inne und lächelte. »Und sie hat dir das Kochen beigebracht, was immer ein Bonus ist.«

Ich war nie in der Elternrolle.

Ashley war sicher, dass Joanna eine großartige Mutter gewesen wäre, doch sie sagte nichts. Es könnte sie aufwühlen, und das wollte sie nicht.

»Wie verzeihe ich meiner Mom, dass sie mir nicht die Wahrheit gesagt hat über meinen richtigen Dad? Wie kann ich aufhören, so wütend zu sein?«

»Ich weiß nicht. Ich bin keine Psychologin.« Joanna runzelte die Stirn. »Doch ehrlich gesagt glaube ich, dass deine Mutter das Beste für dich wollte. Und vermutlich wusste sie, dass Cliff nicht das Beste war. Ich denke, sie hatte recht. Selbst wenn er sich zu dir bekannt hätte, hätte er dich vermutlich im Stich gelassen. So war er eben. Ich schätze, deine Mutter hat versucht, dich davor zu beschützen. Und vielleicht hat sie dich auch vor den Medien beschützen wollen.«

Warum war ihr nichts davon in den Sinn gekommen? »Das klingt plausibel. Du sagtest, er hätte auch gute Seiten gehabt.

Und dass du mir davon erzählen würdest.« Obwohl sie Schwierigkeiten hatte, an Cliff als ihren Vater zu denken, brauchte sie etwas Gutes, um das Schlechte abzuschwächen.

»Die guten Seiten?« Joanna lehnte sich gegen den Tresen und behielt die Pfanne im Auge. »Er hatte mehr Charisma als jeder andere Mensch, den ich kennengelernt habe. Wenn er mit dir sprach, gab er dir das Gefühl, die einzige Person im Raum zu sein. Er war ein guter Zuhörer und ein geborener Entertainer.«

»Er liebte die Aufmerksamkeit.«

»Ein bisschen zu sehr.« Joanna schwieg einen Moment. »Aber er hatte Gründe dafür. Seine Kindheit war hart. Er hat nie viel darüber erzählt, er versuchte, sie hinter sich zu lassen, doch ich weiß, dass sein Vater ihn misshandelt hat. Es gab nur sie beide, und Cliff musste sich aus dieser Situation herauskämpfen. Er kochte, weil es nichts zu essen gab, wenn er es nicht tat. Und er entdeckte, dass er Talent dafür besaß. Er entwickelte viel Ehrgeiz, was teilweise auch an seiner Kindheit lag. Er half ihm zu überleben. Doch es ging auch darum, sich etwas zu beweisen. Und er hatte nie das Gefühl, dass er genug geleistet hatte. Fühlte sich nie sicher. Er lief vor seiner Vergangenheit davon und konnte nicht aufhören zu rennen. Er brauchte ständig Bestätigung, Bewunderung – Liebe.«

Ashley hatte Cliff als diese ferngesteuerte, öffentliche Figur gesehen. Es war merkwürdig, ihn sich als normalen Menschen vorzustellen mit einem Leben, von dem sie nichts wusste.

»Meinst du, dass er deswegen Affären hatte?«

»Ich denke, es hat dazu beigetragen. Menschen handeln immer aus einem Grund. Die Vergangenheit formt uns alle.«

Sie dachte an ihre eigenen Erfahrungen. »Ich schätze, das ist so. Meinst du, das ist der Grund, warum er kein Interesse an mir hatte? Wegen seiner eigenen Kindheit?«

Joanna dachte einen Moment nach. »Ich glaube, dass er Angst hatte. Angst, dass etwas von seinem Vater in ihm stecken könnte. Angst, dass er es mit dir vermasseln könnte, so wie sein

Vater es vermasselt hatte. Aber er war auch egoistisch. Er hatte sich so lange um sich selbst kümmern müssen, dass er es nicht gewohnt war, jemand anderen an erste Stelle zu setzen.«

»Okay.« Ihr Bild von Cliff hatte sich verändert, und ihre Gefühle hatten das auch. Ihr Zorn und ihre Gekränktheit wurden gemildert durch die Erkenntnis, dass er menschlich gewesen war, dass er wie jeder andere auch seine Probleme gehabt hatte. »Danke, dass du mir das erzählt hast. Es hilft.«

»Gut.« Joanna lächelte. »Können wir jetzt über Käse reden? Ich warte immer noch darauf, dass du mir etwas über Käse erzählst. Ob ich das hier mit jedem Käse zubereiten kann.« Joanna blickte sie überrascht an. »Du weinst ja! Warum weinst du?«

»Weil du …« Ashley schlang die Arme um sie und spürte kurz darauf, wie Joanna ihre Umarmung erwiderte.

»Ist das ein Test?« Ihre Stimme klang erstickt. »Willst du mich dazu bringen, dass ich den Toast anbrennen lasse?«

»Nein.« Ashley klammerte sich noch einen Moment an sie und trat dann zurück. »Du hast recht. Fokus. Und nein, du kannst nicht jeden Käse nehmen. Er muss gute Schmelzeigenschaften haben. Mein Favorit ist Jarlsberg, aber es gibt noch andere. Meine Mom kaufte immer Monterey Jack und Gruyère.« Ashley deutete auf das Brot, das sie auf dem Markt geholt hatten. »Dieses weiße Bauernbrot ist perfekt, aber meine Mom nahm immer Sauerteigbrot, das war köstlich.« Ihre Gedanken wanderten zurück zu den Stunden, die sie mit ihrer Mutter in der Küche verbracht und Brot gebacken hatte. Zu der schönen Zeit, die ihnen miteinander vergönnt gewesen war. Joanna hatte recht. Die Affäre mit Cliff war nur ein Teil des Lebens ihrer Mutter und ihrer Persönlichkeit.

»Ich liebe dieses Bauernbrot. Das werde ich weiterhin kaufen.«

»Was willst du für Nate kochen?« Ashley rieb sich mit der Handfläche die Wangen trocken. »Wie wäre es mit Hühnchen mit Oliven? Das ist leicht. Du kannst es mit einem grünen Salat servieren.«

»Klingt perfekt. Muss dabei vieles gleichzeitig erledigt werden?«

»Nein. Du kannst es gut vorbereiten und warm halten, bis ihr bereit seid zum Essen. Wann willst du ihn einladen?«

»Sobald du mir die Gerichte beigebracht und ich sie ausprobiert habe, rufe ich ihn an.«

»Wir üben heute Abend. Wenn ich mit Eden unterwegs bin, kaufe ich die Zutaten ein.«

Joanna bugsierte die jetzt goldbraun gegrillten Sandwiches auf die Teller. »Ihr versteht euch gut?«

»Ja, sie ist toll. Es macht dir doch nichts aus, dass wir ausgehen?«

»Natürlich nicht. Du musst nicht um Erlaubnis fragen, Ashley. Dies ist dein Zuhause.« Joanna reichte ihr einen Teller. »Sollen wir das auf die Terrasse bringen?«

»Ja, machen wir das.« *Zuhause.* »Meinst du das ernst, dass ich eine Weile hierbleiben soll?«

»So lange, wie du möchtest. Ich nehme an, dass du mit der Zeit deine Unabhängigkeit haben willst, aber wenn nicht, ist das auch gut.«

Ashley war überwältigt von Joannas Großzügigkeit. »Es erscheint mir irgendwie nicht richtig.«

»Nun, ich biete dir keine Wohltätigkeit.« Joanna setzte sich und nahm den ersten Bissen vom gegrillten Käsesandwich. Sie schloss die Augen und genoss es. »Ich erwarte eine Gegenleistung.«

»Was?«

»Du kochst manchmal und bringst es mir weiterhin bei. Und du fegst den Sand aus dem Wohnzimmer, weil ich das hasse.« Joanna öffnete die Augen und sah auf ihren Teller. »Das ist köstlich. Besser als alles, was ich je probiert habe.«

Ashley lachte. »Joanna, es ist gegrillter Käse.«

»Ich weiß. Und er ist perfekt.« Joanna aß einen weiteren Bissen. »Vielleicht hast du doch etwas von Cliff in dir.«

Ashley straffte sich. »Du sagtest, ich ähnele ihm nicht.«

»Na ja, du kannst kochen ...« Joanna steckte sich den letzten Bissen in den Mund. »Also habt ihr das gemeinsam. Cliff war ein Naturtalent in der Küche. Er tat alles instinktiv, und seine Instinkte waren gut. Du scheinst das geerbt zu haben.«

Ashley dachte darüber nach. Hatte ihre Mutter sie aufgrund ihres genetischen Erbes zum Kochen ermutigt? War das ihr Wink, dass Cliff ihr Vater war? »Solange das nur alles ist, was ich geerbt habe. Ich liebe es zu kochen, aber eher als Hobby. Im Grunde bin ich ein Nerd. Eines Tages gehe ich vielleicht zum College.«

»Warum eines Tages? Warum nicht jetzt?«

»Na ja, da ist diese kleine Sache, die man Baby nennt ...« Ashley legte die Hand auf den Bauch. »Im Moment ist es eine kleine Sache, aber bald wird es eine große sein. Und damit kämpfe ich am meisten.«

»Du kannst studieren, solange du schwanger bist.«

»Aber was, wenn das Baby kommt? Ich kann es kaum mit in die Kurse nehmen, oder?«

»Manche Colleges sind kinderfreundlich. Sie bieten Kinderbetreuung an.« Sie schwieg kurz. »Oder ich passe darauf auf. Ich verspreche, dass ich ihm nicht das Kochen beibringe. Den Teil überlasse ich dir.«

»Du würdest mir helfen, mich um das Baby zu kümmern?« Sie konnte nicht glauben, dass Joanna das anbot. »Würdest du ... würdest du das wollen?«

»Tante Joanna sein? Oh ja. Das wäre wunderbar. Dieser gegrillte Käse ist so köstlich. Welches Gericht bringst du mir als Nächstes bei?«

Sie hörten die Klingel am Tor. Über ihr Gespräch hatten sie die Zeit völlig vergessen. »Das müssen Mel und Eden sein. Du kommst klar mit Mel?«

Joanna stand auf und nahm ihre leeren Teller. »Ja. Gestern Abend schien alles in Ordnung zu sein. Außer sie wartet darauf, dass wir wieder allein sind, um mich anzuschreien.«

»Ähm – ich muss dir was beichten.«

»Beichten?«

»Ich könnte Eden versehentlich erzählt haben, dass es Nate war, der mit dir Schluss gemacht hat.«

»Oh.«

Sie hatte seitdem ein schlechtes Gewissen und sich gefragt, ob Joanna verärgert sein würde. War sie es? Sie konnte es nicht einschätzen. »Ich habe dich verteidigt. Das gehört zu meinen Aufgaben, neben dem Kochunterricht und dem Fegen des Wohnzimmers. Ich werde mich für nichts davon entschuldigen. Aber ich entschuldige mich, dass ich ein Geheimnis ausgeplaudert habe. Normalerweise bin ich kein Klatschmaul.«

»Ich … richtig.« Joanna atmete tief durch. »Es war eigentlich kein Geheimnis. Ich wusste nicht einmal, was sie dachte, bis sie hier auftauchte. Und wir haben nicht darüber gesprochen, weil es nie der richtige Zeitpunkt zu sein schien.«

Wieder ertönte die Klingel, dringlicher diesmal, und Ashley zuckte die Achseln.

»Vielleicht ist jetzt der richtige Zeitpunkt.«

20. KAPITEL

MEL

Sie nahmen Handtücher mit an den Strand, wie sie es als Kinder getan hatten, außerdem eine Kühltasche, die Joanna mit Getränken und Snacks gefüllt hatte.

Mel zog ihr Top und ihre Shorts aus, setzte sich im Badeanzug auf ein Handtuch und untersuchte ihre Beine und Arme. »Erinnerst du dich, wie wir früher Sommersprossen gezählt haben?«

»Ja.« Joanna machte es sich neben ihr bequem. Der Rand ihres Hutes verdeckte fast ihre Gesichtszüge. »Aber ich habe immer gewonnen.«

Mel schlang die Arme um die angezogenen Beine und legte das Kinn auf die Knie. »Ich habe diese Aussicht vermisst ...« Fast hätte sie gesagt: »Und ich habe dich vermisst«, doch vielleicht war das zu viel zu diesem Zeitpunkt. Es gab dringlichere Dinge, die sie loswerden musste.

»Die Aussicht vom Surf Café ist fast die gleiche.«

»Nicht wirklich. Dort ist es voller Menschen. Hier hast du das Meer für dich allein. Nur du und das Wasser und die Natur.« Als Teenager hatten sie im Sand gelegen, Gedanken und Erfahrungen ausgetauscht, wobei ihre hormongetränkten Gemüter sich mit tausend Fragen beschäftigten. *Was? Hat er ...? Würdest du jemals ...?* Mel hatte die ganze Nacht hin und her überlegt, wie sie am besten um Verzeihung bat, doch da sie nun hier saßen, kam sie gleich zur Sache. »Ich schulde dir eine Entschuldigung. Ich wusste nicht, dass Nate die Beziehung beendet hat. Ich habe das erst gestern Abend erfahren.«

»Ashley hat es dir erzählt.«

»Sie hat es Eden erzählt, aber ich bin froh darüber, also sei nicht sauer. Du musst dich bei unserem ersten Zusammentreffen gefragt haben, was ich eigentlich von dir wollte, warum ich dich angeschrien hab.« Die Erinnerung beschämte sie zutiefst, und dass sie damals nicht alle Fakten gekannt hatte, war keine Entschuldigung. Sie hätte andere Möglichkeiten in Erwägung ziehen sollen. Hätte versuchen müssen, die Geschehnisse aus unterschiedlichen Perspektiven zu betrachten, so wie Greg es immer tat.

»Ich mache dir deswegen keinen Vorwurf, Mel.«

»Aber ich mir. Ich muss an mir arbeiten. Ich bin ein furchtbarer Mensch.«

»Was?« Entsetzt wendete Joanna sich ihr zu. »Dass Nate dir nicht gesagt hat, was passiert ist, macht dich doch nicht zu einem furchtbaren Menschen!«

»Aber ich hätte ahnen müssen, dass vielleicht mehr dahintersteckt. Ich hätte mich öfter fragen müssen, warum er nie darüber sprechen wollte. Ich bin vierzig. Man sollte meinen, dass ich mit der Zeit ein besserer Mensch geworden wäre.«

»Du bist ein wunderbarer Mensch, warst du immer.« Joanna wischte sich Sand von den Beinen. »Wenn du perfekt wärst, müsste ich dich hassen.«

»Na ja, du hast jedes Recht, das zu tun.« Sie würde nicht weinen. Sie würde sich nicht von ihren Gefühlen hinreißen lassen. Sie würde Verantwortung für ihre Fehler übernehmen und aus ihnen lernen.

Joanna berührte ihren Arm. »Mel, hör auf. Hör auf, dir Vorwürfe zu machen, denn nichts von alldem ist dein Fehler. Wenn jemand Schuld trägt, dann vielleicht ich, weil ich nicht mit dir darüber gesprochen habe, und Nate, weil er dir nicht die Wahrheit gesagt hat. Aber er hat nie über unsere Beziehung gesprochen, und offen gestanden gefiel mir das. Mir gefiel es, dass wir etwas hatten, das er nicht mit anderen teilte. Dadurch wurde es zu etwas Besonderem.«

»Ich war gestern Abend so wütend auf ihn. Als ich die Wahrheit erfuhr. Bist du nicht wütend auf ihn?«

»Weil er unsere Beziehung beendet hat? Nein. Ob ich damals aufgebracht war? Ja, natürlich. Am Boden zerstört.« Joanna hielt inne. »Aber er hat das Richtige getan.«

»Was?« Mel nahm die Sonnenbrille ab. »Das meinst du nicht ernst.«

»Doch, das tue ich. Und ich gebe zu, dass ich lange gebraucht habe, um das zu akzeptieren, doch jetzt sehe ich es ganz deutlich. Ich war ein Wrack, Mel. Ich hielt es kaum aus, mit Denise zusammenzuwohnen, die mein Selbstvertrauen und mein Selbstwertgefühl Stück für Stück zerstörte. Unser letztes Zusammentreffen werde ich nie vergessen.«

»Das kann ich mir vorstellen, aber …«

»Ich habe Nate geliebt. Ich habe ihn wirklich geliebt, doch ich war auch von ihm abhängig. Ich benutzte ihn als Stütze, und das war nicht gesund.«

»Er war alles für dich.«

»Genau. Und auch das ist nicht gesund. Niemand kann alles für einen anderen sein.« Joanna blickte aufs Meer hinaus. »Es war kaum überraschend, dass Nate mit diesem Druck nicht gut zurechtkam. Es war nicht fair ihm gegenüber. Es ist auch nicht erstaunlich, dass er sich damals fragte, wie unsere Liebe aussehen würde, wenn ich nicht so abhängig von ihm wäre, dass er dieser Liebe nicht traute. Schluss zu machen war sehr schwierig für ihn und furchtbar für mich, doch es war eine mutige Entscheidung. Und er hat das Richtige getan. Abgesehen davon, dass er Whitney küsste. Dieser Teil war … plump. Ungeschickt.«

Mel saß im Schneidersitz auf ihrem Handtuch. »Whitney ist sein fünfzehn Jahren mit Richard Kelly verheiratet. Wir saßen eine Zeit lang zusammen im Schulkomitee. Sie ist extrem gut organisiert.«

»Das war sie immer.«

»Sie hat sich nicht verändert. Es ist anstrengend, aber auch nützlich, wenn man etwas erledigt sehen will. Ihre Tochter war in Edens Tauchklasse.«

»Ich erinnere mich an Richard, mit Whitney hätte ich ihn mir eigentlich nicht vorgestellt.«

»Ich hätte mir niemals Whitney mit Nate vorgestellt.«

»Ich glaube, da war nur ein Kuss.«

»Das erleichtert mich, denn eine Whitney, die mir jedes Thanksgiving erzählt, was ich alles falsch gemacht habe, und die mir eine Tabelle gibt, damit ich es beim nächsten Mal besser mache, hätte dafür gesorgt, dass ich nach Hawaii ziehe.«

Joanna lachte. »Mir haben diese Gespräche gefehlt.«

»Mir auch.«

»Was ist noch passiert in meiner Abwesenheit?«

Mel verteilte Sonnencreme auf ihren Armen. »Ellen Grey und Linda Merrick haben das Gästehaus an der Ecke Ocean und Sunset gekauft.«

»Oh! Das habe ich geliebt. Aber es war doch schon beinahe eine Ruine.«

»Jetzt nicht mehr. Sie haben es in ein exklusives Bed and Breakfast verwandelt. Ihr Frühstück ist unübertroffen. Wir sollten mal hingehen. Der Blick von der Terrasse ist großartig. Und vor einer Weile haben sie ein kleines Mädchen adoptiert. Eden ist dort manchmal zum Babysitten. Hast du von Dan Little gehört?«

»Nein. Was ist passiert?« Joanna rollte sich auf den Bauch und stützte ihr Kinn auf die Hand, und Mel dachte zurück an all die Male, die sie hier gesessen hatten. Als sie noch alles miteinander geteilt hatten. Wie wichtig das für sie gewesen war.

Sie redete und erzählte Joanna alles, was ihr gerade einfiel, von kleinen Skandalen bis zu großen Ereignissen, und als sie schließlich innehielt, um einmal tief Luft zu holen, lächelte Joanna.

»Geschieht in Silver Point irgendetwas, von dem du nichts weißt?«

»Greg ist natürlich immer auf dem Laufenden, auch wenn ich nicht weitergebe, was er mir erzählt. Aber das ist hier eine Kleinstadt. Wenn du festgenommen wirst, erfahren die Leute das. Außerdem bin ich eine kontrollwütige Wichtigtuerin, die sich überall einmischt. Nicht, weil ich ein mitfühlender Mensch bin, sondern weil ich so alles, was geschieht, mitbekomme.«

»Du bist ein mitfühlender Mensch, Mel. Das warst du immer.« Joanna nahm ihren Hut ab, und Mel dachte, dass sie so ungeschminkt wieder mehr der Joanna ähnelte, mit der sie aufgewachsen war. Der Joanna, die sie kannte.

»Mein Leben muss im Vergleich zu deinem ziemlich langweilig sein. All diese schicken Events, bei denen du warst. All diese berühmten Leute, mit denen du zu tun hattest.« Jetzt war sie neugierig. »War es aufregend?«

Joanna setzte sich auf. »Manchmal. Und manchmal war es einsam.«

»Hattest du gute Freunde?«

»Sagen wir mal, ich habe Zeit mit Menschen verbracht. Aber es gab niemanden, dem ich nahe war.«

»Willst du damit sagen, du hast mich nie ersetzt?«

Joanna lachte. »Du bist unersetzbar.« Sie sah Mel an. »Ich sollte mich vermutlich entschuldigen, dass ich damals gegangen bin, ohne mich von dir zu verabschieden. Aber ich war am Boden zerstört wegen der Trennung von Nate, meine Stiefmutter war so gemein zu mir gewesen, und es war einfach alles zu viel. Ich wollte dich da nicht mit hineinziehen. Mir war klar, dass du wütend auf ihn sein würdest. Ich wollte nicht der Grund für einen Streit zwischen euch sein, oder dass du ihn drängst, seine Meinung zu ändern.«

»Wenn Cliff dich an diesem Abend nicht verführt hätte, was hättest du getan?« Sie hatte sich das oft gefragt. Wäre sie in Silver Point geblieben, wenn Cliff nicht aufgetaucht wäre?

Joanna legte sich zurück auf das Handtuch und starrte in den Himmel. »Er hat mich an jenem Abend nicht verführt. Das war anders.«

»Aber das ist die Geschichte, die er immer erzählte, wenn er gefragt wurde.«

»Ich schätze, das klang besser als: Dieses Mädchen heulte in mein Essen, deshalb ging ich mit ihr am Strand spazieren.«

»Ihr seid am Strand spazieren gegangen? Ich dachte, es wäre eine stürmische Verführung gewesen. Attraktiver älterer Mann und so.«

»Nein. Er hatte mitbekommen, wie aufgelöst ich war. Er wartete bis zum Ende meiner Schicht, und dann gingen wir spazieren. Ich habe ihm alles erzählt. Cliff war ein guter Zuhörer, wenn er wollte, und ich stand völlig neben mir. Ich sagte ihm, dass ich Silver Point verlassen wollte. Meine Tasche hatte ich schon gepackt und sie im Hinterraum des Cafés verstaut. Ich wollte keine weitere Nacht mehr mit Denise unter einem Dach verbringen.«

»Du hättest zu mir kommen können. Du hättest bei mir bleiben können.«

»Obwohl Nate gerade mit mir Schluss gemacht hatte?«

Mel musste zugeben, dass es kompliziert gewesen wäre. »Verdammt. Ich hasse es, dass du in dieser Situation warst. Ich hasse es, dass du das Gefühl hattest, gehen zu müssen, und dass du nicht mit mir darüber gesprochen hast. Ich war eine schlechte Freundin.«

Joanna berührte sie am Arm. »Du warst eine großartige Freundin. Die beste. Nichts von alldem hatte mit dir zu tun.«

»Wenn ich die beste Freundin gewesen wäre, hätte ich all dies gewusst.« Mel konnte sich nicht so leicht verzeihen. »Ich wäre da gewesen und hätte die Straße blockiert, als du Silver Point verlassen wolltest. Ich hätte dich nicht fortgehen lassen.«

»Du hättest mich nicht aufhalten können.«

Mel setzte sich auf. Genug mit dem Bedauern und der Selbstbestrafung. »Also wie war das mit Cliff?«

»Er lud meine kleine Tasche in sein Cabrio, und wir fuhren die Küste hinunter, bei lauter Musik und mit frischer Luft. Und je weiter Silver Point hinter uns lag, desto mehr hatte ich das Gefühl, ich könnte tatsächlich überleben. Wir verbrachten zwei Wochen in einem Strandhaus irgendwo im Norden von San Diego.«

»Willst du damit sagen, dass Cliff Whitman dich gerettet hat? Ich habe ihn jahrelang dafür gehasst, dass er dich schlecht behandelt hat, und ich weiß nicht, ob ich dieses Urteil revidieren kann.« Es war nicht leicht zu akzeptieren, dass sie so falschgelegen hatte mit allem.

»Ich denke, man kann sagen, dass er mir geholfen hat, mich selbst zu retten. Zumindest am Anfang. Und das bereue ich auch nicht. Was wäre denn die Alternative gewesen? Bei Denise zu bleiben? Ihr zu erlauben, mein Selbstvertrauen noch weiter zu zerstören? Nein. Ich habe das Richtige getan. Das weiß ich sicher.« Joanna schlang ihre Haare zu einem Knoten zusammen. »Lass uns nicht über Denise sprechen. Oder über Cliff. Das gehört zu meiner Vergangenheit, und im Moment genieße ich die Gegenwart. Komm, lass uns schwimmen.«

Schwimmen. War das nicht genau das, was sie damals getan hätten, als ihre Freundschaft einfach und unkompliziert war?

»Gute Idee. Solange du darauf vorbereitet bist, deklassiert zu werden.« Mel band ihr Haar zu einem Pferdeschwanz zusammen. »Ich war immer viel besser als du. Was nicht überraschen konnte. Dein Dad hat mir das Schwimmen beigebracht, und er war der Beste.«

Joanna lächelte. »Er war ein großartiger Schwimmer.«

»Das war er. Der beste von uns allen. Aber ich bin die Zweitbeste …« Mel sprang auf die Füße und rannte mit wippendem Pferdeschwanz zum Wasser.

Joanna folgte ihr, und sie stürzten sich ins Meer wie damals, als sie Kinder waren. Sie schwammen hinaus bis jenseits der Felsen und ließen sich von den Wellen zurück zum Strand treiben. Dann lagen sie da, kalt und nass vom Wasser, und rangen nach Luft.

Joanna sah hinauf in den Himmel und lachte. »Danke.«

Mel griff nach einem Handtuch und wickelte sich darin ein. »Wofür? Das Schwimmen war deine Idee.«

»Dafür, dass du da bist.« Joanna setzte sich auf. »Dafür, dass du neulich hier rausgekommen bist, um mich zu sehen …«

»Wenn du ohne Grund angeschrien werden möchtest, stelle ich mich jederzeit zur Verfügung.«

Joanna drückte das Wasser aus ihren Haaren. »Du dachtest, du hättest einen Grund dazu.«

»Na ja, ich hätte ja wohl lieber Nate anschreien sollen. Das habe ich übrigens auch getan.«

»Hast du? Wie hat er es aufgenommen?«

»Wie Nate eben ist. Ruhig. Allerdings hat er zugegeben, dass er es vermasselt hat, was ich als Sieg verbuche. Mein perfekter Bruder ist gar nicht so perfekt, was bedeutet, dass ich eine Zeit lang eingebildet und überlegen sein darf, was immer Spaß macht.« Mel setzte sich auf und rieb sich Salz aus dem Gesicht. »Also glaubst du nicht, dass ich Nate umbringen sollte?«

»Nein, ich glaube nicht, dass du Nate umbringen solltest.«

»Möchtest du es selbst tun?« Mel öffnete die Kühltasche und holte sich etwas zu trinken heraus.

»Ich? Nein.« Joanna tat es ihr nach. »Ich habe andere Pläne.«

»Pläne?«

»Ich werde ihm ein Abendessen kochen.«

Mel verschluckte sich vor Lachen fast an ihrem Getränk. »Was auf dasselbe hinausläuft.«

»Nein.« Nun lachte auch Joanna. »Ich werde mit ihm einen schönen Abend ohne Druck verbringen. Dank Ashley verfüge ich über neue Fähigkeiten.«

»Welche Art von Fähigkeiten?«

»In der Kühltasche findest du Kekse.«

»Was haben die mit deinen Fähigkeiten zu tun?« Mel nahm sich einen. Sie biss hinein und fing die Krümel mit der Handfläche auf. »Oh, lecker. Die sind köstlich. Ich kann den Geschmack nicht identifizieren. Sie sind nicht von Nate?«

»Pistazie und griechischer Honig.«

»Mmm.« Mel aß den Keks auf und griff nach einem weiteren. »Wer hat sie gebacken?«

»Ich. Mit Ashleys Hilfe. Sie bringt mir das Kochen und Backen bei.«

»Wenn ich in fünf Minuten noch am Leben bin, gebe ich euch beiden einen Stern.« Mel kaute. »Die sind gut. Dann kommt sie nach ihrem Vater?«

»Sie kommt gar nicht nach ihrem Vater. Cliff hatte nicht die Geduld, jemandem etwas beizubringen, vor allem nicht mir. Und Ashley kocht normale Gerichte.«

Mel steckte sich den letzten Bissen in den Mund und wischte sich die Krümel von den Beinen. »Ich habe nie in einem von Cliffs Restaurants gegessen. Greg und ich waren vor ein paar Jahren mal in L. A. und haben uns die Speisekarte angesehen. Zu teuer für uns. Und …« Sie musterte Joanna. »Wenn ich das sagen darf: zu prätentiös.«

»Total prätentiös.«

»Und … überteuert?«

»Furchtbar überteuert. Als sie mir das Essen servierten, hätte ich es am liebsten investiert und nicht gegessen. Und fang gar nicht erst mit dem Wein an.« Joanna lachte wieder, Mel stimmte mit ein, und in der nächsten Minute kicherten sie, wie sie es als Kinder so oft getan hatten.

Mel wischte sich die Augen. »Ich versuche, mich dir mit teurem Wein vorzustellen.«

»Ich habe mal eine Flasche fallen lassen. Es gab weltweit nur noch wenige Hundert davon, und ich ließ sie fallen. Der Wein in seinem Keller war mehr wert als das Haus.« Joanna strich sich über die Rippen. »Ich habe es vermisst, so zu lachen.«

»Ich auch. Ich habe dich vermisst. Ich habe dich so sehr vermisst.«

»Ich habe dich auch vermisst. So sehr.«

Mel spürte einen Kloß im Hals. »Was ist mit dem Wein passiert? Wem gehört er jetzt?«

»Mir.« Dieser Teil ihres Lebens schien so weit entfernt. »Er hat ihn mir überlassen, und ich habe keine Ahnung, was ich damit machen soll, ich trinke nicht viel.«

»Nun, du hast zwei Möglichkeiten.« Mel suchte ihre Sachen zusammen. »Du kannst ihn verkaufen, oder du gibst eine Riesenparty und lädst jeden aus Silver Point ein. Whitney könnte sie organisieren, dann ordnet sie alle Gäste und Einladungen säuberlich nach Farben. Alternativ lädst du nur Greg und Nate ein. Ich bin sicher, sie helfen dir nur zu gerne bei deinem Weinproblem. Was ist mit deinem Job? Was wird damit?«

»Das ist etwas, das ich noch klären muss.« Joanna setzte den Hut wieder auf und schlang ein Handtuch um sich. »Ohne Cliff wird sich das Unternehmen natürlich verändern. Vielleicht geht es sogar pleite, obwohl ich das nicht glaube. Aber möchte ich ein Teil sein von dem, was noch da ist? Ich bin nicht sicher. Ich bin spontan hierhergekommen, aber nun, da ich hier bin, will ich nicht wieder zurück.«

»Dann geh nicht zurück. Verkauf den Wein! Leb von dem Geld.«

Joanna sah sie lange an. »Vielleicht tue ich das.«

»Was ist mit Ashley? Was wird sie tun? Sie ist seine Tochter, nehme ich an? Die Medien haben das nicht erfunden, oder?«

»Nein, sie haben es nicht erfunden.«

Mel hörte zu, während Joanna ihr alles von Anfang bis Ende erzählte. Sie erzählte ihr von den guten Zeiten und von den schlechten. Sie erzählte ihr von der Fehlgeburt, von den Affären, wie Cliff seine Tochter verleugnet hatte und wo sie gewesen war, als sie von seinem Unfall erfuhr.

Als Joanna schließlich fertig war, atmete Mel tief durch.

»Eins kann ich dir sagen, Joanna Whitman, dein Leben war mit Sicherheit nicht langweilig.«

»Rafferty.« Joanna nahm ihre Flipflops. »Ich nehme meinen alten Namen wieder an, Rafferty. Ich habe es satt, dass mein Leben mit Cliff verbunden ist. Ich habe es satt, über Cliff zu reden! Erzähl mir von Eden. Sie scheint ein tolles Mädchen zu sein. Du musst sehr stolz sein.«

»Meistens eher besorgt und ängstlich. Ich schätze, das gehört zum Elternsein dazu.« Mel erinnerte sich an die Fehlgeburt und schüttelte den Kopf. »Es tut mir leid …«

»Muss es nicht. Und ich bin sicher, dass Elternsein mit Angst verbunden ist. Ich sorge mich um Ashley, und sie ist nicht mal meine Tochter. Was ist deine größte Sorge?«

Mel zögerte. »Davon möchtest du nichts hören.«

»Doch, möchte ich. Ich möchte alles wissen.«

Und das bedeutete Freundschaft, oder? Zuzuhören, wenn das Zuhören schwer war. Da sein, wenn es vielleicht angenehmer wäre fortzugehen.

»Manchmal habe ich das Gefühl, dass sie genau das Gegenteil von dem tut, was ich möchte.«

»Um ihren Standpunkt zu vertreten?« Joanna nahm die Tasche über die Schulter, und sie gingen die Stufen zu Otter's Nest hinauf.

»Ja. Als ob sie einen Fehdehandschuh in den Ring wirft. Im Moment will sie nicht aufs College. Sie will zu Hause bleiben und am Strand abhängen, weil das Leben kurz und Surfen ihr Traum ist und wir alle unseren Traum leben sollten, was ich ja nicht tun würde und so weiter und so fort.«

»Und damit hast du ein Problem?«

»Ja. Ein großes Problem.« Mel dachte einen Moment nach. »Oder vielleicht habe ich das nicht. Es ist eher so, dass ich fürchte, dass sie das nicht durchdacht hat. Dass sie das nicht tatsächlich möchte, sondern diesen Weg nur wählt, um ihre Unabhängigkeit zu beweisen.«

»Du meinst, sie möchte das Gegenteil von dem, was du für sie möchtest?«

»So fühlt es sich an. Ich mache mir Sorgen, dass sie schlechte Entscheidungen trifft. Dass sie etwas tut, das sie bereuen wird.«

»Was, wenn sie das tut? Ist das nicht das Leben? Eine schlechte Entscheidung erscheint zum gegebenen Zeitpunkt als nicht schlecht. Ich spreche da aus Erfahrung.«

Mel versuchte, sich vorzustellen, wie es ihr damit gehen würde, sollte Eden einmal tun, was Joanna getan hatte. Aber das konnte ja nicht geschehen, weil Joanna zu Hause keine Unterstützung gehabt hatte, Eden jedoch wusste, dass sie geliebt und unterstützt wurde. Oder? Kurz überkam sie Panik. Was, wenn sie das nicht wusste? Was, wenn sie das Gefühl hatte, nicht mit ihrer Mutter sprechen zu können?

»Also, was würdest du deinem jüngeren Ich raten?«

Joanna dachte nach. »Entspann dich. Wenn du Fehler machst, verzeih sie dir. Akzeptiere, dass Entscheidungen nicht immer einfach sind und der beste Weg nicht immer klar ist. Denk dran, dass es nie zu spät ist, eine andere Richtung einzuschlagen. Und dass Menschen, die einen lieben, das Wichtigste im Leben sind. Dass gegrillter Käse befriedigender ist als ein pochiertes Wachtelei. Sei freundlich zu dir, auch wenn andere Leute grausam zu dir sind. Erinnere dich, dass du deine Entscheidungen aus gutem Grund getroffen hast, auch wenn dieser Grund nicht mehr so nachvollziehbar ist.« Sie hielt inne und bemerkte, dass Mel sie ehrfürchtig ansah.

»Wow.«

Joanna zuckte die Achseln. »Ich schätze, ich habe viel Erfahrung mit schlechten Entscheidungen.«

»Aber du bist nach Hause gekommen«, sagte Mel. »Und das war eine gute Entscheidung.«

»Ja.«

»Und als du vier Jahre alt warst, hast du mich als Freundin gewählt, das war ebenfalls eine gute Entscheidung.«

»Wohl wahr.«

Auf der Terrasse duschten sie sich Sand und Salz von der Haut, wickelten sich in ihre Handtücher und gingen in die Küche.

Joanna füllte zwei Gläser mit Eiswürfeln und goss sie mit Limonade aus dem Kühlschrank auf.

Mel dachte noch immer an Eden. »Was brauchtest du, als du in Edens Alter warst? Was hätte dir geholfen?«

»Du meinst, von einer Erwachsenen?« Joanna reichte ihr ein Glas Limonade. »Ich habe keine Kinder, bin also keine Expertin, aber ich denke, das Beste, was man tun kann, ist zuhören. Zuhören, was sie möchte.«

»Ich habe Angst, dass sie es bedauern wird, wenn sie nicht aufs College geht.«

»Falls das passiert, kann sie es nachholen.«

Mel nippte an der Limonade und stellte das Glas dann ab. »Die ist köstlich.«

»Ich habe sie gemacht.« Stolz erfüllte Joanna. »Plätzchen, Limonade, und du bist immer noch am Leben.«

»Es ist ein Wunder. Doch das eigentliche Wunder ist, wieder Zeit mit dir zu verbringen.« Mel umarmte ihre alte Freundin. Die Wärme einer lebenslangen Freundschaft erfüllte sie. »Es ist so schön, dich zurückzuhaben, Joanna Rafferty.«

Joanna erwiderte die Umarmung. »Es ist schön, wieder zurück zu sein.«

21. KAPITEL

JOANNA

»Okay, ich bin dann weg.« Ashley kam auf die Terrasse und pfiff anerkennend, als sie die flackernden Kerzen und das glänzende Silberbesteck auf dem Tisch sah. »Das ist romantisch.« Joanna geriet in Panik. »Ist es zu viel?«

»Nein. Es ist perfekt.« Ashley strich eine Serviette glatt. »Vergiss nicht, die Pinienkerne zu rösten und sie warm zum Salat zu geben.«

»Verstanden.«

»Und hol das Dessert dreißig Minuten vorm Servieren aus dem Kühlschrank.«

»Ich weiß. Ich habe eine Liste angelegt und mir den Timer auf meinem Handy eingestellt. Noch irgendwas?«

»Ähm – denk dran, dich zu amüsieren!«

Joanna umarmte sie. »Du auch, obwohl Pizza, Eis und Kino eine ziemlich unschlagbare Kombi sind. Welchen Film guckt ihr?«

»Irgendwas mit Zombies, wo jeder einen grausamen Tod stirbt. Edens Wahl. Ich werde dem Baby die Augen zuhalten und Untertitel einblenden, damit es das Schreien nicht hört.« Ashley lachte. »Heute Nacht bin ich übrigens nicht da«, fügte sie noch betont beiläufig hinzu. »Ich übernachte bei Eden. Dann muss mich niemand fahren, und alle können Alkohol trinken, während ich mich an meinem Mineralwasser festhalte.«

»Bist du sicher? Es macht mir nichts aus, dich abzuholen.«

»Ich hoffe, du hast dann etwas Besseres zu tun.« Ashley wackelte vielsagend mit den Augenbrauen. »Und zum Frühstück gehen Eden und ich ins Surf Café, um Pancakes zu essen. Du musst dich also morgen früh nicht beeilen mit dem Aufstehen.«

»Was genau willst du damit andeuten?«

»Falls du und Nate in jedem Raum des Hauses Sex haben wollt, müsst ihr keine Angst haben, dass ich irgendwo bin. Ihr habt das Haus für euch.«

»Ashley!« Joanna spürte, wie sie rot wurde. »Wir werden keinen Sex haben.«

»Oh, das ist schade. Warum nicht?«

Meinte sie das ernst? »Zum einen kennen wir uns kaum.«

»Okay, also ich lasse dich mal an meiner beträchtlichen Lebenserfahrung in dieser Sache teilhaben. Drei Dinge. Zuerst Nummer eins ...« Ashley hob einen Finger. »Du kennst ihn schon dein ganzes Leben und hattest schon oft Sex mit ihm. Nur weil ihr euch lange nicht gesehen habt, bedeutet das nicht, dass du ihn nicht kennst. Zweitens ist Sex eine gute Art, jemanden kennenzulernen.«

»Ich wage kaum, nach Nummer drei zu fragen.«

»Drittens muss Sex nichts Ernstes sein. Er muss nicht mit jeder Menge Gefühl verbunden sein. Er kann einfach Spaß machen. Eine Affäre.«

»Eine Affäre.«

Ashley schüttelte den Kopf. »Hör auf, das Leben so ernst zu nehmen. Leb im Augenblick. Wann hattest du das letzte Mal richtig guten Sex?«

Joanna starrte sie an.

»Ha!« Ashley deutete mit dem Finger auf sie. »Genau das meine ich. Du kannst dich nicht dran erinnern.«

»Vielleicht kann ich das doch. Vielleicht will ich nur nicht darüber reden.« Nate, dachte sie. Mit Nate hatte sie das letzte Mal richtig guten Sex gehabt. Als die Liebe noch einfach und unkompliziert schien. Nicht, dass ihr Sexleben mit Cliff schlecht gewesen wäre, zumindest nicht am Anfang, doch Romantik, Aufregung und Intimität waren schon lange aus ihrem Leben verschwunden.

Ashley nickte. »Tu dir etwas Gutes, Joanna. Amüsier dich.«

»Ich bin doppelt so alt wie du. Wie kommt es, dass du diejenige bist, die sich bei allem so sicher ist?«

»Bin ich nicht. Ich bin noch immer ein Teenager mit all den dazugehörigen Unsicherheiten. Ich vergleiche mich ständig mit anderen Menschen. Ich glaube, nicht klug genug, nicht lustig genug und nicht dünn genug zu sein. Mögen mich die Menschen überhaupt? Mag ich mich eigentlich selbst? An den meisten Tagen habe ich das Gefühl, als hätte ich meine Emotionen in einen Mixer geworfen. Ich bin mir keiner Sache sicher, außer dass Sex Spaß machen darf. Aber du, Joanna …« Ashley lächelte. »Du bist noch in den herausforderndsten Situationen gelassen und würdevoll. Du hast noch nie ein faules Ei nach einem Reporter geworfen oder einen Fotografen beschimpft.«

»Noch nicht.«

»Du hast dich immer unter Kontrolle und …« Sie zuckte die Achseln und wedelte mit der Hand Richtung Joanna. »Sieh dich an! Du siehst großartig aus. Deine Haut, deine Haare – du hast die perfekten Haare. Du bist ein Vorbild.«

»Ich bin ein Vorbild?«

»Ja. Jeden Morgen sage ich mir beim Blick in den Spiegel: Sei mehr Joanna.« Ashley umarmte sie. »Ich gehe jetzt. Und was auch immer passiert, ich hoffe, du hast Spaß.«

Spaß? Die Vorsicht hatte in ihrem Leben eine größere Priorität. Aber vielleicht musste sie die über Bord werfen, zusammen mit all den anderen Dingen, die mit Cliff verbunden waren.

Sie fuhr Ashley zu Mels Haus und war rechtzeitig zurück in Otter's Nest, um in Ruhe zu duschen und sich umzuziehen.

Sie redete sich ein, dass sie nicht nervös zu sein brauchte, doch sie konnte sich nicht entscheiden, was sie tragen wollte, woran sie Ashley die Schuld gab. Schließlich hatte die sie überredet, neue Kleider zu kaufen und ihr Farbspektrum zu erweitern. Jetzt hatte sie die Qual der Wahl. Warum hatte sie nicht Ashley um Rat gefragt?

Andererseits war es ein bisschen traurig, dass eine Frau von vierzig Jahren nicht das Selbstvertrauen hatte, ein Outfit auszusuchen.

Reiß dich zusammen, Joanna.

Sie starrte wieder in ihren Kleiderschrank.

Das Blaue eindeutig nicht. Es schien zu auffällig für ein Essen auf der Terrasse mit einem Freund. Freund? Ex-Lover?

Am Ende wählte sie ein weißes Kleid, das luftig, sommerlich und dem Wetter angemessen war.

Sie legte gerade ein Paar silberne Ohrringe an, als es klingelte.

Sie drückte den Knopf, um das Tor zu öffnen, und ging zur Vordertür. Das Kleid umspielte kühl und leicht ihre nackten Beine.

Es ist nur ein Abendessen.

Sie öffnete die Tür, und ihr Herz machte einen Satz. Nicht wegen seines Lächelns oder der Art, wie er sie ansah, sondern weil er Blumen in der Hand hielt.

Sie hatte nicht erwartet, dass er Blumen mitbringen würde. Und nicht irgendwelche Blumen, sondern Spanische Gänseblümchen. Ihre Lieblingsblumen.

Ihre Beine zitterten leicht. Sie sah ihm ins Gesicht. »Du musstest keine …«

»Meine Mutter würde mir eine Standpauke halten, wenn ich zu einer Einladung zum Abendessen nicht Blumen und Wein mitbringen würde.«

Er erklärte die Geste als gute Manieren. Wenn er Rosen oder Tulpen mitgebracht hätte, mochte das hinkommen. Doch Spanische Gänseblümchen – diese Blumen hatten eine Bedeutung, und das wusste er. Indem er sie mitbrachte, verband er die Vergangenheit mit der Gegenwart.

Sie nahm den Strauß, vergrub ihr Gesicht in den Blüten und spürte ein Ziehen in ihrer Brust, als all die Erinnerungen auf sie einstürmten. »Mein Vater hatte sie gepflanzt.«

»Ich weiß. Sie erinnerten ihn an dich, weil sie vor der heißen Nachmittagssonne geschützt werden mussten.«

Sie hatte den Teint ihrer Mutter – eine helle, sonnenempfindliche Haut. Sie trug breitkrempige Hüte und cremte sich mit Sonnenschutz ein, und dennoch musste sie vorsichtig sein.

Auch das wusste Nate.

Gänseblümchen.

»Danke. Komm rein. Ich stell die rasch ins Wasser.« Sie nahm die Blumen mit in die Küchen und holte eine Vase. Mit den Händen etwas zu tun zu haben half ihr, sich zu beruhigen.

Er folgte ihr und sah sich in der Küche um. »Das ist ein fantastischer Raum.« Er blickte über die Terrasse aufs Meer hinaus. »Ich erinnere mich, dass eure Küche sich früher im hinteren Teil des Hauses befand, mit einem kleinen Fenster zu den Bäumen hinaus.«

Sie füllte Wasser in die Vase. »Das war eine Verschwendung von Aussicht.«

»Ja.« Er schlenderte von der Küche hinaus auf die Terrasse, und sein Blick blieb an dem gedeckten Tisch hängen. »Es sieht toll aus.«

Sie stellte die Gänseblümchen ins Wasser und brachte die Vase zum Tisch. »Ich dachte, das erste Mal, dass ich für jemanden ein Abendessen koche, sollte eine besondere Gelegenheit sein.«

Sein Blick wanderte zu ihr. »Ich bin der erste Mensch, für den du ein Abendessen kochst?«

»Wenn du Ashley nicht mitzählst, dann ja. Aber falls du dich fürchtest und gehen willst, verstehe ich das.«

»Ich will nicht gehen. Aber ich gestehe, dass ich fasziniert bin. Du warst zwei Jahrzehnte mit einem Starkoch verheiratet. Was hat Ashley, das Cliff nicht hatte?«

»Geduld«, sagte Joanna. »Und eine Großzügigkeit im Wesen, die Cliff abging. Cliff hasste jeden anderen in der Küche, sodass er keinen Sinn darin sah, mir das Kochen beizubringen, zumal ich kein Talent habe.«

Nate schüttelte den Kopf. »Aber er hatte eine Fernsehserie, in der er Menschen das Kochen beibrachte.«

»Da ging es nur um ihn. Er war der Star. Er war derjenige, der kochte. Was die Menschen dann zu Hause machten, interessierte ihn nicht.«

Nate lachte und blickte auf das Haus. »Ich kann kaum glauben, was du aus diesem Ort gemacht hast. Erinnerst du dich, dass wir uns allein schon beim Sitzen auf der Terrasse Splitter zugezogen haben?«

»Oh ja.«

Er drehte sich mit glänzenden Augen um. »Darf ich mich umsehen? Ist das unhöflich?«

»Nur zu. Ich schenke uns etwas zu trinken ein. Wein oder Bier?« Sie dachte an Ashley. *Amüsier dich.* »Oder ... Champagner?«

»Champagner klingt gut.« Er hielt ihrem Blick etwas länger stand als notwendig. »Aber führ mich bitte zuerst herum.«

»Klar. Wir fangen oben an und arbeiten uns nach unten vor.« Sie nahm ihr Handy mit, weil sie den Timer für die Zubereitung des Essens eingerichtet hatte – schließlich war sie entschlossen, ein perfektes Essen zu kochen und zu servieren.

Sie stieß Türen auf, deutete auf Glas, hohe Decken, Bücherregale, gemütliche Leseecken.

»Ich sehe, du hast ein Händchen für Design.« Er ging in das Gästezimmer, in dem Ashley wohnte. »Gibt es eigentlich irgendein Zimmer im Haus ohne Leseecke?«

»Nein.«

Sie trug keine Schuhe, und der Boden war kühl unter ihren nackten Füßen.

Erst als sie ihr Schlafzimmer am entfernten Ende des Hauses

betraten, erinnerte sie sich daran, dass sie das Bett nicht gemacht hatte. Das Laken war zerwühlt und zeugte von einer ruhelosen Nacht mit lebhaften Träumen, in denen Nate eine Hauptrolle gespielt hatte.

Sie spürte, wie ihre Wangen heiß wurden.

Die Führung durch ihr Haus war persönlich geworden. Entlarvend.

»Wir sollten nach unten gehen. Den Champagner öffnen.« Sie drehte sich um und stieß gegen ihn, weil er direkt hinter ihr stand.

Es folgte ein Moment atemloser Spannung, und dann küssten sie sich. Seine Finger fuhren durch ihr Haar, folgten der Linie ihres Halses, hielten ihren Kopf, als wüsste er nicht, welchen Teil von ihr er zuerst berühren sollte, bevor er seine Arme um sie schlang und sie an sich zog. Sein Körper fühlte sich fest an, vertraut und doch unbekannt.

Sie umfasste seine Schultern und legte dann die Arme um seinen Hals, um ihn noch enger an sich zu ziehen. Ihr Herz schlug so heftig gegen ihre Rippen, dass es fast schmerzte. Ein Ziehen schoss durch ihren Unterleib. Er schob ihr die Träger des Sommerkleids von den Schultern, und sie zerrte an seinem Hemd, war ebenso ungeduldig wie er. Hatte sie sich je so gefühlt? War sie je so begierig gewesen? Sie konnte sich jedenfalls nicht daran erinnern. Vielleicht mit ihm, doch die Jahre und die Erfahrung hatten die Aufregung noch weiter geschärft. Oder vielleicht lag es daran, dass sie jetzt mehr wusste. Sie hätte warten können. Hätte sich Zeit nehmen können. Hätte sich und ihr Herz beschützen können. Die alte Version von ihr hätte das getan, doch jetzt und hier in ihrem Schlafzimmer mit der Meeresbrandung im Hintergrund war sie die neue Version. War sie anders. Vielleicht hatten ihre Gefühle, die sie so lange unterdrückt und kontrolliert hatte, auf einen Moment wie diesen gewartet, um sich endlich Bahn zu brechen. Sie kannte die Zukunft nicht und musste sie auch nicht kennen. Nur der Moment spielte eine Rolle, und der Moment war alles, was sie wollte. *Er* war alles.

Das Bett stand nur ein paar Schritte entfernt, doch sie schafften es nicht dorthin, weil sich ihr Fuß verfing und sie die Balance verlor und er bei dem Versuch, sie zu retten, ebenfalls aus dem Gleichgewicht geriet. Sie fielen zu Boden, und er bremste ihren Fall, wobei er sich den Kopf und den Ellenbogen stieß.

Sie keuchte auf. »Bist du …?«

»Ich bin okay, mir geht es gut.« Sein Mund war wieder auf ihrem, und er küsste sie wild und begierig, was ihr nur recht war.

Sie hörte ein entferntes Geräusch, ein Summen, doch sie ignorierte es, bis er den Kopf hob.

»Vielleicht geht es mir doch nicht gut, ich höre ein Summen …«

»Ich auch …« Und dann fiel es ihr wieder ein. »Das ist mein Handy. Der Timer, ich soll die Pinienkerne rösten.«

Sein Mund war nur Zentimeter von ihrem entfernt, sein Blick benommen. »Die Pinienkerne rösten?«

»Egal.« Keiner von ihnen hielt sich mit dem Gedanken auf, und sie zog ihn wieder an sich, fühlte, wie sein Gewicht sie auf den Boden drückte, wie seine Hand zwischen ihre Beine wanderte.

Sie bäumte sich ihm entgegen, und sie liebten sich mit einer fieberhaften, wilden Leidenschaft, bis die Welt explodierte. Danach klammerten sie sich aneinander und rangen nach Atem, während sie langsam wieder zu Bewusstsein kamen.

Ineinander verschlungen lagen sie da, als erneut der Handyalarm ertönte.

Nate hob den Kopf. »Du hattest offenbar ein dringendes Bedürfnis, Pinienkerne zu rösten.«

Sie kicherte. Hier lag sie nackt mit Nate auf dem harten Fußboden, wie Teenager. Und sie redeten über Pinienkerne.

»Das sind nicht die Pinienkerne. Der Termin ist verpasst.« Sie strich ihm über die Brust. »Dies ist die Erinnerung, das Hühnchen mediterraner Art zu erhitzen.«

Er stemmte sich auf die Ellenbogen und musterte sie. »Du hast für den ganzen Ablauf den Timer gestellt?«

»Ja. Ich wollte es unbedingt richtig machen, das Menü sollte perfekt werden. Ich wollte dich beeindrucken. Und jetzt ist alles durcheinander.«

»Ich bin bereits beeindruckt.« Er strich ihr eine Haarsträhne aus dem Gesicht. »Ich hatte keinen Sex mehr auf dem Boden, seit ich siebzehn war. Und der war mit dir.«

»War es damals gemütlicher? Ich kann mich nicht mehr erinnern.«

»Vermutlich nicht, aber wir hatten nicht die Option eines richtigen Betts.« Er zog sie näher an sich. »Du bist schön, Jo. So schön.«

»Du auch. Wir sollten das Beste draus machen, denn morgen werden wir überall blaue Flecken haben.«

Er zuckte zusammen. »Das könnte sein. Möchtest du unter die kalte Dusche?«

Sie lachte. »Nein. Du etwa?«

»Nein. Aber wir könnten schwimmen gehen. Das hätte den gleichen Effekt.«

»Das erfordert aber, aufzustehen, einen Badeanzug zu suchen, ihn anzuziehen und zum Strand zu gehen, und das schaffe ich nicht.«

Er küsste sie, stand auf und hob sie in seine Arme.

»Nate! Was tust du da?«

»Wir gehen schwimmen.«

»Nackt?«

»Warum nicht? Wir sind hier allein, und der Strand ist einsam.«

Während sie noch über Gegenargumente nachdachte, war er schon auf der Terrasse und auf dem Weg zur Treppe, die zum Strand führte.

»Willst du mich wirklich ins kalte Wasser werfen?«

»Wir gehen zusammen hinein.« Er watete in die Wellen, und sie keuchte auf, als kalte Wasserspritzer ihre nackte Haut trafen.

»Nate! Das ist …«

»Fantastisch?« Grinsend ließ er sie ins Wasser fallen, als sie beide untertauchten und das Meer alle Geräusche dämpfte.

Als sie wieder auftauchte, war er direkt neben ihr.

»Erinnerst du dich, wie wir hier immer schwimmen gingen?« Er zog sie an sich, und sie schlang Arme und Beine um ihn. Seine Augen waren von einem rauchigen Blau, seine Wimpern klebten aneinander, und Wassertropfen perlten an seinem Kinn. Nie hatte sie einen attraktiveren Mann gesehen.

»Ich erinnere mich.« Sie küsste ihn, war nicht in der Lage, ihren Mund für längere Zeit von seinem zu lösen. »Aber wir haben das nie nackt getan.«

»Was müssen wir damals für Langweiler gewesen sein.« Er strich ihr das feuchte Haar aus dem Gesicht, und dann küssten sie sich wieder, und eins führte zum anderen. Sie hörte auf zu denken und gab sich dem Rausch der Sinne hin. Nur noch fühlen konnte sie – die intime Berührung seiner Finger, die Wärme seines Mundes. Seine Kraft und Hitze. Das eiskalte Wasser. Ihre glatte Haut an seinem rauen Körper. Die Kontraste waren betäubend. Sie umklammerte seine Schultern und grub die Finger in seine harten Muskeln. Nahm die Geräusche um sie herum kaum wahr – das leise Keuchen, den Ruf einer Möwe, das Rauschen der brechenden Wellen.

Hinterher trug er sie zum Strand, setzte sie ab und küsste sie erneut. »Ich habe dich vermisst, Joanna.«

Die einfache Liebeserklärung berührte sie tief und wärmte sie innerlich von Kopf bis Fuß. »Ich habe dich auch vermisst.«

Er grinste. »Ich verhungere. All der Sex und das Schwimmen. Ist das Essen vermasselt?«

»Nein. Aber ich habe keinerlei Vorbereitungen erledigt, weil ich jede Erinnerung ignoriert habe.«

»Keine Sorge. Wir machen das zusammen.«

Sie liefen zurück zum Haus, duschten, zogen sich an und gingen dann in die Küche.

»Pinienkerne«, sagte Joanna und gab sie in die Pfanne. »Die Vorspeise ist ein Salat. Ein Zitrussalat mit gerösteten Samen und Pinienkernen. Warum öffnest du nicht schon mal den Champagner?« Sie war sich seiner Nähe sehr bewusst, konzentrierte sich aber auf ihre Arbeit. Sie hielt die Temperatur niedrig, wie Ashley es ihr beigebracht hatte, und schüttelte die Pfanne zwischendurch.

Sie prüfte die Liste, die sie erstellt hatte. Pinienkerne, fertig. Als Nächstes musste sie den Salat anrichten und den Hähnchentopf, der schon vorbereitet war, auf den Herd stellen.

Sie ging zum Kühlschrank und holte die filetierten Orangen und die Brunnenkresse heraus, arrangierte beides auf Tellern, fügte die warmen Pinienkerne hinzu und das Dressing. Sie schaltete den Herd unter dem Hähnchentopf ein und achtete darauf, dass die Temperatur nicht zu hoch war.

»Voilà.« Sie reichte ihm einen Teller und er ihr ein Glas Champagner.

»Auf Freundschaft, die lange verloren war, aber es nicht länger ist.«

Sie stieß mit ihm an, und sie trugen ihre Teller zum Tisch auf der Terrasse.

»Der Ort ist umwerfend.« Er blickte zurück zum Haus. »Hast du einen Architekten aus L. A. engagiert?«

»San Francisco. Er hat meine Vision von diesem Ort verstanden. Ich wollte die Vorzüge zur Geltung bringen – das alte Strandhaus ist der Aussicht nie gerecht geworden.«

»Stimmt, ich erinnere mich. Ich hatte mich gefragt, ob du es verkaufen würdest.«

»Ich habe es überlegt. Doch dann dachte ich, der Geist von Großvater Rafferty könnte mich heimsuchen, wenn ich das Land verkaufe, für das er so hart gearbeitet hat.«

Er lächelte. »Gutes Argument. Laut meiner Großmutter war er ein Furcht einflößender Kerl.« Er griff zu seinem Glas und trank. »Ich glaube, es würde ihm gefallen.«

»Vermutlich nicht. Mein Vater sagte immer, ihn hätte nicht das Haus, sondern nur das Land interessiert. Die Aussicht. Das Meer. Der Garten. Das war es, was er liebte. Deshalb hatte ich auch kein schlechtes Gewissen, als ich das alte Haus abreißen und ein neues bauen ließ. Mein Vater würde es mögen, denke ich.«

»Davon bin ich überzeugt.« Nate wandte sich seinem Salat zu. »Er wäre froh, dass du wieder hier bist, so viel ist sicher.«

»Was ist mit dir? Du hast das Familiengeschäft übernommen. Das wolltest du damals nicht. Du hattest so viele Pläne.« Das hatte er gesagt, als er ihre Beziehung beendete. *Ich möchte mehr als das hier, Joanna. Mehr als Silver Point.*

Er legte die Gabel beiseite. »Ich habe ja meine ganze Kindheit lang mitbekommen, wie hart meine Eltern dort gearbeitet haben. Wie viel sie opferten. Das wollte ich nicht. Ich wollte nicht mein Leben damit verbringen, Menschen, die ich nicht kenne, Essen und Getränke zu servieren. Das Leben hier erschien mir allzu begrenzt, wo doch dort draußen eine große Welt wartete. Davon wollte ich einen Teil.«

Joanna hörte zu und wartete. Das war nicht das Ende der Geschichte. Das konnte es nicht sein, schließlich hatte er das Surf Café ja doch übernommen.

Er blickte sie an. »Du hast dich nicht verändert, oder?«

»Was meinst du?«

»Jeder andere würde mich mit Fragen löchern, was weiter passiert ist.«

Sie runzelte die Stirn. »Ich nehme an, dass du mir erzählst, was du mir erzählen möchtest. Ich glaube daran, die Privatsphäre eines Menschen zu respektieren. Menschen sind nicht öffentliches Eigentum. Sie sollten nicht alles entblößen müssen.«

»Richtig.« Er sah sie einen Moment nachdenklich an. »Es muss schwer gewesen sein für dich. Mit Cliff verheiratet zu sein. All diese Aufmerksamkeit.«

»Ich bin damit fertiggeworden. Wir sprachen von dir.«

»Ja. Tut mir leid.« Er schob seinen leeren Teller beiseite. »Als Teenager macht man Pläne. Das machen alle Menschen. Aber niemand sagt einem, dass manchmal Dinge passieren, die du nicht kontrollieren kannst, dass einige Entscheidungen schwer sind und dass Pläne sich manchmal ändern müssen.« Sein Blick fing den ihren auf. »Ich werde nicht so tun, als ob es mich nicht verwirrt, hier so mit dir zu sprechen. Es ist, als wäre die Zeit zurückgedreht.«

Sie griff nach seiner Hand. »Was ist passiert, Nate?«

»Mein Dad hatte einen Herzinfarkt.«

Sie war bestürzt und sofort voller Mitgefühl. »Das tut mir leid. Das wusste ich nicht. Mel hat kein …«

»Sie hat es dir nicht gesagt? Vermutlich wollte sie rücksichtsvoll sein. War besorgt, dass es die Geschichte mit deinem Vater aufrühren könnte.«

»Das tut weh. Es wird immer wehtun, aber man findet einen Weg, damit zu leben. Bitte erzähl weiter.«

»Sein Herz hörte auf zu schlagen – plötzlicher Herzstillstand –, als er das Sportteam in der Schule betreute. Er hatte früher am Tag über Atemnot geklagt, aber ansonsten gab es keine Vorwarnung. Er brach zusammen, direkt auf der Laufbahn, doch zum Glück hatten sie einen Defibrillator vor Ort und setzten ihn ein.«

Joanna roch den Hühnchentopf. Der Hauptgang war bereit. Sie musste die Temperatur jetzt runterschalten. Doch Nate zuzuhören war wichtiger, als ein perfektes Essen zu servieren. »Er hat überlebt?«

»Ja. Greg hat ihn gerettet. Greg stand neben ihm, als es passierte. Er sagte, in dem einem Moment hätte mein Vater sich unterhalten, und im nächsten hätte er auf dem Boden gelegen, ohne Puls, ohne zu atmen. Er holte den AED …«

»Den Defibrillator?«

»Ja. Er setzte ihn ein. Er musste ihn zweimal schocken. Aber er holte ihn zurück. Das gelingt nicht immer. Wir hatten Glück.

Glück, dass Dad dort zusammenbrach, wo Hilfe möglich war. Glück, dass Greg so ruhig und zuverlässig ist.«

»Wie schrecklich für dich, für deine Mom und Mel.« Sie hielt weiter seine Hand. Hielt sie fest.

»Er blieb eine Zeit lang im Krankenhaus, und als er nach Hause kam, konzentrierte er sich darauf, gesund zu essen und Sport zu treiben – all das zu tun, wozu sie ihm im Krankenhaus geraten hatten. Stress reduzieren gehörte auch dazu. Keine langen Schichten mehr im Café. Mom konnte die zusätzliche Arbeit nicht bewältigen und wollte sich sowieso lieber um ihn kümmern. Ich arbeitete zu der Zeit als Surflehrer in Europa. Damit konnte ich meine Reisen finanzieren. Ich kam zurück.«

»Natürlich hast du das getan. Das tut man für die Familie.« Sie verspürte einen Stich, weil sie keine Familie hatte, die alles für sie stehen und liegen ließ, und niemanden, dem sie diesen Dienst erweisen konnte.

Ashley, dachte sie. Für Ashley würde sie alles stehen und liegen lassen, und sie hatte den Eindruck, dass Ashley das umgekehrt auch für sie tun würde.

»Hat deine Stiefmutter je Kontakt zu dir aufgenommen?« Offenbar hatte er ihre Gedanken gelesen. »Als es anfing, mit Cliff schiefzulaufen? Als die Presse dich verfolgte?«

»Nein. Warum sollte sie?«

Er kniff die Lippen zusammen. »Manche würden sagen, weil ihr Familie wart.«

»Nicht alle Familien sind wie deine, Nate.« Sie stellte sich vor, wie er den Anruf wegen seines Vaters bekommen hatte, wie er nach Hause geflogen war. Und dann zu Hause geblieben war. Familienloyalität. Liebe. »Sie fühlte sich nicht im Mindesten für mich verantwortlich. Sie dachte, ich ginge sie nichts an, und vielleicht hatte sie recht damit.«

»Sie hatte damit nicht recht. Wenn du jemanden heiratest, heiratest du alles an der Person. Ihre Vorlieben, ihre Abneigungen, ihre Gegenwart, ihre Vergangenheit – ihre Familie. Alles.«

»So hat sie es nicht gesehen. Und wenn er noch gelebt hätte, hätte er sich scheiden lassen. Das wusste sie. Sie war wütend, weil mein Vater diesen Ort mir vererbt hatte.«

»Dein Vater war ein kluger Mann, auch wenn ...« Er hielt inne, und sie sah ihn an.

»Du wolltest sagen, dass er sie gar nicht erst geheiratet hätte, wenn er klug gewesen wäre. Da ist was dran. Aber wenn es um Beziehungen geht, sind wir nicht immer klug, oder?« Ihr Vater musste damals das Gefühl gehabt haben, dass es richtig wäre, Denise zu heiraten, auch wenn er es später bereut hatte. Gerade sie verstand am besten, dass solche Entscheidungen von vielen Faktoren beeinflusst wurden. Und dass sie nicht immer klar waren.

»Nein«, sagte Nate leise. »Wir sind nicht immer klug. Ich hab es gehasst, wie sie dich behandelt hat. Wie sie mit dir gesprochen hat. Nach dem Tod deines Vaters ging es dir so schlecht. Sie hätte dir eine Stütze sein und Trost spenden sollen, doch stattdessen machte sie alles noch schlimmer. Als du am dringendsten Unterstützung brauchtest, hat sie dich weggestoßen.«

»Und du warst derjenige, der für mich da war. Du und Mel und deine Eltern, die immer so gütig und großzügig waren. Ich war viel lieber bei euch zu Hause als bei ihr. Ich habe Unterschlupf in eurem Leben gesucht, weil ich mein eigenes nicht sehr mochte.« Dieses Gefühl war mit den Jahren stärker geworden. »Du und deine Familie wart meine ganze Welt, und als aus unserer Freundschaft mehr wurde, wurdest du meine ganze Welt. Du warst alles für mich.« Sie erkannte es jetzt deutlich. »Und damit habe ich dir Angst gemacht. Es tut mir leid, Nate. Es tut mir leid, wie ich damals war. Wie ich damals all meine Probleme bei dir ablud.«

»Machst du Witze? Ich habe es geliebt, dass du so offen und aufrichtig mir gegenüber warst. Dass du das Gefühl hattest, mir alles erzählen zu können. Das gab mir wiederum das Gefühl, jemand Besonderes zu sein. Das machte uns zu etwas

Besonderem. Wir haben uns alles erzählt, ohne irgendwas zurückzuhalten. Was ist denn Intimität, wenn nicht das?« Er fuhr sich mit der Hand über den Nacken. »Ich sollte mich eher bei dir entschuldigen.«

»Wofür? Dass du nicht mit all den Problemen umgehen konntest, die ich mit mir herumschleppte? Dass du mich nicht genug geliebt hast? Weder das eine noch das andere ist ein Verbrechen.«

»Ich habe dich genug geliebt.« Er senkte die Hand. »Ich habe dich so sehr geliebt, aber ich hatte Angst. Du hast mir voll und ganz vertraut, und ich hatte Angst, ich würde dich enttäuschen. Du hattest so viel Schmerz in deinem Leben, und ich hatte Angst vor der Verantwortung. Angst, dass ich nicht der sein konnte, den du wolltest und brauchtest. Ich glaube, ich hatte ein bisschen Ehrfurcht vor dem, was wir hatten. Vielleicht wusste ich, dass das selten ist. Ich hatte Angst, alles zu ruinieren, und am Ende habe ich genau das getan.«

»Wir waren jung. Eine Beziehung sollte am Anfang nicht eine solche Last zu tragen haben. Ich mache dir keine Vorwürfe, dass du Schluss gemacht hast.«

»Ich mache mir aber selbst Vorwürfe. Dass ich schlecht damit umgegangen bin. Dass ich unsensibel war.«

Sie schüttelte den Kopf. »Du warst direkt und ehrlich, so wie du immer in unserer Beziehung warst.« Sie hielt inne und dachte an Cliff. »Ich brauchte ein paar Jahre, um zu begreifen, wie mutig du warst. Wie schwer es für dich gewesen sein muss. Das haben mich die Jahre mit einem Mann gelehrt, der mich immer wieder anlog, weil das einfacher war, der jedem Konflikt auswich, der weder mich noch sich selbst respektierte.«

»Jo …« Er hielt inne und drehte den Kopf. Schnupperte. »Riecht da etwas angebrannt?«

»Das Hühnchen!« Sie sprang auf, und er nahm die Teller und folgte ihr.

»Ich übernehme die volle Verantwortung. Ich habe dich von allen Alarmen abgehalten.«

Sie schaltete den Herd aus und sah vorsichtig in den Topf. »Wenn ich Ashley erzähle, dass ich es hab anbrennen lassen, kriege ich das immer wieder aufgetischt.«

»Dann erzähl es ihr nicht.« Er sah ihr über die Schulter. »Sieht köstlich aus.«

Sie stocherte mit einem Löffel im Topf herum. »Am Boden klebt eine feste Schicht.«

»Dann essen wir die untere Schichte eben nicht.« Er nahm die Teller und richtete zwei Portionen an.

»Der Topf ist ruiniert.«

»Ich kauf dir einen neuen.« Er trug ihre Teller zurück auf die Terrasse, und dieses Mal setzten sie sich nebeneinander statt gegenüber. Sein Oberschenkel streifte ihren. Er hatte die gleiche Ungezwungenheit an sich, die sie immer zu ihm hingezogen hatte. Mit ihm zusammen zu sein war entspannend, auch wenn sie sich im Moment eher nicht entspannt fühlte. Ihr Puls raste. Sie war sich seiner körperlichen Nähe sehr bewusst.

»Das ist das erste Mal, dass ich für jemanden gekocht habe.«

»Ich habe noch kein Abendessen mehr genossen als dieses.«

Sie lächelte. Sie wusste, dass er nicht das Essen meinte. »Ich sollte das Dessert dreißig Minuten vor dem Servieren aus dem Kühlschrank holen.«

»Dann mach das jetzt«, sagte er. »Denn ich habe eine gute Idee, wie wir die nächsten dreißig Minuten verbringen können.«

22. KAPITEL

MEL

Mel servierte dem Paar auf der Terrasse Pancakes. Ihr Herz war schwer. Ashley hatte in Edens Zimmer übernachtet, und die beiden hatten die ganze Nacht gekichert und geredet.

Mel hatte sich bei Greg beklagt, der sie aber bloß daran erinnerte, dass sie und Joanna genauso gewesen waren. Also hatte sie aufgehört zu jammern, denn er hatte recht. Es war ein wichtiger Teil ihres Lebens und ihrer Freundschaft gewesen. Dieser intime Gedankenaustausch, diese Geständnisse in der Dunkelheit. Das alles gehörte zum Erwachsenwerden, oder? Und es war einer der schönsten Aspekte von Freundschaft.

Wenn Mel mit Kopfschmerzen dafür zahlen musste, war es den Preis vermutlich wert.

Am Tag zuvor hatte sie Eden erneut ihren Wagen geliehen, damit die beiden Mädchen die Küste hinauf nach Carmel fahren konnten. Sie waren mit vollen Einkaufstaschen und strahlenden Gesichtern heimgekehrt, ihr Ausflug war offenbar ein Erfolg gewesen.

Nun saßen sie an einem Tisch im Schatten und hatten die Köpfe zusammengesteckt, während sie noch immer miteinander redeten, als hätten sie viel zu sagen und zu wenig Zeit, alles loszuwerden.

Nate erschien mit einem Tablett mit Kaffee.

Sie sah zu, wie er ihn einer Gruppe von Frauen lächelnd und mit ein paar freundlichen Worten servierte, und folgte ihm dann ins Café.

»Ich werde dich nicht fragen, wie dein Abend war, weil ich weiß, dass du es mir nicht erzählen wirst. Aber angesichts der Tatsache, dass du dich heute verspätet hast und nie zu spät zur Arbeit kommst, und angesichts deines Dauergrinsens, auch als die Frau meckerte, dass ihr Pain au chocolat mit dunkler statt mit Vollmilchschokolade sei, gehe ich davon aus, dass du einen schönen Abend hattest.«

»Ich hatte einen schönen Abend.« Er nahm zwei Teller und richtete den Shrimp-Salat darauf an. »Und danke, dass du heute Morgen eingesprungen bist.«

»Ist doch klar. Ich war sowieso wach.«

»Du?« Er sah sie fragend an. »Du wachst nie so früh auf.«

»Wenn ich nicht schlafen kann, schon. Und genau das ist letzte Nacht passiert. Eden und Ashley haben die halbe Nacht ›geflüstert‹. Ich habe immer noch den Eindruck, dass ein gedämpftes Kichern eher durch die Wände dringt als ein normales.«

Nate lächelte. »Als ich sie eben gesehen habe, schienen sie sich zu amüsieren.«

»Deine Pancakes machen das mit den Menschen.« Sie sah zu, wie ihr Bruder den perfekten Salat dekorierte. »Du bist glücklich. Und das freut mich.«

»Dann hast du mir vergeben.«

»Ich war mehr auf mich als auf dich wütend.« Durch die geöffnete Tür sah sie, wie Ashley aufstand, Eden rasch zuwinkte und dann leichtfüßig über die Terrasse Richtung Stufen ging.

Vermutlich war Joanna angekommen, was bedeutete, das Eden nach Hause fuhr und dann zur Surf-Schule ging.

Später würde sie sich mit Freundinnen in der Stadt treffen, also hieß es jetzt oder nie.

»Nate …« Sie wandte sich an ihren Bruder. »Springst du zehn Minuten für mich ein? Da ist etwas, das ich tun muss.«

»Nachdem du das Gleiche heute Morgen für mich gemacht hast, kann ich schlecht ablehnen, oder?« Er stellte die Salate auf ein Tablett, dazu knusprig warmes Brot aus dem Ofen und eine Karaffe mit geeistem Wasser. »Du verhörst jetzt nicht Joanna, oder?«

»Nein.« Sie hielt inne. »Ich will mit Eden reden.«

Er fing ihren Blick auf und nickte. »Dann los.«

Sie lächelte dankbar und lief zurück auf die Terrasse, wo Eden gerade die Stufen zum Strand hinunterging.

»Eden! Warte!«

Eden drehte sich mit wippendem Pferdeschwanz um. »Was?«

Mel war plötzlich nervös. Nervös ihrem eigenen Kind gegenüber. »Möchtest mit mir am Strand spazieren gehen?«

»Wann?« Eden runzelte die Stirn. »Du meinst jetzt?«

»Ja, jetzt. Ich dachte, wir könnten … reden.«

Edens Blick war verschlossen. »Du meinst, du willst mich belehren, mir all die Gründe darlegen, warum ich aufs College gehen sollte.«

»Nein. Das nicht.« Doch sie konnte Eden nicht vorwerfen, dass sie das dachte, oder? Sie atmete tief durch. »Wenn du entscheidest, dass du nicht aufs College möchtest, dann ist das okay für mich. Für uns. Deinen Dad und mich.«

»Wir wissen beide, dass das nicht okay für dich ist, Mom. Lüg doch nicht.«

»Es stimmt, dass ich mir Sorgen mache, aber die werde ich mir immer machen, egal was du tust. Das gehört zum Muttersein dazu. Ich will das, was du willst, Eden. Und vor allem möchte ich, dass du glücklich bist. Das ist alles. Und nur du weißt, was du dafür brauchst.«

Eden sah sie aus großen Augen an. »Hast du getrunken?«

»Nein, natürlich nicht. Können wir zum Strand gehen? Ich möchte dieses Gespräch nicht vor all den anderen Menschen führen.«

»Ich …«

»Du sagtest, ich würde nicht zuhören. Ich möchte dir zuhören. Ich möchte dir jetzt zuhören.«

Eden rührte sich nicht. »Ich habe das nicht gesagt, um dich zu ärgern.«

»Das weiß ich, und ich werde nicht so tun, als hätte es mich nicht geärgert, denn natürlich hat es das.« Sie rang sich ein schwaches Lächeln ab. »Trotz allem, was du glauben magst, versuche ich, die perfekte Mutter zu sein. Und dass du mir immer wieder das Gegenteil beweist, gibt mir nicht gerade ein gutes Gefühl, aber ich habe zugehört, Eden. Und du hattest recht damit, dass ich immer alles kontrollieren und in Ordnung bringen will.«

Eden seufzte. »Ich hätte das vermutlich nicht sagen sollen. Ich habe mich schlecht benommen …«

»Nein, das hast du nicht. Du warst ehrlich, und das ist gut.« Es fühlte sich nicht gut an, aber es war gut. »Ich versuche, alles zu kontrollieren und in Ordnung zu bringen. Dass ich das tue, weil ich dich liebe, ändert nichts an den Fakten. Manchmal ist es beängstigend, eine Mutter zu sein, das ist alles. Ich möchte das Beste für dich. Ich möchte, dass dein Leben perfekt ist, du sollst niemals unglücklich sein, aber das ist lächerlich, denn natürlich ist niemandes Leben perfekt, und niemand kann ständig glücklich sein.«

»Mom …«

»Können wir ein Stück gehen? Nur fünf Minuten.«

Eden atmete tief durch. »Na klar. Ich muss erst in einer Stunde in der Surf-Schule sein.«

»Wir gehen am Strand entlang zum Haus. Dann kommst du nicht zu spät.« Mel zog ihre Schuhe aus, und sie gingen durch den Sand zum Wasser. »Erinnerst du dich, als wir immer in die Wellen gesprungen sind?«

»Das haben wir nicht mehr getan, seit ich zwölf war.«

»Lass es uns wieder tun, gleich jetzt.« Mel hielt an und griff nach der Hand ihrer Tochter, doch Eden machte sich los und schaute peinlich berührt um sich.

»Was machst du da? Was ist los mit dir? Ich bin zu alt, um mit meiner Mutter in den Wellen zu tanzen.«

»Richtig. Natürlich bist du das.« Sie ging das alles falsch an und hatte keine Ahnung, wie es richtig sein könnte. »Für mich war Familie immer das Allerwichtigste. Sie war die treibende Kraft hinter den meisten Entscheidungen meines Lebens. Und ich weiß, dass diese Entscheidungen nicht für jeden richtig wären, doch sie waren das, was ich wollte. Du sagtest mir mal, ich sei mir selbst untreu geworden ...«

Eden wirkte betreten. »Müssen wir darüber reden?«

»Ich möchte darüber reden. Ich möchte meine Gedanken mit dir teilen, und ich hoffe, dass du dann deine mit mir teilen wirst.« Sie würde einfach ihre Geschichte erzählen und hoffen, dass Eden zuhörte. »Ich kann mich nicht mehr erinnern, wann ich mich in deinen Dad verliebte, doch es fühlt sich an, als hätte ich ihn mein ganzes Leben lang geliebt. Wir gingen weg aufs College und hatten eine wirklich glückliche Zeit. Und vielleicht habe ich mich eine Zeit lang gefragt, ob es nicht Spaß machen würde, zu reisen und einen Job an der Ostküste, in New York oder irgendwo anders anzunehmen, wo es aufregend und trubelig ist. Dein Onkel Nate war in Europa, und ich konnte mir nicht vorstellen, im Surf Café zu arbeiten. Außer vielleicht in den Ferien, wenn ich mein schillerndes Leben verließ und nach Hause kam. Ich wollte mehr als das, oder zumindest glaubte ich das. Und dann erfuhr ich, dass ich schwanger war.«

»Dann habe ich dir also den Spaß ruiniert?«

»Dich zu bekommen war das Aufregendste und Schönste, was mir passiert ist. Also dein Dad und ich entschieden, dass New York warten könne. Und dann hatte Grandpa einen Herzinfarkt, und Onkel Nate kam nach Hause. Wir halfen alle im Café, um Grandpa zu ersetzen, und das war gut so. Ich nahm dich immer mit, und du hast dann bei ...«

»Bei Grandma gesessen, ich erinnere mich.«

»Ja. Oder bei einer meiner Freundinnen aus der Stadt. Mary-Lou. Rosa. Wenn ich Hilfe brauchte, war immer jemand da, an den ich mich wenden konnte. Das Leben hier war leicht. Ob ich gelegentlich an New York dachte, und wie es wohl wäre, mit klappernden Absätzen und in einem schicken Kostüm die Fifth Avenue entlangzulaufen und in einem modernen Büro mit Blick auf das Empire State Building zu arbeiten? Ja, ich dachte daran. Ich hatte sogar ein Vorstellungsgespräch.«

Eden sah sie überrascht an. »Ich – du warst in Manhattan? Wann? Wie alt war ich?«

»Du musst so achtzehn Monate alt gewesen sein. Ich sah eine Stellenanzeige – eine Einstiegsposition in einer großen Werbeagentur. Ich wollte mich gar nicht bewerben, doch Nate bestand darauf. Er wusste, dass New York mein Traum war. Er wollte, dass ich meinen Traum verwirkliche. Er sagte, dass er sich um das Café kümmern würde. Deine Großeltern nahmen dich für ein paar Tage zu sich, und Greg und ich flogen nach New York. Wir wohnten in einem schicken Hotel, gingen in eine Show und hatten ein romantisches Abendessen in einem dieser Restaurants mit Panoramablick auf die Stadt. Und am nächsten Morgen trug ich meine brandneuen High Heels und ein ebenso brandneues Kostüm, nahm ein Taxi zum Firmenbüro auf der Seventh Avenue und hatte mein Vorstellungsgespräch in einem gläsernen Büro, das so weit oben lag, dass es sich anfühlte, als würde ich auf die Welt hinuntersehen. So viel Aufregung und Adrenalin hatte ich noch nie verspürt.«

»Aber du hast den Job nicht bekommen. Das tut mir leid, Mom.«

»Warum glaubst du, ich hätte den Job nicht bekommen?«

Eden runzelte die Stirn. »Weil wir nie in New York gelebt haben. Du hast nie dort gearbeitet.«

»Stimmt, wir haben nicht dort gelebt, und ich habe nie dort gearbeitet. Aber nicht, weil ich den Job nicht bekommen habe. Sie boten mir die Stelle sofort an, dazu mehr Geld, als ich je gesehen hatte. Wobei das Manhattan war, sodass das Geld von Miete bis Kinderbetreuung innerhalb einer Minute weg gewesen wäre.«

»Sie haben dir die Stelle angeboten?« Eden sah verwirrt aus. »Was ist passiert?«

»Ich habe sie abgelehnt.«

»Du … Mom?«

»Ja, ich habe sie abgelehnt. Fiel mir die Entscheidung leicht? Ja und nein. Wie bei den meisten Entscheidungen gab es Argumente für beide Optionen. Ich wollte schon immer eine Zeit lang in New York leben, und es war genau so, wie ich es mir vorgestellt hatte. Aufregend und glamourös.« Sie konnte sich noch immer an das atemlose Gefühl erinnern, überhaupt dort zu sein.

»Was ist passiert?«

»Ich war mit deinem Dad im Hotel, und dann hast du mich mit der Unterstützung deiner Großmutter angerufen. Du hast gelacht und warst fröhlich und hattest gerade gelernt, zum ersten Mal zwei Wörter zu sprechen. Du sagtest: ›Mommy weg‹, und ich begriff, dass ich das nicht wollte. Ich wollte nicht, dass jemand anders deine Fortschritte begleitet. Ich wollte nicht ›weg‹ sein. Ich hörte die Brandung im Hintergrund und sah in New York aus dem Fenster und dachte: Was mache ich hier? Und als Greg und ich nach Hause kamen, gab es Livemusik im Café, dazu einen Sonnenuntergang über dem Meer, und Rosa küsste an jenem Abend Adam – was sich lange angekündigt hatte –, und Nate tanzte mit dir, und ich erinnere mich, wie ich dastand und dachte: Ich bin zu Hause. Dies ist meine Heimat. Hier möchte ich sein. Und fühlte es sich schillernd und glamourös an? Nein, aber es war etwas anderes, und dieses andere übertraf das, was New York mir geboten hätte.«

Sie erinnerte sich noch daran, wie sicher sie gewesen war. »Ich weiß, du glaubst, ich wäre mir nicht treu geblieben, Eden. Ich verstehe, dass es so wirken kann, doch so war es nicht. Grandpa wollte, dass wir das Café übernehmen, das stimmt, doch Nate hat ganz klar gesagt, dass ich nicht mitmachen müsse. Ich hätte jederzeit gehen können, aber ich habe mich entschieden, zu bleiben und mein Leben hier in Silver Point zu leben. Ich habe das nie bereut, auch wenn ich sicher bin, dass viele Menschen das damals erwarteten. Was ich damit sagen will: Ich habe die Entscheidung getroffen. Niemand anders. Wenn sie sich als Fehler herausgestellt hätte, wäre es mein Fehler gewesen, und ich hätte ihn korrigieren müssen. Doch mit dir habe ich all das irgendwie vergessen. Ich schätze, als Mutter möchte man seinem Kind Schmerzen ersparen, doch durch Schmerz lernen wir.« Sie lächelte ihre Tochter an. »Triff deine Entscheidung, Eden, wie auch immer sie aussieht. Mach Fehler, denn darum geht es im Leben. Leb dein Leben, so wie du es leben möchtest. Und ich bin hier, um dich anzufeuern und dich zu unterstützen, wann immer – oh!« Sie keuchte auf, als Eden ihre Arme um sie schlang und sie fast zu Boden warf.

»Es tut mir leid.« Eden vergrub ihr Gesicht an Mels Hals. »Ich war eine launische, schreckliche …«

»Nein.« Mel erwiderte die Umarmung. »Keine Entschuldigungen und keine Schuldzuweisungen. Das liegt hinter uns.«

»Ich hab dich lieb, Mom.«

Ich hab dich lieb, Mom.

Mel stiegen Tränen in die Augen. Verdammt. Jetzt? Hier? Am Strand und in der Öffentlichkeit? »Ich hab dich auch lieb. Immer.«

Eden schniefte und löste sich aus der Umarmung. »Ich muss scheiße aussehen.«

»Sag nicht scheiße.«

»Ich dachte, ich dürfte meine eigenen Entscheidungen treffen?«

»Nicht wenn es um deine Sprache an einem öffentlichen Strand mit kleinen Kindern in der Nähe geht.«

»Aber …«

»Wir haben vielleicht eine neue Beziehung, aber ich bin noch immer deine Mutter.«

Eden grinste. »Bist du sicher, dass du alle diese Dinge auch meinst, die du gerade gesagt hast?«

»Absolut. Teste mich.«

»Okay. Da ist etwas, das ich sofort machen möchte. Ich möchte in den Wellen tanzen, wie wir es früher gemacht haben.«

Mel lachte. »Jetzt? Bist du nicht zu alt, um mit deiner Mutter in den Wellen zu tanzen?«

»Keine Ahnung.« Eden nahm ihre Hand und zog sie zum Wasser. »Finden wir's heraus.«

Sie stürzten sich auf die Wellen, kreischten auf, als das kalte Wasser ihre Beine traf und ihre Shorts durchnässte. Und während sie miteinander lachten, blickte Mel zum Surf Café in der Ferne und dachte: Ich habe mich nicht eingerichtet, sondern ich habe eine Entscheidung getroffen. Und es war eine gute Entscheidung.

23. KAPITEL

JOANNA

Joanna stieß die Tür zur Strand-Buchhandlung auf. Die Sonne schien, sie hatte leichte Kopfschmerzen vom Schlafmangel und konnte sich nicht erinnern, wann sie das letzte Mal so glücklich gewesen war.

Mary-Lou reichte einer Kundin ein Buch. »Beim nächsten Mal sagen Sie mir, was Sie davon halten. Ich habe meine eigene Meinung über das Ende, aber ich möchte nicht spoilern. Einen schönen Tag wünsche ich Ihnen.«

Joanna lächelte sie an und steuerte direkt auf die Kinderbuchabteilung zu.

Mary-Lou wartete, bis sich die Tür hinter der Kundin geschlossen hatte, und ging dann zu ihr hinüber. »Ich warte auf den Tag, an dem jemand sein Geld zurückfordert, weil ihm das Ende nicht gefallen hat. Du lächelst. Du siehst irgendwie anders aus. Ist etwas passiert?«

Nate, dachte sie. *Nate ist passiert.*

Aus einem wunderbaren Abend war eine wunderbare Nacht geworden.

»Ich genieße es, wieder in Silver Point zu sein, das ist alles.«

»Hm.« Mary-Lous Miene zeigte, dass sie ihr nicht glaubte. »Hat dieses Genießen irgendwas mit dem Umstand zu tun, dass Nate Monroe gestern Nachmittag in Glendas Blumenladen einen Strauß Gänseblümchen gekauft hat?«

»Warst du dabei?«

»Carly war dabei, und sie hat es Letitia in der Bäckerei erzählt, und Letitia erzählte es mir, als ich heute Morgen diese köstlichen französischen Pasteten holte. Wir erinnern uns alle, dass du früher eine Schwäche für sie hattest.«

Joanna lachte. »Dieser Ort ändert sich nie.«

»Gott sei Dank nein, er ändert sich nicht. Aber ich wäre nicht die Einzige, die sich freut, euch wieder zusammen zu sehen.« Mary-Lou musterte sie. »Manche Dinge gehören einfach zusammen.«

»Es waren nur zwei alte Freunde, die einen Abend miteinander verbracht haben, Mary-Lou. Ich suche nicht nach einer Beziehung, und ich bezweifle, dass er das tut.« Und das, dachte sie, ist einer der vielen Gründe, warum der Abend so perfekt war. Keiner von ihnen hatte von dem anderen etwas erwartet. Es gab keinen Druck. Sie hatten einfach ihr Miteinander genossen, und er war heute Morgen zu sich nach Hause gefahren.

Wo war er jetzt? Vermutlich bediente er seine Gäste mit einem Lächeln, das heute vielleicht ein bisschen weniger breit war als sonst, weil er weniger als drei Stunden geschlafen hatte. Ein Umstand, den er erwähnte, als er sie am Morgen mit in die Dusche zog.

Dachte er an sie?

Mary-Lou sah sie skeptisch an. »Einen alten Freund zu treffen lässt mich normalerweise nicht so strahlen, wie du strahlst. Aber gut, lass uns so tun, als ob es das sei, wenn du dich damit wohler fühlst. Schauen wir mal, wie sich das entwickelt. Womit kann ich dir denn heute Morgen helfen? Suchst du nach Büchern über Beziehungen? Eines kam gerade gestern herein: ›Erste Liebe, zweite Chance.‹«

»Ernsthaft?«

»Nein, das war ein Witz.« Mary-Lou hob die Hände. »Tut mir leid. Du bist wegen eines Anliegens gekommen und sicher nicht, damit ich dich aufziehe.«

Joanna lächelte. Es war so lange her, dass jemand sie auf nette Weise aufgezogen hatte. So lange her, dass sie sich mit den Menschen um sie herum so wohlgefühlt hatte. »Ich möchte Bücher für Ashleys Baby kaufen.«

Mary-Lou sah sie überrascht an. »Das Baby, das sie austrägt? Nicht, dass ich viel über die Entwicklung von Kindern weiß, aber es wird eine Weile dauern, bis sie es lesen kann.«

»Meine früheste Erinnerung ist mein Dad, wie er mir vorliest. Ich saß auf der Veranda von Otter's Nest auf seinem Schoß, und ich erinnere mich an den Klang seiner Stimme, die Aufregung, wenn er die Seiten umblätterte, und das Gefühl, dass wir gemeinsam ein Abenteuer erlebten.«

Mary-Lou schniefte gerührt. »Dein Vater war ein guter Mann. Wir alle mochten ihn. Dann lass uns ein paar Bücher für dich suchen.«

»Ich will ihr eine Bibliothek zusammenstellen. Das ist mein Geschenk für sie.« Sie würde die Regale im zweiten Gästezimmer ausräumen und es in ein Kinderzimmer verwandeln. Auch wenn Ashley in eine eigene Wohnung ziehen wollte, könnten sie und ihr Baby das Zimmer nutzen, wenn sie zu Besuch kamen.

»Sie hat Glück, dich auf ihrer Seite zu haben.«

Joanna dachte an Ashleys Gemüt und ihre Geduld. »Ich bin diejenige, die Glück hat.«

»Vielleicht. Sie war gestern Abend mit Eden unterwegs. Die beiden haben beim Eisessen so heftig gelacht, dass sie alle anderen vor Ort auch ein bisschen angesteckt haben. Weißt du, welche Bücher du möchtest, oder suchst du noch?«

Joanna holte eine Liste hervor. »Ich habe Ideen, freue mich aber über Vorschläge.«

»Bei einer so langen Liste bin ich es, die sich freut. Wenn du hier dein Geld ausgeben willst, werde ich dich nicht davon abhalten. Nimm dir alle Zeit der Welt.«

Joanna registrierte die leichte Unruhe in ihrer Stimme. »Wie läuft es bei dir, Mary-Lou?«

»Im Laden ist reichlich zu tun.« Mary-Lou räumte ein paar Bücher ein, die Kunden einfach irgendwo liegen gelassen hatten.

»Frustrierend ist, dass Leute sich hier umschauen und die Bücher dann online kaufen. Ich würde gern eine Aushilfe einstellen, damit ich öfter zu Hause bin – die Arthritis meiner Mutter ist schlimmer geworden, und manchmal kann sie nicht mal durchs Zimmer laufen. Aber ich brauche nur eine Teilzeit-Aushilfe und finde niemanden dafür.« Sie brach ab, als ihr Handy klingelte. »Es ist Mom, da muss ich drangehen.«

Joanna machte eine Handbewegung. »Nur zu. Ich komme zurecht.«

»Danke. Mom?« Mary-Lou drehte sich um und erstarrte dann. »Du bist gefallen? Oh nein! Hast du den Notruf gewählt? … Ja, natürlich hättest du das tun sollen! … Nein, damit fällst du nicht zur Last – kann sein, dass sie zu tun haben, aber du bist ebenso wichtig wie jeder andere. Meiner Meinung nach wichtiger. Bleib, wo du bist. Ich bin auf dem Weg – was? Der Laden ist nicht wichtig. Ich schließe einfach. Ich fahre mit dir ins Krankenhaus und basta.« Sie ließ das Handy fallen. Fluchte. Bückte sich zitternd nach dem Handy. »Tut mir leid, Joanna, ich muss …«

»… den Laden schließen. Ich habe es gehört.« Joanna hob das Handy auf und drückte es Mary-Lou in die Hand. »Gib mir die Schlüssel. Ich schließe für dich ab. Geh einfach. Ruf mich später an und sag mir, wie es ihr geht. Wünsch deiner Mutter gute Besserung von mir und lass mich wissen, wenn ich irgendwas tun kann.«

»Du würdest abschließen? Das ist nett. Meine Mutter macht sich schon Sorgen, wie viel Geld wir verlieren. Du weißt, wie sehr sie diesen Laden liebt – er ist wie ein zweites Kind für sie. Aber im Moment ist der Laden unser geringstes Problem.« Mary-Lou sah sich abwesend um.

»Du brauchst deine Tasche.« Joanna holte sie hinter dem Tresen hervor.

Ihr kam eine Idee, die so folgenschwer war, dass sie sie fast verworfen hätte. Aber neuerdings verwarf sie gar nichts mehr.

»Wenn du nicht ausdrücklich möchtest, dass ich gleich schließe, könnte ich doch einfach im Laden bleiben, oder? Ich habe ein paar Schichten in Cliffs Küchenladen gearbeitet, um Erfahrungen in dem Unternehmen zu sammeln. Genug, um hiermit klarzukommen. Und wenn Kunden Fragen haben, kann ich Namen und Telefonnummer notieren, und du kümmerst dich darum, wenn du zurück bist.«

Mary-Lou schüttelte den Kopf. »Das kann ich nicht von dir verlangen.«

»Ich biete es dir an. Ich würde es gern machen.«

»Aber warum? Es ist ja nicht so, dass du das Geld oder einen Job brauchst ...« Mary-Lou schlug sich die Hand vor den Mund. »Das war unhöflich. Es tut mir leid.«

»Das muss es nicht. Ich tue es nicht für Geld, Mary-Lou, ich tue es für dich. Für deine Mom. Und für mich, weil ich mir in den nächsten Stunden nichts Schöneres vorstellen kann, als sie in einem Laden voller Bücher zu verbringen.«

»Bist du sicher?«

»Ja. Ich habe nicht vergessen, wie nett und großzügig deine Mutter war, als ich klein war. Dies ist meine Gelegenheit, etwas davon zurückzugeben. Sie macht sich hoffentlich weniger Sorgen, wenn du ihr sagen kannst, dass der Laden geöffnet ist. Und jetzt geh. Ruf mich an, wenn du was Neues weißt.«

»Nun, wenn das so ist – danke schön. Du bist meine Lebensretterin.« Mary-Lou drückte ihr die Schlüssel in die Hand und lief zur Tür hinaus.

Joanna stand einen Moment da. Sie war keine Lebensretterin, doch es war schön, zumindest ein bisschen helfen zu können.

Kurz darauf wurde die Tür aufgerissen. Es war Rosa aus der Boutique.

»Joanna! Ich hab das gerade von Vivian gehört. Ich dachte, Mary-Lou könnte Hilfe mit dem Laden gebrauchen. Ich kann auf beide aufpassen – oder meinen für heute schließen. Was auch immer funktioniert.«

Gemeinschaft, dachte Joanna. Hier waren alle miteinander verbunden. Kannten einander, kümmerten sich umeinander. Bis jetzt war ihr nicht mal bewusst gewesen, wie sehr sie das vermisst hatte.

»Ich übernehme das, Rosa, aber ich gebe dir Bescheid, sobald wir Neuigkeiten von Vivian haben.«

»Mary-Lou wird mir eine Nachricht schreiben, da bin ich sicher.« Rosa grinste sie an. »Ich hörte, dass du Nate gestern Abend zum Essen eingeladen hast. Wie ist es ausgegangen?«

Bei dem Gedanken, wie genau es ausgegangen war, lief Joanna rot an. »Woher weißt du …?«

»Ashley hat es erwähnt. Sie und Eden haben gestern in der Boutique die Hälfte aller Klamotten anprobiert. Ich werde ein bisschen Mutterschaftsmode für sie besorgen, für später. Im Moment sieht man ihr ja noch nicht an, dass sie schwanger ist.« Rosa zwinkerte ihr zu. »Und schau dich an. Ein Abend mit Nate. Als ob die Zeit zurückgedreht wäre.«

Tatsächlich war sie das nicht, und das gehörte zu den Dingen, die Joanna am besten daran gefielen. Es hatte sich nicht wie eine Verlängerung des Alten angefühlt. Es hatte sich neu angefühlt. Frisch.

»Es war nur ein Abendessen. Ich habe gekocht.«

»Und er hat überlebt. Das weiß ich, weil ich ihn vorhin auf der Terrasse des Surf Café gesehen habe. Er lächelte sein typisches Nate-Lächeln und war sehr lebendig.«

»Ich achte darauf, meine Dates nach Möglichkeit nicht umzubringen.«

»Es ist schön, euch beide glücklich zu sehen.« Rosa verschränkte die Arme und musterte sie. »Schau dich an. Joanna Rafferty. Du warst immer die Leseratte, und jetzt hast du die Verantwortung im Buchladen. Davon hast du geträumt, oder?«

Joanna lachte. »Das habe ich, aber natürlich nicht unter diesen Umständen.« Sie dachte an Vivian und all die Bücher, die sie

Joanna im Lauf der Jahre gegeben hatte. »Ich habe Vivian viel zu verdanken.«

Wenn sie helfen konnte, würde sie helfen. Und der Laden war wohl kaum überlaufen.

Wie sich zeigte, irrte sie sich in diesem Punkt. Als Mary-Lou gegen Ende des Tages zurückkehrte, hatte Joanna einen nicht abreißenden Strom von Kunden bedient und nicht mal Zeit gehabt, auf die Toilette zu gehen.

»Komm zurück, wenn du bereit bist für die Fortsetzung«, sagte sie zu einem siebenjährigen Mädchen, das gerade den ersten Band einer Reihe von Ballettbüchern gekauft hatte. »Ich bewahre es hier für dich auf.«

»Können Sie meinen Namen draufschreiben?«

»Das mache ich sofort.« Joanna holte das Buch aus dem Regal, schob einen Zettel hinein und legte es hinter den Tresen. »So. Es wartet auf dich.«

Die Mutter des Mädchens lächelte. »Danke. Das war sehr nett.«

Joanna wartete, bis sie den Laden verlassen hatten, und wandte sich dann an Mary-Lou. »Wie geht es Vivian?«

»Gott sei Dank ist nichts gebrochen. Sie wird ein paar blaue Flecken haben und sich schonen müssen, doch es hätte viel schlimmer kommen können. Sie schickt dir einen lieben Gruß. Sie hofft, dass du bald vorbeikommst und sie besuchst.«

»Das mache ich gern. Mary-Lou, du siehst erschöpft aus.«

»Nur besorgt. Ich muss den Laden für die nächsten Tage schließen, damit ich bei ihr sein und ihr helfen kann.« Mary-Lou fuhr sich mit der Hand über den Nacken. »Danke, dass du heute eingesprungen bist.«

»Schließ nicht. Ich kann das übernehmen, obwohl ich eine Liste der Dinge aufgestellt habe, bei denen ich Hilfe brauche, damit ich dich kein Geld koste.« Joanna griff nach dem Notizblock und ging rasch die Fragen durch.

Mary-Lou zögerte. »Wenn du das tust, bezahle ich dich aber.«

»Ich will kein ...« Joanna wollte sagen, dass sie kein Geld haben wollte, doch dann sah sie die Sturheit in Mary-Lous Gesicht. Unabhängigkeit, dachte sie. Sie wusste alles über das Bedürfnis nach Unabhängigkeit. »Sicher. Bezahl mir, was dir fair erscheint.«

»Die Summe wird bedeutungslos für dich sein.«

»Geld ist niemals bedeutungslos«, sagte Joanna. »Und das hier ist mein Traumjob.«

Mary-Lou lachte. »Nun, in dem Fall bist du angeheuert. Du fängst morgen um acht Uhr an. Pack alle neuen Lieferungen aus und ordne sie in den Regalen ein. Räum alles auf. Und es ist Zeit, das Schaufenster umzudekorieren – wir haben nächste Woche eine Autogrammstunde. Also wenn du dein künstlerisches Talent ausprobieren willst, kannst du das übernehmen.«

Als sie später mit Nate am Strand des Surf Cafés entlangschlenderte, erzählte sie ihm davon. »Ich habe heute meinen Traumjob bekommen. Mit vierzig. Kannst du dir das vorstellen?« Sie zog sich die Schuhe aus und nahm sie in die Hand. Es gefiel ihr, den Sand unter den Füßen zu spüren. »Ich freue mich darauf, morgen zur Arbeit zu gehen. So habe ich mich noch nie gefühlt.«

»Bist du sicher, dass du nicht einfach nur herumsitzen und all die Bücher lesen wirst?«

»Das auch. Vorteil des Jobs, oder? Ich habe mir was für das Schaufenster überlegt. Meinst du, es wäre zu forsch oder übergriffig, wenn ich Veranstaltungen für Kinder vorschlage? Ich dachte, wir könnten mit Verkleiden und Lesen anfangen.« Die Ideen flogen ihr nur so zu, und sie konnte es kaum erwarten, einige davon mit Mary-Lou zu besprechen.

»Ich glaube, Mary-Lou und Vivian werden für alles dankbar sein, das Kundschaft anzieht.«

»Ich will es nicht übertreiben.« Doch sie konnte nicht aufhören zu planen. »Ich dachte, dass wir in Zukunft Buchclub-

Abende im Surf Café veranstalten könnten. Auf diese Weise könnten wir ...«

»Bücher, Essen und Trinken kombinieren.« Er lächelte und zog sie an sich.

»Gefällt dir die Idee?«

»Ja. Mir gefällt auch der Umstand, dass deine Zukunftspläne beinhalten, eine Zeit lang hierzubleiben.«

Sie dachte an Mel und Greg. An Mary-Lou und Rosa. An Ashley, die am Pool lag. Otter's Nest. Nate. »Ich hatte nicht geplant zu bleiben, doch jetzt kann ich mir nicht vorstellen fortzugehen. Heute Morgen habe ich mit meinen Anwälten gesprochen. Ich werde meine Anteile an Cliffs Firma verkaufen.« Ihre gemeinsame Nacht hatte letztlich den Anstoß dazu gegeben, als sie begriff, dass das Zusammensein mit Nate keine Reise in die Vergangenheit, sondern ein Schritt in die Zukunft gewesen war. Das Telefonat war die endgültige Trennung zwischen ihrem alten und ihrem neuen Leben gewesen.

»Du wirst nicht mehr dazugehören?«

»Nein.« Die Erleichterung war immens. »Ich weiß nicht, warum ich das nicht früher getan habe. Ich schätze, sein gesamtes Leben in einem Aufwasch zu entrümpeln ist zu einschüchternd.«

»Was ist das jetzt? Ein Neustart?«

Sie gingen zum Wasser, und sie ließ die Wellen ihre Füße umspülen. Die untergehende Sonne zauberte goldene Lichtreflexe auf dem Meer. In ihrem ganzen Leben hatte sie nichts Schöneres gesehen.

»Ja«, sagte sie. »Es ist ein Neustart. Ich will die Vergangenheit hinter mir lassen und einfach neu anfangen.« Er nahm sie in den Arm und zog sie fester an sich.

»Gibt es irgendwelche Aspekte deines alten Lebens, die du behalten möchtest? Ich frage nach einem Freund.«

»Ich möchte nicht die alte Version von uns beiden.« Sie legte die Arme um seinen Hals. »Aber ich freue mich, die neue Version zu erforschen. Wie auch immer die aussieht.«

»Von meinem Standpunkt aus sieht die gut aus.« Er küsste sie und hob schließlich den Kopf. »Wenn wir etwas erforschen wollen, sollten wir uns lieber einen privateren Ort suchen.«

»Otter's Nest?«

»Zu mir ist es näher.«

Sie rannten fast dorthin, lachten, als sie ihre Schuhe fallen ließ, stolperten durch den Seiteneingang des Surf Café und die Holztreppe hinauf, die zu seinem Apartment führte.

Es war hell und luftig und die Einrichtung in Weiß und Blau gehalten.

Sie wuschen sich im Badezimmer den Sand von den Füßen und küssten sich dann bis ins Schlafzimmer mit dem großen Bett und dem Ausblick auf den Ozean.

Später wurde sie von der kühlen Meeresbrise auf ihrer Haut geweckt. Nate schlief tief und fest, einen Arm über ihren nackten Körper gelegt.

Sie kuschelte sich näher an ihn und zog die Bettdecke über sie – lächelnd und zufrieden, während sie den Abend noch einmal an sich vorbeiziehen ließ.

Sie döste wieder weg, und als sie das nächste Mal aufwachte, war die Sonne schon aufgegangen. Sie griff nach ihrem Handy, um auf die Uhr zu sehen, und sah, dass Nessa ihr auf die Mailbox gesprochen hatte.

Alles, was sie von ihrem alten Leben vermissen würde, war Nessa.

Sie glitt aus dem Bett und ging zum Fenster. Ein tief liegender Nebel hing über dem Ufer und ließ alle Details verschwimmen.

Sie wollte gerade zurück ins Bett gehen, als ihr zwei Menschen auffielen. Es war nicht ungewöhnlich, so früh schon Leute am Strand zu sehen, doch diese beiden schienen kein Interesse an der Natur zu haben. Sie interessierten sich für das Surf Café.

Sie erblickte eine Kamera und trat rasch zur Seite. Ihr Herz raste.

Touristen? Sie wünschte sich so sehr, dass es Touristen wären, doch es gab keinen Grund, warum sich Touristen für das geschlossene Surf Café interessieren sollten.

Es war alles nur zu vertraut.

Sie nahm ihr Handy und schlich leise vom Schlafzimmer ins Wohnzimmer.

Vielleicht war es Zufall.

Sie brauchte nicht lang, um herauszufinden, dass es das nicht war. Die Story war schon da, dazu ein Foto von ihr und Nate, wie sie sich am Abend zuvor am Strand geküsst hatten. So wie er sie hielt, war ihr Kleid bis auf die Oberschenkel hochgerutscht. Sie stand auf den Zehenspitzen, die Arme um seinen Hals geschlungen. Ihr Haar fiel ihr den Rücken hinunter. Sie stand so dicht an ihn gedrängt, dass kein Raum zwischen ihren Körpern blieb. *Haben wir so ausgesehen?* Sie hatte den Kuss in der Situation erlebt, und nun sah sie sich von außen.

Nate würde das Bild sehen. Alle in Silver Point, alle, mit denen er zusammenarbeitete, alle, die er bediente, mit denen er sprach, sie alle würden das Bild sehen. Sie zweifelte keinen Moment daran, dass die Leute draußen am Strand das Apartment beobachteten. Ihretwegen würde sein ganzes Leben an die Öffentlichkeit gezerrt werden. Es war schön und unbeschwert und schwindelerregend neu gewesen, doch nun schien alles befleckt. Wie ein weißes Kleid, auf dem roter Wein verschüttet worden war. Und um es noch schlimmer zu machen, hatten sie Denise aufgespürt und ihr einen Kommentar abgerungen.

Ernsthaft? Das bezweifele ich. Sie ist nicht liebenswert. Cliff Whitman hätte nicht all diese Affären gehabt, wenn sie es wäre, oder?

Sie zitterte. Egal was sie tat und wen sie traf, es würde nie aufhören. Sie würden weiter ihre Kameras auf sie richten und ihre Nasen in ihr Leben stecken.

Wer brauchte das? Wer wollte das?

Sie nicht.

Nate auch nicht.

Sie schaltete das Handy aus, wollte nicht mehr weiterlesen.

Sie atmete mehrmals tief durch und blickte sehnsüchtig zur Schlafzimmertür, hinter der Nate noch ahnungslos schlief.

Am liebsten wäre sie zurück ins Bett geschlüpft und hätte so getan, als wäre nichts passiert. Sie wollte ihn noch ein bisschen halten. Sie wollte mit ihm den Strand entlanggehen, Abendessen machen, mit ihm schlafen, vielleicht ein Leben aufbauen. Doch er würde aufwachen, die Fotos sehen und begreifen, dass das Leben mit ihr immer kompliziert sein würde. Und er würde beschließen, dass er das nicht wollte. Und sie müsste damit umgehen, dass er es nicht wollte.

Oder vielleicht würde er so tun, als wäre es für ihn okay, als würde es ihm nichts ausmachen, und sie würden sich weiterhin sehen und Spaß miteinander haben, und sie würde sich mehr und mehr verlieben und – und was? Was würde dann passieren?

Eines Tages würde er aufwachen und beschließen, dass es nicht okay für ihn war, und er würde sie ein zweites Mal zurückweisen.

Statt einer schönen Affäre wartete Herzschmerz auf sie.

Die Liebe hatte sie verwundbar gemacht.

Sie spürte Schweiß an ihren Brauen und im Nacken. Ihr wurde übel. Sie erinnerte sich noch an den Tag, als er mit ihr Schluss gemacht hatte. Es hatte sie fast zerstört. Wie dumm musste man sein, sich von demselben Mann zweimal zerstören zu lassen?

Sie holte ihre Kleidung und zog sich rasch an. Sollte sie einen Brief hinterlassen? Nein. Ihre Beziehung war noch immer unverbindlich. Am besten blieb es so.

Sie griff nach ihren Autoschlüsseln und verließ still die Wohnung. Fotografen konnte sie nicht ausmachen. Vermutlich hielten sie ihre Kameras noch auf die Fenster des Apartments gerichtet und erwarteten nicht, dass sie so früh das Haus verließ.

Ohne innezuhalten, stieg sie in den Wagen und fuhr zurück nach Otter's Nest.

Fast erwartete sie, eine Menschenmenge am Tor zu sehen, aber niemand war dort. Doch sie würden kommen. Dank Internet wusste jetzt jeder, wo sie sich aufhielt.

Und nun musste sie aufhören, an Nate zu denken, und überlegen, wie sie Ashley am besten schützen konnte.

Sie hatte sich eine Zukunft vorgestellt, in der ihre Leben verflochten waren, in der sie mithalf, für das Baby zu sorgen. Sie hatte sie sich als Familie ausgemalt.

Nicht nur Nate wurde in die Sache mit hineingezogen, auch Ashley wurde es. Und Ashleys Baby. Und Rosa, Vivian, Mary-Lou, Mel, Greg – die Liste war endlos.

Sie war so lange einsam gewesen, dass Einsamkeit ihre Normalität geworden war. Nach so vielen Jahren hatte sie vergessen, dass es auch anders ging, hatte sich eine Alternative gar nicht mehr vorstellen können. Doch jetzt hatte sie eine gefunden und gerade erst begonnen, sie zu leben. Bei dem Gedanken, das aufzugeben und zu ihrem reduzierten, gefühlsarmen Leben von früher zurückzukehren, hätte sie am liebsten geweint. Verbundenheit, Zusammenhalt. Sie wollte das nicht verlieren.

Doch was konnte sie tun? Sie liebte diese Menschen, und wenn man jemanden liebte, wollte man ihn beschützen.

Niemand von ihnen sollte so etwas mitmachen müssen, vor allem nicht das Baby. Vielleicht war es für Ashley am besten, wenn Joanna nicht auf ihr Baby aufpasste, sondern es ihr ermöglichte, weit weg von ihr zu sein.

Vielleicht tat sie der Gemeinschaft den größten Gefallen, wenn sie wieder fortging.

Das Tor schloss sich hinter ihr. Sie spürte einen Kloß im Hals, und heiße Tränen liefen ihr die Wangen hinunter.

Dieser kurze, süße Ausflug in die Freiheit machte es ihr so unendlich schwer, in ihr altes Leben zurückzukehren.

Sie hatte Beziehungen aufgebaut, und jetzt musste sie sie wieder beenden.

Nachher würde sie zur Arbeit in die Strand-Buchhandlung gehen, denn das hatte sie Mary-Lou versprochen, und ein Versprechen, das sie einer Freundin gab, brach sie nicht. Sie würde so lange aushelfen, wie Mary-Lou und Vivian sie brauchten, doch es konnte nur etwas Vorübergehendes sein, das begriff sie jetzt. Wer würde schon wollen, dass Joanna Whitman mit all ihren Problemen ständig für ihn arbeitete?

Sie konnte und wollte niemanden in diese Sache hineinziehen.

24. KAPITEL

ASHLEY

Ashley erwachte plötzlich, weil sie hörte, wie Joannas Schlaf-zimmertür geschlossen wurde.

Noch halb im Schlaf sah sie auf die Uhr. Es war kurz nach sechs.

Wieso kam Joanna zu dieser Uhrzeit zurück, wenn sie die Nacht bei Nate gewesen war?

Das war nicht gut, oder?

Hatten sie sich gestritten?

Oder vielleicht wollte Joanna nicht gesehen werden, wie sie morgens aus seinem Apartment kam. Sie hatte Ashley eine Nachricht geschickt, dass sie in der Buchhandlung aushelfen würde, doch Ashley hatte angenommen, dass sie direkt dorthin fahren würde.

Ashley öffnete die Tür ihres Schlafzimmers und starrte auf Joannas geschlossene Tür.

Sollte sie nach ihr sehen?

Sie dachte gerade darüber nach, als sich die Tür öffnete und Joanna herauskam. Sie trug wieder Jeans und ein blütenweißes Shirt. Ihr Haar hatte sie nach hinten gebunden und hochge-steckt. Es war Joannas Uniform, in der sie sich der Welt entge-genstellte. Das konnte nur eines bedeuten: Ärger.

Hatte es etwas mit Nate zu tun?

Joanna erblickte Ashley und blieb stehen. »Entschuldige, ich wollte dich nicht aufwecken.«

»Ich war schon wach«, log Ashley. Irgendwas stimmte nicht,

und sie musste herausfinden, was. »Ich habe einen Mordshunger. Willst du Pancakes machen?«

»Jetzt?«

»Warum nicht? Wir können auf der Terrasse essen. Ein perfekter Start in den Tag.«

»Ich weiß nicht, wie man Pancakes macht.« Wo auch immer das Problem lag, Joanna sah blass und verhärmt aus. Ashley hatte ein glückliches Leuchten und verstohlenes Lächeln erwartet.

»Ich bringe es dir bei.«

»Ashley, ich bin nicht sicher, dass …«

»Das Tolle an Pancakes ist, dass sie schnell gehen. Was sie zu einem perfekten Snack macht, zu jeder Tageszeit und auch nachts. Ich habe das allerbeste Rezept. Ich zeige es dir. Du wirst mir dankbar sein.« Sie lief voraus Richtung Küche und war erleichtert, dass Joanna ihr folgte. »Du holst die Milch. Ich wiege das Mehl ab. Ist Ahornsirup für dich okay?«

»Ich …«

»Meine Mutter fand Ahornsirup immer am besten. Mein Dad – nicht Cliff, mein richtiger Dad, der immer für mich da war – mochte geschmolzene Schokolade. Was Pancakes zu einem Dessert macht, finde ich, aber jeder, wie er mag.«

Joanna holte die Milch aus dem Kühlschrank. »Wie viel?«

»Hängt davon ab, wie hungrig du bist. Wie war dein Abend?«

»Gut, danke.«

Gut?

Ashley gab ihr die restlichen Zutaten und den Schneebesen. »Wenn du ihn wieder zum Abendessen einladen willst, ich habe noch ein Rezept.«

»Du kannst es mir beibringen, weil ich gern mit dir koche, aber er wird nicht mehr zum Abendessen kommen.«

»Aus einem bestimmten Grund?«

»Ja.« Joanna legte den Schneebesen beiseite. »Und der betrifft auch dich.«

»Mich?«

»Als ich heute Morgen aufwachte, sah ich zwei Fotografen am Strand.«

»Ich nehme an, du sprichst nicht von Touristen. Vor Nates Café?« Dann war es jetzt doch passiert. Dass sie es erwartet hatten, machte es nicht weniger empörend. »Haben Sie dich gesehen?«

»Dort nicht, aber vorher.« Joanna seufzte und griff wieder zum Schneebesen. »Du kannst es dir ansehen. Schau im Internet.«

Sie brauchte nur Sekunden, um die Bilder zu finden, und ein paar Sekunden mehr für die begleitenden Artikel.

»Glücklich verliebt – Hat Cliff Whitmans Witwe endlich das Glück gefunden?«, las sie die Überschrift vor. »Nun, die Antwort darauf ist ein dickes, fettes Ja. Du solltest ihnen sagen, dass du vor allem richtig guten Sex gefunden hast und dass sie sich um ihren eigenen Kram kümmern sollen.« Erleichtert registrierte sie Joannas Lächeln. »Mir gefällt diese Überschrift: Jojo findet ihr Mojo. Weißt du, was das bewirkt?«

»Es ruiniert wieder mein Leben?«

»Das gibt Frauen Hoffnung. Dieses Foto zeigt, dass man Glück finden kann, nachdem man von einem verlogenen, fremdgehenden Ehemann königlich verarscht wurde. Und dass du in der Lage und willens bist, wieder zu vertrauen, ist eine mächtige Nachricht.«

Joanna nahm ihr das Handy ab und sah sich den Artikel an. »Dieses Foto zeigt, dass wann immer du das Glück gefunden hast, du sicher sein kannst, dass die Presse es ruinieren wird. Jeder will es sehen. Jeder will es lesen.«

»Und jeder wird wissen, dass das nichts mit dir zu tun hat.« Ashley nahm Joanna das Handy aus der Hand und legte es hin. »Du bist wütend, weil sie dich mit Nate fotografiert haben.«

»Ich habe es so genossen, in seiner Welt zu sein, und nun habe ich ihn in meine hineingezogen.«

»Nicht wirklich. Was hat Nate dazu gesagt?«

»Nichts. Er weiß es nicht. Ich bin gegangen, bevor er aufgewacht ist.«

»Wegen dem hier?« Ashley sah sie stirnrunzelnd an. »Dann weißt du gar nicht, wie es ihm damit geht? Vielleicht kümmert es ihn gar nicht.«

»Ich weiß, wie es mir damit geht, und mich kümmert es. Ich wünsche mir das für niemanden, den ich … mag.«

Liebe, dachte Ashley. Sie hatte »lieben« sagen wollen.

Sie dachte an Nate, der immer so ruhig und entspannt war. »Zumindest solltest du dir anhören, was er zu sagen hat.« Sie hielt inne. »Wovor hast du Angst, Joanna? Ganz ehrlich?«

»Menschen können nur ein bestimmtes Maß ertragen.«

Ashley schluckte. »Willst du sagen, du glaubst, dass du es nicht wert bist? Dass die Menschen nicht bereit sind, um deinetwillen ein bisschen Presse-Zudringlichkeit zu ertragen?«

»Ich will, glaube ich, sagen, sie sollten das nicht tun müssen.«

»Wirklich? Warum hast du mich hergebracht, Joanna? Du hast dein ganzes Leben für mich auf den Kopf gestellt. Am Anfang hattest du Mitgefühl für meine Situation, das verstehe ich. Aber wie war es danach? Indem du dich nicht distanziert, sondern unsere Geschichten miteinander verflochten hast, hast du es für dich schwerer gemacht. Du musstest mich hier nicht bei dir wohnen lassen. Du musstest mich nicht in dein Leben aufnehmen. Du musstest mich nicht aufhalten, als ich gegangen bin.«

»Du liegst mir am Herzen. Ich wollte nicht, dass du gehst. Ich würde dich nie im Stich lassen.«

»Das weiß ich. Und es war schwer für mich, diesen Teil zu akzeptieren, ihm zu trauen. Warum solltest du riskieren, noch mehr durchzumachen? Warum solltest du das tun? Und dann habe ich kapiert, dass du das tust, weil du mich wirklich gernhast. Und wenn man jemanden gernhat, heißt das, dass man zu dem Menschen hält – nicht nur in den guten, sondern auch in

354

den schlechten Zeiten. Es ist leicht, mit jemandem am Strand in der Sonne zu liegen, aber was, wenn der Sturm heult und der Regen peitscht? Suchst du dann Deckung?«

»Ashley ...«

»Du hast nicht nach Deckung gesucht. Im Gegenteil. Du warst für mich da, mitten im Sturm. Und dass du dazu bereit warst, dass du dich so eingesetzt hast ...« Sie schluckte. »Glaubst du, dass die Menschen dich nicht genauso lieben, Joanna? Glaubst du, dass du diesen Menschen nicht wichtig genug bist, um an deiner Seite zu bleiben, wenn es ungemütlich wird? Glaubst du, dass Nate, Mel, Greg, Mary-Lou und Rosa sich wegen ein paar Fotos von dir abwenden?«

»Ich weiß nicht. Ich weiß es wirklich nicht. Sie sollten nicht wegen mir ...«

»Es braucht echten Mut, zu akzeptieren, dass Menschen dich mögen und dich lieben. Es ist einfacher, sie wegzustoßen, weil sie dich dann nicht verletzen können. Einfacher, sich zu schützen und nicht verwundbar zu sein. Nicht enttäuscht zu werden von Menschen. Doch das hat seinen Preis, und dieser Preis ist Einsamkeit. Ist das wirklich das Leben, das du leben möchtest? Gib ihnen wenigstens eine Chance, Joanna. Lass sie selbst entscheiden, ob das alles zu viel ist oder nicht. Entscheide nicht für sie, so wie ich es damals getan habe, als ich dachte, es sei besser für dich, wenn ich weggehe. Ich hätte fragen sollen: Joanna, ist das zu viel? Aber ich hatte Angst und traf die Entscheidung für uns beide. Tu das nicht. Tief drinnen weißt du, dass diese Menschen dich gernhaben. Das weißt du.«

Wirklich? Wusste sie das?

Eine Pause entstand.

Ashley wurde unruhig. Vielleicht wusste sie es nicht. Vielleicht war es unmöglich, zu verstehen, wie es sich anfühlte, Joanna zu sein. Immerhin hatte sie das hier Jahre durchgemacht. Jahrzehnte.

Sie legte die Hand auf Joannas Arm. »Es tut mir leid, wenn ich dich bedränge. Wenn du dich hier verstecken möchtest, können wir das tun. Ich werde dir Gesellschaft leisten. Wir können …«

»Nein.« Endlich ergriff Joanna das Wort. »Wir verstecken uns nicht. Und alles, was du sagst, ist richtig. Es braucht Mut, darauf zu vertrauen, dass Menschen einen mögen. Und die Menschen sollten selbst entscheiden, was sie ertragen und was nicht. Ich denke, darum geht es, wenn man auf die Probe gestellt wird.«

»Dann bleibst du?«

»Ja.«

Es fühlte sich an, als sei die Sonne durch die Wolken gebrochen. Ashley griff wieder nach dem Handy. »Weißt du, was ich auf diesem Foto sehe? Ich sehe ein Happy End. Die Presse hasst Happy Ends. Sie sind langweilig. Vielleicht lassen sie uns jetzt allein.«

»Oder auch nicht. Sie werden sich auch auf dich stürzen.«

»Das ist mein Problem.«

Joanna straffte sich. »Nein. Das ist unser Problem.«

Ashley wurde warm ums Herz. »Wir werden damit fertig. Ich weiß nicht, ob es mich überhaupt kümmert.« Sie hielt inne. Da war eine andere Sache, die sie beide nicht erwähnt hatten. »Was wirst du wegen Denise machen?«

»Denise?«

»Du wolltest darüber nachdenken, ob du mit ihr sprechen möchtest oder nicht. Ob du damit einen Abschluss finden könntest. Sollen wir zu ihr fahren?«

Joanna blickte aufs Handy. »Dieses Zitat von ihr hat mich abschließen lassen. Wir sind fertig.«

Und das, dachte Ashley, ist ein riesiger Schritt in die richtige Richtung.

»Gut. Lass uns jetzt Pancakes machen, und danach kannst du zur Arbeit. Wollen wir uns zum Lunch im Surf Café treffen, wie geplant? Zwölf Uhr dreißig?«

»Wenn Mary-Lou den Laden für eine Stunde übernehmen kann.«

»Und wirst du mit Nate sprechen?«

Joanna sah sie spöttisch an. »Und das von jemandem, die noch immer die Sprachnachrichten von Jon abhören muss?«

»Autsch. Der hat gesessen. Ich werde das heute tun. Vielleicht, wenn wir heute Abend nach Hause kommen.« Ashley sah zu, wie Joanna die Pfanne erhitzte, und gab einen Klecks von der Mixtur hinein. »Würdest du sie mit mir zusammen anhören?«

»Natürlich.« Joanna legte den Löffel beiseite und umarmte sie. »Wir machen es heute Abend, wenn wir zu Hause sind. Und ich kann dir die Bücher zeigen, die ich gestern für das Baby gekauft habe. Ich dachte, wir könnten das kleine Gästezimmer in ein Kinderzimmer verwandeln. Natürlich nur, wenn du dich entscheidest, eine Weile zu bleiben. Wir müssen noch herausfinden, wo du das Baby am besten bekommst. Wir müssen einen guten Arzt finden. Ich werde Mel nachher fragen.«

Ashley nickte beklommen. Gespräche über Bücher, Kinderzimmer und Ärzte machten alles beängstigend real. »Du hast vermutlich recht.« Es war so viel leichter, sich mit Joannas Problemen zu beschäftigen als mit ihren eigenen. »Du hast das Thema gewechselt. Was wirst du wegen Nate unternehmen?«

Joanna wendete die Pancakes. »Ich werde nichts wegen Nate unternehmen.«

Ashley versuchte, ihre Enttäuschung zu verbergen. Sie wünschte sich so sehr, dass Joanna glücklich war, und mit Nate schien sie glücklich zu sein.

Sie aßen ihre Pancakes auf der Terrasse, und dann erhob sich Joanna.

»Ich gehe mich umziehen.«

»Umziehen?«

»Ich dachte, ich trage ein Kleid. Wenn sie mich schon fotografieren, möchte ich so gut wie möglich aussehen.«

Ashley grinste. »Guter Plan.« Dann stand auch sie auf, ging duschen, und danach fuhren sie nach Silver Point.

»Du kannst mit mir zur Buchhandlung kommen, wenn du möchtest.« Joanna parkte auf dem Platz hinter dem Laden.

»Es dürfte für die Fotografen nicht so leicht sein, sich dort zu verstecken.«

»Danke, aber mir geht's gut.« Ashley nahm ihre Tasche und stieg aus. »Ich treffe mich mit Eden am Strand. Sie bringt mir Surfen bei. Ich werde heute meine erste Welle mitnehmen, und wenn sie Bilder davon schießen, wie ich mich im Wasser zum Narren mache, dann nur zu.«

»Wie du meinst.« Joanna verschloss den Wagen. »Du weißt, wo ich bin, wenn du mich brauchst. Ich seh dich später beim Lunch.«

Ashley ging zum Strand und verbrachte mit Eden einen schönen Vormittag. Als sie die Stufen zum Surf Café hinauflief, war sie mordshungrig.

Joanna saß schon an einem Tisch mitten auf der Terrasse.

Von Nate keine Spur.

Ashley setzte sich auf den Stuhl, von dem aus man Richtung Strand sah. Sie bestellte einen Burger und Pommes, Joanna wählte einen Salat.

»Wie sich herausgestellt hat, fängt Surfenlernen damit an, dass man an Land auf dem Board steht …« Sie biss in ihren Burger und hielt inne, als sie am Treppenaufgang eine kleine Gruppen Menschen wahrnahm, die sich dort drängten. Einer der Männer hatte seine Kamera direkt auf sie gerichtet.

Die Leute am Tisch neben ihnen drehten sich um.

Ashley ließ den Burger sinken.

»Was …« Joanna folgte ihrem Blick und sah die Kameras. »Es geht los.«

Einer der Männer kam die Stufen hoch und steuerte direkt auf ihren Tisch zu, doch wie aus dem Nichts erschien Greg und stellte sich ihm in den Weg.

Wer hatte ihn benachrichtigt? Vielleicht war es Mel gewesen. Oder einer der anderen Einwohner von Silver Point.

Greg stand felsenfest mit leicht gespreizten Beinen da. »Haben Sie eine Reservierung?«

Der Mann runzelte die Stirn. »Nein, Officer, aber …«

»Wenn Sie vorher telefonisch reservieren, wird das Team Ihnen sicher gern irgendwann einen Tisch zuweisen.«

»Ich will keinen Tisch.« Der Blick des Mannes wanderte zu Ashley und Joanna. »Ich will nur ein paar Worte mit …«

»Jeder verdient es, seinen Lunch in Ruhe zu genießen.«

Alle starrten sie jetzt an. Das Essen wurde ignoriert, Getränke blieben unangerührt.

Ashley fühlte sich schuldig, dass sie Joanna ermutigt hatte, sich in der Öffentlichkeit zu zeigen. »Lass uns gehen«, murmelte sie. »Wir können zum Hinterausgang raus.«

»Wir gehen nicht. Und wenn wir es tun, nehmen wir den Haupteingang.« Joanna legte ihre Gabel beiseite und stand auf. Sie ging zu Greg hinüber und legt ihm die Hand auf den Arm. »Danke. Es tut mir leid, den Frieden von Silver Point zu stören.«

»Du bist nicht diejenige, die hier irgendwas stört.«

»Ich möchte nicht, dass du hiermit deine Zeit vergeuden musst. Du hast in deinem Job wichtigere Dinge zu tun.«

»Ich tue das nicht, weil es mein Job ist«, sagte Greg. »Ich tue es für eine Freundin. Eine gute Freundin.«

Joanna drückte seinen Arm. »Ich übernehme das, Greg.«

Ashley schluckte und stand ebenfalls auf. Was machte Joanna da? Sie wirkte, als wolle sie mit der Presse sprechen. Doch das konnte nicht stimmen. Sie sprach nie mit der Presse. Sie gab nie Interviews.

Sie sah, wie Joanna den anderen Gästen auf der Terrasse zulächelte.

»Ich entschuldige mich für die Störung. Ich hoffe, Sie genießen Ihren Lunch.« Damit ging sie die Stufen zum Strand hinunter und stellte sich direkt vor die Gruppe Journalisten mit ihren Kameras und Mikrofonen.

Ashley griff nach ihrer Handtasche. Wenn Joanna das tat, würde sie es ebenfalls tun. Sie folgte Joanna die Stufen hinunter und stellte sich neben sie.

Es konnte keinen Zweifel geben, wer die Situation steuerte, und das waren nicht die Reporter. Sie bemühte sich, zumindest halb so viel Selbstvertrauen und Würde auszustrahlen wie Joanna.

»Joanna! Joanna Whitman …«

»Es heißt Rafferty.« Joanna blieb gelassen und ruhig.

»Sie haben Ihren Namen geändert? Warum?«

»Ich habe vor langer Zeit aufgehört, mein Leben mit Cliff zu teilen. Es schien falsch, weiter seinen Namen zu tragen.« So wie sie es sagte, klang es völlig logisch.

»Stimmt es, dass Sie das Unternehmen verlassen?«

»Ja, das stimmt.«

»Werden Sie in Silver Point bleiben? Was werden Sie tun?«

»Ich werde bleiben. Das hier ist meine Heimat, und ich werde mir hier ein neues Leben aufbauen. Das ist mein Wunsch. Ich hoffe, Sie stimmen mir zu, dass ich das verdiene.«

»Wann haben Sie entdeckt, dass Cliff ein Kind hat?«

»Stimmt es, dass Ashley bei Ihnen leben wird?«

Die Fragen stürmten auf sie ein, doch dieses Mal hob Joanna einfach eine Hand. »Ich werde keine weiteren Fragen mehr beantworten.«

Die Reporter wandten sich Ashley zu.

Sie riefen ihren Namen und hielten Mikrofone in ihre Richtung. »Wie fühlt es sich an, Cliff Whitmans Tochter zu sein? Wie fühlen Sie sich jetzt, da Sie wissen, wer Sie sind?«

Wie Sie sich fühlte? Wie eine Zoo-Attraktion.

Wie konnte man das hinnehmen? Es war so zudringlich. So persönlich. Dein ganzes Chaos wurde ausgebreitet, damit es jeder sehen konnte, als würde man in dein Schlafzimmer gehen, bevor du das Bett machen konntest. Ja, ihr Leben war ein Chaos, doch es war ihr Chaos und nur ihres. Sie wollte es nicht mit der Welt teilen. Sie wollte nicht, dass Fremde in ihrem Leben herumstocherten und sie verurteilten.

Sie fühlte sich verletzlich und allein, bis schließlich Joanna vor sie trat.

»Das reicht.« Ihre Stimme war fest. »Wir haben alles gesagt, was wir sagen wollten.«

Ashley zitterte vor Erleichterung und Dankbarkeit.

Sie war nicht allein.

Sie hatte Joanna. Joanna, die seit Jahren mit der Presse umgehen musste.

Ashley nahm Joannas Hand und trat neben sie. »Ja, Cliff Whitman war mein Vater«, sagte sie, »aber das geht nur mich etwas an und sonst niemanden. Und ehrlich gesagt können Sie alle …« Sie brach ab, als sie spürte, dass Joanna sie in den Arm kniff.

»… den Strand genießen«, vollendete Joanna den Satz ruhig. »Ashley und ich möchten, dass Sie die Schönheit von Silver Point genießen, doch wir zwei sind nicht darin enthalten. Jetzt wären wir dankbar, wenn Sie uns allein ließen.«

Doch die Chancen dafür schienen schlecht zu stehen.

»Wer ist der Vater Ihres Babys? Wir wissen ja jetzt, dass es nicht Cliff ist, verraten Sie uns, wer es ist?«

»Nein, das tue ich nicht. Das geht Sie gar nichts …«

»Ich bin es.« Die Stimme kam hinten aus der Menge, klar und kräftig. »Ich bin der Vater. Und jetzt möchte ich Sie alle bitten, weiterzugehen und die Mutter meines Kindes nicht länger aufzuregen.«

Ashleys Knie begannen zu zittern. Die Handtasche entglitt ihren Fingern. Sein Gesicht konnte sie nicht sehen, doch sie kannte die Stimme.

»Jon?«

»Das ist Jon? Der da hinten mit dem dunklen Haar?« Joanna sagte es so gedämpft, dass nur sie es hören konnte. »Du hast vergessen zu erwähnen, dass er wirklich süß ist.«

»Habe ich? Ich – er ist süß. Und nett. Und klug. Ich weiß nicht, was er hier tut.«

»Nun, da er gerade der ganzen Welt seine Anwesenheit verkündet hat, können wir wohl davon ausgehen, dass er dich sucht.« Joanna drückte noch einmal ihre Hand und ließ sie dann los. »Du solltest mit ihm sprechen.«

»Ich weiß nicht, was ich sagen soll.« Doch sie hatte keine Zeit, sich eine Strategie zu überlegen, weil er sich seinen Weg durch die Menge zu ihr bahnte.

»Sag einfach, was dir in den Sinn kommt.« Joanna trat zur Seite und lächelte den Fotografen und Reportern zu, die immer noch unaufhörlich knipsten. »Ich bin sicher, Sie möchten den beiden Privatsphäre gönnen.«

»In Ordnung, das reicht.« Greg erschien und scheuchte die Menge fort.

Ashley bemerkte es nicht einmal. Sie hatte aufgehört, sich wegen des Publikums zu sorgen. Ihr einziger Gedanke war: Jon ist hier.

Mit der Presse konnte sie umgehen, doch damit nicht. Jon gegenüberzutreten. Jon zu verlieren. Noch schlimmer, ihn in der Öffentlichkeit zu verlieren.

Sie hatte zu viel Angst gehabt, um seine Nachrichten abzuhören, und deshalb würde sie sich persönlich von ihm sagen lassen müssen, warum ihre gemeinsame Nacht ein Fehler gewesen war. Wenn sie die Nachrichten abgehört hätte, hätte sie wenigstens Zeit gehabt, ihren Kummer zu Hause auszuleben, bevor sie ihm gegenübertrat.

Von allen schrecklichen Momenten, die sie bislang durchlebt hatte, würde dieser der schlimmste sein.

Sein Hemd war zerknittert, und seine Augen wirkten müde. Er sah aus, als wäre er die ganze Nacht durchgefahren.

Sie fühlte sich schuldig. »Ich wollte dich anrufen.«

»Wann?« Er nahm die Tasche, die sie hatte fallen lassen. »Wenn unser Baby auf dem College ist?«

»Nein, natürlich nicht.« Ihre Kehle wurde eng, und sie schlang die Arme um ihn. »Es ist so schön, dich zu sehen. Du hast keine Ahnung. Und es tut mir alles total leid. Das ist alles meine Schuld.«

»Ich weiß nicht, wie du darauf kommst.« Er rieb ihr sanft über den Rücken. »Soweit ich mich erinnere, habe ich einiges dazu beigetragen. Warum zum Teufel hast du nicht angerufen, Ash? Ich war verrückt vor Sorge. Ich habe dein Bild im Fernsehen gesehen und im Krankenhaus angerufen, aber sie wollten mir nichts sagen, und niemand schien zu wissen, wo du warst. Und dann hast du mir eine Nachricht geschickt. Das war alles. Eine Nachricht, dass du bald anrufen würdest, was du nie getan hast. Warum nicht?«

»Weil ich dachte, ich müsste hiermit allein klarkommen. Es war mein Chaos. Und ...«, sie schluckte, »... ich hatte Angst.«

»Angst?« Er löste sich so weit, dass er ihr ins Gesicht sehen konnte. »Habe ich etwas gesagt, dass dir Angst gemacht hat?«

»Nein. Ich weiß nicht, was du gesagt hast.«

»Ich auch nicht. Ich habe dir so viele Sprachnachrichten hinterlassen, dass ich sie nicht zählen kann.«

Sie wand sich. »Ich habe sie noch nicht abgehört.«

»Du ...« Er starrte sie an. »Du hast meine Nachrichten nicht abgehört?«

»Nein. Ich habe mich nicht getraut. Ich hatte keine Ahnung, wie ich mit der Situation umgehen sollte, wie es dir damit geht.«

Er atmete tief aus. »Richtig. Wenn du deine Nachrichten abgehört hättest oder ab und zu an dein Telefon gegangen wärst, hättest du gewusst, wie es mir damit ging.« Er strich ihr das Haar zurück. »Hättest du mich irgendwann zurückgerufen?«

»Ja, wenn ich mir überlegt hätte, was ich sagen soll. Ich wollte nicht, dass du dich unter Druck gesetzt fühlst. Heute Abend wollte ich deine Nachrichten abhören, ehrlich. Joanna hat versprochen, mir beizustehen.«

»Nur gut, dass ich keine Schimpfwörter benutzt habe. Aber ich finde es schrecklich, dass du meintest, moralische Unterstützung zu brauchen, um eine Nachricht von mir abzuhören.« Er streckte die Hand aus. »Gib mir dein Handy.«

»Aber ...«

»Handy.«

Sie gab es ihm, und er scrollte zu seinen Sprachnachrichten.

»Hör zu.« Er hielt ihr das Handy ans Ohr.

Ash, hier ist Jon. Ich mache mir Sorgen um dich. Ruf bitte an.

Ashley, noch einmal Jon. Bitte nimm ab.

Ashley, hier ist Jon.

Hier ist Jon. Wenn du mich nicht sehen willst, ist das okay, aber sag mir wenigstens, dass es dir gut geht.

Sie hörte eine Nachricht nach der anderen. Der Ton wurde immer dringlicher.

Ashley, ich habe gerade dein Bild im Fernsehen gesehen. Ich weiß von dem Unfall. Ich weiß, dass du völlig durcheinander bist, weil Cliff Whitman dein Vater ist und deine Mutter es dir nicht gesagt hat, aber wir kriegen das schon hin. Ich weiß von dem Baby, und ich weiß, dass es meins ist. Wir müssen wirklich reden. Ich vermisse dich.

Sie sah zu ihm auf. »Du … du hast mich vermisst?«

»Natürlich habe ich dich vermisst. Mein Laptop war wieder kaputt und ich hatte niemanden, der ihn reparieren konnte.«

Sie grinste. »Das ist alles? Deswegen hast du mich vermisst? Weil ich deinen Laptop reparieren kann?«

»Vielleicht gab es noch ein paar andere Kleinigkeiten.«

»Zum Beispiel?«

Er tat, als müsse er nachdenken. »Ich vermisse dein Singen.«

»Jon, ich bin eine wirklich schlechte Sängerin.«

»Ich weiß. Aber ich liebe es trotzdem. Und ich habe vermisst, wie du im Zimmer herumtanzt, auch wenn keine Musik spielt. Wie du Erdnussbutter mit dem Löffel isst. Dass dein Haar morgens so wild und lockig ist, dass du kaum etwas sehen kannst. Wenn du plötzlich eine tolle Idee hast und fast platzt, wenn du sie mir nicht sofort erzählst. Und auch die Art, wie du Dinge vor dir herschiebst, wenn du sie auf keinen Fall tun willst. Apropos …« Er deutete aufs Handy. »Da ist noch eine Nachricht.«

Das alles liebte er an ihr?

Sie spielte die letzte Nachricht ab.

Ashley, ich liebe dich. Und es ist merkwürdig, das zu einer Maschine zu sagen, aber du hast nicht angerufen und ich weiß nicht, wo du bist, also gibt es keine andere Möglichkeit, dir zu sagen, was ich fühle. Ich liebe dich.

Sie konnte kaum atmen. Sie wollte es noch einmal abspielen, ob sie auch richtig gehört hatte. »Du liebst mich?«

»Musst du mich das wirklich fragen? Wir sind seit zehn Jahren befreundet, Ash. Du weißt, dass ich dich liebe.«

»Ja, als Freundin, aber …«

»Wir haben die Nacht miteinander verbracht.«

»Ich weiß. Aber ich war aufgewühlt und …«

»Du glaubst, es war Mitleidssex? Sag mir, dass du das nicht glaubst.« Er fuhr sich mit den Fingern durchs Haar. »Hat es sich angefühlt wie Mitleidssex?«

»Nein.« Sie spürte, wie sie rot wurde. »Und das glaube ich nicht. Nicht wirklich. Aber ich war aufgewühlt, und ich habe mich gefragt, ob ich dich ausgenutzt habe.«

»Wenn du mich weiter ausnutzen willst, nur zu.« Er zog sie wieder in seine Arme. »Ich liebe dich.«

Sie hatte nicht gewusst, wie wunderbar diese Worte klingen konnten. »Meinst du das wirklich?«

»Ja, das meine ich wirklich.«

»Und es ist dir egal, dass Cliff Whitman mein Vater war?«

»Warum sollte es das nicht? Welche Rolle spielt das?« Er musterte ihr Gesicht und streckte dann die Hand aus. »Gib mir noch mal dein Handy.«

»Warum?«

Er wackelte mit den Fingern. »Gib es mir einfach.«

Sie gab es ihm, und er entsperrte es, denn er kannte ihren Code, so wie sie seinen kannte. Er scrollte durch ihre Fotos.

»Wonach suchst du?«

»Gib mir eine Minute.« Er scrollte weiter und grinste dann. »Hier.« Er zeigte ihr ein Foto von ihr und David, wie sie damals

Inlineskaten lernten. Sie klammerten sich aneinander und lachten so sehr, dass ihre Gesichter ganz verzerrt waren.

Sie erinnerte sich an den Tag und den Spaß, den sie gehabt hatten, und verspürte einen Stich. »Wir waren so schlecht darin. Und das ist ein schreckliches Foto. Ich weiß nicht, warum ich es behalten habe.«

»Du hast es behalten, weil es eine wichtige Erinnerung ist. Und sieh nur.« Er scrollte durch ihre Fotos und fand ein weiteres. »Hier ist eines von euch beiden auf diesem Festival.«

»Er versuchte, cool zu sein. Er hatte sich extra ein neues Hemd gekauft, weil er mich nicht in Verlegenheit bringen wollte mit seinem normalen Hemd.« Sie schniefte. »Ich vermisse ihn so sehr. Ich wünschte, er wäre jetzt hier. Aber ich freue mich, dass ich diese Fotos habe. Und du hast recht, sie sind perfekt. Sie sind nicht gestellt oder bearbeitet, sondern einfach echt.«

»Und David war echt. Dein echter Dad. Cliff war nicht dein Dad, Ash.« Jon gab ihr das Handy zurück. »Nicht auf eine echte Weise.«

Das stimmte. Sie wusste es. Warum machte sie sich so viele Gedanken über Cliff, obwohl er niemals auch nur die kleinste Rolle in ihrem Leben gespielt hatte? Obwohl er klargestellt hatte, dass er sie nicht in seinem Leben haben wollte?

Er war in der Vergangenheit kein Teil ihres Lebens gewesen, und das musste er auch in der Zukunft nicht sein.

»Es ist nur so peinlich, das ist alles.«

»Und? Wer hat kein peinliches Familienmitglied? Warte, bis du meine Tante Maud kennengelernt hast. Neben ihr wirkt Cliff ziemlich respektabel.«

Er brachte sie zum Lachen. Er brachte sie immer zum Lachen und sorgte dafür, dass es ihr besser ging. Sogar im Hinblick auf Cliff.

»Ich kann nicht glauben, dass du hier bist. Ich kann nicht glauben, dass du mich liebst.«

»Was braucht es, um dich davon zu überzeugen?«

»Nun, du bist hier, das ist ziemlich überzeugend.« Sie legte den Kopf an seine Schulter. »Aber wenn du es mir noch ein paarmal sagst, würde das nicht schaden.« Sie spürte, wie er sie noch fester an sich drückte.

»Ich liebe dich. Ich liebe dich, ich liebe dich, ich liebe dich. Hast du es schon satt, es zu hören?«

Niemals. Niemals würde sie es satthaben, das zu hören. »Ich liebe dich auch.«

»Das ist gut zu wissen, denn wir werden ein Baby haben.«

»Oh.« Sie schniefte und erwiderte seine Umarmung. Er roch gut. Er fühlte sich gut an. »Dieser Fotograf macht Fotos.«

»Ist mir egal. Ich teile meine Gefühle nur zu gern mit der ganzen Welt, wenn's sein muss.«

»Du gehst aufs College. Du hast Pläne. Dein Leben ist durchgeplant.«

»Pläne ändern sich, Ash. Wir schmieden neue. Wir werden uns darüber gemeinsam klar werden. Meine Mom lässt dich übrigens grüßen.«

Ashley stöhnte. »Sie denkt vermutlich, dass ich dein Leben ruiniert habe.«

»Nein. Meine Mom ist ziemlich cool. Sie sagt, dass man sich nicht aussuchen kann, wann die Liebe vorbeikommt, aber wenn man so viel Glück hat, dass sie es tut, muss man zugreifen. College, Jobs – all diese Dinge können wir klären, aber die Liebe ist zu kostbar, um sie zu verlieren. Sie wird uns in jeder Beziehung unterstützen. Und wo wir schon von Unterstützung reden, du hast mir immer noch nicht gesagt, wo du wohnst.«

»Bei Joanna.« Joanna! Wie hatte sie Joanna vergessen können? Ashley machte sich los und sah, dass Joanna mit Greg sprach.

Wo war Nate? Warum gab es keine Spur von Nate?

Sie war so sicher gewesen, dass er sich sofort aufmachen würde, um Joanna zu suchen, wenn er gemerkt hatte, dass sie fort war.

Sie fühlte sich schuldig, so glücklich zu sein, während Joanna sich elend fühlen musste.

Joanna winkte ihr zu und bedeutete ihr, dass sie zurück zur Buchhandlung fahren würde. Sie sah okay aus, doch Ashley ahnte, dass sie schauspielerte. Niemand verbarg seine Gefühle so gut wie Joanna.

Ashley hatte das dringende Bedürfnis, mit ihr zu sprechen, doch Joanna war schon auf dem Weg, und Jon stand vor ihr, und sie hatte ihn so lange nicht gesehen. Und sie mussten noch über so vieles reden.

»Warte …« Jon sah verwirrt aus. »Du wohnst bei Joanna Whitman?«

»Rafferty.« Ashley sah zu, wie Joanna mit Greg an ihrer Seite den Strand verließ. »Sie heißt nicht mehr Whitman. Und ja, ich wohne bei ihr. Sie ist großartig, und ich kann es kaum erwarten, dass du sie richtig kennenlernst. Ich habe dir so viel zu erzählen.«

»Ich kann es kaum erwarten, zuzuhören. Besteht die Chance, es mir bei irgendeinem Essen zu erzählen?« Jon blickte zum Surf Café. »Ich bin stundenlang gefahren und sterbe vor Hunger.«

Sie lachte, weil das so typisch war für Jon. »Du bist immer hungrig.«

»Ich weiß. Und ich habe mich in der kurzen Zeit, in der du dein Handy ausgestellt hast, nicht verändert. Vielleicht liegt es daran, dass wir schwanger sind.«

»Ich bin diejenige, die schwanger ist.«

»Ich habe Solidaritätshunger. Wie ist der Burger hier?«

»Ähm – der beste, den ich je gegessen habe?«

»Worauf warten wir dann noch?«

Sie zögerte. »Willst du nicht irgendwohin, wo es privater ist?«

»Später. Aber im Moment scheint das ein guter Ort, um dieses neue Kapitel in unserem Leben zu feiern.« Er griff nach ihrer Hand, und sie gingen zu dem Tisch, von dem sie und Joanna zuvor aufgestanden waren.

Ashley hielt seine Hand fest, denn nur wenn sie ihn berührte, fühlte sich das alles real an. Er war hier. Jon. Ihr bester Freund. Der Mensch, den sie am meisten auf der Welt liebte. Der Vater ihres Babys. Ihre Vergangenheit und nun auch ihre Zukunft.

Das war definitiv ein Grund zum Feiern.

25. KAPITEL

JOANNA

Als Joanna die Buchhandlung betrat, wartete Mary-Lou auf sie.

»Wie ich höre, ist Silver Point plötzlich ein populäres Reiseziel.«

»Scheint so, und mein Anteil daran tut mir leid.« Joanna spürte ein nervöses Kribbeln im Bauch. Sie wartete darauf, dass die Menschen ihr sagten, solch einen Trubel könnten sie nun wirklich nicht gebrauchen. »Ist es zu viel für dich?«

»Was?«

»Dass ich hier bin. Und Aufmerksamkeit anziehe.«

»Es ist nichts verkehrt an Aufmerksamkeit. Es kann nie schaden, wenn unser kleines Eckchen hier im Scheinwerferlicht steht. Wenn es Umsatz mit sich bringt, werden wir dir alle dankbar sein.« Mary-Lou sah sie misstrauisch an. »Warum denkst du, es könnte mir zu viel sein? Meinst du, ich könnte das nicht verkraften?«

»Ich weiß, dass du das kannst, aber …«

»Aber warum sollte ich das wollen? Fragst du deswegen?« Mary-Lou kniff den Mund zusammen. »Lass mich dir eine Frage stellen, Joanna Rafferty. Warum bist du heute hier?«

»Weil du Hilfe brauchtest. Weil Vivian immer so gut zu mir war, als ich klein war, weil du eine Freundin bist und weil ich Bücher mag und diesen Buchladen ganz besonders, und ehrlich gesagt brauche ich keine Entschuldigung, um hier zu arbeiten.«

Mary-Lou nickte. »Wir brauchten Hilfe. Und hier bist du. So machen Freunde das. Und das gilt für beide Richtungen,

Joanna.« Sie nahm ihre Handtasche. »Ich kann nur sagen, wenn irgendein Fotograf seine Kamera in diesen Laden steckt, kauft er besser ein Buch. Und du kannst Nate von mir ausrichten, hätte ich gewusst, dass er so gut küsst, wie das auf dem Foto scheint, hätte ich ihn mir schon mit sechzehn geschnappt.«

Joanna lachte und ignorierte den kurzen Stich. Sie konnte Nate nichts ausrichten, weil er sich nicht gemeldet hatte.

Trotzdem fühlte sie sich besser. »Danke, Mary-Lou. Wie geht es Vivian?«

»Blaue Flecken und Schmerzen, doch gut genug, um mich immer wissen zu lassen, was ihr alles wehtut. Sie hat sich über deine Blumen gefreut. Das war sehr aufmerksam. Danke.«

»Bitte schön. Du solltest gehen. Sie wird auf dich warten.«

»Bist du sicher?« Mary-Lou zögerte. »Du wirst deine Meinung nicht ändern? Du wirst hierbleiben? Egal was passiert?«

Joanna hatte Verständnis für die Frage. Mary-Lou hatte die Fotos gesehen, genau wie jeder andere, und fragte sich vermutlich, was als Nächstes geschehen würde. Sie wusste, dass Joanna beim letzten Mal, als ihre Beziehung mit Nate zu Ende gegangen war, die Stadt verlassen hatte.

»Ich habe diesen Job angenommen, Mary-Lou. Ich lasse dich nicht im Stich.« Sie war erleichtert, als die Glocke erklang, weil jemand die Tür öffnete. »Kunden.«

Die Kundin entpuppte sich als Mel. Sie wechselte ein paar Worte mit Mary-Lou, bevor diese hinausging, und kam dann zu Joanna.

»Ich habe das Buch zu Ende gelesen.«

»War es gut?«

»Ein Thriller. Ziemlich viele Leichen. Ich könnte diesmal vielleicht etwas Aufmunterndes vertragen.« Mel lehnte sich an den Tresen. »Vielleicht eine Romanze.«

»Du? Eine Romanze? Du liest doch nichts, in dem nicht Blut und Gewalt vorkommen.«

»Ich versuche, mein Literaturrepertoire zu erweitern. Wenn du hier arbeiten wirst, kannst du mir dabei vermutlich helfen.«

»Du hast von meinem Job gehört?«

»Ja. Und ich habe einen Freudensprung gemacht. Endlich ist einer von Joannas Träumen wahr geworden – sie arbeitet in einer Buchhandlung. Jetzt müssen wir nur noch an dem anderen arbeiten.«

»Dem anderen?« Joanna nahm eine Kiste mit Büchern, die am Morgen geliefert worden waren, und trug sie nach hinten. Sie würde sie später einsortieren, wenn der Laden geschlossen war.

»Das waren gute Fotos.« Mel grinste sie an und hob erwartungsvoll die Augenbrauen. »Irgendwas, das du mir erzählen möchtest?«

»Absolut nichts. Warum versuchst du es nicht mit diesem?« Joanna zog ein Buch aus dem Regal neben sich. Sie konnte und würde nicht über Nate sprechen. »Das ist der erste Band einer Serie.«

»Was bedeutet, dass ich in absehbarer Zeit keine Leseentscheidungen treffen muss, wenn es mir gefällt.« Mel blätterte durch das Buch und las den Klappentext. »Klingt gut. Nehme ich.« Sie gab Joanna das Buch samt ihrer Kreditkarte. »Wie ich höre, kam Jon im entscheidenden Moment. Tut mir leid, dass ich das ganze Drama versäumt habe.«

»Du weißt von Jon?«

»Ashley erwähnte ihn, als sie und Eden ihren Kinoabend hatten. Seit Ashley aufgetaucht ist, spricht Eden mehr mit mir als in den letzten zwei Jahren.«

»Ich bin froh, dass eure Beziehung jetzt besser ist.«

»Ich auch. Bestimmt ist das teilweise Ashley zu verdanken. Eben gerade habe ich sie und Jon gesehen, die Köpfe hatten sie eng zusammengesteckt, und unter dem Tisch hielten sie Händchen. Nicht dass ich viel über junge Liebe weiß, aber ich würde sagen, die Zeichen sind hoffnungsvoll.« Sie steckte das Buch in ihre Tasche. »Nächste Woche hat Rosa Geburtstag, wusstest du das? Wir organisieren für sie eine Überraschungsparty im Surf Café. Eine dieser Gelegenheiten, bei denen wir alle hinter einer Tür oder so was hervorspringen. Wobei vermutlich die halbe Stadt dabei sein wird und wir wohl kaum alle hinter eine Tür passen. Es war Mary-Lous Idee. Ich habe zu ihr gesagt: Wenn Rosa einen Herzinfarkt bekommt, mache ich dich verantwortlich. Aber ich glaube, es könnte ihr gefallen.«

»Das glaube ich auch.«

»Kommst du? Du und Ashley? Und Jon natürlich. Wir wollen die ganze Gemeinde dabeihaben. All ihre Freunde.«

Sie war Rosas Freundin. Sie war Teil der Gemeinde. Sie würden einen Geburtstag feiern. »Ja. Danke. Was kann ich mitbringen?«

»Eine größere Tür?« Mel lachte. »Nur dich selbst. Hast du Lust, morgen früh schwimmen zu gehen? So wie früher?«

Joanna sah ihre alte Freundin an. »Ja, gerne.«

Mel nickte. »Abgemacht. Ich seh dich um sieben am Strand.« Sie verließ den Laden, während Joanna ihr nachblickte und dachte, welch ein Luxus es doch war, Teil von etwas zu sein, dazuzugehören, von Menschen umgeben zu sein, die einen mochten.

Sie ging ins Lager, um die frisch eingetroffenen Bücher zu sortieren. Als sie gerade die erste Kiste öffnete, hörte sie die Türglocke.

Ihr Herz schlug schneller, und sie stand auf und strich sich übers Haar.

Nate?

Zurück im Laden, fiel sie fast um vor Überraschung. »Nessa?«

»Hallo, Boss.« Nessa grinste. »Woran liegt es, dass Sie sich immer in Schwierigkeiten bringen, wenn ich nicht da bin, um zu helfen?«

»Was machen Sie hier?«

»Offiziell bin ich noch immer Ihre Assistentin.« Nessa setzte den Rucksack ab. »Ich dachte, Sie könnten ein bisschen Hilfe gebrauchen, wo jetzt diese Fotografen wieder unterwegs sind, aber wie es scheint, haben Sie alles unter Kontrolle. Sie sehen übrigens toll aus.«

»Danke. Es ist schön, Sie zu sehen.« Joanna umarmte Nessa. »Ich bin so dankbar für alles, was Sie getan haben. Den Wagen. Wie Sie die Medien gesteuert haben. Das alles. Oje, der Wagen!« Schuldbewusst trat sie einen Schritt zurück. »Ich muss den Wagen zurückgeben. Wie konnte ich das vergessen?«

»Nach den letzten Fotos zu urteilen, hatten Sie anderes im Sinn.« Nessa zwinkerte ihr zu. »Keine Eile. Dan braucht den Wagen nicht.«

»Haben Sie frei? Können Sie ein paar Tage bleiben?«

»Ich kann so lange bleiben, wie ich will. Ich arbeite nicht mehr länger für das Unternehmen.«

»Was? Das muss ein Irrtum sein. Ihr Job war sicher. Darum habe ich mich gekümmert.« Ärger stieg in ihr auf. »Ich werde gleich anrufen.«

»Tun Sie's nicht. Sie haben mir nicht gekündigt. Es war meine Entscheidung.«

»Sie haben gekündigt?«

»Ja. Ich habe für Sie gearbeitet. Wenn Sie keine Assistentin mehr brauchen, suche ich mir eben etwas anderes.«

Joanna dachte an alles, das Nessa für sie getan hatte. Wie sie ihr eine Freundin gewesen war, als alle anderen sich abgewandt hatten. »Ich brauche eine Assistentin. Die Details besprechen wir später. Haben Sie eine Bleibe? Ich habe Platz in Otter's Nest.«

Nessa neigte den Kopf. »Haben Sie einen Pool?«

»Einen Pool und einen Strand.«

»Dann sehen Sie hier Ihren neuesten Hausgast vor sich. Ich erwarte natürlich nicht, dass Sie für mich kochen …«

»Ich kann für Sie kochen. Ashley hat es mir beigebracht.«

»Ashley?« Nessa drehte sich um, als die Tür geöffnet wurde und Ashley mit Jon im Schlepptau hereinkam.

»Joanna! Geht es dir gut? Du warst großartig heute Mittag.«

»Mir geht's gut. Und das muss Jon sein.« Joanna streckte die Hand aus, verwarf dann aber die Formalitäten und umarmte ihn. »Wir freuen uns so, dich hier zu sehen.«

»Danke.« Jon wurde knallrot. »Und danke für alles, was Sie für Ashley getan haben.«

»Ich sollte ihr danken für alles, was sie für mich getan hat.«

»Hat sie Ihren Laptop repariert? Darin ist sie klasse. Und im Kochen. Und wenn Ihr Wagen nicht anspringt, bringt sie ihn zum Laufen. Sie ist in allem toll. Na ja, vielleicht im Singen nicht.« Er grinste Ashley an, die ihm die Zunge rausstreckte.

Er war so stolz auf sie. Sie sah es in seinen Augen, wie er sie anschaute.

»Joanna?« Diesmal wurde Ashley rot. »Kann Jon ein paar Tage in Otter's Nest bleiben?«

»Er kann so lange bleiben, wie er möchte. Ihr beide. Nessa wird auch bei uns wohnen.«

Und es würde gut werden, erkannte sie. Was auch immer geschah, es würde ihr gut gehen. Weil ihr Leben jetzt anders war. Sie gehörte hierher. Sie war Teil von etwas. Oder vielleicht war sie älter und weiser. Es war nicht so, dass sie sich nicht wünschte, dass es mit Nate funktionierte. Und wie sie sich das wünschte. Doch ihr Leben würde nicht zerbrechen, wenn es nicht funktionierte. Und was auch immer geschah oder nicht geschah, sie würde nicht von hier fortgehen.

Nessa trat vor. »Schön, dich kennenzulernen, Ashley. Ich sah gerade euren romantischen Moment im Livestream im Internet. Das Tollste, was ich in diesem Jahr gesehen habe, und ich gucke viele Filme. Ich freu mich für euch beide.«

Sie lachten und unterhielten sich, und Joanna bediente ein paar Kunden, wobei sie sich Zeit nahm, um dem kleinen Mädchen mit der Vorliebe für Dinosaurier genau das richtige Buch rauszusuchen.

»Wir sehen uns später, Joanna.« Ashley trat zu ihr, als sie

fertig war. »Wir gehen mit Nessa zum Frozen Favor, weil ich ihr gesagt habe, dass sie nicht gelebt hat, solange sie nicht ihr Mint-Chocolate-Chip-Eis probiert hat. Danach kaufen wir für heute Abend ein, und sie fährt uns nach Otter's Nest. Wir kochen dir Abendessen.«

»Das klingt perfekt.«

Fast perfekt. Natürlich hatte sie Nate gern dabeigehabt. Sie war ein Mensch, oder? Sie würde nicht so tun, als wäre es ihr egal. Doch sie konnte es verstehen.

Sie machte ihm keine Vorwürfe, dass er nicht auftauchte.

Sie ging zurück ins Lager und warf noch einen Blick auf die Fotos. Sie krümmte sich innerlich angesichts der Intimität dieser Bilder. Wer würde so etwas freiwillig tun? Wer brauchte so etwas? Sie nicht und er offenbar auch nicht. Es hatte sich gut angefühlt, ausnahmsweise mal vor diese Fotografen zu treten. Ihren Standpunkt klarzumachen. Doch sie würde so eine Situation nie genießen oder gar herbeisehnen. Sie konnte bestens ohne Publicity leben, sei sie positiv oder negativ.

Sie legte ihr Handy beiseite und begann, die Kisten auszuräumen, als sie wieder die Türglocke hörte.

Immerhin hatten sie zu tun. Mary-Lou würde sich darüber freuen.

Sie ging lächelnd zurück in den Laden. »Wie kann ich …«

Nate stand da.

»… mir helfen?« Er grinste und schloss die Tür. »Wie viel Zeit hast du? Ich kann mir eine Million Arten vorstellen, also kann das eine Weile dauern.«

Den ganzen Vormittag hatte sie auf einen Anruf von ihm gewartet oder dass er auftauchte – doch nichts. Sie hatte sich schon damit abgefunden, dass er sich von ihr fernhielt. Und sich gezwungen, das zu akzeptieren.

Und nun war er hier.

Und grinste.

»Nate …«

»Als ich aufgewacht bin, warst du weg. Warum bist du gegangen?«

»Ist das nicht offensichtlich?«

»Nicht für mich. Musstest du zur Arbeit? Musstest du erst nach Hause und dich umziehen? Warum hast du mich nicht geweckt?« Er musterte sie. »Was habe ich verpasst?«

»Du ... du weißt es noch nicht?«

»Weiß was nicht?«

»Die Fotos. Im Internet. Hast du sie nicht gesehen?«

»Welche Fotos? Ich hatte heute Vormittag ein Meeting mit einem Lieferanten. Ich habe nicht mal aufs Handy gesehen. Auf dem Weg nach Hause hätte ich dich fast angerufen, aber ich bin eher der Face-to-Face-Typ als der Handy-Typ. Die Hälfte der Zeit vergesse ich, das Ding überhaupt anzuschalten. Mel sagt, das sei eine meiner nervigsten Eigenschaften.«

Er hatte die Fotos nicht gesehen. Den ganzen Morgen hatte sie Angst gehabt, und er hatte es nicht einmal gewusst. War das nun gut oder schlecht?

»Sie haben Bilder gemacht. Gestern Abend am Strand.«

»Bilder von uns?« Er streckte die Hand aus. »Zeig her.«

Sie griff zu ihrem Handy, fand die Website und gab es ihm. Ihr war nach einem langen Spaziergang, doch das hieße, die Buchhandlung schließen zu müssen, und das würde sie nicht tun.

Nate betrachtete das Bild. »Du siehst gut aus. Ich auch. Ein bisschen wie ein romantischer Held, aber das liegt vermutlich am Abendlicht, und ich sehe im Dunkeln gut aus.« Er sah sie an und zuckte die Achseln. »Willst du mir sagen, dass sie direkt in mein Schlafzimmer fotografieren werden? Dann müsste ich eindeutig aufräumen.«

Sie hätte gern gelacht. Sie wollte Witze darüber machen und die Augen verdrehen und sagen: Das spielt überhaupt keine Rolle. Doch sie hatte noch nicht den Punkt erreicht, an dem ihr das gelang.

Er sah wieder auf die Fotos und las diesmal wohl den Text dazu, denn er verzog den Mund. »Wie ich sehe, ist Denise mit dem Alter nicht milder geworden.«

»Scheint nicht so.«

Er gab ihr das Handy zurück. »Deshalb bist du gegangen, ohne mich zu wecken?«

»Ich war früh auf und bemerkte sie am Strand vor dem Surf Café. Fotografen. Sie hatten sich schon in Stellung gebracht. Ich wollte nicht, dass du damit behelligt wirst. Das ist ein Teil meines Lebens, und möglicherweise wird es das noch eine ganze Weile sein, doch es muss kein Teil von deinem Leben sein.«

Er schwieg einen Moment, ging dann zur Tür und drehte das Schild auf »Geschlossen«.

Sie sah ihn erstaunt an. »Was tust du da?«

»Ich sorge dafür, dass wir fünf Minuten Privatsphäre haben. Wenn sie durchs Fenster fotografieren wollen, können sie gleich loslegen.« Er ging zu ihr zurück. »Hast du wirklich gedacht, irgendwas davon würde mich kümmern, Jo? Hast du wirklich geglaubt, ich würde irgendetwas darauf geben, was ein Haufen Fremder oder Denise oder irgendjemand sonst außer dir und mir über unsere Beziehung denkt?«

»Es ist übergriffig und persönlich und …«

»Es fühlt sich persönlich an, das verstehe ich, doch es ist nicht wirklich persönlich, oder? Sie kennen dich oder mich nicht, und genauso wenig kennen wir sie. Übergriffig. Ja, mag sein, aber das ist mir egal. Es ist mir egal, wenn sie sich den ganzen Tag auf die Lauer legen und Fotos schießen wollen. Mir erscheint es eine merkwürdige Art, seinen Lebensunterhalt zu verdienen, aber wer bin ich, darüber zu urteilen? Ich mache Shrimp-Salat und Macadamia-Cookies und verbringe mein Leben mit Surfen, ich verändere wohl kaum die Welt. Es spielt keine Rolle. Das Einzige, was eine Rolle spielt, sind du und ich. Wir.« Er nahm ihr Gesicht in seine Hände. »Ich weiß nicht, wo diese Sache zwischen uns hinführt, aber ich möchte es herausfinden.«

Das wollte sie auch. Aber so einfach war es nicht, oder? »Was, wenn sie uns nicht in Ruhe lassen?«

»Wovor genau hast du Angst? Worum geht es hier wirklich?« Seine Stimme war sanft. »Glaubst du, sie könnten etwas veröffentlichen, das meine Gefühle beeinflusst? Das wird nicht geschehen. Erstens schaue ich nicht oft genug auf mein Handy, sodass ich es vermutlich sowieso nicht mitbekommen würde, und zweitens bilde ich mir gern meine eigene Meinung. Ich kenne dich, Joanna. Ich weiß, wer du bist.«

Sie hatte erwartet, dass er sich distanzieren würde. Sie hatte geglaubt, dass er genauso reagieren würde wie andere Menschen, die in ihr Leben gekommen und wieder gegangen waren. Aber das hier war Nate.

»Es ist dir wirklich egal?«

»Wenn du mich das fragen musst, kennst du mich offenbar nicht so gut, wie du solltest. Daran müssen wir arbeiten.« Er küsste sie, lange und zärtlich, bevor er den Kopf hob. »Heute Abendessen?«

Es wäre einfach gewesen, sich von der ganzen Romantik davontragen zu lassen, von der schwindelerregenden Freude, ihm so nah zu sein. Früher wäre das so gewesen, doch jetzt war sie ein anderer Mensch. Ihre Kindheit war voller unguter Gefühle wie Trauer, Unsicherheit und Angst gewesen, während sie versucht hatte, sich ohne einen liebevollen Erwachsenen ein Leben zu gestalten. Sie hatte all ihre Unsicherheiten in die Beziehung mit Nate gebracht. Doch nun hatte sie sich davon befreit. Sie brachte nur noch sich selbst mit.

Und sie erkannte, dass er hier nicht um die Medien, sondern um sie selbst ging.

Sie löste sich etwas. »Ich muss eine Sache klarstellen. Ich bin gern mit dir zusammen, Nate. Die Zeit, die ich mit dir verbracht habe, ist die glücklichste seit Langem. Aber mein Leben besteht aus mehr als meiner Beziehung zu dir. Das letzte Mal …« Sie zwang sich, sich zu erinnern. »Das letzte Mal warst du alles für mich, und ich konnte mir kein Leben ohne dich vorstellen. Jetzt ist es anders. Ich möchte dich weiterhin sehen. Ich möchte herausfinden, wohin das hier führt. Aber wenn es für einen von uns nicht funktioniert, weiß ich, dass ich das überleben werde und es mir gut gehen wird. Ich möchte nicht, dass du dich unter Druck oder verpflichtet fühlst. Ich möchte nicht, dass du dich verantwortlich fühlst. Mir wird es gut gehen. Und egal was passiert, ich werde die Stadt nicht verlassen. Ich werde nicht wieder fortlaufen. Ich baue mir ein neues Leben auf.«

»Und was, wenn ich dieses Leben mit dir aufbauen möchte?«

»Es ist zu früh, um …« Er legte den Finger auf ihre Lippen.

»Ich bin vierzig Jahre alt, Joanna. Ich weiß genau, was ich will. Und ich möchte dich weiterhin sehen. Ich möchte herausfinden, wo dies hinführt. Aber wenn es für einen von uns nicht funktioniert, weiß ich, dass du das überleben wirst und es dir gut gehen wird. Ich würde nicht wollen, dass du fortgehst.« Er ließ die Hand fallen. »Ich habe dich schon einmal verloren, und ich will dich nicht wieder verlieren. Wir können über die Vergangenheit sprechen, doch sie ist vorbei. Diese vier Jahrzehnte, die hinter uns liegen – sie sind vorbei. Mir geht es um die Jahrzehnte, die vor uns liegen. Die Zukunft. Unsere Zukunft. Und die können wir kompliziert machen, doch tatsächlich ist sie einfach, denn letztlich geht es um eine Sache. Du machst mich glücklich. Mit dir zusammen zu sein macht mich glücklich. Das hat es immer getan.«

»Mich macht es auch glücklich, mit dir zusammen zu sein.«

Konnte es wirklich so einfach sein?

Er küsste sie wieder, diesmal fordernder, und sie spürte die Vergangenheit dahinschwinden und dachte: Vielleicht kann es diesmal einfach sein. Vielleicht muss ich es nur einfach sein lassen.

Sie küssten sich, bis ihr Herz raste und sie fast vergaß, wo sie waren. Doch nicht ganz.

Widerstrebend machte sie sich los. »Wir sollten das nicht tun. Ich muss den Laden wieder öffnen. Ich arbeite. Ich habe Verpflichtungen. Ich muss Kunden bedienen.«

Sein Blick ruhte auf ihrem Mund, als wäre er unschlüssig, ob er aufgeben sollte.

»Arbeiten. Richtig. Also, Joanna Rafferty …« Er räusperte sich, steckte die Hände in die Taschen und überflog die Bücher in den Regalen. »Hast du irgendwas über zweite Chancen?«

Ihr Herz machte einen Satz bei der Frage. Im Moment fühlte sich ihr ganzes Leben wie eine Reihe von zweiten Chancen an.

Das Strandhaus, die Buchhandlung, Ashley, ihre Freunde und Freundinnen, Nate.

Nate. Immer wieder Nate.

Ein Glücksgefühl breitete sich in ihr aus. »Hast du ein spezielles Interesse daran?«

Er wandte sich ihr zu und lächelte. »Zufällig habe ich das.«

DANKSAGUNG

Meine Lektorin sagte mir kürzlich, dass ich seit dem Beginn meiner Karriere fast 22 Millionen Exemplare meiner Bücher verkauft habe – eine Zahl, die in mir leichten Schwindel und zugleich große Dankbarkeit auslöste. Dass meine Romane ein so großes Publikum weltweit finden, zeugt von den Fähigkeiten und der harten Arbeit meines Verlagsteams. Meine Bücher in den Regalen zu sehen ist immer eine Freude und das Ergebnis größtmöglichen Einsatzes im Vertrieb, im Marketing und der Öffentlichkeitsarbeit, im Lektorat und bei den Grafik-Teams, die meine wunderschönen Cover entwerfen. (Haben Sie je ein Buch nach dem Cover ausgesucht? Ich definitiv ja!)

Ich danke allen bei HQ Stories in Großbritannien, vor allem Manpreet Grewal und Lisa Milton. Eure Energie, Leidenschaft und Unterstützung für meine Bücher lassen mich Demut fühlen, und ich schätze mich glücklich, mit euch zu arbeiten. Ich danke außerdem der brillanten Margaret Marbury, Susan Swinwood und dem wunderbaren Team bei HQN in den USA. Es ist lange her, dass wir irgendwohin gereist sind, doch ich kann es kaum erwarten, euch wieder persönlich zu danken. Das Wiedersehen wird ein Fest werden.

Meine begnadete Lektorin Flo Nicoll hat das Manuskript mehrere Male gelesen und mich mit wertvollen Einsichten unermüdlicher Ermutigung begleitet. Sie verdient eine Medaille (wenn es nach mir geht, eine goldene, Flo!).

Meine Agentin Susan Ginsburg ist die Beste der Besten, und ich bin dankbar für ihre Unterstützung und ihre Weisheit. Dank auch an Catherine Bradshaw und das restliche Team bei Writers House.

Ich schreibe über Familien und bin sehr glücklich mit meiner eigenen, die meine Anfälle von Schreibpanik und Selbstzweifeln mit Geduld und Humor toleriert.

Und zum Schluss danke ich Ihnen, meinen Leserinnen, dass Sie weiter meine Bücher kaufen, sich mit mir auf Social-Media-Kanälen austauschen und immer so ermutigend sind. Ich schätze mich glücklich, für solch ein aufgeschlossenes und besonderes Publikum zu schreiben.